생각의 유희

한국수필작가회

㈔한국수필가협회출판부

한국수필작가회 29집

생각의 유희

초판 발행 2015년 12월 4일
지은이 한국수필작가회 이사명 외 122인
펴낸이 한국수필가협회출판부
편집위원 최원현(편집주간) 김의배(편집장) 김선희 김혜숙 문육자
박원명화 서현성 신현복
펴낸곳 코드미디어 **북 디자인** Micky Ahn **교정 교열** 성건우

등록 2005년 3월 22일
등록번호 제 2011-000098호
주소 서울시 마포구 양화로 156 엘지팰리스 1906호
전화 02-532-8702~3 **팩스** 02-532-8705
전자우편 kessay1971@hanmail.net
공급처 코드미디어 T 02-6326-1402

ISBN 978-89-958367-9-8 03810

정가 15,000원

생각의 유희

한국수필작가회

㈔한국수필가협회출판부

생각의 유희, 스물아홉 번째의 빛나는 작품집

긴 가뭄에 종을 친 단비가 밤사이에 많이도 내렸다. 아침햇살을 받은 온 산야는 남풍을 받아 싱그럽게 일렁이고, 넝쿨과 식물들도 물기를 받아 가지를 치며 올라간다. 마치 우리 한국수필작가회가 좋은 글의 내공으로 뻗어나가는 것처럼.

2015년도 한 해의 산마루에 서있다. 그동안 잠재되어 있던 우리들의 창작열기가 빛을 발해 우리 수필작가회는 바야흐로 수필의 전성시대로 돌입한 것이 아닌가 한다. 선후배 가릴 것 없이 중앙 문단에서 그 역량을 인정받아 많은 상을 받고 그 실력을 공인받고 있다. 그럴수록 겸허해야 한다고 본다. 그리고 더욱 진일보한 자세로 나아가야 한다고 생각한다.

을미년 우리 대한민국은 정치적 이슈뿐만 아니라 메르스라는 질병으로 온 나라가 힘들었다. 그러한 사실들이 우리를 긴장하게 하고 더 다지게 하지 않았나 싶다. 역사적인 예에서도 시대를 반영하는 작가의 글은 어려운 때일수록 작가들에게 미치는 영향 또한 컸음을 보여주었다. 그래서 글 쓰는 이라면 누구라도 한번쯤 옷깃을 여미었을 것이다.

수필은 진실을 담아내는 글이지만, 마음과 같이 쉽게 써지지 않는 글이기도 하다. 그 마음 밭을 철저하게 비움으로써 좋은 글이 될 수가 있음도 알고 있다. 더하여 예지의 끼가 넘치는 필력이라면 독자를 매료시키고도 남음이 있으리라.

한국수필작가회는 1987년에 창립되어 첫 동인지를 내고, 올해로 스물아홉 해를 맞는다. 이번 29번째 작품집은, 하나같이 절제된 성찰의 바탕에서 독창성을 살린 글들임을 자인한다. 열과 성을 다한 글이기에 독자들에게 많은 사랑과 감동도 줄 것이라 믿는다. 따라서 더 많은 독자가 우리의 작품들을 주시해 주리라 본다.

우리 한국수필작가회가 날로 전진 비상하여 빛나기를 빌며 선후배 모두가 힘을 합쳐 끌고 밀어주어 하나 된 결속의 도약으로 우리 문단의 큰 별로 우뚝 솟는 작가회로 발전하길 기원한다.

제19대 한국수필작가회 회장 이사명

Contents

1

배롱나무 꽃 필 무렵

2

나를 바라보는 눈

Contents

3

갈무리

4
결

1

배롱나무 꽃 필 무렵

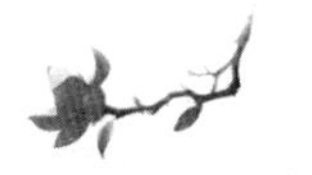

철쭉꽃 초대

이정원
Ljw0663@korea.com

당신, 알고 있나요.

당신 떠나고 남겨진 내가 꽃나무로 둘러싸인 숲 속 거처에서 아주 잘 살고 있다는 걸요.

기억의 강을 건넜을 당신은 나와의 시간을 잊었을지 모르지만, 아직 그 강을 건너지 않은 나는 당신과의 시간을 – 당신의 모습이 눈앞에서 완전히 자취를 감출 때까지의 – 고스란히 안고 지내고 있다는 사실을요.

당신이 간 뒤, 나 스스로 생각해도 심하다 싶을 만큼 빨리 삼십 년 가까이 함께 머물렀던 공간을 정리해 버렸을 때. 혹여 소리치고 또 쳐도 돌아오기만 할 뿐인 메아리 같은 목소리로 그 야속함을 표현하고자 애쓰지는 않았을까요. 그곳에서의 생활이 저렇게 할 만큼 진저리나는 것이었나 하는 회의에 허우적대면서요.

그렇지만, 그건 반대였어요. 골목 어귀만 들어서도 몸집 큰 당신 걸음걸이가 보이고, 대문 열고 안으로 들어서면 이 층 계단을 올라오는 헛기침 소리가 들려 견디기가 힘들었거든요. 끝까지 그곳에 머물기를 원했던 당신의 동의를 구하고 말고 할 여력이 없었어요.

아차산 끝자락에서 이곳 수리산 자락으로 내려왔을 때는 단지 입구에 서 있는 아름드리 느티나무밖에는 눈에 들어오지 않더군요. 낯선 곳으로 옮겨오는 내가 못내 안쓰러웠을 당신이 먼저 와서 맞이해주고 있는지 모른다는 안도감을 심어

준 존재이기도 했지요.

그리고서 당신이 없는 내달 사월이 왔을 무렵부터였어요. 연이어 피어나는 꽃의 나무들로 하여 눈은 점점 커져갔지요. 베란다 창문을 열면 나무들의 초록빛 정수리를 가까이 내려다볼 수 있는 것만으로도 당신의 부재를 잠깐잠깐 잊게 하는 즐거움이었는데, 그들이 각기 다른 빛깔의 꽃을 달기 시작했으니까요.

하얀 목련꽃, 분홍 벚꽃, 붉은 동백꽃, 연둣빛 느티나무꽃에 또 하얀 이팝나무꽃과 산딸나무꽃. 그 밑에서는 일찌감치 개나리와 연분홍 진달래에 이어 하얀 조팝나무꽃과 자줏빛 모란과 작약꽃에 다홍빛 명자꽃, 더 밑에서는 보랏빛 제비꽃과 노랑 민들레와 원추리와 비비추까지. 고개를 젖히면 때죽나무와 쪽동백의 종소리 같은 손짓도 함께해 당신의 기억을 접어두는 날도 생겨났어요.

거기다 현관문을 열고나서면 긴 복도를 살랑이며 오가는 아까시꽃의 향기는 또 어떠했고요. 바람이 부는 날이면 먼 산등성이에서 내려와 코끝에 스치듯이 향기를 전해주고 가던 아차산 자락에서의 기억을 되살려주어, 아린 고마움이 되는 거였어요.

하지만, 뭐니 뭐니 해도 이곳을 아우르는 꽃이 따로 있다는 걸 알게 된 건 조금 가면 나오는 철쭉 동산에 발길이 닿고서였어요. 너르게 펼쳐진 언덕 전체가 빨강 영산홍과 진분홍과 연분홍의 철쭉꽃으로 뒤덮여 있었으니까요. 거기다 드문드문 섞여서 핀 흰색과 황색의 철쭉꽃까지, 누군가의 절절한 부름으로 온 철쭉이 모여 무리를 이룬 듯한 풍경이었어요.

꽃나무들의 키도 사람의 어깨를 넘어서는 게 대부분이라, 사이사이로 난 길을 오가는 이들이 꽃에 묻혀 아예 또 다른 철쭉꽃으로 피어나고 있는 것처럼 보였어요. 그 일렁임이 철쭉꽃 위로 잔바람이 지나가며 만들어내는 물결처럼 보여지기도 했고요.

당신은, 익히 알지요.

내가 얼마나 누군가를 들이기 싫어하는 성격인지를요. 집엔 말할 것도 없고, 아차산 근처에 자리한 대공원에 놀러 오겠다고 해도 이리저리 핑계를 대곤 했었잖아요. 그랬던 내가, 당신을 보내고 도망치듯 이곳으로 숨어버린 내가 철쭉꽃의 동산을 보며 누구에겐가 보여주고 싶다는 생각을 하게 됐다면 믿을 수 있겠어요.

꽃나무의 숲이 있는 거처로 옮겨와 당신을 보낸 날의 가슴 패인 기억을 매끈하게 다듬어가고 있는 것만으로도 다행스러운 일인데. 내가 한 번 물주지도 않고 피운 철쭉꽃들로 하여 초대라는 말을 입에 달고, 벌써 일곱 해째 오월을 보냈다면 말이에요. 수리산역에 내린 이들은 '다시, 카라의 찻집'이라고 나 스스로 이름 붙인 곳에 먼저 들렀어요.

차 한 잔 나누고 나서 철쭉꽃 동산에로의 안내를 시작할 때면 마치 내 소유의 대단한 장소로 향하는 듯한 느낌이 드는 거였지요. 한참 신이 나서 자랑을 늘어놓고는 감탄이 여기저기서 터져 나오는 걸 듣고 있노라면, 영락없이 내가 가꾼 꽃동산이었다니까요. 돌아가는 길엔 다들 십 년 치 철쭉을 오늘 다 보았네요 라는 말을 남기더군요.

배웅을 하고 나서는, 철쭉꽃 나무도 저렇게 클 수 있나 싶은 그늘에 다시금 들어 혼잣말을 하곤 했어요. 오늘의 초대로 하여 저 꽃들은 또 하나의 값을 지닌 거로구나. 저들을 보며 나온 감탄이 다음 오월의 초대를 또 이끌어내겠구나 하고요. 뒤에 이어지는 건 고마움의 말, 너희들로 하여 내가 나눌 것이 있는 삶이 되었네 라는 한마디였고요.

인생의 봄날

한영자
hgj0001@hanmail.net

한겨울이다. 냇물길 따라 한 모자母子가 걸어가고 있다. 겨울 냇물도 이 모자의 슬픔을 아는지…, 가슴 속으로 울고 있다. 하얗게 쌓인 눈, 얼음덩이를 온몸에 지고 굳어가는 몸을 이끌고 끝없이 흐느껴 울며 함께 가고 있다.

두 달 동안 묵었던 개울가 요양 병원을 등 뒤로 하고 또다시 겨울 나그네가 된 엄마와 아들, 외로운 유랑 길에 오른 이들은 길고도 험한 인생길을 걸어왔다.

갑부집 며느리 멋쟁이 엄마는 남들의 부러움을 한몸에 받고 살다가, 서른 살에 선천성 지체저능아 첫아들을 낳은 후부터 그녀의 운명이 바뀐다. 아들을 고쳐보려고 수많은 병원을 찾아다니다가 그 많던 재산 다 잃고, 남편마저 사별한 그녀는 어느덧 70대 중환자가 되었고 아들은 40대 중년이 되었다. 환자 아들은 탯줄처럼 소변줄을 배꼽에 달고 팔다리를 문어같이 후들거리며 침을 흘리고 다닌다. 나는 일주일마다 그 환자의 소변줄을 갈아준다. 그때마다 모든 일을 미루고 긴장을 해야만 한다. 기운 센 남녀 간호사들이 모두 모여 시술을 돕지만 이때 만일 발작을 일으키면 큰일이기 때문이다.

5년 전에 내가 본 그녀는 건강했었다. 아들은 입원시켜 놓았지만 엄마는 화려한 미모의 멋쟁이 여성이었다. 게다가 번번이 아들 치료 잘잘못을 까다롭게 지적하곤 하였다. 한데, 다시 만난 그녀는 상태가 심각하게 변해버렸다. 엄마는 결국 정신병을 얻어 우울증과 불면증 등으로 아들과 함께 입원 치료를 받고 있다.

또 한편, 아들이 수시로 밥을 먹다가 옷을 몽땅 벗은 알몸으로 소변줄을 질질 끌고선 엄마, 엄마 부르면서 여자의 병실마다 뒤지고 다닐 때면 엄마도 그런 아들을 본 순간, 통곡하다가 경련 발작을 일으킨다. 결국 병원 측이 감당할 수 없다는 결정을 내리고야 만다. 그녀는 이런 고통을 견디다 못해 아마도 허공에서 방황하는 갈대 잎새 칼바람이 되었을까….

계절은 어김없이 흘러간다. 인생도 간다. 오늘은 차디찬 저 개울물도 머지않아 따스한 봄날, 개나리꽃 활짝 피우는 봄 노래를 부르리라 생각하니, 아들 행복 해바라기 엄마의 웃음소리가 들려온다.

'아가야 내 예쁜 아들, 엄마가 왔다, 하하하하.'

지난해 봄부터 차랑차랑 온 병원에 웃음꽃을 피워내는 그녀, 행복 엄마의 웃음소리가 산울림처럼 귓가를 울린다. 병원문을 들어서는 그녀가 아들을 향해 '아이구, 장한 내 아들 좀 봐요.' 하고 깔깔 웃자 모두들 그녀를 향해 시선이 멈췄다. 무슨 일인가 했더니, 생전 처음 휠체어를 혼자 굴리며 엄마를 마중 나오는 아들의 환한 미소를 마주 보고 그토록 신기해하였다. 마치 아기가 첫걸음마를 시작할 때의 그 희열과 기쁨, 그런 모습이다. 아들은 머리가 유난히 크고 몸이 뚱뚱하다. 또 앞이마부터 뒷목까지는 거미줄 같은 흉터가 안쓰럽게 보인다. 아들은 말을 하지 못한다. 단지 엄마 소리만 하고 방긋방긋 웃는다. 그런 아들만 보면 엄마는 늘 기쁘다. 아기가 두 살 때 경기로 머리를 다친 후, 열네 살 때까지 머리 수술을 일곱 번이나 받는 동안 뇌 기능이 돌된 아기에서 멈춰버렸다. 허나 엄마는 죽지 않고 살아있음에 그저 늘 감사하며 산다. 남편과 사별하고 유일한 아들이 기쁨이고 행복이다. 식당 일, 벽지 일, 대리운전, 농사 등등 해가며 아들 뒷바라지를 하고 있다.

어느 날이었다. 봄 농사 밭일로 새까맣게 탄 모습으로 경악했다. '우리 아들이 글쎄, 저 혼자 쉬를 했지 뭡니까?' '하하하하.' 손뼉 치며 눈물까지 흘리는 그녀를 보고 나는 말문이 막혔다. 그녀의 웃음소리는 마치 태양볕이 창문을 투명하게 뚫고 쏟아져 내리는 듯이 해맑다.

그날 오후, 나는 병실을 회진하다가 문득 발길을 멈췄다. 점심식사 후, 행복 엄마의 웃음소리가 들리지 않아 이상하다 했더니 그사이 아들을 꼭 껴안고 평안히 잠들어 있지 않은가. 그 순간 나는 '이 세상에서 가장 행복한 모자상이요.'라며 사진을 찍고 싶었다. 하지만, 한 폭의 생화처럼 신선한 모습으로 봄 햇살을 포근히 받으며 잠든 모자母子의 행복을 행여나 깨트릴까 해서 사진기를 내려놓고 살며시 방을 빠져나왔다.

올해는 겨울이 더디 왔으면 좋겠다.

지난겨울에 떠나간 슬픈 모자母子가 다시 떠오른다.

'비린내 나는 골목길 / 더러운 골목을 / 헤매고 다녀도 / 촛불처럼 짧은 사랑 / 저 하늘이 외면하는 그 순간 / 인생의 봄날은 간다…'라는 노랫가락이 자꾸자꾸만 귓가에서 메아리친다.

자화상

김경실
ks1014@hanmail.net

얼굴에 복면을 한 괴이한 사람들 모습이 거리에 넘친다. 그뿐 아니라 지하철에 들어서면 더욱 병적 징후들이 벌어진다. 가슴이 두근두근하더니 뛰기 시작했다. 목이 간질거리고 따끔거려온다. 따끔대는 목에선 금세 기침이 터질 것 같다. 아니! 기침을 참으려니 입안이 화끈 달아오르며 눈물이 쏟아져 손수건으로 입을 막고 신음하듯 기침을 할 수밖에 없었다. 서 있던 앞사람, 앉아 있던 옆 사람, 맞은편 사람 시선이 따갑게 꽂혀온다. 앞사람, 옆 사람이 슬그머니 일어나더니 기침 소리 근린 밖으로 사라진다. 황당하고 민망하다. 한데 더 황당한 것은 맞은편 낯선 남자다. 한참을 도끼눈을 뜨고 째려보더니 '메르스 환자 아냐' 하는 듯 입가 근육이 흉측하게 일그러진다. 메르스라는 메커니즘까지 불확실한 바이러스의 기습으로 온 국민이 공포에 싸여있다.

정부마저 갈팡질팡 신뢰를 할 수 없다 보니 이번 주 약속, 일정은 모두 순연되었다. 소통은 단절되고 하루하루가 긴장되는 현실이다. 눈만 뜨면 메르스, 메르스와 전쟁이고 이보다 더 무서운 것은 기침만 하여도 서로 경계하는 불신 바이러스다. SNS는 원치 않는 괴담을 실어 나르며 순식간에 괴담 바이러스를 확산시켰다. 서로를 불신하라는 메르스 발 불신 앞에 면역력은 금세 바닥을 보였다. 명동 거리, 인사동 거리는 중국 요우커들 발길이 끊기고 이름난 음식점도 예약을 하지 않아도 될 만큼 한산했다.

르 클레지오 소설 '열병'에 등장하는 인물들은 다 아프고 광기에 차있다. 병든 사회 속 개인으로 정신적 굶주림과 소통 부재, 누적된 모순과 결핍의 병적 징후로 신음하는 세계에서 개인도 땀 흘리며 신음하고 있다고 표현하였다. 작품 속 아홉 편의 작은 광기는 허구이지만 그렇다고 전적으로 허구만은 아닌, 익숙한 경험에서 길어왔다고 르 클레지오는 고백하였다.

삶의 희로애락 감정들 대신 그가 발견한 것은 사방에서 조금씩 파먹어 들어오는 무수히 많은 벌레, 혹은 개미 떼들이고 이 벌레들이 검은 화살표들처럼 한 지점에 모일 때가 있는데 그럴 경우 사람들은 균형을 잃거나 익숙하지 않은 경험과 맞닥뜨린다고 하였다. 이런 징후가 신열, 구토, 통증 같은 신체 증상으로 나타난다. 인간의 육체를 에워싼 정체불명의 불안 바이러스는 메르스에 기습당하고, 은폐된 현실에서 당황하고 있는 우리 모습을 보고 있는 것이다.

르 클레지오 소설은 문학적 상상력에서 질병이 차지하는 비중이 얼마나 큰가를 묻고 있다. 문학에서 육체의 질병은 오랫동안 인간 존재의 근원에 자리 잡은 아픔이고 우리는 지금 어떻게 살아야 하느냐에 대한 성찰이다. 질병은 의학의 영역이기도 하지만 동시에 인간과 사회를 되돌아보는 인문학의 영원한 화두이기도 하다.

보통 사람이 삶의 현장에서 느끼는 무형의 공포감은 의학 차원에서만 해결할 것이 아니라는 판단도 하게 된다. 우리에게도 책임은 있다. 빈곤한 시민 의식, 한국적 간병 문화에 내재된 무지로 후진국형 전염병이 온 나라를 흔들고, 국격을 추락시키고 국민적 에너지를 탕진하는 참담함을 불러왔다. 메르스는 속도만 중시하고, 대충대충 얼추, 얼추 하며 살아온 오늘을 일깨우는, 대한민국 그간의 역량에 대한 시험대다. 모두 병들었는데 아무도 아프지 않았다는 우리의 슬픈 자화상을 보고 있다.

아포리아 상태에서 잠시 노를 내려놓고 밤하늘의 별을 바라보자. 우리는 지금 어디를 향해 가고 있나. 이것이 아포리아 시대의 인문학이다. 한 달 동안 바이러스메르스 앞에 모두 숨죽이고 있었다. 세균을 막는 미세한 여과지로도 걸러지지 않았고 열을 가해도 소용없었다. 이 정체불명의 살아있는 감염성 액체가 바이러스다. 이 바이러스는 인류 역사에서 숱한 재앙을 일으켰다. 1500년대 스페인이 중앙아메리카를 정복하고 옮긴 천연두로 원주민 90%가 사망하였고 에이즈, 에볼라, 사스, 신종플루 같은 우리에게 익숙한 전염병을 출현시켰다. 르 클레지오는 소설 열병에서 불안 바이러스를 점액질로 묘사했다. 길 떠나고, 걷고, 떠돌며 그와 마주치는 사물은 생명체가 되어 공격한다. 느닷없이 고열에 시달리는 '노숙'의 일상을 현미경으로 들여다보듯 세심하게 묘사하였다. 그가 즐겨 사용하는 언어 벌레, 개미 떼, 신열, 통증, 몰려오는 졸음, 광고 문구, 칼리그래프 같은 글자들이 서술의 영역으로 들어와 언어로 탄생한다. 고열, 경련에 시달리다 깨어나면 아무것도 변한 게 없는, 그것은 그에게 일상이 된 질병이었다.

언어의 표류, 그는 극복의 힘을 걷는 언어, 떠도는 언어에서 길러냈다. 작품 열병이 우리에게 시사하는 것은 하늘의 별처럼 많은 언어, 생명과 죽음의 원천을 언어로 찾아가는 여정이다.

이렇듯 질병은 죽음이 아닌 산다는 것의 의미를 환기시키는 인문학적 성찰의 재료가 된다. 메르스 사태를 통해 우리는 불안 바이러스와 허탈과 무기력에 빠져있던 우리의 자화상을 똑바로 바라보아야 한다. 빨리빨리 대강대강의 단어는 이제 버려야 할, 우리 모두 함께 치유해야 할 모순어다. 힘든 세상에서 잠시 벗어나 인문학적으로 제대로 앓아보자.

축제 속으로

허정자
hurjungja@hanmail.net

경주는 사색의 도시다. 숨어있어 더 소중한 보물을 품은 듯한 도시. 힘차게 뻗은 고속도로를 벗어나 시내로 접어들면 쉽게 만나는 커다란 무덤들. 신라 멸망의 슬픔이 내밀한 몸짓으로 다가오는 듯하다. 그래서일까. 이 도시에 오면 언제나 깊은 상념에 젖어든다. 다른 어느 곳에서도 느낄 수 없는 진한 울림이 전해진다. 삶의 허무함을 침묵으로 전하는 무덤 때문인지도 모른다.

2012년 가을, 경주에서 제78차 국제PEN대회가 개최되었다. 노벨문학상 수상작가를 비롯한 각국의 유명 문인들이 대거 참가하는 세계문학인의 대축제다. 서울대회 이후. 긴 세월이 흐른 후에야 우리나라에서 개최되는 문학인의 축제. 내 생애에서는 다시 만나기 힘든 세계 펜 대회였다. 주제는 문학, 미디어, 인권이었다. 특히 관심을 가지고 지켜봐야 할 것은 망명 북한 펜 센터 설립 인가에 관한 것이다. 우리 문인들의 목소리가 아닌 탈북 작가들에 의한 북한의 인권과 자유를 찬양하고 옹호하기 위함이라고 했다. 지금까지 별로 언급되지 않았던 내용들이다. 북한에서 이루어지고 있는 인권 유린에 대한 심각성을 일깨워주는 듯했다. 사색의 도시에서 열리는 무거운 주제였다.

이 대회에 참석했던 나는 잊을 수 없는 두 사람을 만났다. 탈북 문인이었다. 나이가 지긋한 여성 작가와 젊은 남자 시인이었다. 뮤지컬 요덕스토리를 감명 깊게 관람할 때다. 일부가 끝나고 긴 휴식 시간이 있었다. 조금 전 무대에서 보았던 참담한 장면 때문이었을까. 우울하고 어두운 표정으로 앉아 있었다.

"제가 이 뮤지컬의 실제 주인공입니다." 자그마한 체구에 미모의 여인이 입을 열었다. 약간 상기된 표정이었다. 우리 곁에서 말없이 앉아 있던 지극히 평범해 보이던 부인이었다. 낮은 목소리로 조심스럽게 말을 이어갔다.

"휴전선을 보세요. 그곳은 자유가 없는 땅, 인민들이 듣기 좋은 감언이설로 세뇌된 채 살아가는 눈물 겨운 배고픈 땅입니다. 저는 북한에서 비교적 순탄한 생활을 해왔습니다. 김정일의 처이며 김정남의 생모인 성혜림과는 여고 시절부터 대학까지 절친한 친구였습니다. 그런데 어느 날 성혜림이 찾아왔어요. 5호 댁으로 간다고. 5호 댁이란 김일성 직계 자녀 부인을 말합니다. 이미 결혼한 혜림이가 남편은 어떻게 하고 가는지 궁금해 물었지만 대답이 없어 더 이상 묻지 않았습니다. 그날이 성혜림과 만난 마지막 날이었습니다. 그날 이후 저는 보위부에 끌려가 정치범으로 수용되었습니다. 죄명도 기한도 없이 끌려가는 것이 북한 정치범입니다. 갖가지 죄명을 덮어씌워 정치범으로 만드는 곳이 북한이니까요. 단지 성혜림의 친구라는 이유로 죄가 되어 정치범이 된 것입니다. 저뿐만이 아니라 온 가족이 모두 요덕 수용소에 갇히게 되었습니다." 자신이 탈북할 수밖에 없었던 기구한 운명을 듣고 있던 나도 마음이 아려왔다. 수용소에서 부모님과 힘겹게 낳은 아들은 죽고 나이가 들어 한국에 왔지만 후회는 없다고 했다. 9년 동안 겪은 수용소 이야기가 이 뮤지컬의 줄거리가 되었단다. 피눈물 나도록 험난한 길을 걸어온 이야기를 들었다. 어떻게 이처럼 참혹한 일들이 현실에 존재하는 것일까 답답하기만 했다. 하기야 자신의 고모부까지도 처형시키는 지도자를 둔 북한이 아니던가.

또 한 사람의 젊은 시인 이야기다. 2006년에 북한을 탈출했다는 이 시인은 자신은 진실이 담긴 작품, 가슴을 울리는 작품을 쓰고 싶었다. 하지만 북한은 그럴 수 없는 체제였다. 작가 동맹에서는 체제 찬양을 주제로 글쓰기를 강요했다. 날이 갈수록 현실에 대한 불만이 쌓여갔다. 그사이 국가 비밀 정보원이 그에게 의도적으로 접근해왔고 그 사실을 전혀 몰랐다. 친형처럼 따르며 친분을 쌓았다. 체재에 대한 강한 비판을 하며…. 어느 날 새벽 보위부원들에게 체포되었다. 무슨 말이든 다 할 수 있었던 사람은 비밀 정보 요원이었다. 믿었던 사람에 대한 분노와 배신감에 절망했단다. 목숨을 걸고 북한을 탈출한 젊은 시인. 그는 자기처럼 탈북한 문인을 통하여 북한의 슬픈 현실을 우리나라를 비롯한 세계 문인들에게 꼭 알릴 수 있기를 바란다며 눈시울이 붉어졌다. 아직 젊은 분인데 가족들은 어떻게 되었느냐고 물었다. 생사를 넘나드는 온갖 시련 끝에 북한에 있던 아내와 딸 셋을 모두 한국으로 데려왔다고 했다. 우리들은 박수를 치며 젊은 시인의 행운을 축하해주었다. 밝은 내일이 있기를 빌어주었다. 귀한 만남을 가졌던 세계문학인의 대축제. 세월이 가도 잊을 수 없을 것이다. 내 기억 속에 오랫동안 앙금처럼 남아 있지 않을까. 채워도 채워도 채워지지 않는 마음의 공허를 창작으로 달랜다는 노벨 문학상 작가와 함께.

책에서 배부름을 얻는다

류인혜
innhea@hanmail.net

한국수필작가회 회원 중에는 동인회가 결성되기 전부터 교류를 갖고 있던 분이 많다. 인연이 닿은 80년대 초부터 지금까지 꾸준히 활동을 하고들 있지만 세월의 흐름에 밀려 근황도 각각이다. 특히 일찌감치 문단에서 만나 인사를 드렸던 초대 회장 주영준 선생은 우리 동네 초등학교에도 재직한 적이 있기에 더 자주 뵈었다. 이제는 쉽게 만나기 어려워 생각하면 쓸쓸함이 크다. B선생, K선생도 함께 젊은 시절을 통과하며 펄펄 끓던 열정에 휩쓸려 우여곡절을 많이 겪었지만, 만나면 집안 형님처럼 정답다. 듬직했던 M선생은 수필과 시조로 등단했다는 동질성과 사무실이 낙원빌딩에 있었기에 내가 그곳의 여성문예원으로 오갈 때부터 친숙한 안면으로 대했었다. 오늘 책을 읽다가 문득 그분들이 나누어준 인정을 생각한다.

발간 때부터 화제가 되었던 정민 선생의 『미쳐야 미친다』는 가끔 다시 읽는 책이다. 발간되자마자 M선생께서 아주 좋은 책이 나왔다며 추천해 주셨다. 학문이 깊은 선비처럼 묵직하고 말이 적었던 선생이 어떤 일에 꽂히면 청산유수가 되었다. 책에 대해서 전심을 다 해 말해 주셨기에 얼른 구입했다.

곧은 대나무 같았던 글 선비 M선생은 한 가정의 가장으로 열심히 살았다. 지나가는 말로 직장에 대해, 하고 있는 일에 대해서 무심한 듯 한 마디씩 했다. 당시에는 그 말들이 무슨 의미를 내포하고 있는지 크게 관심을 두지 않았는데, 지금에야 구체적인 느낌이 온다. 크게 도움을 드리지 못했지만, 우리 양반이 싱싱하게 뛰어다니던 젊은 시절에는 문단의 일에 아낌없이 지원을 해주었다. 덕분에 앞장서서 사소한 일에도 밥 사고, 밥값보다 더 비싼 차茶도 살 수 있었다. 밥 먹는 일에는 앞뒤를 따지지 않고 넉넉하게 비용을 감당하던 때다. 늘 그렇게 편한 마음으로 살게 될 줄 알았다. 30여 년이 지난 지금은 개미가 열심히 일을 할 때, 나무그늘에서 노래 부르던 베짱이처럼 어려운 일이 많다. 애초 글을 써서 밥 먹을 생각을 하지 않았지만 만약 일반 회사에서 30년 이상 재직을 했다면 퇴직금도 수월찮이 챙겼을 게 아닌가, 생각까지 든다.

책을 좋아하던 이덕무가 흉년으로 배고픔을 견디지 못해, 『맹자』 7편을 200전에 팔아서 가족들과 배불리 먹고 유득공에게 달려가서 자랑을 했더니 유득공도 『춘추 좌씨』를 팔았다. 양식을 사고 남은 돈으로 술을 사서 마시고 둘이 거나해져 맹자가 밥을 먹이고 춘추가 술을 먹여 준다고 흥얼거렸다. 그들처럼 그럴 수는 없는 일은 내가 지니고 있는 책 중에서 팔아서 무엇을 할 정도로 값진 것이 없다. 그만큼 값어치 있는 고서를 소장하지 못했다. 중요한 책들은 교회 도서관으로 보내고, 문학관으로 보냈다. 혹시 아들에게 생일선물로 받은 박경리 선생의 『토지』 한 질은 값이 꽤 될까! 얼마 전 들은 이야기 중에 눈이 번쩍 뜨이도록 기분 좋은 이야기는 1925년에 발간된 손바닥 크기의 소월 시집 가격이 일억이라 했다.

비싼 값으로 팔 책은 없어도 읽을 책은 많다. 제목을 발음하기에 어색한 『미쳐야 미친다』 속에는 박지원에 대한 글도 있다. 그가 남긴 짧은 척독 속에 암호처럼 도와달라는 내용을 쓴 글이 많다고 한다. 대문장가로 기세등등했던 연암도 길이 막혀 어려울 때는 지인들을 괴롭혔나 보다. 연암의 막역한 이들은 삶을 대하는 단수가 높았다. 그들처럼 어머니 같은 J선생, 오라비 같은 L선생께서는 선 듯 챙겨주시고 짐짓 모른 척하셨다. 또 마음 한 자락씩을 내어 준 여러 K선생들…. 내 삶보다 정신의 단수가 높은 그런 인정에 웃을 수 있는 여유가 생겼다. 연암과 그 친구들은 서로 의지하여 어려운 시절을 살아내면서 꾸준히 책을 읽었다. 사람이 올바르게 사는 방법을 모색하여 실학에 많은 업적도 남겼다. 그들의 사연을 글로 읽으면서 저절로 배가 불러진다. 좋은 책을 권해 준 하늘의 M선생께 감사한다.

일상의 그늘

신일수
ilsooshin@hanmail.net

경칩을 며칠 앞둔 어느 날, 꽃 시장에 들러 시클라멘, 카틀레야, 풍란, 보세란과 잎에 무늬가 들어있는 엽예품의 일종인 팔부기린, 황룡금 등을 손에 넣었다.

서너 평 남짓한 좁은 베란다 공간에, 식물의 습성에 따라 놓이는 장소도 고려해야 되니, 여간 신경이 쓰이는 게 아니다. 꼭 이맘때가 되면 새 식구가 하나둘 자꾸만 늘어나게 되니, 터 잡아 앉을 자리를 마련하기가 그리 쉽지만은 않다.

변함없이 선홍색과 핑크빛 꽃을 피워내는 제라늄 같은 품종이 있는가 하면, 봄이나 여름에만 꽃봉오리를 터뜨리는 영산홍과 카틀레아, 게발선인장, 심비디움, 풍란들도 있고, 가을이 오면 어김없이 꽃을 틔우는 추란과 지네발란, 겨울에 꽃을 피워내는 한란이나 시클라멘 같은 것들과, 언제나 짙푸른 양치류나 아이비와 호야, 스킨다비스, 그리고 마삭줄 같은 넝쿨 식물 등등 그 종류도 다양하고 생김새나 성정 역시 제각각이다.

햇볕을 좋아하는 양지식물이 있는가 하면, 반 음지나 그늘진 곳에서도 잘 자라는 것들도 있고, 추위에 잘 견디는 식물이 있는가 하면, 유난히 추위를 잘 타는 것들도 있고, 더위를 몹시 싫어하는 것들이 있는 반면, 사계절 가리지 않고 잘 자라는 것들도 있다.

두고 온 하늘과 땅 그리고 바람이 서로 다르기 때문에 한시도 눈을 떼어서도 안 되고, 함부로 다루어서도 안 된다. 조금 방심하면 시름시름 앓다가 맥없이 주저앉아 버리기도 하고, 하룻밤 밤사이에 흔적도 없이 사라지는 일들도 허다하다. 영양이 부실하다 싶으면 물 비료나 거름을 주기도 하고, 때로는 자연 발효시킨 살충제나 살균제를 뿌려 주며, 치료에 정성을 다해 주어야 제대로 생명을 유지하며 건강하게 잘 자랄 수 있다.

봄에서 가을까지는 그런대로 장소를 옮겨가며 돌봐 주지만, 찬바람이 이는 겨울로 접어들면 괜스레 마음이 바빠지고 마음이 조여든다. 추위에 약한 아열대나 열대식물만 따로 골라 거실에 들여놓았다가, 햇살이 맑게 비치는 날을 골라 바깥 창가로 옮겨 관수를 했다가, 들여놓기를 해동이 될 때까지 반복해주어야 한다.

매일 물을 주어야 하는 것들이 있는가 하면, 3, 4이나 한 달에 한 번 정도 물을 주어도 아무 탈 없이 잘 견디어 내는 것들도 있다. 거기에다 식물에게 필요한 조건이 되는 물, 햇볕, 토양, 바람 등을 고려해야만 하기 때문에 세심한 배려와 정성을 쏟아야만 한다. '물주기 3년'이란 말이 암시하듯, 식물을 잘 기르는 사람과 그렇지 않은 사람의 차이는 물주기에 달려 있다 해도 과언이 아니다. 그만큼 화분 식물에 물주기는 어렵다는 얘기이다. 물은 화분의 용토가 말랐을 때 주어야 하는데, 말처럼 그리 쉽지만은 않은 일이다. 실내에서 그것도 화분이라는 제한된 공간 속에서 생명을 유지해야 하기 때문에, 물을 적절히 공급하지 않을 경우 노지의 토양에 심어진 식물과는 달리, 수분의 부족이나 과잉에 민감하게 반응하게 된다. 일반적으로 키가 크고 잎이 얇고 넓은 식물은 잎에서 물이 많이 증발하기 때문에 물을 많이 필요로 하는 반면, 키가 작고 잎이 많지 않은 식물, 줄기에 물을 저장하는 다육식물이나 선인장류는 물이 적어도 비교적 잘 견디어 낸다.

같은 식물이라 할지라도 밝고 따뜻한 곳에서는 어둡고 서늘한 곳보다 물을 자주 주어야 한다. 그리고 공기 중의 습도도 식물의 생장에 중요한 역할을 한다. 일반적으로 열대나 아열대 원산의 잎이 넓은 관엽 식물이나 고사리 종류. 난과 식물은 습도가 높아야 잘 자라는 반면. 다육식물이나 온대 지방이 원산지인 식물은 습도가 너무 높으면, 잘 자라지 못하는 습성이 있다.

여름철에는 식물이 왕성하게 생장을 하기에, 많은 수분을 요구하며 겨울철보다 화분이 빨리 마르게 된다. 자연환경의 조건에 따라 증발하는 양이 다르기 때문에 마르는 속도도 달라지는 것이다. 빨래가 빨리 마를 때는 대기가 건조할 때와 강한 햇살이 비치고 기온이 높을 때인데 화분도 마찬가지라고 보면 된다. 물이 마르는 속도의 차이는 배양토에 따라서도 달라진다. 그러기에 식물의 종류에 따라 달력에다 일일이 표시를 해 두었다가 관수를 하기도 하고, 난 종류나 포자식물을 분갈이를 하거나 포기나누기를 하여, 때때로 가까운 이웃에 분양해 주기도 한다.

아침에 눈을 뜨면, 곧장 베란다에 나가 그들과의 만남이 일상처럼 되어 버린 지금, 생각해 보니 이들과 함께해온 지도 어언 30여 년이란 세월이 흘렀다. 아낌없이 교감을 나누며 지내는 일상의 그늘. 그 그늘 아래 식솔들과 함께 공유하는 시간들이 나의 쉼터이자 내 마음을 정화시켜주는 유일한 공간이기도 하다.

쓰르라미가 운다

변영희
haeving@naver.com

한 곳에 너무 오래 앉아있었다. 아침부터 장장 7, 8시간은 되는 것 같다. 바람 쐴 겸하여 저녁나절 집 밖으로 나섰다. 종아리가 통통 부어 발걸음이 원활하지 않다. 저녁나절이라고 갑자기 시원한 바람이 불어오는 것은 아니었다.

아파트 상가를 지나는데 쓰으 ㄹ! 쓰으 ㄹ! 하고 쓰르라미 소리가 들렸다. 고개를 들어 소리가 나는 쪽을 올려다보았다. 분명 높은 곳에서 소리가 들린 것 같은데 근처에 쓰르라미가 서식할 만한 나무는 보이지 않았다. 기껏해야 이파리가 듬성듬성한, 탈모증세가 확연해 보이는 소나무 몇 그루가 서 있을 뿐이었다.

쓰르라미는 찌는 여름과 먹구름을 닮아 목이 쉰 것인가. 그 소리가 탁하고 처지고 늘어져 보였다. 그건 노래가 아니라 호소나 울부짖음이었다. 더위를 식힌다고 집 밖으로 나온 나에게 결코 아름다운 음향으로 들리지 않았다. 애들 말을 빌리자면 짜증 나는 소리 공해였다.

올여름엔 유난히 국지성 호우가 많았던 때문일까. 남쪽 지방에서는 홍수와 태풍이 지나간 반면 우리가 사는 이곳은 밀운불우密雲不雨의 연속이었다. 며칠 사이 비가 좀 내려 다소 해갈이 되기는 했지만 감질을 겨우 면한 정도였다. 오히려 그것은 더위 막바지의 끈적끈적한 기운을 몰고 왔다. 바닥도 천장도 벽도, 사람의 몸까지도 한없이 끈끈하고, 눈에 보이지는 않으나 샘물이 누수된 것처럼 온 사방에 물기가 지분거리는 양상을 부추겼다.

우리 단지 안에 주소를 둔 쓰르라미도 더위에 지친 것일까? 지친 쓰르라미 소리가 불현듯 서포리의 여름을 기억나게 했다. 소금 냄새 삼삼하게 잡히던 서해 너른 바다로, 해송 숲으로 울려 퍼지던 힘차고 맑은 쓰르라미 소리를 떠올렸다. 해 질 녘에 수십, 수백 마리의 쓰르라미가 합동으로 이뤄내는 서포리의 여름 심포니!

쓰ㄹ! 쓰ㄹ! 쓰ㄹ!

맴! 맴! 맴!

쓰르라미뿐만이 아니었다. 매미의 합창도 쓰르라미에게 지지 않을세라 일정한 박자와 힘찬 음률을 유지하면서 서해바다의 노을 속으로 빨려 들어갔다. 서해바다 외딴 섬의 멋진 배경 때문이었을까. 그들의 합주회는 그곳을 찾은 피서객들에게 막연한 그리움을, 낭만적인 서정을 일깨워 주었다. 해가 지면서 바닷바람은 더욱 거침없이 불어와 모든 이들에게 아련한 향수를 불러일으키기에 알맞았다.

이곳의 쓰르라미 소리와는 확연히 구별되는 소리였다. 서포리의 그것은 살아 꿈틀대는 생명의 소리, 우주에서 내려온 음악이었다.

대체 이건 신음소리야? 우는 소리야?

9단지 쓰르라미 소리를 피해서 가능한 한 걸음을 빨리했다. 찻길로 나오자 쓰르라미 소리는 점점 희미해지고, 마트로 건너가는 네거리에 이르렀을 때는 쓰르라미 소리가 더 이상 들려오지 않게 되었다.

'쓰르라미 너도 참 바보구나! 이 복잡한 상가 근처 소나무가 어떻게 너의 보금자리가 될 것이라고 보았니? 이제라도 떠나라. 서포리 먼 섬까지는 아니더라도 대곡역 그 아랫마을 공기 좋은 곳으로 당장 떠나버려! 너의 그 애간장 치미는 울음소리가 귀에 설다. 더는 참아줄 수가 없어!'

멋대로 푸념하면서 마트로 발걸음을 옮긴다. 자동문이 소리 없이 열리는 순간

안개처럼 휘감는 냉기에 잠시 정신이 얼떨떨하다. 나무 의자가 비어 있어 얼른 그곳에 가 앉았다.

하느님은 '지역과 구역을 정하신다'더니 그것은 인간에게만 한정한 권리인가? 쓰르라미 같은 미물에게도 두루 적용하는 진리인가를 생각하며 오늘의 휴식, 피서는 이것으로 족하다고 여긴다.

쓰르라미가 운다. 서포리의 바닷바람을 잔뜩 머금은 쓰르라미와 매미의 시원한 합창이 들려온다.

불타는 대지 앞에서

하재준
hajun41@hanmail.net

태양이 이글대는 7월 초순, 아침부터 더위는 기승을 부린다. 금년에는 예년에 비해 빨리 찾아온 더위라서인지 아직도 초복이 되려면 열흘 정도 남아있지 아니한가. 그런데도 요즘 이곳 인천의 더위는 삼십이, 삼 도를 오르내리고 오늘의 더위는 삼십사 도로 금년 들어 가장 무덥다는 기상대 예보다. 왜 이리도 더위가 기승을 부리는 것일까. 여러 가지로 그 원인을 찾을 수 있겠지만 올해의 모진 가뭄 때문이라 여겨진다.

지난 오월부터 두 달여 동안 비는 두세 차례 내렸다고 하나 모두 땅의 흙먼지도 가라앉지 못할 정도였다. 그러다보니 목마른 대지는 입을 짝 벌리고 하늘에 애원哀願이라도 하듯 비가 흡족히 내려줄 것을 고대하고 있다. 그런데도 태양은 나도 모르겠다는 듯이 대지를 불태우고 있어 뿌리가 깊이 뻗지 못한 식물들은 고사상태에 이르고 만다.

이런 불볕더위인데도 끝없고 다함이 없는 생명의 고향인 흙은 원시 본연의 임무를 다하고 있다. 그러기에 땅속 깊숙이 흐르는 물을 뽑아 올려 기갈이 된 뿌리에 수분을 공급해주어 생명을 살리고 있다.

모든 생명체는 운명이 존재하는가 보다. 동물들은 자기들의 삶에 알맞은 곳을 찾아 이동하며 살아가고 있으나 식물들은 그렇지 못하고 한군데에서 뿌리를 내리면 그곳에 정착한 채 그대로 살아간다. 이렇게 볼 때 운명이란 말을 붙인다면 동물보다 식물이 더 절실하지 아니한가. 보라. 혹독한 그 가뭄 속에서도 한번 뿌리를 내리고 나면 그곳에서 조금도 요동치 아니하고 생명의 연장을 위해 최후까지 힘써 버텨나가는 식물들의 끈질긴 모습이다. 나는 강인한 식물들의 그 모습을 배우기 위해 농장을 찾아가기로 했다.

오늘 뜻을 같이한 우리 일행 5명은 오전 8시 30분 부평역 근처에 모여 승용차 한 대로 인천 강화군 길상면에 있는 노老 교수님 농장을 찾아 떠났다. 한 시간 반가량 달려 농장에 도착하기 전인데 교수님이 좀 떨어진 한길까지 나와 우리 일행을 반갑게 맞이했다.

대학 강단에서 몸 바쳐 일해온 노 교수님이 퇴임 후 노년을 즐겁게 보내기 위해 마련한 자그마한 농장이다. 육백여 평 남짓한 땅에 과실수 수십 주를 심어 놓고 햇볕이 잘 드는 대여섯 평에 채소를 재배하고 있었다.

나는 농장을 한 바퀴 휙 둘러봤다. 안타깝게도 모진 가뭄에 겨우 목숨만 부지한 딸기 십여 그루는 불볕에 시달려 줄기가 자라지 못한 채 땅바닥에 주저앉아 버리고 말았다. 그 위쪽에는 참외 몇 그루가 보이는데 싹이 나서 얼마간 자라다가 목이 말라 성장을 멈춘 듯 듬성듬성한 그대로의 모습이다. 정상으로 자랐다면 왕성한 줄기가 주위를 풍성하게 뒤덮을 것인데 겨우 반발쯤 뻗은 앙상한 줄기다. 그런데도 거기에 노란 꽃이 애처롭게 몇 송이 피어 있고 어른 엄지손가락만 하게 참외가 노랗게 한 개 달려있었다. 보기가 너무 초라하리만큼 아주 작은 참외이기에 가까이 가서 유심히 바라봤다. 이 기형 참외가 정상 참외처럼 단내가 나지 않는가. 이것은 잘 익었다는 증거다. 이같이 몹시 가뭄에 시달리면서도 반드시 자기 씨앗을 남겨 대를 풍성히 이어야겠다는 강렬한 의지로 보인다.

아! 놀라운 생명력이다. 이것이 생물의 본능이 아닌가. 이 모두 자연의 이법이다. 그런데 왜 이런 생각에 젖어있을 때 내 마음이 이리도 허전할까. 요즘 문제가 되고 있는 젊은이들의 얄팍한 이기적 심리로 신생아가 급속히 줄어가는 현실이기 때문일까. 아니면 그간 병약해진 관계로 나의 의욕이 극도로 침체되어서일까. 이 모두 자연의 이법에서 떠나버린 심리작용 때문이리라.

오늘날 과학 문명이 아무리 뛰어나고 우리의 지혜가 번득일지라도 자연의 이치를 변화시킬 수 없고 자연의 품을 떠나 살 수 없다. 오직 자연의 섭리에서 배워야 하고 자연의 섭리를 터득해야 한다. 이렇게 말하면 어느 누가 나더러 억측이라고 하겠는가.

강렬하게 불태우는 태양의 열기, 이에 굴하지 아니하고 최선을 다해 종족 번식을 하는 한낱 식물의 모습 속에서 나는 지금 무한의 도전을 받는다.

담배 여인

임재문
sullbong@hanmail.net

담배를 얻으러 다니는 여인이 있다. 그녀는 여관방에 산다. 그녀의 남편도 있다. 그녀의 남편은 막노동판에 다닌다. 다섯 살짜리 아들도 있다. 그런데 그녀는 담배를 얻으러 다닌다.

나는 그녀를 담배 여인이라 부른다. 삼십 대 초반의 그녀는 담배 없이는 하루도 못사는 여인처럼 보이기 때문이다. 그녀는 나에게 와서도 담배를 구걸했다. 나는 정중하게 이야기한다. "저는 담배를 피우지 않습니다." 그녀는 쓸쓸하게 돌아서며 연거푸 라이터 불을 켜며 사라져 간다.

그녀는 안데르센 동화에 나오는 성냥팔이 소녀가 아니라 라이터 팔이 소녀였더란 말인가.

내가 만약 그녀였더라면, 그렇게 산발한 머리에 꾀죄죄한 옷을 입고 담배를 구걸하지는 않았을 것이다. 아니 담배를 피우지 않는 나는 담배를 얻으러 다닐 일도 없겠지만, 만약 내가 그녀처럼 담배 없이는 못사는 처지였더라면, 나는 화장을 짙게 하고 루즈를 바르고, 미니스커트를 입고 아이섀도우도 하고 아주아주 섹시하게 몸단장을 하고 온갖 애교를 다 부리며 "담배 한 대만 주세용!" 하고 손을 내밀면, 내 청을 거절할 남자가 과연 몇 명이나 있을까.

담배를 피우지 않는 나라도 재빨리 담배 가게로 달려가 담배 한 갑을 사서 섬섬옥수 그녀의 손에 꼬옥 쥐여주고야 말았으리라.

그런데 그녀는 남루한 옷에 산발한 머리는 언제 감았는지 부석부석한 얼굴로 다가와 담배를 구걸하니 뭇 남성들이 화들짝 놀라서 도망가기 일쑤다.

그래도 그녀는 굽히지 않고 담배를 얻으러 다닌다. 그리고 어쩌다가 담배를 한 대 얻는 데 성공을 하면, 이 세상의 모든 근심 걱정을 한꺼번에 날려버리기라도 할 듯이 만면에 웃음을 머금고 뻐끔뻐끔 담배를 피워물고 허공을 향해 연기를 내뿜으며 걸어간다.

그런 그녀를 가장 아끼고 사랑하는 것은 그녀의 남편이다. 막노동판에서 돌아오면 마치 다정한 연인처럼 그녀를 데리고 쇼핑도 다니고, 물론 담배도 사서 입에 물려주고, 이 세상의 그 어느 여인보다도 더 그녀를 애지중지 거들며 다닌다.

그녀의 남편은 비록 막노동판에 다니지만 얼굴도 미남형이고 제법 학식도 있을 법하게 보인다. 때로는 다섯 살짜리 아들도 동행을 하여 단란한 가정을 연상시키기도 한다.

나는 그녀의 남편이 위대하게만 느껴졌다. 이 세상의 모든 사람들이 외면하는 그녀를 애지중지 사랑하고 있기 때문이다. 그와 그녀와는 그 무슨 애틋한 사연이 있는 것일까? 궁금해지기도 한다. 그러나 나는 그 사연을 알아볼 엄두가 나지 않는다. 왜냐하면 희생적인 그 사랑이 너무나 위대하게 느껴지기까지 하기 때문이다.

그리고 내가 담배를 피우지 않는 것이 천만다행이라 생각을 한다. 내가 만약 담배를 배웠더라면, 공초 오상순 시인은 저리 가라 하게 줄담배를 피웠을 것이고 폐가 상해서 지금쯤은 아마 이 세상 사람이 아니었을 것이기 때문이다.

어쩌다가 내가 술을 입에 대기 시작해서 담배를 구걸하는 그녀보다도 더 깊게 술에 빠져들어가게 되었는지 나 자신도 모를 일이다. 그리고 그녀의 남편처럼 이 세상 사람들이 손가락질을 해도 나를 사랑하는 내 아내가 한없이 위대하게만 느껴온다. 이제부터 나도 아내에게 더욱더 사랑받는 사람으로 거듭나야 하지 않겠는가. 깊이깊이 반성해 보는 계기가 되었다.

돌이켜 보면 술로 인한 사연들이 너무너무 많다. 아내의 나이테는 내 술로 인한 것이 대부분일 것이다. 술로 인하여 잃은 것이 그 얼마나 많았는가. 때로는 건강을 해치기도 하고 온몸이 만신창이가 될 때가 한두 번이었던가.

그럴 때마다 나를 다독이며 살아온 내 아내가 그녀의 남편보다도 더 위대하게 느껴온다. 내 평생에 처음으로 일찍 찾아온 이 겨울. 나는 얼어붙은 아내의 마음을 녹여주는 따사로운 햇살이고 싶어진다.

아내여! 사랑하는 내 아내여! 이제 우리 다시 손에 손잡고, 일어나서 함께 갑시다.

"겨울도 지나고 비도 그쳤고 지면에는 꽃이 피고 새가 노래할 때가 이르렀는데 반구의 소리가 우리 땅에 들리는구나. 무화과 나무에는 푸른 열매가 익었고 포도나무는 꽃이 피어 향기를 토하는구나. 나의 사랑, 나의 어여쁜 자야. 일어나서 함께 가자."

아가서의 그 말씀처럼 우리 함께 봄맞이 하러 갑시다. 사랑하는 내 아내여!

내가 받은 황금알 – 나의 초임지에 얽힌 에피소드

한동희
hdhhw@naver.com

하고 많은 꿈들이 날개를 펴는 여고 시절이었다. 최은희 주연의 영화 '검사와 여선생'을 보고 감명을 받아, 나도 영화의 주인공처럼 멋진 검사가 되고 싶었다. 아버지는 나의 꿈을 키워주기 위해 이따금 덕수궁 근처의 지방법원에 데리고 가서 재판 광경을 방청시켜 주셨다. 그때 어느 여인이 닭 한 마리 훔친 죄로 3년 징역형을 받는 걸 보며 준엄한 법의 심판에 온몸이 오싹해졌다. 닭 한 마리 훔친 죄로 3년 징역형이라면 내가 친구들과 어울려 '참외 서리' 한 죄는 몇 년 징역형일까.

대학에 실패하고 재수를 할 때였다. 고려대 법학과에 재학 중인 작은 오빠는 자기의 학과 배지를 내 가슴에 달아주며 꿈을 잃지 말라고 격려해 주었다. 오빠는 내가 법대생이 되기에는 역부족이라는 것을 알면서도 음악 감상실에 드나들며 우울한 영혼을 달래는 동생이 염려되었던 모양이다. 나는 꿈을 포기하지 않았지만 방황의 늪을 빠져나오기 힘들었다.

가장 가까운 친구가 의상 디자인 공부를 하기 위해 일본으로 유학을 떠나던 날, 나는 '쎄코날' 한 알을 입에 넣었다. 친구는 비행기를 타고 구름 위를 날고, 나는 꿈속에서 구름을 타고 신선처럼 노닐다 눈을 떠보니 흰 가운을 입은 의사와 간호사가 희미하게 보였고, 큰고모가 나를 붙잡고 흐느끼고 있었다. 의사는 왜 약을 먹었느냐고 물었지만 나는 피식 웃고 말았다.

그 후 작은 오빠는 내 진로를 바꾸는 데 앞장섰다. 지금까지의 몽상은 접고 서울시 교육위원회 교육공무원 임용고시에 응시하라고 권유와 설득을 거듭했다. 서해 바다 수평선에 점점이 박힌 이름 모를 섬들을 보며 낙도의 여교사가 되고 싶은 적도 있었는데, 그 꿈을 향해 가는 것도 괜찮을 것 같았다. 그런 연고로 나는 말단 교육 공무원이 되었고, 영등포에 위치한 00학교 부설 성인반 전임강사로 발령을 받았다. 이곳이 나의 초임지이고 4년을 보낸 근무처였다. 나의 임무는 야학을 열어 문맹 퇴치에 나서는 일이었다. 말하자면 나는 심훈의 소설「상록수」에 나오는 채영신의 후배가 된 셈이었다. 그 당시 소설에서처럼 지식인들의 농촌 계몽 운동은 지속되었지만, 1960년대만 하더라도 농어촌은 여전히 낙후되었고 전국에 문맹자가 많았다. 현재 한국인이 세계적인 두뇌로 인정받고 있는 것은 반세기 전 민족이 거듭나기를 염원하며 민중 속으로 뛰어들어 계몽 의지를 불태웠던 젊은이들이 있었기 때문이다.

내가 교육해야 할 대상은 '밤섬 아이들'이다. 오래전 여의도 개발로 흔적이 사라졌지만, 밤섬은 한강 하류의 모래밭에 밤톨처럼 솟아 있어서 '밤섬'이라 불렀다 한다. 밤섬은 행정구역상 마포구에 속해 있지만 생활권은 영등포에 속해 있었다. 밤섬에는 62세대 445명이 살고 있었는데 대부분 막노동을 하거나 영등포에 나와 노점상을 하며 고달픈 삶을 이어가야 했다. 우리 반 학생들은 취학 시기를 놓친 10대들로, 그들은 살림을 하며 동생들을 돌보느라 학교에 결석하는 날이 많았다.

꿈은 꿀 때에만 아름답다. 내 눈에 낙도가 아름답게 보였던 것은 먼 곳에서 바라본 때문이었을 것이다. 꿈이 현실로 올 때 거기에는 어려움이 있게 마련이다. 나는 도시 속의 외딴 밤섬을 수시로 드나들며 교육의 중요성을 강조하고 자발적으로 수업에 참여하도록 독려해야 했다. 그들에게 글을 가르치는 것보다 어려운 것은 그들과의 간격을 좁히는 일이었다. 나를 이방인처럼 바라보는 아이들에게 따뜻한 마음으로 다가가 바른 인성을 길러주고 자존감을 키워줘야 한다. 나는 농민 계몽 운동의 혁명적 의지가 있었던 것도 아니었고, 가난한 자들을 비참한 생활에서 구해내려는 헌신과 자비의 정신이 있는 자도 아니었지만 「상록수」에 나오는 채영신을 닮고 싶었다.

내가 가정 방문을 하면 학교에 나오지 못하는 부끄러움으로 문 뒤로 숨어버리는 아이들. 나는 그들을 학교로 불러 모아 일렬로 세워놓고 얼굴을 씻기고 귀지를 파주었다. 입안에 슬며시 박하사탕을 넣어주기도 했고 때로는 회초리로 훈계도 했다. 남에게 사랑받기만을 원했던 내가 누군가를 위해 희생해야 한다는 사랑의 원칙을 배워가고 있었던 것이다.

어느 날 나를 찾아온 사람이 있다기에 교문 앞으로 나가 보니 어느 여인이 볏짚으로 싼 달걀 꾸러미를 들고 있었다. 학교에 나오는 것보다 집안일을 돕는 것이 우선이라던 학생의 어머니가 집에서 기른 닭이 낳은 것이라며 수줍어하며 달걀 꾸러미를 내미는 것이 아닌가. 식구들의 영양 보충이나 장에 나가 팔아 생계에 보태야 할 것을, 닭이 알을 낳을 때마다 나를 생각하며 열 개를 모은 정성이 가슴 뭉클하여 지금도 그때의 '감동'을 잊을 수가 없다. 볏짚에 싸인 열 개의 달걀은 내가 받은 선물 중 가장 귀한 '황금알'이었다. 나와 헤어질 때의 눈물 가득 고인 아이들의 천진스런 모습이 달걀 꾸러미와 함께 흑백 사진 속의 추억으로 떠오른다.

북정마을 사람들

류동림
nabidr@hanmail.net

한국펜클럽을 통해 성북동 북정마을 문학기행을 다녀왔다. 성북동은 대동여지도 경조오부도시 나올 만큼 오래된 마을이다. 현대의 성북동엔 빈부 차가 엄청난 사람들이 상존해있다. 지대가 낮고 판판한 쪽엔 부촌이 있다. 성곽 언덕을 끼고 산꼭대기로 이어진 쪽엔 무허가 판잣집을 비롯한 허름한 집들이 옹기종기 모여 있는데 북정마을이라고 불린다. 도심에 몇 남지 않은 달동네이다. 가난한 사람들이지만 그래도 인정을 가꾸며 오늘에 이르렀다고 한다.

북정마을의 가파른 오르막길을 올라가서 꼭대기 근처에 다다르니 시원한 바람이 불어와 맺힌 땀을 씻어 주었다. 북정마을에선 마을버스 승차장이 있는 이 꼭대기 부근이 그나마 번화한 곳이다. 승차장 앞에 곧 쓰러질 것 같은 집의 옆구리에 붙어있는 '북정이발'이란 간판을 보고 면도라도 할까 하고 기다려도 이발사가 나타나지 않는 경우가 많다고 한다. 낮에는 다른 일을 하러 다니고 밤에만 들러서 이발을 해주기 때문이다. 주민들도 이발사의 사정을 훤히 알기에 쓰다 달다 군말 없이 꾸벅꾸벅 졸며 머리를 깎고 간단다.

카페라고 쓰여진 표지판이 있어 호기심을 자극한다. 뭐 마실 것이 있나 하고 몇 사람이랑 들어갔다가 그냥 나오고 말았다. 주인을 찾으니 점심 먹으러 갔다고 한다. 가게를 비워놓고 파는 사람이 없으면 누가 파냐고 묻자 여기 있는 사람 중에 아무나 커피를 타주고 돈을 받아 놓으면 되고 물을 찾는 이에게는 물은 공짜로 준단다. 대단한 일은 아니라 해도 소소한 일을 통해 남을 돕는 일에 익숙해 보였다.

카페(?)의 옆쪽엔 나무 판때기에 노란색 비닐 장판을 씌운 자리가 있어 마실 나온 노인들의 사랑방도 되고 쉼터가 되어주었다. 승차장이 있는 이곳은 꼭대기여서 여름철에는 시원한 바람이 불어와 아래쪽 마을보다 시원하다. 주민 중에 낙천적인 사람들은 천연 바람을 쏘이며 이만하면 살만하지 않느냐고 스스로 만족하고 저 밑에 부자 마을을 내려다보며 '당신들은 내 발 아래 있소이다'라고 코웃음을 치지 않을까 하고 엉뚱한 상상을 해 본다.

겨울엔 부서진 목제 가구나 죽은 나무 등 땔감이 될 만한 것이 있으면 보이는 대로 마을 사람들이 모아와 녹슨 드럼통에 겨우내 불을 지핀다고 한다. 버스를 기다리는 사람이나 버스에서 막 내린 사람들이나 다 같이 불에 달군 드럼통 화로 곁으로 가서 언 손도 녹이고 추운 몸도 덥힌단다. 난로 위에는 물이 담겨진 커다란 양은 주전자가 있어서 누구든지 뜨거운 물을 마실 수 있게 해 놓는다고 한다. 마시고 나면 찬 속이 풀리고 얼었던 얼굴도 환해져서 그 여력으로 집까지 간다고 한다. 겉으론 보잘것없어 보이지만 마을 사람들에게 얼마나 큰 효용을 주는 드럼통과 주전자인가.

이곳에서 내려오는데 가파른 내리막길이어서 넘어질까 봐 나는 담벽을 손으로 짚으며 간신히 발걸음을 하고 있었다. 내 맞은편에는 거동이 불편해 보이는 할머니 한 분이 숨을 몰아쉬며 올라오고 그 뒤를 50대로 보이는 아낙이 상보를 덮은 쟁반을 머리에 인 채 따라오고 있었다. "빈 몸으로 가기도 어려운데 무엇을 이고 가세요?"라고 묻자 "경로당에서 저 할매 잡술 점심을 가져가는데 마중 나오시네요. 우리들 힘을 덜어 주려고 그렇겠지만 오가다 다치기라도 하면 어쩔 것이요." 나는 그 말을 듣고 "복 많이 받으시겠어요."라고 하고 계속 가려는데 아낙은 얘기를 덧붙인다. 겨울에는 연예인들이 연탄 배달 봉사도 해준단다. 또 우물

장터도 열릴 때가 있어 비빔국수나 파전이 맛있다며 방문자들의 칭찬도 자자하다고 자랑을 한다. 거기다 누가 수박이라도 한 통 기증을 하면 한쪽씩 입가심하는 맛은 어떻고요.

이 마을을 내 마음에 꽂히게 한 것은 무엇보다 여기 사람들의 이런 인간미에 있다. 눈에 보이는 것은 비록 어설프고 누추할지라도 거기엔 봄볕 같은 정이 있었던 것이다. 보기에 화려하고 아름답고 탐나는 것들이 많은 세상에서 이 동네 사람들에게는 눈에 보이지도 손에 잡히지도 않지만 너그럽고 훈훈한 인심이 있어 행복하게 느껴지나 보다.

예전부터 이곳을 개발하자고 부추기는 사람도 있고 반대하는 사람도 있었다. 이해득실에 따라 주장이 달라지겠지만 더 이상 물러날 곳 없이 내몰린 사람도 있고 더 많은 수익을 올리려고 매달리는 이도 있었을 것이다. 전에는 개발이라면 무조건 싹 쓸어버리고 깎아내는 저돌적인 방식이었다. 역사적인 장소나 건물이나 자연환경을 고려치 않고 무작정 밀고 시작했다. 그런 난개발 때문에 전통, 문화, 마을 공동체 등 소중한 가치가 많이 무너졌다. 그뿐만 아니라 자연 훼손과 국토의 비효율적인 활용 등 손실이 컸다. 이곳 사람들이 불편한 생활을 참고 기다린 덕에 이곳은 그런 난개발의 대상이 되는 걸 피했다. 이젠 개발하더라도 미리 찬찬히 들여다보고 주민을 배려하는 마음과 합리성을 고려해 가며 신중히 하길 바란다. 경제학자 아담 스미스가 쓴 국부론에 나오는 '보이지 않는 손'처럼 수요와 공급이 자연스럽게 조화를 이루어야 현대화되더라도 사람 냄새를 보존한 장소로 남을 수 있을 것이다.

그 상처

고동주
kdj3608@hanmail.net

말은 잘하면 축복일 수도 있지만 잘못하면 저주가 되는 수도 더러 있기 마련이다. 나는 공직公職에 있을 때, 아내에게 예사로 던진 말 한마디로 그것을 진하게 실감했던 사건이 있다.

어느 날, 시市에서 주최한 여성단체 회의가 있었는데, 그때 시장 부인도 참석자 중의 한 사람이었다. 본부석 앞자리에 시장과 여성단체장이 앉아야 할 좌석이 마련되어 있었다. 미리 안내를 받지 못한 아내는 시장 곁에 있는 자리가 자기 자리인 줄 착각하고 앉으려고 할 때였다. 이때 나는 퉁명스럽게 "이 자리는 회장 자리야! 일반석에 가서 앉아!"라고 말해 버린 것이 사건의 발단이었다.

그 순간의 말 한마디가 아내에게 평생토록 모멸감侮蔑感으로 남을 줄은 미처 몰랐던 것이다. 그때 얼른 아내 귀에다 대고 남들이 듣지 못하게 속삭이듯 안내했더라면, 그런 후환後患은 없었을 것을….

그 후 오랜 세월이 흘렀는데도 의견대립이 있을 때마다 등장하는 것이 그날 당했던 모멸감의 깃발이다.

상대방 입장을 고려함이 없는 말 한마디가 이렇게 깊고 큰 상처가 될 수도 있다는 것을 느꼈지만 이미 엎질러진 물이라 어찌할 수도 없었다. 어쨌든 잘못된 것만은 틀림없으니 두고두고 조심할 것을 다짐하면서 나의 '행복 가꾸기' 항목의 하나로 '말조심'을 추가했다.

말 한마디는 병을 낫게도 하고, 질병에 빠지게도 하며, 삶을 파괴할 수도 있고, 행복하게 할 수도 있으니 당연한 결심이라 생각되었다.

옛 어른들께서도 사람의 혀는 때에 따라서 불이 될 수 있다고 했다. 담뱃불 하나가 큰 산을 태우듯이, 일 초 동안 잘못 놀린 혀로 자신을 불태울 수도 있다는 말이다. 역사적으로 그 혀 때문에 희생된 자가 얼마나 많은가.

예부터 말의 종류는 네 가지로 구분되어왔다. 입술의 말, 머리의 말, 가슴의 말, 혼의 말이다. 우리 혀는 분명 이렇게 생명이 있다. 그러니 그 생명의 말은 훈련이 필요함도 당연하다. 건강한 말, 격려의 말, 축복의 말, 창조적이고 생산적인 말을 평소에 의도적으로 훈련하고 산다면, 말로 저질러지는 사건은 훨씬 줄어들 것이다. 말은 서로 교환하게 되어 있기 때문에 부부가 같이 조심하고 살아야 가정 행복의 향기도 짙어질 수 있을 터. 그런데 남자의 본성(?)은 무뚝뚝하기 때문에 의도적으로 조심해야 되겠지만, 여자의 본성은 상냥하면서 부드러운 맛이 있고, 때에 따라서는 몸짓이나 행동으로 말을 대신 할 수도 있는 장점이 있다.

어쨌든 말에 대해서는 아내가 남편보다 한 수 위에 있는 것이 현실인 것 같다.

여성은 미美와 사랑의 원리로 되어있기 때문에 칼날 같은 역겨운 목소리보다 역시 도란도란 심장을 파고드는 조용한 목소리가 어울릴 것이다.

잘난 남의 남편보다 모자라는 나의 남편 소중히 알고 존경하는 아내일수록 더 아름다울 것 같다.

그런데 아내는 예쁜 얼굴로만 남편을 사로잡을 수 없는 것. 세기의 미녀 엘리자베스 테일러도 일곱 번이나 남편을 바꾸었지만 결국 행복을 얻지 못했다는 것을 보아도 충분히 알 수 있다. 역시 포장보다 더 중요한 것이 내용물이니까.

고운 마음씨, 고운 행동, 고운 말솜씨를 가진 여인보다 더 아름다운 꽃이 또 있으랴. 그런 꽃도 저절로 필 수는 없는 법. 행복의 꽃은 끈질기게 자기희생을 해야 하고, 부부끼리 서로 도와야 아름답게 피어날 수 있을 것인데, 따져보면 이런 면에서도 나는 낙제생이 분명하다. 도움 대신 엄청난 상처만 주고 말았으니 말이다.

그래도 수십 년 전, 아내에게 던진 그 큰 상처만은 치유해 보기로 작심해 보았다. 아내의 칠순을 맞이하는 날, 가까운 친지들과 자식들이 모인 자리에서 그동안 아내 몰래 준비했던 순서를 발표하게 되었다. 첫 번째로 「동반자」라는 제목으로 아내에게 바치는 글 한 편을 낭송했다.

"스물세 살의 꽃다운 나이로 나에게 와서 이제 칠순을 맞은 나의 동반자여! ……"라고 시작된 글이다. 읽어가는 중간중간에서 아내는 눈시울을 적셨다.

두 번째로는 그동안 살아온 공을 요약해서 담은 옥돌로 만든 감사패를 수여했다. 세 번째는 장미 백 송이로 만든 꽃다발을 처음으로 가슴에 안기면서 살짝 안아주었다. 그것으로 아팠던 상처가 아물었는지 나는 모른다. 우연히 잘못 던진 잘못된 말 한마디의 빚을 갚는다는 것이 이렇게까지 버거울 줄은 미처 몰랐던 것이다.

습관

김의순
uisun7@hanmail.net

설거지하는 모습을 중학교 2학년 때 처음 봤다는 친구가 있다. 얼른 듣기에는 무척 호강스럽게 자라서 손끝에 물을 안 묻히고 자란 사람 같다. 그런데 그는 전혀 호강하고 자라 온 사람이 아니고 오히려 가난에 찌든 사람이다. 중학교 때부터 신문 배달을 해서 고학으로 공부를 했다.

그리고 졸업 후에는 7식구의 가장 노릇을 했던 친구다. 그가 처음으로 친구네 집에 놀러 갔을 때 점심을 먹고 친구가 설거지하는 모습을 보고 이상히 여기며 뭐하는 거냐고 물었다. 친구가 설거지는 꼭 내 차지라는 대답을 듣고 놀라웠다. 그거 왜 하는 거냐고 되물었더니 설거지하던 친구가 오히려 이상히 여기고 너희 집에서는 설거지를 누가 하느냐고 되묻게 됐다.

설거지하는 모습을 처음 본 친구는 우리 집에서는 설거지를 안 한다니까 이번에는 설거지하던 친구 쪽에서 너무 놀라워하더라는 것이다. 그는 집에 와서 저녁을 먹고 친구 집에서 보았던 대로 설거지를 했더니 동생들이 눈을 크게 뜨고 누나 지금 뭐하는 거냐고 묻기에 친구에게서 듣던 대로 밥 먹고 나면 다른 집에서는 이렇게 그릇을 깨끗이 씻어 놨다가 쓴다더라 그래서 나도 이제부터는 설거지를 꼭 할 거라고 대답했다던가.

그녀는 어릴 때 일곱 식구가 살았다. 아버지는 무위도식하면서도 가까운 이웃에 애첩까지 두고 살았다. 엄마가 구멍가게를 해서 일곱 식구가 살아가는데 너무 바쁘고 힘들어서 남들처럼 상을 차려서 가족이 둘러앉아 밥 먹는 일은 거의 없고 아이들은 각자가 눈치껏 퍼다가 끼니를 해결하고 빈 그릇은 그냥 부엌에 내다 놓으면 엄마가 주섬주섬 설거지통에 넣고 물을 부어 놓았다가 다음 끼니때는 설거지통에서 각자가 적당한 그릇을 찾아서 크고 작은 아이 가릴 것 없이 눈치껏 찾아 먹는 것이 고작이었다. 엄마는 한 번도 손에 물이 마른 적이 없고 허리 펼 새가 없었다. 그 집에서는 설거지뿐만이 아니고 빨래도 아이들이 각자가 적당히 땟국을 빼서 재주껏 말려 입고 다녔다. 엄마의 고생을 눈으로 보면서 투정을 부린다거나 불평 등은 가당치 않은 호사다. 따라서 다른 집에서처럼 양친의 교훈이라든지 가정교육 등은 호사스러운 얘기다.

그렇게 자란 그는 자라면서 친구들 집에 가서 보고, 듣고, 깨달으면서 실천으로 몸에 익혔다. 고학으로 모진 고생을 하면서도 공부 외에 모든 소양을 익히는데 게을리하지 않았다.

대학을 졸업하고 대기업에 비서직을 보면서도 늘 겸양스럽게 잘했던지 직속 회장뿐 아니라 주변으로부터 칭송이 자자했다. 무질서하고 가난한 생활을 벗어나려고 늘 상위층 생활을 익히려고 부단히 노력했다.

혼처 중에 봉제사 받드는 맏이에게는 결혼을 기피한다는데 그녀는 종갓집으로 시집을 갔다. 종갓집 가풍을 익히고 제례며 적빈객을 즐겁게 하니 시가의 어른들 눈에 꽃이었다. 오히려 어린 날에 체계 없이 무질서하게 지냈던 일을 크게 슬퍼하고 대갓집 종손부가 된 것을 복되게 생각했다.

습관은 제2의 운명을 창조한다는 말이 있다. 잘못된 악습을 버리지 못해서 불행을 자초하는 사람이 있는가 하면 좋은 습관을 몸에 익혀 운이 열린 사람도 있다. 지혜로운 사람은 모든 일을 할 때 스스로 의견을 내가면서 지혜롭게 한다. 다음은 스스로 지혜롭지는 못해도 다른 사람이 하는 것을 보고 배워서 하고 물어서 한다. 그런데 어리석은 사람은 스스로 의견을 내는 것은 엄두는 못 낸다 해도 다른 사람이 하는 것을 보고 따라서 하지도 않고 더구나 가르침을 받지도 않으려는 사람이 있다. 좋은 습관을 피하고 좋은 것을 배우지도 않고 충고도 듣지 않는 사람은 본인은 물론이고 가족들까지 불행하다고 본다. 좋은 것을 보고 열심히 하고 배우려는 사람은 행복하다. 좋은 것을 익히는 사람은 우선 인내심이 있다. 즉 공부를 열심히 하는 사람들의 고진감래를 보면 단잠을 맘 놓고 자는 일이 없다. 피를 말리는 졸음을 이기느라 자기와의 싸움이 치열하다. 또한 그들은 시간을 소중히 여겨서 여타의 유혹에 빠지지 않는다. 그리고 알아지는 것에서 기쁨과 힘을 얻는다. 하여 그들은 육신의 쾌락을 피하고 정신의 기쁨을 소중히 여긴다.

헌데 악습을 익히는 사람은 우선 육신의 쾌락을 즐기며 육신이 정신을 누른다. 마음으로는 악습을 끊으려고 하지만 작심 3일이다. 졸리면 자고 입맛에 끌리는 것을 참지 못하고 쾌락을 즐기며 편한 것을 선호하고 시간의 소중함을 전혀 모른다.

그리고는 불행해지면 성찰이 아니고 환경 탓 사회 탓을 하고 분노를 키운다. 노력은 안 하고 안 된다고만 한다. 어려움은 피하고 쉬운 일 화려한 일만 찾는다. 보물은 쉽게 얻어지는 것이 아닌데 쉬운 일 편한 일만 찾는다. 세상은 노력하고 인내하고 어려움을 이기는 사람들이 이끈다.

게으르고 참을성 없고 기다릴 줄 모르면서 편리한 것만 찾고 따라서 즐거움과 쾌락까지 좇는다면 기다리는 것은 가난과 불행뿐이다.

나쁜 줄 알면서도 끊지 못하는 악습은 아편과 같아서 끊지 않으면 자멸이다.

배롱나무 꽃 필 무렵

이진화
kh-gina@hanmail.net

배롱나무 붉은 꽃이 피면 여름이 깊어진다. 피지 않을 듯 시치미 떼고 있던 배롱나무에 꽃이 필 무렵이면 내 생일이 다가온다. 배롱나무꽃은 여름의 정점에 피어나서 선선한 바람이 부는 계절까지 거의 백일 동안이나 피고 진다. 그래서 배롱나무를 목백일홍이라고 하나보다. 내가 모든 일에 뒤늦게 꽃이 피는 늦깎이라서일까, 만 60살의 생일에 배롱나무꽃을 바라보는 느낌이 남다르다.

탄생과 생일에 대한 이야기는 그 사람에 대해 많은 것을 말해준다. 어디서, 어느 계절에, 누구의 자녀로 태어났는지, 태어날 때 어떤 환영을 받았는지, 형제 서열이 어떻게 되는지, 건강상태는 어땠는지, 사소하게 여겨지는 일들도 현재의 삶에 중요한 단서가 된다. 나는 1955년 을미년 7월, 20대 젊은 부모님의 맏딸로 서울 국립의료원에서 태어났다. 여름 더위의 절정인 삼복중에 맞이하는 생일이라 종종 가족들조차 잊곤 하는데, 이번에는 특별한 생일이라고 자축하며 7월 19일 0시 SNS에 'Happy Birthday to me!' 광고를 했다. 곰곰이 생각해보니 한순간도 멈추지 않고 60년 동안 살아온 것만으로도 놀랍고 고마운 일이라 스스로 기념일을 선포했는데, 생애설계전문가로 활동하며 생애 설계의 가장 중요한 과정이 살아온 날에 대한 감사와 축하라는 것을 깨달았기 때문이다.

어린 시절에는 누구보다 특별한 사람이 되고 싶은 기대감에 부풀었고, 힘들고 어려운 시기에는 시간이 빨리 흘러가기를 빌었다. 평범하게 살고 싶지 않았기에 소설 속의 주인공을 본받으려 했고, 구원에 이르도록 자라고 싶어서 세미한 음성에 귀 기울이며 끊임없이 메모를 했다. 삶의 의미를 찾는 일, 성장과 변화에 대한 욕구는 사춘기 시절부터 끈질기게 나를 따라다녔다. 그래서 책을 읽고, 산 위에 앉아 생각에 빠지고, 길을 걷고, 외딴 섬에 가서 몇 주간씩 자발적 유배를 당하며 존재를 깨우는 대자연의 굉음에 놀라기도 했다.

유독 사람의 마음에 관심이 많아서 문학과 심리학 분야의 책을 찾아 읽으며 프로이트-융-아들러의 영역을 기웃댔다. 30년 전 '죽음의 수용소-삶의 의미요법'에서 만났던 빅터 프랭클 박사와 다시 조우하여 로고테라피를 공부하며 나만의 독특한 로고스를 찾아 오래도록 순례를 했다. 이제는 벅찬 기쁨의 순간과 견디기 어려웠던 시절이 지나가고 한 줄기 강물처럼 시간이 깊어지는 중이다. 평범하지만 느린 걸음을 멈추지 않고 예까지 살아남은 나 자신이 대견하고 장하다. 머지않아 곤두박질치는 시간의 폭포가 나를 큰 바다로 내동댕이치리라는 것을 알고 있지만 그 두려움 속에는 변혁을 위한 천둥 번개와 함께 눈부신 무지개가 숨어있으리라 믿는다.

2015년 생일 감사의 달은 성경공부 그룹의 생일파티로부터 시작되었다. 낮이 가장 긴 계절에 목사님 댁 마당에서 바비큐를 하고 앵두를 따서 상그리아 와인 화채를 만들었다. 꽃집을 하는 동갑내기 친구가 준비한 꽃다발을 받을 때만 해도 내가 환갑이라는 사실이 실감나지 않았지만, 다음 날 미국으로 이민 간 초등학교 시절 친구와 인생의 새벽에 있었던 얘기를 나누다 보니 내 나이 어느덧 저녁노을이 번지는 때가 되었다는 걸 깨달았다.

생일 당일에는 여러 나라에 흩어져 사는 가족들이 모여 예배드리고 4대가 함께 식사를 했다. 연로하신 어머니는 증손자를 안으며 기뻐하셨고 조카는 두 아기와 함께 정성껏 만든 케이크를 가지고 왔다. 나는 가족들과 보내는 즐거운 시간과 친구들과 서울 시티투어 하는 사진을 페이스북에 올렸다. 내가 올린 자축 메시지에 화답을 해준 벗들에게 소식을 전하기 위해서다.

자매가 없는 내게 가족처럼 가까운 동료들이 한강 선착장에서 마련한 깜짝 생일 파티와 저녁노을은 숨 막히게 아름다웠다. 사회의 어두운 면만 부각하는 대중매체의 시각 너머를 바라보니 서민들도 소박하지만 풍성한 삶을 누리고 있었다. 젊은이들이 야외에서 열정적인 밴드 공연을 하고 관객들은 음악에 맞추어 자유롭게 춤을 추었다. 작은 텐트를 치고 가족, 연인과 강바람을 즐기는 사람들, 마음껏 뛰어다니는 아이들의 모습에 마음이 환해졌다. 우리는 심호흡을 하며 소리 내어 웃고 강바람과 노을을 마음껏 누렸다.

마지막 생일축하 모임에 갔다가 매우 낯익은 동네다 싶었는데 바로 초등학교 2, 3학년 무렵 매일 걸어서 학교에 오가던 길이었다. 얼마나 많은 꿈과 상상력을 펼치며 고개를 넘어다녔던가. 50년 만에 그 자리로 돌아와 타박타박 걷고 있는 여자아이를 바라보았다. 참 연약한 아이였는데 거친 세상을 무사히 건너 인생의 오후를 느긋하게 지나가고 있다.

많은 축하를 받으며 7월을 보내고 나니, 문득 예순이 되어서야 꽃이 피고 절정을 맞이한 나의 삶이 배롱나무와 닮았다는 생각이 든다. 앞으로 인생 이모작은 먼 곳보다 가까이 있는 텃밭을 정성스럽게 가꾸려 한다. 배롱나무 꽃 필 무렵, 나의 문전옥답 농작물이 달빛 아래서도 무럭무럭 자라길 빈다.

향기도 없는 꽃

최원현
nulsaem@hanmail.net

아름답다. 점심식사를 마치고 나오는데 바로 옆 음식점에 재스민이 활짝 피어있다. 무더기로 어우러져 피워낸 꽃들이 골목을 환하게 만들어 주어 꽃을 심은 이에게 감사하고파 진다.

그냥 지나치기가 아쉬워 다가가 꽃을 만져보며 향기도 맡아본다. 그런데 뭔가 이상하다. 재스민 향이 전혀 느껴지지 않는다. 그뿐 아니라 꽃향이 아닌 비릿한 냄새까지 나는 것 같다. 뭔가. 왜 이럴까. 꽃에서 비린내라니. 물론 밤꽃 같은 데선 비린내 같은 향기가 나기도 한다. 하지만 재스민은 아니잖은가. 어떤 사람도 재스민 향은 싫어하지 않을 만큼 우리와 친숙한 향기이기도 하다. 그런데 비린내라니.

잠시 후에 그 이유를 알게 되었다. 서 있는 내게로 뜨뜻한 바람이 불어왔다. 환기 배출구 앞에 꽃을 심어놨던 것이다. 일식 음식점이니 당연 생선을 많이 사용할 것이고 환기통에 설치된 환기구로는 그 안의 비린내들이 밖으로 배출될 터였다. 하니 계속 풍겨 나오는 비린내를 온몸으로 받는 재스민은 자기 냄새보다 몇 배나 더 강한 비린내에 자기 냄새도 뺏겨버렸을 뿐 아니라 오히려 생선 비린내에 덮여버렸던 것이다.

멀리서 보면 아름다운 꽃, 하지만 음식점 환기구 앞에 심어진 재스민은 자기 향기를 잃어버린 향기 없는 꽃이 되어버렸다. 아니 남의 냄새를 자기 냄새처럼 뒤집어쓰고 내 냄새인 양 내야할 판이다.

음식점 주인은 환기구가 미관을 해치는 것 같자 꽃나무를 심어 그걸 커버한 것인데 한 편 생각하면 참으로 이기적이고 잔인한 행위란 생각마저 들었다. 향기로운 꽃을 심어 역겨움을 막아내고자 하다니. 그러나 재스민을 생각해 보면 사람들을 위해 묵묵히 자신을 희생하고 있는 것이라 생각하니 생선비린내 재스민 향이 오히려 어떤 향기로움보다 더 향기로울 것 같다는 생각도 들었다.

사람도 이런 재스민 같은 사람이 있을 수 있겠다. 겉은 화려하고 아름다워 보여도 가까이해보면 사람 냄새가 아닌 생선비린내가 나는 사람, 멀리서 가끔씩 대할 때엔 그저 품위 있고 좋아 보이기만 했었는데 사이가 가까워지자 알게 되던 그 사람의 다른 진면목에서 당황해했던 경우도 있지 않았던가.

지금은 이 세상 사람이 아니지만 참으로 멋없는 친구가 있었다. 그저 자기 삶에 충실할 뿐 누구에게도 자신의 어려움은 내비치지 않았다. 일부러 은행에 가서 동전을 바꿔다 놓고 밖에 나갈 때는 주머니 가득 동전을 넣고 다니면서 지하도 입구나 길거리에서 구걸하는 사람이 있으면 손에 잡히는 대로 동전을 넣어주고 가곤 했다. 제 코가 석 자인 형편일 때도 그래서 내가 핀잔이라도 주면 저는 그래도 그들보다는 낫지 않느냐고 했다. 자신의 어려움보다 남의 어려움을 먼저 보고 헤아리는 요즘 시쳇말로 그저 답답한 친구였다.

오늘 재스민을 보며 그 친구가 생각난 것은 우연일까. 온몸에 생선비린내를 뒤집어쓰고서도 의연히 자신의 모습을 지키고 서 있는 재스민은 어쩌면 자신의 고유 향기보다 더 아름다운 향기를 내뿜고 있는 것인지도 모른다. 난 그 친구를 툭하면 몰아붙이곤 했다, 제 월급을 통째로 빌려주고 한 달 내내 고생을 하는가 하면 제가 챙겨야 할 이득은 남에게 선뜻 넘기곤 하던 친구였다. 그는 그렇게 살다가 어느 날 갑자기 이 세상에서 떠나가버렸다. 하지만 그를 늘 보아온 나는 내 삶 속에서 그 친구로 인하여 거룩한 부담감을 안고 산다. 그의 삶이 나의 가던 걸음을 멈추고 좌우로 돌아보게도 하고 숨 가쁘게 빨리 달려가던 길에서도 문득문득 숨 고르기를 하게 해준다. 더러는 빨간 신호등이 되어주기도 하고 노란 신호등도 되어준다.

생선 냄새로 가득 덮인 재스민을 보며 그 친구를 생각한 것은 진실에 대한 그리움일 것 같다. 겉과 속이 다른 사람도 많고 요란하게 겉을 치장하여 안을 가리우는 사람도 많은 시대가 아니던가. 재스민을 보며 좋은 향기로 사람을 행복하게 해줄 수 있지만 자신의 향기를 잃고도 더 많은 사람을 행복하게 해줄 수도 있다는 사실을 새삼 깨닫는다.

오늘은 재스민이 내 삶의 선생님이다. 삶은 순간순간 배움으로 살아가는 것 아닌가. 나는 어떤 향기로 사람들 앞에 서 있는 것일까. 나만의 향기, 내 향기를 생각하니 갑자기 알지 못할 두려운 마음이 된다. 향기도 없는 꽃, 그러나 가장 아름다운 향기를 지니고 서 있는 재스민의 꽃을 사랑스럽게 쓰다듬어 본다. 향기도 없는 꽃, 그러나 세상에서 가장 향기로운 꽃이다.

향기의 교향악

최은정

스물네 살, 스물두 살, 아리따운 나이의 손녀 영신과 손자 준영이 방학이 되어 유학에서 돌아온단다. 나는 들에 만발한 클로버 꽃을 뭉뚝뭉뚝 뜯어서 잎과 함께 클로버 꽃다발을 만들었다. 흰 단지에 듬뿍 꽂았다. 싱그럽고 풋풋한 향이 코끝을 스치련만 가뭄 탓인지 공해 탓인지 향을 못 느꼈다.

하루는 위층에 사는 선배 언니가 무엇이 타고 있느냐고 전화를 했다. 아무 냄새를 못 느껴 깜박 잊고 음식을 고스란히 태우고 있었다. 얼마 전까지도 향수 샤넬 NO5의 향을 맡으면서 이제는 이 향이 내게 어울리지 않겠구나 했던 그 향의 기억이 생생한데 어느 틈에 코가 막혔을까.

나는 후각 신경이 예민해서인지 남보다 더듬이가 하나 더 있지 않느냐는 소리를 듣기도 한다.

나는 어린 시절부터 연년생이어서 외가에서 많이 자랐다. 열한 살 그 무렵의 저녁나절이면 분꽃이 피어나며 내뿜는 향은 어머니를 그리워하는 향이 되었다. 그 향은 내게는 어머니의 향이다.

사계절에 피어나는 자잘한 들꽃들의 향기는 지금 나에게 정신적인 양식이기도 하다. 그 향의 기억들이 나를 문학의 세계로 이끌었으리라 믿는다.

오월의 들에 지천으로 피어있는 클로버 꽃향기는 싱그러운 풀 향기다. 은은하며 정신을 맑게 다듬어 주는 순수한 향이다. 나의 딸은 클로버 꽃 향을 엄마의 향이라 말한다. 어린 시절 나와 함께 꽃반지랑 화관을 만들며 즐겼던 지난날의 추억에서 일 것이다.

찔레꽃이 피는 오월은 가슴이 아린다. 찔레꽃, 이 향기는 오목가슴 밑에 숨어 있는 나의 사랑샘을 출렁거리게 한다. 알 수 없는 어떤 그리움이 내 오감五感을 쥐어짜듯 그 아픔이 설레는 동경으로 변해 내 마음은 무지갯빛으로 물들었다. 그 긴긴 세월 속에 오만 가지 감정이 움틀거리고 때로는 슬픔으로, 때로는 환희로 요동을 쳐댔다. 이 세상에 향이 없다면 얼마나 삭막할까.

일렁거리며 불어오는 봄바람에 아카시아 꽃향이 실려 온다. 잊혀졌던 그림자, 아름다운 낭만이 아카시아 향기와 함께 스쳐 간다. 향은 추억이다.

유월, 치자 꽃이 나를 불렀으련만 그 소리를 듣지 못하고 지나쳤다. 아파트 뜰에 만발한 꽃이 눈에 띄어 다가갔으나 아무 소리가 없다. 하얀 종이꽃처럼 보였다. 꽃의 향기는 꽃이 말할 때다. 텅 빈 가슴으로 허무하다.

친구들과 차를 타고 달린다. 온 산에 구름이 내려온 것처럼 뭉게뭉게 나뭇가지에 밤꽃이 피었다. 나는 저 꽃을 구름꽃이라 부르기도 한다. 저 향은 죽순 냄새처럼 생동감 있는 강한 향이다. 기억을 더듬었으나 마치 무성 영화를 보듯 아무 향이 없다.

마음의 기억도 낭만도 철학도 없는 무의미하고 삭막한 세상 같았다.

바다 냄새, 땅 냄새, 산 냄새, 풀 냄새, 들꽃 향기, 장미꽃 향기, 바람 냄새, 갯내음, 녹차 향, 커피 향, 잊혀지지 않는 당신 냄새, 밤의 차가운 냄새, 새벽의 싱그러운 냄새, 가을 전어 굽는 냄새, 방앗잎 냄새, 밥 익는 냄새, 어느 것 하나 싫으랴. 오래된 나의 방 먹감나무 앞다지는 지금도 좋은 향을 풍긴다. 향을 잃고 살기에는 세상이 너무 심심하다. 향은 보이는 것을 넘어서 가슴으로 파고들어 다른 세상을 그리게 된다.

며칠 전에 집 안 청소를 하다가 오래 갈무리해두었던 잊혀진 항아리를 열었다. 습관적으로 코를 가까이 댔더니 쓰디쓴 독한 고춧잎 냄새가 한꺼번에 확 풍기면서 막힌 내 코를 뻥 뚫었다. 코가 뚫리자 눈이 번쩍 밝아지고 머리도 명쾌하게 시원했다. 멈췄던 세상이 다시 움직인 것처럼 생동감 있게 보였다.

나는 수필이 인생의 향기라 여긴다. 내가 쓴 글들은 어떤 향일까 코 막혀 내 글의 향기를 맡지 못하고 자아도취에 치우친다면 꽃내음 못 맡는 것보다 악취 풍기는 게 더 부끄러운 일이지 않겠는가.

'산의 향기는 멀리서 고요히 들려오는 향기의 교향악 같은 것이다.'라고 누군가 말했다.

산 내음은 솔 향기, 떡갈나무 향, 흐르는 물 냄새, 이끼 냄새, 흙냄새, 온갖 풀 내음과 불어오는 바람 냄새가 잘 어우러져 심호흡으로 마시는 은은한 자연향이다. 내가 바라는 향은 짙지도 옅지도 않은 그런 자연향이다.

막혔던 후각이 살아나 내 오관五官의 더듬이가 다시 움틀거린다.

눈 맑고 귀 밝아 세상이 분명하고 시원하게 보여 내 가슴도 꽃처럼 열린다.

어떤 돌봄

임병식
rbs1144@yahoo.co.kr

난생처음으로 새끼 고양이를 맨손으로 만져보았다. 야생 고양이가 상가의 후미진 창고 안에 둥지를 튼 곳에서였다. 만지자 손에 느껴지는 감촉이 한없이 보드랍고 따스했다. 태어난 지 한 스무날쯤 되었을까. 눈을 뜬 상태였으나 아직은 몸을 가누지 못한 새끼였다.

옹기종기 종이 박스 안에 모여있는 새끼들. 어미 고양이는 외출을 했는지 보이지 않았다. 어미는 검은색인데 두 녀석은 노란색인 것을 보면 아비의 몸 색깔을 닮았는지 몰랐다. 하지만 나는 이때까지 수놈을 본 적이 없다. 야생 상태에서 만나 임신을 시켰으리라.

내가 자주 찾아가는 찻집이 있다. 하루는 그 주인이 묻지도 않는데 고양이 이야기를 꺼냈다. 무엇을 먹지 못해서 비쩍 마른 뜨내기 고양이가 문앞에서 서성이고 있어서 먹을 것을 주었더니 아예 자리를 잡고 떠날 줄을 모른다는 것이었다.

그 고양이가 새끼를 밴 것은 나중에 알았단다. 동작이 굼떠서 혹시 기력이 부쳐 그러나 했는데 배가 불러오는 걸 보고 알았다는 것이다. 해서 짠한 마음에 거처를 마련해주고 돌봐주고 있다는 것이었다.

그 말을 듣고 호기심이 발동하여 둥지를 살펴보았다. 어미 검은 고양이가 화들짝 놀라 뛰쳐나갔다. 그런 후로 새끼를 낳았다는 소식을 들었는데 이번에 확인을 한 것이다.

새끼는 제법 살이 올라 있었다. 어미가 원기를 회복하니 충분히 젖을 먹이고 있는 모양이었다. 아무리 주인 없는 들고양이지만 안정된 상태에서 새끼를 키우니 다행스러워 보였다.

찻집 주인은 정성을 기울이는 듯했다. 꼬박꼬박 먹을 것을 챙겨주고 생선 뼈다귀를 구해다 주고 있었다. 지극정성이었다.

왜 그토록 신경 쓰며 돌봐주는 것일까. 그런 것은 타고난 측은지심일까, 아니면 경험에 의한 어떤 자각이 발동한 것일까. 고대 철학자들은 사람의 심리와 행동의 결정은 대체로 두 가지라고 본다.

즉, 선천적으로 인성을 타고난다는 생득론生得論과 후천적인 원인으로 결정된다는 경험론經驗論이 그것이다. 이것은 플라톤과 아리스토텔레스 시대부터 대립되어온 견해이기도 하다. 그렇다면 찻집 주인의 행동은 이중 어디에서 비롯된 것일까.

찻집 주인은 뒤늦게 직업 전선에 뛰어든 여인이다. 오십 초반까지는 남편이 벌어다 준 돈으로 어려움 없이 생활하고 살았단다. 그런데 남편이 실직상태에 이르자 생업의 수단으로 찻집을 열게 되었다.

여인의 모습은 늘 피곤해 보인다. 근심까지 겹쳐져서인지 활력이 없다. 그런데 가게마저 후미진 곳에 있다 보니 찾아오는 손님도 제한적이다. 안면이 있는 사람들이 손님을 이끌고 와서 쉬어갈 뿐이다.

내가 찾아간 날도 찻집 주인은 고양이를 돌보고 있었다. 그런 고양이가 최근에는 누구에게 위협을 당했는지 먹이를 주면 바로 다가서지 않고 물고 나가서 먹고 온다고 했다. 하루에도 몇 번씩 들여보며 안부를 살피는 것이 타고난 인연인가 싶다.

그런 모습을 보면서 나는 그 심리를 생각해 본다. 그것은 같은 처지의 입장에서 공유한 공감대가 아닐까. '내가 이렇게 힘이 드는데 왜 내가 너의 마음을 모르랴' 하는 마음이 작용한 것이 아닐까. 그렇다면 그 행동은 필시 생득론의 결과라기보다는 다분히 후자의 경험론에 입각한 것이 아닐까 하는 생각이 든다.

그러는 한편으로, 태어난 새끼들을 보면서 나는 이것들이 어미처럼 힘든 들고양이로 살지 않고 누구에게 분양되어서 보호받고 살았으면 좋겠다는 생각을 해본다.

내일의 약속

김종선
seon9337@hanmail.net

또 한 해가 밝았다. 창을 통해 흩날리는 눈발을 바라보며 차 한 잔의 여유를 즐기니 자연스레 지난날이 떠오르고 오늘과 내일을 다시 그려보게 된다. 아마도 새해 첫날이기 때문에 그런가 보다.

시간을 거슬러 가정과 직장을 오가던 그 고단했던 시절, 하늘 한번 마음 놓고 쳐다볼 수 있었던가. 그래도 그 대가로 지금은 돈 벌지 않아도 밥은 먹을 수 있게 되었고 비 오는 날 학교에 우산 한 번 가져간 적 없어도 아이들이 바르게 자라 각자 일터에서 직분에 충실하니 고맙다.

그렇다 한들 회한과 후회가 왜 없으랴! 우선 그토록 옥죄인 생활에서 오랜 세월 벗어날 수 없었음에 안쓰럽다는 생각이 먼저 고개를 든다. 스스로에게 지나치리만큼 엄격했기에 놓아주지 못한 점, 그 팍팍하고 팽팽한 긴장감을 쉽게 풀어내지 못한 일 등은 뒤돌아 생각해도 행복이란 잣대에서 많이도 멀어져 있었음에 후회가 되는 것이다.

'세상에서 가장 쉬운 일은 남을 충고하는 것이고, 가장 어려운 일은 나를 바로 아는 일'이라 했으니 지금 내가 어디쯤에 와 있는지 어떻게 해야 하는지를 진지하게 깊숙이 들여다볼 일이다. 내일은 좀 잘 살아야 하는데….

공자님 말씀에 '나이 60은 이순耳順이라고 해서 귀로 들어도 거슬릴 것이 없다.'라고 했고 70은 종심從心이라고 마음 가는 대로 해도 어긋남이 없다.'라고 했는데 지금도 한 조각 거슬린 말에도 귀를 세우니 아직도 한참 멀었다. 부족하기에 배워야 하고 깨우칠 일이 너무나 많은데 어, 어 하는 사이 어느새, 내 나이 앞자리 숫자가 7이라니, 새삼스러운 일은 아닌데도 화들짝 놀라고 만다.

새롭게 시작한다고 해서 일상을 획기적으로 바꾼다는 얘기는 아니다. 돈을 벌어보겠다거나 나를 드러낸다거나 허울 좋은 자존심에 나를 가둔다거나 그런 객관적 일에서 벗어나 내 마음을 다스린다는 얘기다.

우선 좀 즐겁게 살고자 한다. 긴장의 끈을 풀고 나를 내려놓고 편안하게 살고 싶다. 타인의 삶이 아닌 바로 나로 살고 싶은 거다. '두뇌가 노력을 못 따라가고 노력이 즐겁게 사는 자를 못 따라간다.'는 말도 있듯이 마음을 열어 인간관계를 원만히 하면서 나를 풀어주고 싶다.

그러기에 전에는 등 떠밀어도 가지 않을 곳을 내 발로 찾아들어 노래 교실 친구들과 박수 치고 환호하며 생소했던 얼굴들과 마주하며 웃는다. 늦게 배운 운전으로 가까운 야외 바람도 쐬러 가고 보고 싶던 곳을 찾기도 한다. 더러는 영상에 도취해 메마른 정서와 감성에 윤기를 불어넣고 절실한 장면에선 떨림으로 받아드리니 그만한 감성이 아직도 남아있기에 고맙다. 얼마 전 소피아 로렌이 주연했던 70년대 영화「해바라기」를 다시 감상하면서 얼마나 감동을 받았던지 지금도 그 애상적 선율과 함께 플랫홈 마지막 장면이 눈에 선하다.

또한 방편의 일환으로 블로그를 만들어 사이버상으로나마 많은 사람들과 공유하고 소통하며 작품을 통해 배우고 감상하며 깨우침을 얻고 끈끈한 정을 주고받으니 일석이조一石二鳥인 셈이다. 따뜻한 말 한마디가 소통의 문을 열어 얼마나 큰 힘과 용기를 주는지는 모두가 공감하는 얘기다.

부처님 말씀에 3불이라는 경고 메시지가 있다.

'탐욕하지 말고, 어리석지 말며, 성내지 마라.'

이 셋 중에 내게 가장 해당되는 말은 '성내지 마라.'이다. 잘 참지 못하고 직설

적인 면이 있으며 조금은 괴팍한 성격임을 스스로 인정하니 좀 더 너그럽고 참는 힘을 길러 더불어 사는 일에 비중을 두고자 한다. 인생은 곧 만남이라고 하지 않는가.

이제 무엇을 남길 것인가. 이 대목에서 왠지 나도 모르게 마음이 짠하고 숙연해진다. 마치 죽음을 목전에 두고 유언장을 남기는 듯해서다.

나는 세 딸과 외동 손자를 두고 있다. 남기는 재물이 너무 적어 미안하지만, 이루면서 살아내는 것도 쏠쏠한 즐거움이고 재미임을 알고 욕심 없이 분수껏 살아 금전으로 인한 속앓이는 절대 없었으면 한다. 그런 면에서는 꼭 엄마를 닮았으면 좋겠다.

다음은 정신적 유산이 되겠다. 이미 위에서 내 생활신조가 속속 드러났듯이 더 부칠 말이 필요 없겠지만, 이외 남길 가훈이라면 정직성을 강조하고 싶다. 한 번 더 힘주어 강조한다. 평생을 잘 살려면 거짓 없음이라고.

현재 맡은 일에 최선을 다하고 하고 싶은 일이나 취미를 찾아 올인하는 과정에서 성취욕과 즐거움을 맛보며 나만이 아닌 더불어 사는 것에 초점을 맞춘다면 행복한 삶이 아닐까 한다. 이외 겪는 외로움이나 고독은 누구에게나 따라다니는 그림자 같은 형상이니 '인생은 역시 고해'란 말을 상기하고 위로받으면서 편안한 마음을 갖도록 노력하기 바란다.

지금에 서로 얼굴을 볼 수 있고 말을 건넬 수 있으며 숨 쉬고 있는 이 자체만으로도 참 행복하다. 이 소중한 시간들을 서로 보듬고 귀하게 여기며 알뜰하게 보내자꾸나.

균형 잡기

박영자
pyjjp@hanmail.net

조용한 음악이 흐른다. 여인의 손에 하얀 깃털 한 개가 들려있다. 그는 앉은 자세로 허리를 굽혀 발밑에 수북하게 널려있는 막대 중 하나를 집어 들더니 그 막대의 끝 부분쯤에 흰 깃털을 가로 방향으로 살짝 얹는다. 그녀는 다시 발밑에서 또 하나의 막대를 들어 올려 이번에는 깃털이 얹힌 막대의 가로축으로 그 막대를 고인다. 금방 떨어질 것 같은 막대는 용케도 균형을 유지한 채 얹혀 있다. 또다시 휘어진 막대 한 개를 들어 왼손에 잡힌 2개의 막대 밑에 고인다. 눈금이 그려져 있는 것도 아니요, 그저 무심한 듯 괴어 나가는 것이 신기할 뿐이다.

숨이 막힌다. 그 여인도 관객도 나도 숨이 멎은 듯 모두 그녀만을 응시한다. 이번에는 서로 걸쳐진 막대들이 떨어질까 여인은 왼쪽 발가락으로 막대를 집어 들어 그것을 오른손으로 받아 다시 한 개를 괴었다. 발밑에 쌓인 막대는 길이도 다르고 생김도 제각각이니 무게 또한 다를 것이다. 이제 5개의 막대가 위태롭게 서로를 걸치고 있는 것이다. 다시 여섯 개, 일곱 개….

결국 여인은 바닥에 있는 막대 10개를 모두 집어 괴어 놓았다. 아슬아슬하여 차마 바라보기도 힘이 들어 숨이 멎고 말 것만 같다. 금방이라도 와르르 무너져 내릴 것 같아 숨을 죽인다. 여인은 마침내 그것을 한꺼번에 모두 들어 올려 자신의 정수리 위에 얹었다. 관객들의 박수가 터져 나오고 휘파람을 날린다.

그것이 끝이 아니었다. 그녀는 그것을 두 팔로 들어 올리고 팔을 높이 뻗었지만 막대들은 살짝 움직였을 뿐 그대로 균형을 유지하고 있다. 드디어 마지막 남은 한 개의 긴 막대를 왼발로 지그시 밟아 세운 뒤 그 끝점의 모든 막대들을 그대로 얹혔다. 마치 공룡의 뼈대들처럼 버티고 선 막대들이 금방이라도 무너져 내릴까 봐 조마조마하다. 마침내 그녀는 빈손이 되어 살금살금 다섯 발짝을 걸어 나오더니 이제야 관객을 향해 만족한 웃음을 날린다. 박수갈채와 함성이 터져 나온다.

여인은 한참의 망설임 끝에 하얀 깃털을 살짝 들어낸다. 순간 모든 막대들은 와르르 무너져 바닥에 쏟아지고 만다. 파격이다. 저 가벼워 보이는 깃털 하나의 무게도 균형을 잡는 데 일조했다는 결론이 아닌가. 약한 바람결에도 날아가 버릴 저 깃털의 헤아릴 길 없는 무게가 말이다.

외줄 타기 기네스 기록 보유자인 미국의 닉 윌렌다(33)가 나이아가라 폭포 위를 걷고 있다. 보기만 해도 온몸이 아찔하고 모골이 송연해진다. 저 사람의 배짱은 얼마나 두둑하기에 나이아가라 폭포 위를 유유히 걸을 수 있을까. 지름 5cm의 쇠줄 위에서 약 5m 정도의 막대를 가로 들고 걷는다. 추락에 대비해 가느다란 줄을 몸에 연결했다지만 아래에는 어떤 안전장치도 설치하지 않았다. 미국 쪽에서 시작해 25분간 550m를 걸은 끝에 캐나다 땅을 무사히 밟았다.

산다는 것은 어쩌면 외줄을 타는 이처럼 아슬아슬하게 균형을 잡으며 폭포 위를 걷거나 살얼음판을 걷는 일이 아닐까.

동물이나 곤충 가운데는 태어나면서 곧바로 걷고, 먹이를 잡아먹고 살아가는 것들도 많다. 그러나 사람은 태어날 때 미숙한 존재로 삶이 시작된다. 아이가 걷기까지는 셀 수도 없이 많이 넘어지는 과정을 겪어야만 한다. 걷는다는 것은 결국 내 의지로 균형을 잡을 수 있도록 숙달된 후에야 이루어지는 것이다.

수없이 많이 닥치는 삶의 역경 앞에서 우리는 늘 흔들리며 균형 잡기에 골몰

한다. 신체의 균형도 문제지만 마음의 균형이 깨지는 것이 더 무섭고 심각하다. 때로는 특별한 이유를 찾지 못하는데도 마음이 불안하고 초조하며 나쁜 일이 일어날 것만 같은 불길한 조짐이 보일 때가 있다. 밥맛이 떨어지고 잠을 설치기도 하며 입이 마르고 아무것도 하기 싫은 무기력증에 빠지기도 한다. 스스로 침착함을 잃고 마음에 먹구름이 드리우고 폭풍우가 일어 도저히 집중할 수가 없다. 마음의 중심이 흔들려 균형이 깨어졌기 때문이다.

늘 평상심을 유지하기를 소망하지만 마음의 날씨도 맑은 날, 흐린 날, 폭풍우가 쏟아지고, 천둥 번개가 치는 날이 번갈아 찾아든다. 평온하지 못한 내 마음을 자세히 들여다보면 그 원인은 욕심에서 비롯됨을 읽을 수 있다. 물욕이든 명예욕이든 일 욕심이든 더 가지고 싶고 더 보태고 싶어 안달하는 욕심 때문이다. 흔들리지 않는 청정한 마음은 내려놓음이 그 답이라는 것을 왜 모르겠는가. 하지만 내 마음도 내 마음대로 다스리지 못하는 어리석음을 자책하며 살 뿐이다.

애쑥

오덕렬
ohdl@naver.com

들길로 접어들자 밭두렁의 애쑥이 방싯거리며 말을 걸어온다. 언제 봐도 살갑게 다가오는 쑥. 한곳에 뿌리를 내리고 함께 모여 사는 모습이 농경사회를 생각나게 한다.

나들이 나온 애쑥 잎에는 방울방울 우주가 맺혔다. 잎의 뒷면에 붙은 자잘한 흰털의 약효까지 비춰주는 신비로운 세계였다. 애쑥은 '나는 식용이오' 말하고는 부끄러운지 작은 입을 보르르 떤다. 봄이 지나면 또 '나는 이제 약용이오' 아뢸 순진성에 고개를 연신 끄덕였다.

새터도 가리지 않고 강인한 생명력으로 쑥쑥 자라 집안을 넓혀가는 모습이 여간 미덥지 않다. 오늘도 마른 풀섶에서 봄 햇살을 받으며 제들끼리 오손도손 봄나들이 나온 양이 부럽기도 하다.

사람보다 먼저 살았던 신화 속의 식물. 단군신화에 나오는 그 쑥이다. 쑥은 보릿고개를 넘겨주었고, 전쟁 통에는 사람을 살려낸 구황 식물이었다. 불타버린 학교터에서도 허물어진 집터에서도 쑥쑥 자라 우리를 살려냈던 쑥을 생각하면 어머니 생각이 앞선다.

논농사를 지을 때였다. 어머니는 서울로 무작정 떠난 당질을 늘 걱정하셨다. 시골에서 서울 간 사람과 나눠 먹을 거라고는 농사지은 쌀뿐. 식구 식량도 모자란 쌀을 퍼내서 부치기란 쉽지 않은 일이었다. '벌이도 없이 얼마나 고단할그나'

지금처럼 택배도 없던 때 이고지고 힘겹게 부치고 하신 말씀이었다.

어머니의 어머니는 웅녀. 이 땅의 모든 어머니들이시다. 참고 견디며 만리장성보다 길고 험한 보릿고개를 넘을 수 있었던 것은 어머니들의 심성의 덕이었다. 지금이야 맛으로 먹는 쑥버무리, 쑥전, 쑥떡, 쑥국에서도 고마움을 느낀다. 그뿐이 아니다. 쑥차, 쑥즙, 쑥뜸, 그리고 여름이면 모깃불 쑥까지…. 인간을 이롭게 하는데 으뜸이 아니겠냐고 애쑥의 얘기는 자분자분 끝이 없다. 거창하게 홍익인간을 말하지도 않는다. 삶의 터전에서 다른 봄나물들과 어울려 자라는 것을 내세우는 애쑥이다. 해동이 덜된 밭의 냉이도, 쑥부쟁이와 씀바귀도 애쑥과 어울려 입맛을 돋우는 나물들이다.

봄나물들은 향으로 겨울을 이겨내고 봄을 맞은 사연들을 들려주곤 했다. 쑥국은 말갛게 끓여야 향도 맑다. 냉이국은 봄 미각의 첫손으로 꼽는데, 뿌리도 함께 넣어야 참다운 맛이 우러난다고 귀띔이다. 언 땅에 닿아서 시래기가 다 된 전닢* 도 데치면 엽록소가 살아나 파랗다. 쑥부쟁이는 향이 옅고 담백한 맛을 자랑하고, 씀바귀는 너무 쓰다. 함께 섞어 무쳐내야 잘 맞는 음식 궁합이 된다. 봄나물들도 함께 살아가는 이웃 사촌. 제각각 향으로 끈질긴 생명력을 자랑한다.

나는 어떤 향으로 수많은 봄을 맞았을까. 애쑥은 어머니 마음으로 새봄만 맞으라 하는 것 같다. 사람들은 타성바지 없이 자작일촌으로 모여 살아도 티격태격 살아가기 일쑤가 아니던가. 이웃과 의좋게 살려면 애쑥 같은 가녀린 마음의 배려가 따라야 하는가. 쑥처럼 의좋게 이웃과 살아가는 것도 여간 다행한 일이 아닐 수 없다.

봄비 오는 날 하늘은 야트막하게 내려앉아 큰 우산이 된다. 우산에는 '두둑 두둑' 빗방울이 흐르고, 나는 밭두렁에서 애쑥 같은 여인을 생각한다. 어머니가 '응, 나다' 하시며 오시는 게 아닌가.

---

* 전닢 : '채소 따위의 엽록소가 노랗게 변해가는 오래된 겉잎'을 이르는 방언(전남).

한국이지연구실

신용철
yongchshin@hanmail.net

16세기 중국의 자유사상가 이지李贄, 1527~1602를 학문적으로 만난 것은 1972년 독일에 유학 중이었다. 박사 학위 논문의 주제 선정으로 고민하던 중, 신비스럽게 훔쳐보듯 하던 『인민일보』와 『광명일보』에서 그 이름에 커다란 매력을 느끼지 시작했다. 사실 그때 사회주의 중국의 그 신문들은 우리에게 당연히 금지되었기 때문이다.

우리나라 임진왜란 때가 그의 사상적 전성기인 이지는 충무공 이순신 장군보다 4년을 더 살았고, 1602년 "문신은 통치자인 황제에게 올바른 길을 다투어 건의諫爭하다 죽는다"는 전래의 이상을 실천하듯, 체포되어 옥중에서 자결하였다. 그의 죄목은, "어지러운 도道로서, 세상과 백성을 속였다"는 것이다. 말하자면 최악의 사상범이었다.

그를 가장 맹렬하게 공격한 것은 이미 낡아 빠져 맞지 않는 사회윤리와 규범들이었으며, 그로부터 자유로워지려고 한 것이다. 즉 인간을 억압하는 공자와 성리학의 족쇄를 부수려 했고, 봉건시대의 여성 억압을 반대하여 자유 결혼과 능력을 긍정하여 파란을 일으켰다. 우리나라에서는 최초의 한글 소설 『홍길동전』을 쓴 허균이 그의 사상을 수용하여 그렇게 살다가 그렇게 잡혀 죽었다. 하지만 그의 사상은 주자학과 양명학에 이어 우리나라에 전해진 송 명 시대의 중요한 지하수 같은 실학의 원천으로 평가된다.

그 후 그에 대해 학위 논문을 썼음은 물론 한국의 대학에서 연구의 주제이었고, 지금까지 나의 삶에 가장 가까운 학문적 반려가 되고 있어 행복하다. 2006년 정년한 후에 한국 최초의 평전인 『공자의 나라 중국을 뒤흔든 자유인 이탁오』를 썼다. 이탁오를 공부하기 시작한 지 33년 만이었다. 당시 『동아일보』 등의 큰 호평을 받았고, 문공부의 추천 도서로 선정되기도 했다.

2009년 중국 하남성 상성현 황벽산에 세워진 이지 서원의 고문으로 추대한다는 패를 중국의 이지 연구회 회장으로부터 받았다. 한국의 이지 연구를 대표한다는 생각에 하나의 보람을 느꼈다. 2012년 이 서원의 국제학술세미나에서 나는 「허균과 이탁오의 사상적 만남」을 발표하였다. 이지 서원의 벽에 고문으로서 사진과 이름이 기록된 것은 큰 기쁨이었다. 작년 가을 그의 고향 천주泉州의 국제학술회의에서 나는 한국의 이지 연구 상황에 대해 발표하여 언론의 큰 호응을 받았다.

어제 중국의 연구회 회장으로부터 「한국이지연구실韓國李贄硏究室」이란 휘호를 받았다. 비록 크지는 않지만 내 연구실을 더욱 보람있게 해줄 것으로 믿어 매우 흡족하다. 강화도 전등사 뒤의 정족산 사고 현판인 '장사각藏史閣'이나 연구실의 이름인 '장사재' 와 그 바탕의 '동서문화로'에 또 하나의 이름이 더해진 것이다.

1980년대 초, 내가 대학에서 이지를 주제로 발표한 강평에서 교수 한 분은, "미치광이"라 했고, 다른 분은 "정신병자"라 할 정도이었는데, 이제 이지의 『분서』와 『속분서』가 번역되고, 중국의 평전이 하나 번역되며 나의 한국인 저술의 평전도 나왔으니 그 연구의 지평이 훨씬 넓어진 것은 매우 다행이다.

2009년에 한국양명학회에서는 추계학술대회의 주제를 「동아시아와 이탁오」로 했으니 이는 이탁오가 한국학계에 상당한 위치를 차지하게 된 것으로 매우 의미 있는 일이다. 그리고 넓게 오래 학문적으로 대학에서 공헌하지는 못했어도 이탁오 연구에 중요한 디딤돌이 된 것은 학자로서의 보람이 된 것이다. 특히 금년 중국의 이지연구학회에서는 전 세계적인 이지 연구업적을 모아 총서를 발간할 예정인데, 나의 평전이 선정되었다는 연락을 받았다.

평전을 출간을 맡은 지식산업사의 김경희 사장이 "이 책은 외국인을 한국화해서 쓴 중요한 업적"이라며 "역수출" 될 만한 책이라고 칭찬해주던 말을 기억한다. 어려운 학술 서적으로 많이 팔리지 않아도 외국에서 "한국의 체면을 세워준 저서"라고 그는 평한다.

사실 중국에서 유학과 전통을 비판한 사람은 많지만 이탁오처럼 치열한 사상가는 없었으며, 정부와 통치자에 대한 반항은 있었지만, 체제와 시대의 이념과 싸우다 죽은 사람은 중국 역사상 이지 뿐이다. 그는 확실히 시대와 싸웠고 새로운 시대를 꿈꾸며 역사와 싸운 것이다. 그래서 오늘날 그는 독일 종교 개혁가 마르틴 루터나 철학자 니체 또는 그리스의 소크라테스와 비교하기도 한다.

중국은 그의 조국이니 5천 년 역사의 문화 영웅으로 추존하고, 일본에서는 일찍부터 개화 및 근대화에 사상적으로 깊은 영향을 주었는데, 우리나라에서만은 아직 학문적 수준에 머물고 대중화되지 못한 점은 역시 발전의 시차일까. 그래도 이제 매체와 인터넷의 이지 연구가 차츰 활성화되고 작지만 이지 연구실과 자료의 수집처가 마련되는 것은 매우 다행한 일이다.

그것 아니면 밥 못 먹을 것처럼 한 주제에 매달린 욕심 없는 학자의 끊임없는 노력이 하나의 작은 결실을 맺어가는 역사를 보며 그저 흐뭇한 보람을 느낀다.

그 우물 잘 있지요

김희선
heesun0222@hanmail.net

우물물이 찰랑찰랑 넘치고 있다. 맑은 물이 이렇게 넘치다니. 물을 주어도 되는지. 허락을 받은 다음 바가지로 물을 떠서 잔디밭 마당에 물을 뿌려 주었다. 검푸른 잔디밭이 물을 머금어 파릇파릇 반짝인다. 요즘에도 이런 우물이 있을까. 바가지로 뜰 수 있는 우물을 만나다니. 뒷마당에선 참나무와 밤나무가 시원한 소리를 내며 쏴아 흔들린다. 우리는 그 마당에서 동심으로 돌아가 온종일 감동이었다.

파란 하늘을 배경으로 크고 작은 항아리들이 나란히 줄지어 그득한 장독대, 그 뒤 철조망 밖으로는 22대를 내려오는 조상의 묘소가 있으며 푸른 숲이 온통 하늘이다. 거기 종갓집은 한여름에도 서늘하여 에어컨이 필요 없다고 한다. 새벽에는 추워서 방문을 닫을 정도라고 한다. 안방의 창호지 문살에 햇살이 가려지는 아늑함, 대청마루에서 훤히 내다보이는 뒷마당의 초록빛. 부엌 옆에는 그릇을 넣어두는 커다란 광이 있고, 지하수가 수돗물이 되어 편리하게 나온다. 뒷문을 열고 나가면 머위가 숲을 이룬다. 언덕마다 잔디가 촘촘히 자라고, 숨통이 시원하게 트이는 신선한 공기. 땅의 빛깔도 발그레하니 진흙 빛이다. 잔치가 벌어질 때는 친척들이 모여 음식을 장만할 수 있는 종가의 뒷마당. 우리가 일상처럼 지내왔던 친척들의 모습이 넓은 뒷마당에서 펼쳐질 것이다.

나는 요즈음 그 집에 있는 우물 때문에 가슴이 아프다. 오늘도 해가 지고 나니 캄캄하다. 무심코 지나다 보니 서쪽 창에 초나흘 달이 달랑 떠 있다. 초승달 바로 위에 반짝이는 별 하나, 창문 가까이 가서 한동안 바라본다. 왜 이리 안타까운가. 사라지는 것에 대한 허무한 마음이 별빛처럼 반짝인다. 내가 살고 있는 이 나라가 자연을 배려하는 나라가 되기를 바라는 마음 간절하다. 달그림자를 안고 흐르는 거기 우물가의 풍경이 떠오른다. 옛날에는 온 동네 사람들의 생명줄이었던 고마운 우물을 그대로 남겨두면 오죽이나 좋을까.

없어진다고 하는 그 우물, 그 집의 종손 며느리 되는 분이 한 달에 한 번씩 만나는 동네모임의 회원이면서, 우리 집 옥탑방에서 일주일에 한 번씩 만나는 '문학의 향기' 동인이다. 만나면서 반갑게 인사말을 했다. "그 우물 잘 있지요?" 웃으며 물었는데 대답이 너무나 충격적이다. 한 달 후에 없어질 운명이라고 한다.

그날 밤, 나는 안타까운 마음에 잠을 자다가 벌떡 일어나곤 했다. 이러다가 또 혈압이 터질까 염려되어 순순히 마음을 가라앉힌다.

물 부족 국가라면서 수맥을 메꾸며 없애다니. 자연을 하찮게 알고 함부로 거스르는 행동은 누가 저지르는 일인가! 그 동네에 아파트가 들어서기에 결국 사라지게 될 운명이지만. 이런 일이 발등에 떨어지고 보니, 남들이 왜 시위를 하는지 그 심정을 충분히 이해하고도 넘치는 마음이라고 한다.

혹시나 해서, 그곳 의정부 시청에 가서 문화재로 등록을 하려고 알아보았으며, 아니면 내 집이 아니어도 좋으니 아파트 산책길에, 한옥이 고스란히 남겨지기를 기대했지만, 결국은 아파트 부지로 수용을 당하고 말았다고 한다. 나이가 젊기나 하면 끝까지 버티겠지만, 이곳저곳 다니다 보니 마음만 상하고, 어쩔 수 없이 양보는 했지만, 당장 가을이 오면 종손들이 어디에서 모여야 할지. 대대로 내려오던 집까지 사라진다며, 모든 게 흩어지는 위기에 놓였다고 한다. 더구나 평당 70만 원으로 보상은 끝이 났다고 한다. 그리고는 곧바로 평당 500만 원에도 살 수가 없는 땅이 되었다고 한다.

문화의 진정성을 가늠하지 못하는 우리나라의 행정, 우리의 전통과 정서는 하루아침에 싹뚝, 무식하게 잘라버리고 있다. 지금까지 엄연한 내 땅이기에 평생 동안 애지중지 가꾸었지만 내 것이 아니었다니! 예쁜 나무 심으며 잔디밭 가꾸던 정성과 자연사랑의 가치, 모두가 사라진다. 갑자기 튀어나온 횡포 앞에서 망연자실.

그 집이 한가운데 떡 버티고 있는 것도 아니다. 아파트 부지를 똑바로 자른다면 집은 그대로 남을 수도 있으련만, 산비탈 언덕배기인 그 집까지 의도적으로, 일부러 들어와서까지 수용을 당한 것이 이해가 안 간다는 것이다.

유관순 영화에 나오는 시대적인 배경, 본채가 안에 있고 대문이 딸려있는 아래채가 있는 전통가옥이다. 거기에 갔을 때 그 집 대문에 태극기는 없었지만 태극기가 휘날리는 그런 집으로 연상이 되고 있었다. 대들보에 새겨진 글씨는 100여 년이 되는데도 보존의 가치가 없는 것일까.

우리는 너무 쉽게 없앤다. 이름이 없는 언덕일 때는 하찮게 여겨 부수고, 검푸른 숲이 우거진 언덕은 평지를 만드느라 나무를 모조리 없앤다. 진달래가 아름다운 야산도 그냥 없앤다. 평지만을 고집하는 행정과 건물을 짓는 사업가들. 그리고 다시 어린나무를 심으면 그만이다. 외국에서는 내 집 울타리 안에 나무를 잘라도, 벌금장이 날아온다고 하는데….

오이지 상념

이순향
jolok2@yahoo.co.kr

지방에 계신 노모가 오이지를 담갔다며 보낸다고 하신다. 시장에서 구입하는 게 편할 것 같아 사양했지만, 어머니의 정성을 저버리는 것 같아 안부 인사차 가지러 가겠다고 말씀드렸다. 얼마 전 짠지 세 쪽이 오토바이 택배로 도착하여 당황스러웠던 기억이 났다.

어머니는 그 다음 날

"요사이 돌림병에 사람들이 다 죽는다더라."

"난 방 안에 콕 박혀 있으니 너도 오지 마라." 하신다.

오이지가 짜서 내 입에 맞지 않을 거라는 뜻밖에 이야기도 꺼내셨다.

며칠 전부터 오이지 준다고 노래를 삼더니, 아마도 구순이 넘은 어머닌 저승사자가 무서우신가 보다.

그러고 보니 통 속에 갇혀 있는 오이지나, 요사이 메르스 공포로 골방에 묶여 있는 사람들 신세가 피장파장이라는 생각이 들었다. 친구들은 그 병에 한번 걸리면 생사가 오르락내리락하니 오이지 신세라도 좋다곤 하지만.

메르스가 주춤하여 오이지를 가지러 갔다. 오이지는 통 속에서 돌멩이에 지질러진 채 도道를 닦고 있었다. 오랜만에 한 가닥을 찢어 먹어 보았다. 아! 쫄깃쫄깃하고 상큼한 맛. 고진감래苦盡甘來라는 말이 있듯, 이것이 바로 고난을 이겨낸 맛이로구나.

어머니는 오이지를 몇 뭉치 싸 주며, 언니와 동생에게 전해달라 하신다. 귀가

하여 전하니, 웰빙족인 언니는 오이지가 짜서 건강에 안 좋다며 시큰둥한다. 외국에서 주로 사는 동생은 냄새가 좋지 않다나. 결국 엄마표 오이지는 전부 우리 집 냉장고에 차곡차곡 쌓아 두었다.

오늘 저녁 찬으로 오이지 냉국을 했다. 오이지를 맑은 물에 몇 번 헹궈 짠기를 없앤 후, 청양고추를 송송 썰어 웃기로 하였다. 약간 짭조름하였지만 상큼하고 시원한 맛이 기분 좋았다.

어머니는 오이지를 볼 때마다 돌아가신 외할머니 말을 하셨다. 사대문 명문가 마님이셨는데 늘 여름마다 오이지를 담아서 이웃에게 돌렸다고 한다. 여름 장마에는 오이지만 한 먹거리가 없다면서 나누어 주셨단다.

엄마표 오이지에는 이런 할머니에 대한 그리움과 자식 걱정이 범벅이 되어 오묘한 맛을 내지 않았을까. 몇 년 전 아들이 사업에 실패하여 오이지처럼 쪼그라든 형편이었다.

지난번 안동을 갔을 때 안동 고등어를 먹은 적이 있다. 갓 구워내 노릇노릇하면서도 뽀얀 살의 고등어 맛을 잊을 수 없다. 그것은 오래전 교통이 불편했을 때, 동해에서 안동까지 운반 도중 상할까 봐 궁여지책으로 소금을 뿌렸는데, 그것과 육질의 조화로 멋진 먹거리가 되었다나. 조미료가 전혀 들어가지 않은 우리나라의 전통음식으로 상인들의 노심초사와 조상들의 지혜가 어우러진 창작품이다. 오이지도 젓갈류 등 해산물과 더불어 그 옛날 힘겨웠던 서민들의 밑반찬 구실을 충분히 하였으리라.

요사이 염장 식품이 환영을 덜 받지만, 밥맛이 없을 때 젓갈 하나면 밥 도둑이 따로 없다. 건강식을 찾느라 음식을 가려 먹어, 그 스트레스로 오히려 건강을 해친다 하는데 오늘도 난 밥 한 그릇을 오이지와 함께 순식간에 해치웠다.

오이지는 가래떡처럼 변함없는 어머니의 사랑 맛이다. 오늘날 피클이나 단무지가 이런 인생의 깊은 맛을 낼 수 있을까.

오이지 맛을 아는 사람은 부모님에 대한 패륜 행위도 하지 않을 텐데.

회귀&기원

이사명
cmsamyoung@hanmail.net

우리 민족 고유의 명절인 설날을 맞이했다. 그러나 올해는 세계적인 불황의 여파로 국내시장도 여유롭지 못한 설이 되었다. 그래도 집이라도 있고 안식처가 있는 사람이면 그 중 다행이다. 명절이라고 고기라도 먹을 수 있는 가정이라면 그나마 또 괜찮다. 그러나 대명절에 누구나 먹어야 하는 한 그릇의 떡국조차 먹을 수 없는 사람도 있을 것이다. 그러한 사람들에게도 을미년이 시작되는 오늘, 복된 한 해가 되기를 기원한다.

경기 침체가 원인일까. 새해를 알리는 시계 종소리가 조용한 고속도로의 풍경과 교차되어 다리가 아픈 내 가슴을 잔잔히 울린다. 귀성 인파들도 할 말을 잃은 듯 차량이 정체됐다는 소리조차 들리지 않는다. 집에서 기다리는 부모 형제들도 여러 정황을 헤아려 보면서 천천히 오려니 한다. 분위기를 짐작하면서도 나는 그들이 부럽기만 하다. 그들은 부모, 형제, 며느리의 도리를 다하지 않는가. 그들의 그림 위에 지나간 나의 명절을 늘어놓아 보지만, 명절다운 명절을 보내본 적이 별로 없는 것 같다. 외로운 마음을 화면 속에 묻고 눈을 감는다. 얼마나 지났을까. 손이 가는 대로 돌리다 보니 꿈에서처럼 고기 떼가 보인다.

홍연어 떼다. 이리저리 튀면서 강을 거슬러 오르는 장면이 산수의 절경을 타고 흐른다. 강 둔덕엔 곰이 여차하면 낚아채려고 서 있는데도, 각인된 그 태 자리 냄새 향을 따라 귀향하는 생리에 코끝이 찡하다. 비록 미물일지라도 연어는 넓은 바다에 나가 젊음을 바쳐 실컷 한세상 잘 놀았다. 그러다 때가 되면 종족보존의 본분을 위해, 기꺼이 먹고 먹히는 바다를 넘어 사력을 다해 모천으로 돌아온다. 그리고 많은 산란 끝에 내 새끼 남의 새끼 가리지 않고 안식처가 되어 주었다, 종국엔 동물과 생물들의 허기를 채워주곤 한세상을 마감한다. 연어들의 생태를 보면서, 천지 만물이 하나같이 이유가 있어 생성되고 소멸한다지만 자연계의 섭리가 참으로 가혹하고 야속하게만 느껴진다.

조물주의 섭리이지만, 생명체 대부분은 새끼를 낳아 크는 모습을 보면서 사는 보람을 느낀다. 연어만은 그 새끼들을 산란해 놓고 생을 마치게 되니 슬픈 운명이 아닐 수 없다. 그래서 연어 새끼들은 태생적으로 유전적 감지 능력과 후천적 후각 발달의 기능을 가지고 있어 북태평양까지 가서 활보하다 유종의 미 새끼들을 거두기 위해, 운명의 긴 여정으로 회귀할 수 있는 것이리라. 바다는 많은 이로움도 주지만, 억울한 죽음도 거두는 곳이다. 가까이는 나라를 지키다 장렬하게 전사한 연평해전 장병들과 천안함의 장병들, 좋은 일을 하다 안타깝게 목숨을 잃은 수많은 이들이 연어처럼 생명 색 빨간 옷을 입고 헤엄쳐 살아오는 장관을 상상으로 되풀이해서 본다.

화면을 돌려 다시 귀성 차량들을 돌아보는데 일부 성묘객들의 모습에 또다시 먹먹해진다. 성공의 기준을 내 척도에 차지 않는다고 낳아주신 부모님을 10년이나 찾아뵙지 못한 아픔이다. 그러다 좀 깨달았을 땐 또 생활 여건이 안 되어 그러했으니 그 또한 한으로 남는다. 나도 자식을 키워보지만 자식은 하루만 안 봐도 보고 싶은 정의 자식이다.

지금도 여전히 귀성길의 행렬은 평온하다. 돌아가신 부모님께 한없이 죄송하지만, 오빠가 편치 않다는 소리에 철렁하고 시댁의 여러 소식에도 가슴이 내려앉는다. 형제는 떨어져 살지라도 늘 교감해야 하는 것을. 핑계 같지만 살만하면 일이 터지고, 사고 후유증으로 자유롭지 못해 양가에 섭섭하게 한 점이 많다. 시

부모님도 그러했겠지만, 친정 부모님께서 얼마나 딸을 그리워했겠는가. 돌아가신 부모님의 상심이 지워지지 않아 눈을 붙이기 힘들 것 같다.

하찮은 미물도 태 자리를 찾아 수천 킬로미터를 먹지 않고 저장한 지방에 의지해 돌아와 임무를 다하고 생을 마감한다. 형제는 때에 맞춰 찾아주고, 돌아가신 부모님과도 성묘하면서 해후하는 만남의 깊이가 중요함을 절감한다. 새날, 새 아침 해맞이를 하면서, 풀리지 않는 회귀본능의 원리와 기원의 여러 의미를 곱씹으며, 새날에 염원을 담아 복된 한 해가 되어주기를 기원한다.

길 위에서

강현순
hyunsoon52@hanmail.net

자연의 풍광이 오롯이 담긴 미술작품 앞에 서면 한동안 얼어붙은 듯 움쩍도 못할 때가 있다.

그림 속의 조붓한 저 오솔길 끝에는 무엇이 있을까. 바위를 사뿐 비켜서 담담히 흐르는 계곡물은 또 얼마나 차고 맑을까. 궁금하여 그 속으로 들어가고 싶은 것이다.

어릴 때, 서운하고 답답한 일이 있으면 말없이 길 위에 섰다. 무작정 걷다 보면 항용 남산 아래에 있는 '참새미' 가는 길이었다. 그 길은 비록 좁고 꼬불꼬불하지만 내가 좋아하는 작은 풀꽃들이 길 양 옆으로 줄지어 서 있어서 예뻤다.

길 끝에 있는 참새미는 심한 가뭄일 때도 결코 바닥을 보여주지 않고 자신의 모든 걸 누구에게나 아낌없이 내주는 것이 신기하여 고개를 빼서 오래도록 안을 들여다보곤 했다.

길 위에 처음 발을 내디뎠을 땐 팔짝 뛰면 '뚝' 하고 떨어질 정도로 눈물이 그렁그렁했지만 집으로 돌아올 무렵엔 달라졌다. 상처로 인하여 빨갛던 내 마음에, 누군가가 흰색 물감을 갖다 부었는지 분홍빛이 된 것이었다.

나는 대체로 크고 넓은 길보다는 작고 좁은 길을 더 좋아한다. 삐뚤삐뚤 꼬불꼬불 못생긴 작은 길은 마치 내 모습과 닮은 것 같아 친근감이 있고 정겹게 느껴진다.

오솔길을 걸을 때면 길동무가 없어도 그다지 외롭지 않다. 나무와 풀꽃이 친구가 되고 때론 스승이 되어주기 때문이다.

벼랑 끝에 위태롭게 서 있는 나무는 몹시 부자연스럽지만 자세히 보면 주변 여러 나무들의 뿌리가 한데 엉켜있음을 알 수 있다. 튼튼하고 잘 생긴 나무도, 볼품없는 못생긴 나무도 서로 손을 맞잡고 더불어 살아가고 있는 것이다.

나무는 눈부신 꽃도 피우고 자신만의 깊은 그늘도 갖고 있으며, 가을날엔 색색의 고운 단풍잎을 만들어 보는 이로 하여금 탄성이 절로 나오게 하다가, 어느 날 홀연히 자신의 모든 것을 다 내려놓으며 고개를 숙인다. 죽어서도 목재로 땔감 등으로 여전히 우리들에게 오로지 도움만 주는 나무를 바라보노라면 늘그막에 상처를 주고받으며 살아가고 있는 내게 어떻게 살아가야 하는지 말 없는 가르침을 준다.

불현듯 어디론가 떠나고 싶다는 생각이 간절한 날엔 꿈을 꾸곤 하는데, 왠지 낯선 길을 혼자서 걸어가는 꿈이 유독 많았던 것 같다. 안개 속에서 길을 잃고 소리내어 울다가 잠에서 깨어난 적도 있었다. 소녀처럼 치마를 팔랑거리며 숨 막히도록 아름다운 꽃밭을 지나 저쯤에서 나를 향해 웃고 있는 누군가에게로 뛰어가는 꿈을 꾼 것도 어렴풋이 생각난다.

어느 봄날이었다.

차를 몰고 꼬불꼬불 지방도로를 따라가던 중 놀라운 일이 일어났다. 보물찾기 하듯 숨어있는 청옥빛 바다를 찾아내고는 벌어진 입이 채 다물어지기도 전에 이내 호젓한 오솔길이 나를 기다리고 있었다. 놀라운 건, 정말이지 난생처음 와 본 곳인데도 왠지 언젠가 한 번쯤 다녀간 적이 있다는 생각이 드는 것이 아닌가. 곰곰 생각해보니 꿈속에서 본 풍경 그대로여서 온몸에 소름이 오소소 돋았다.

참 이상하다. 길 위에 서면 왜 모든 게 부드러워질까. 우선 마음이 말랑말랑해지니 그래서 시선도 바라보는 사물도 부드러울 수밖에 없는 것일까.

떠올리기조차 싫은 사람이 '사랑', '용서', '화해'라는 비장의 무기로 내 안의 '미움', '원망'을 슬며시 밀어내고 자리를 잡으려 해도 가만히 있는 걸 보면….

가지마다 봉긋 부풀어있던 연분홍 꽃망울을 조심스럽게 터뜨리고 있는 가로수인 벚나무 주변은 온통 풀밭이었다. 허리를 굽혀 내려다보니 작고 앙증스런 풀꽃들이 오종종 모여 앉아서 우리 집에서부터 나를 따라온 실바람과 장난을 치며 까르르 웃는 것이었다.

작은 어촌마을이라 인적이 드문 곳이어서 봐주는 이도 별로 없건만 나무는 자랑스럽게 꽃을 피우고 소담스런 풀꽃도 살아있음에 감사하는 듯 씩씩하고 당당해 보였다.

잠깐의 불편함조차 힘들어하고 자신의 못남을 자책하며 작은 상처에도 어쩔 줄 몰라하는 나약한 나는 위풍당당 벚나무 앞에서 여리디여린 작은 풀꽃 앞에서 한없이 작아지는 것을 느꼈다.

가끔씩 기분이 좋을 때나 외로움이 와락 밀려오면 이름도 예쁜 그곳 '안녕마을'을 찾는다. 굳이 차에서 내리지 않아도, 그 길을 지나기만 해도 마음이 안온해지기 때문이다.

오늘도 내 안에서 떠나자며 슬며시 조른다. 그러면 나는 빙긋 웃으며 내 삶의 친구, 내 사유의 스승이 있는 그곳으로 가기 위해 길 위에 선다.

꽃피는 내 고향 공동화空洞化가 두렵다

장정식
jang0613@naver.com

봄이 오는 계절, 꽃피는 4월이면 나는 해마다 거르지 않고 찾아가는 곳이 있다. 다름 아닌 나의 모항母鄕 두메의 분지盆地다. 연분홍 복숭아꽃이 산비탈과 온 들을 가득 메운 평화로운 향훈의 낙원, 이름하여 무릉도원이라 별명한 곳이다. 복숭아꽃뿐이랴, 산에는 진달래꽃, 산벚꽃, 들엔 매화꽃, 샛노란 개나리꽃, 밭에는 백설같은 배꽃, 거기에 유독 이름난 복숭아꽃이 대종을 이룬다.

올해도 나는 고향 찾아 꽃향기 향촌鄕村에 미만한 무릉도원의 정취에 취해 시심詩心의 서정을 가슴 가득 담아 왔다.

광주의 도심을 벗어나면 고향까지는 느슨한 속력으로 달려도 불과 1시간 반이면 향촌에 이른다. 하지만 광주의 도심과는 너무도 다른 청정한 두메의 자연환경이다. 지금은 격세지감인 도로 교통의 문명화에 힘입어 산골길도 쾌적하게 닦여져 고향길도 한층 가까워졌기 때문이다. 고향을 한눈에 볼 수 있는 산마루에 이르는, 굽이굽이 돌아 오르는 포장된 잿길이 구절양장을 연상하는 스릴이 있어 좋다.

고개턱에 이르면 일망무제로 확 트인 일개 면의 광활한 분지의 넓은 들이 펼쳐진다. 이곳이 꿈에도 그리는 내 고향 꽃피는 월등인 두메의 산촌이다. 영마루에서 굽어보는 산야의 풍광이 계절 따라 변모하는 한 폭의 그림이다.

갈매빛 능성이를 드러낸 첩첩 산은 사위四圍를 가린 병풍처럼 아름답고 산봉우리에 얹혀 있는 청잣빛 하늘이 비단처럼 곱다. 이 산골 저 산골 흘러내린 계곡의 청정수는 들판을 가르는 한내에 합수되어 수자원이 된 옥토의 젖줄이다. 서편에서 동편으로 한 줄기 강물처럼 흐르는 이 냇물은 해돋이에서 해넘이까지 천고에 변함없이 흘러 흘러 섬진강 따라 남해에 이른다. 해돋이의 아침 냇물에 비친 찬란한 햇살은 일깨우는 희망의 상징이며, 해거름의 노을빛은 정열과 진취욕을 일깨우는 격정의 상징이다. 여기서 생성한 온갖 자연과 인간은 만고에 공해 없는 환경의 생명체들이다. 인간들의 순박하고 선량한 성정性精이야 더 이상 바랄 것이 있겠는가.

조망하는 산야의 아름다움에 탐닉하여 고향 떠나 사는 그리움의 향수에 흥건히 젖는다. 마을에 이르러도 들고나는 사람이 귀하다. 향촌이 너무도 조용하다. 마을마다 멀리 개 짖는 소리, 닭 우는 소리도 사라졌다. 아스라한 나의 추억 속에 존재한 슬기의 요람 초등학교, 정오의 시간에 운동장을 메운 학생들이 발랄하게 뛰놀며 시끌벅적하던 그때는 소설 같은 이야긴가 저출산 시대의 학생의 재적수가 너무 줄어 절간처럼 조용한 캠퍼스가 만발한 벚꽃 속에 서글프도록 외롭다. 이렇게 적막한 시골, 계절따라 어김없이 피어난 눈부신 무릉도원의 꽃 잔치가 아니면 얼마나 쓸쓸하랴!

해마다 꽃피는 계절이면 찾아온 고향산천, 해마다 피는 꽃은 변함없이 피고 진다. 그러나 어릴 적 물장구치고 진달래꽃 따 먹고 자란 죽마고우, 고향을 지키며 살아온 초등학교 동문학 벗들은 시나브로 다 가고 없다. 고향에 돌아와도 반겨줄 사람 없는 외로운 향촌이다. 이래 두고 '세세연년화상사歲歲年年花相似하나 세세연년인부동歲歲年年人不同'이라 했던가.

나의 생가 옛집도 쓸쓸하기는 매한가지다. 고색이 창연한 깡마른 서까래가 기와지붕을 힘겹게 받치고 있을 뿐 따뜻했던 훈감한 인정미는 간데없고 찬바람만 감돈다. 고향에 올 때마다 접하는 첫 소식은 그간에 또 몇 사람이 세상을 떠났다는, 예사로이 전해준 비보가 가슴에 뭉친다. 두 식구 노구老軀가 살다가 앞서 가고 뒤따라가고 나면 가대는 그대로 빈집, 들쥐들의 난장판이 된 흉물로 남아있다. 100여 호의 대촌이라고 자랑하며, 천 년 두고 대대손손 번영을 이룰 산 좋고 물 좋은 명당 대지라 일컫던 이곳이 바람 잘 날 없이 공동화空洞化 되어 가니 마음은 매양 가이없이 암연暗然하다

분지의 좁은 땅에 인구 밀도가 높았을 때는 농토가 비싸기로 유명한 곳이었다, 그처럼 금싸라기 같은 논밭이 지천물이 되어 있다니 어이없는 현실이다. 젊은 생산 인력이 전혀 없으니 농사지을 힘이 없다. 그토록 소중하게 가꾸던 농토가 잡초 우거진 묵정이가 된 논밭이 늘어나고 있다는 한숨들이다. 젊은이가 없으니 어린 애들이 있을 리 없다. 아침 저녁때는 집집마다 몇 남매씩 책보 싸지고 학교에 등하교하던 행렬이 씻은 듯이 사라지고 없다. 어쩌다 젊은 귀농자가 있어도 벗이 없는 아이를 고독한 환경에서 기를 수 없어 다시 짐을 싼다는 안타까운 소식이다.

이토록 사람이 귀해진 조용한 분지골에 깜짝 손님이 찾아들 때는 노쇠한 주민들도 희열을 느낀다. 그것은 만발한 복숭아꽃이 광야에 붉게 물들었을 때, 꽃 구경꾼들의 승용차가 들고 날 때와 수확기의 복숭아를 출하할 때다. 이때는 월등 복숭아로 전국에 이름난 8월의 복숭아 축제가 열린다. 서울의 유명한 가수들이 초청되는 축제 기간에는 각지의 관광객들이 모여들어 성황을 이룬다. 이때면 여기 산촌의 노구老軀들도 생기가 돋고 복숭아 벌이에 수입의 기쁨을 만끽한다. 그러나 이것도 잠깐, 가뭄 속에 내린 소낙비 그치듯 짧은 기간 축제가 끝나면 쓸쓸한 산촌은 모두가 외롭다.

명당대지明堂大地로 일컬어온 자랑스러운 나의 모향, 후사가 없는 절손지지로 문을 닫게 될 이 무릉도원이 잡초에 덮인 묵정밭이 될 것인가 생각하면 수구초심首邱初心의 허상에 잠긴 마음 암연이 수수롭다.

반타작 성적표

김영희
02young2@hanmail.net

사색의 뜰도 계절을 타는 모양이다. 사철 내내 그윽하고 싱그러운 향기로 풍성할 수만은 없겠기에 가끔은 힐링도 필요한 게 아닌가 생각한다. 여름으로 접어들면 나른해지기 쉽고 의욕도 떨어지는 데다 모든 게 심드렁해져서 생각조차 무덤덤해져 사색의 향기조차 맡기 힘드니 말이다. 하지만 그 뜨거운 여름 볕에 식물들은 쑥쑥 자라서 꽃을 피우고 열매를 맺고 영글어 간다는 건 고무적인 일이라 사색의 뜰에 한 자락 접목시켜 보는 것도 괜찮을 듯싶다.

필요한 야채나 과일들을 가게에서 사 먹는 게 좋긴 하지만 때로는 집에서 길러 먹는 재미도 쏠쏠하다. 소일거리로 하는 자그마한 텃밭 농사지만 때맞춰 거름도 해야 하고 풀도 뽑아줘야 하며 물도 부지런히 줘야 하기에 이래저래 손품이 많이 들게 마련이다. 애쓰는 것에 비해 수확량이 그리 많은 것도 아니지만 자라나는 모습을 보는 재미와 내 손으로 키워 먹는다는 즐거움이 있어서 좋다. 때론 인생 공부도 하며 힐링도 되기 때문에 귀찮아서 다음 해에는 그만둬야지 싶다가도 또 씨를 뿌리게 되는 모양이다.

작은 밭뙈기 사이 담벼락 아래론 감나무와 복숭아나무며 매화나무를 심었다. 정초엔 매화꽃이 하얗게 피어 새해 선물인 양 뒤뜰을 장식하고 봄엔 복숭아꽃이 곱게 피어 봄날을 화사하게 수놓아 준다. 옆쪽 울 밑이 비었길래 작년에 자두나무와 블랙베리를 두 그루씩 사다 심었다. 한국에선 슈퍼복분자라고도 불리는 블랙베리는 항산화 성분을 비롯해 건강에 좋은 물질이 많이 들어있어서 인기 있으나 가시 때문에 취급하기 어렵다. 그래서 가시 없는 개량종 블랙베리를 택했다.

여름으로 접어들 무렵 블랙베리 나무에 찔레꽃을 닮은 예쁜 꽃이 피기 시작하더니 올망졸망 열매가 많이 맺었다. 열매가 처음 맺을 땐 살색을 띄다가 점차 흐리멍덩한 녹색을 보이고 차츰 빨간색으로 변해간다. 그 윤기 나고 톡 터질 것 같은 빨간 송이들이 하루 이틀 지나 까맣게 될 때쯤엔 송이도 충실해지고 새콤한 맛에서 점점 단맛으로 바뀌면서 제대로 익게 되는 것이다. 며칠 뒤 열매가 까맣게 잘 익었겠거니 생각하고 뒷밭에 나가보니 새가 쪼았는지 아님 개미나 벌레들이 먹었는지 익은 것은 죄다 볼품없이 뭉그러지고 뜯겨나가서 실망스러웠다.

겨우 익을락말락한 반 빨강이가 내 차지구나 생각하며 따서 맛보니 약간 단 듯 만 듯 새콤하면서도 떨떠름한 맛이 입안에 들러붙으며 감도는 게 묘했다. 미미한 단맛은 그래도 내가 키운 것을 새든 벌레든 나눠줄 게 있다는 체념 속 여유로운 맛이라고나 할까. 새콤한 맛은 다 뺏기지 않고 내가 맛볼 몫이 남았다는 게 어디야 하는 위안과 안도감의 맛이고, 떨떠름한 맛은 심지도 가꾸지도 않은 것들이 익기가 무섭게 왜 먼저 맛을 보는 거야 하는 괘씸함과 좌절감의 맛이 아닌가 싶다. 텃밭의 무농약 재배 야채와 과일들을 토끼며 다람쥐, 새와 벌레들이 먼저 알고 채 가지만 절반이라도 거둘 수 있도록 남겨둔 게 다행이니 그나마 감사해야겠다.

그러고 보니 내 인생은 별 뾰족한 성공을 이뤄낸 것도 없고 자랑스레 내놓을 것도 없이 늘 주어진 현재에 순응하느라 좀 설익은 듯 부족한 가운데 소박한 삶을 살아온 게 아닌가 싶다. 절반의 성공이 찍힌 반타작 내 인생의 성적표를 미처 성숙하지 못해 아직도 반쯤은 딱딱한 형태의 새콤 떨떠름하면서 단맛이라곤 흉내만 낸 듯한 반 빨강이 블랙베리가 읽어주고 있는 것 같다.

낯선 곳에서

신현복
happy7239@naver.com

오래전 동남아 여행을 한 적이 있었는데 일행 중에 혼자 여행 온 남자가 있었다. 가족이나 친구끼리 온 사람들이 대부분이었기에 그 젊은 남자는 당연히 우리의 호기심을 끌게 되었다. 그러나 우리의 관심과는 달리 누군가가 말을 걸어와도 그는 필요한 대답만 하고 빙긋이 웃기만 할 뿐이었다. 그러면서도 그는 일행들의 무거운 가방을 옮겨 주기도 하는가 하면 인솔자의 손이 미처 못 미치는 어려움을 주저하지 않고 도와주기도 했다. 그러면서 알게 된 것은 그가 아직 미혼이며 혼자 하는 여행이 이번이 처음이 아니라는 것 정도였다.

낯선 곳에서 낯선 사람 누구와도 잘 어울리며 혼자 여행을 하던, 차창에 머리를 기대고 즐거움과 외로움을 함께 음미하는 듯하던 그의 옆모습- 무슨 일을 하는지 왜 혼자 다니는지 알 수는 없지만, 여러 날 동안 혼자 여행을 하며 외로움조차도 즐기는 듯하던 그의 여유가 무척 부러웠었다.

나를 둘러싸고 있는 일상에서 벗어나 훌쩍 낯선 곳에 가서 살아보고 싶다는 생각을 많이 한다. 그때 여행지에서 봤던 그 남자처럼 여러 군데 여행은 못 다니더라도 어느 한 곳에서 그곳 낯선 사람들과 어울려서 사계절을 보내며 한번 살아보고 싶다. 미국에 사는 동생 집에 가서 여러 날 묵은 적이 있었는데, 동생이 학교에 가고 없는 낮에는 혼자서 그 근처 여기저기를 다니며 소일했다. 처음에는 그곳 지리도 모르고 아는 사람도 없어서 모든 게 낯설고 하루가 무료했지만,

시간이 지날수록 낯선 것들이 나에게 주는 편안함 같은 것을 느낄 수가 있었다. 큰 주립대학이 위치한 곳이어서 도시 전체가 학교 캠퍼스처럼 생기가 넘치면서도 조용하고 아늑한 곳이었다. 서울은 눈이 오고 찬 바람 부는 겨울 날씨지만 그곳은 파란 잔디 위에 낙엽이 한두 잎 떨어지는 가을 날씨여서 얇은 스웨터를 걸치고 벤치에 앉아서 서울의 가을 하늘보다 더 높고 파란 하늘을 올려다보곤 했었다.

방학을 맞은 아이들이 동네 도서관을 드나들면서 재잘거리는 소리, 공원 연못의 물고기들을 막대기로 휘저으며 좋아하는 개구쟁이 녀석들, 노랗게 익은 오렌지들이 수북히 떨어져 있던 대학 캠퍼스의 잔디밭…. 모든 것들이 낯설면서도 나를 편안하게 해 주던 것들이었다. 오후가 되면 슈퍼마켓에서 시장을 보고 모퉁이에 있는 작은 카페의 구석 자리에 앉아 커피를 마시며 책을 보거나 편지를 쓰기도 하면서 조금은 무료한 시간을 보내곤 했는데, 그 카페의 뚱보 아줌마는 나를 볼 때마다 '하이-'하며 나를 반겨주곤 했다.

서울로 돌아와 일상생활을 하면서 그곳에서 지내던 시간을 가끔 떠올리곤 했다. 틀에 박힌 듯한 하루하루의 일과 하지 않으면 안 되는 집안의 사소한 일들, 나의 의지와 상관없이 주어지는 모든 일상들- 이 모든 것에서부터 벗어나 어디로든 가서 봄 여름 가을 겨울을 살아 봤으면 좋겠다는 생각을 지금도 많이 하게 된다. 지중해의 이름 모를 작은 섬이어도 좋고 북유럽의 어두운 도시의 이름없는 작은 동네, 또는 복잡한 뉴욕 뒷골목에 있는 허름한 아파트여도 좋을 것 같다. 지중해의 작은 섬에서는 맑은 햇살에 반짝이는 바닷물결을 바라보며 아침을 맞고 싶고, 북구의 어두운 방에서는 하얀 레이스가 드리워진 작은 창가에 예쁜 꽃이 핀 작은 화분을 키우며 지내는 나의 모습을 상상해 본다.

문명의 혜택이 거의 없는 초원에서의 생활은 또 어떨까.

몽골 초원에서 보낸 며칠간의 여행은 자연에 순응하며 사는 인간의 모습이 얼마나 순수하고 아름다운가를 알 수 있었고, 도심 생활에 익숙한 나에게 그곳의 순박하고 원초적인 모습은 아늑하고 푸근한 기억으로 남아있다. 초원의 끝과 하늘이 맞닿은 부분이 있을 것 같아 따라가 보면 또 저만치에서 나를 지켜보던 지평선을 바라보며, 이곳에서 살아 보고 싶다는 생각을 했었다. 이름 모를 들꽃들이 피어 있는 끝없는 초원에서 유유히 풀을 뜯던 양 떼들을 몰고 석양을 마주하며 집으로 돌아가는 모습은, 어떤 변화에도 흔들림이 없는 먼 태고의 시대에 와 있는 순수한 모습이었다.

집다한 일상과 포기하지 못한 집착과 열정에서 놓여나지 못할 때면 문득문득 그때 며칠간의 몽골 초원에서의 생활을 돌이켜 본다, 가진 것 없이도 욕심과 집착 없이 살 수 있을 것 같은 낯선 곳이지만 편안한 곳이기에-.

일상을 떠난 낯선 곳에서 낯선 사람들과의 생활은 모든 것이 새롭게 다가올 것이고 삶은 신선하고 긴장될 것이다. 표정과 몸짓에서 서로의 마음을 읽을 수 있을 것이고 소리 없는 웃음으로 마음을 전하면 되지 않을까.

문득 외로움이 찾아올 때면 나의 일상들을 되돌아보게 될 것이다.

너무 가까이 있어서 또는 너무 깊숙이 있어서 미처 못 보았던 것들…. 잡다했던 일상의 부대낌이 그리워질지도 모르고 누군가가 몹시 보고 싶어 질지도 모르겠다. 그래서 나의 진부했던 일상의 조각들이 그리워지고 소중하게 가슴에 와 닿을 때 모든 것들이 다시 새롭게 나에게 다가오리라….

내 작은 텃밭의 초록바람 이야기

김미정
mj2000k@hanmail.net

7월의 요즈음에 나는 잠자리에서 일어나면 맨 먼저 "코코야, 진주야! 옥상 가자" 라고 소리쳐놓고 물을 한 양동이 받는다. 개들은 꼬리를 흔들며 설쳐댄다. 물 양동이를 들고 마흔 개쯤의 계단을 오르면 아파트 옥상의 철문 앞에, 먼저 당도한 개들이 문이 열리기를 기다리고 있다.

육중한 철문을 밀고 옥상에 발을 내딛는 순간, 실내와는 딴판인 신선한 새 공기가 파도처럼 기분 좋게 밀려든다. 개들은 넓은 공간을 자유로이 뛰놀고 나는 가벼운 맨손체조를 한 후, 내 작은 텃밭의 식구들에게 '밤새 잘 잤냐'고 인사하며 물을 준다. 맨들맨들 방수제가 도포된 초록색의 옥상바닥 배수구, 이 근처 귀퉁이에 자그만 내 텃밭이 꾸며져 있는 것이다.

이년 전에 이불 빨래를 널려고 아파트 옥상에 올랐다가 그 누가 민들레를 심어 키우다 버려둔 흙무더기를 발견하였다. 그 봄에 널브러져 있는 흙들을 쓸어 모아 스티로폼 상자에 담고, 생명력이 길다는 부추 씨앗을 사서 심었다.

처음 보는 보랏빛 부추 씨앗은 며칠 만에 싹을 틔우더니 흡사 머리카락처럼 가느다란 잎을 내밀어 이게 정말 부추인가 싶었다. 그러나 차차 앙증스러운 하얀 꽃도 긴 꽃대 위에서 피워냈다. 부추의 생명력은 정말 놀랍다. 베어도 자라나고 겨울 지나 다시 새 얼굴을 내민다.

그런데 맨 처음 싹이 돋아 얼마쯤 보기 좋게 자랐을 때다. 누군가가 모조리 싹

둑 베어 가 버렸다. 그래서 '씨 뿌려 키운 것이니 베어 가지 마시기 바랍니다'라고 쓴 쪽지를 텃밭에 꽂아두었다. 다행히 그다음부터는 그런 일이 없었는데 알고 보니 맨 처음 자란 부추는 자식에게도 안 준다는 말이 있다고 한다. 나른한 봄날에 기운이 처져 있는 아이에게 보리밥에 부추를 넣고 고추장으로 비벼 먹이면 밖으로 활기차게 뛰어나가리만큼 부추는 양기가 으뜸인 채소라서 절간에서는 금기의 식품이라는 것이다.

무성히 자란 부추를 베어 음식을 만들 때면 기르는 재미에 흐뭇한 보람까지 더해져 다른 채소들도 키워보고 싶어졌다. 그래서 이듬해엔 산야로 나가 흙을 퍼와서 스티로폼 흙 상자를 몇 개 더 만들어 고추며 호박, 가지, 오이, 들깨의 모종을 몇 포기씩 심었다.

다만 물만 줄 뿐인데 빠르게 성장하는 초록 생명들과 그를 품어 키우는 모성의 흙, 이러한 자연의 신비와 정직성은 도심에 찌든 내 영혼에 청량한 '초록 바람'이었다.

아침이면 활짝 웃고 있는 황금빛 호박꽃과 노란 오이꽃은 또 어찌나 빛나는지! 그런데 호박 열매는 맺히자 이내 져버려서, 들은풍월로 붓으로 암술에 수술가루를 묻혀도 보았다. 어느 날엔, 벌 한 마리가 날아와 맴돌아서 마치 꽃 사위를 만난 듯 반가웠다. 그런데 호박은 열매를 맺는 암꽃과 그렇지 않은 수꽃으로 애초에 나뉘어 꽃핀다는 것을 나중에 들었다. 거름기 없는 흙이라 호박은 맺히지 않았지만 그 꽃과 잎만으로도 눈과 마음이 즐겁고 풍요로웠다.

노란 오이꽃이 맺은 초록 오이 두 개, 보랏빛 가지꽃이 맺은 보랏빛 가지 세 개, 그리고 하얀 꽃이 진 자리마다 총총 열린 이십여 개 초록 고추, 이들이 내 텃밭에 열린 열매 전부였다. 그러나 하도 귀하고 예뻐서 그냥 두다가 잎이 말라가는 늦가을에야 얼굴색이 바랜 늙은 열매들을 따냈다. 다만 선머슴처럼 뻗어나는 들깻잎만은 자주 따냈다.

그런데, 마치 부모의 과잉 사랑이 자식을 그르치듯 식물도 영양이 과하면 병이 든다는 것을 느껴보았다. 실내의 베란다에서다. 영양이 많다는 지렁이 흙을 사 와서 고추 모종을 심었다. 그런데 하얀 벌레가 엉겨 들어 꽃들이 계속 죽었다. 여러모로 애썼지만 결국 흙갈이를 하고서야 고추 나무는 건강해졌다. 무지의 시행착오였다.

여름 땡볕에 하루만 물주기를 걸러도 마르는 생명들은 가뭄에 땅처럼 갈라 트는 농부의 심정을 알게 하였고, 관상용이나 취미 생활이 아닌 생계수단으로서의 농민들을 생각하며 피땀 어린 농작물에 값을 깎지 말아야겠다는 마음도 새삼 다짐되었다.

오늘도 나는 아침에 눈 뜨자마자 개들에게 '옥상 가자!' 라고 소리쳐 놓고 양동이에 물을 받는다. 싱그러운 새 공기와 초록 숨결들을 만나러, 그리고 문명에 찌든 내 묵은 영혼을 헹구러.

은밀한 나만의 작은 텃밭 가꾸기는 아파트 끝 층 바로 아래에 살기에 가능한 일이다. 삼 년째인 지금엔 막을 내릴 때가 되었다고 생각한다. 공공의 터라서 그 누가 사심 없이 푸르른 생명을 예쁘게만 보아주겠나 싶은 그림자가 있다. 허공중이 아니라 맨 흙땅, 영양 많은 농토의 내 땅에서, 무에서 유를 빚는 자연의 신비와 힘, 그리고 그 보람을 한껏 누려보고 싶은 꿈을 꾼다.

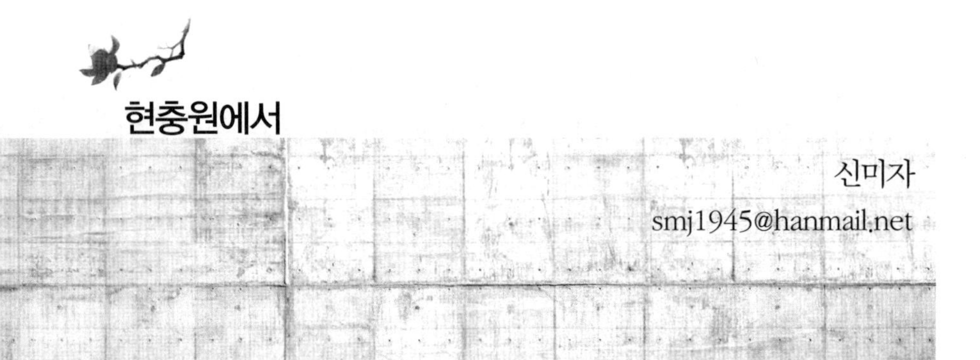

현충원에서

신미자
smj1945@hanmail.net

한식이라 현충원에 사람이 붐빈다. 죽은 자와 산 자의 어우러짐이 나에게 묘한 감정을 갖게 한다. 꽃 마중 나온 사람들이 옹기종기 모여앉아 이야기꽃이 한창이다. 아무런 아픔도 갖고 있지 않아 보이는 저 사람들이 마냥 부럽기조차 하다. 이별의 아픔을 잔뜩 짊어진 나는 많은 사람들의 웃음을 뒤로하고 가쁜 숨을 몰아쉬며 남편이 잠들어 있는 납골당으로 오른다. 봄꽃이 흐드러지게 피었건만 돌아볼 여유가 없다. 동지섣달 춥디추운 날 남편을 이곳에 모셔놓고 처음 발걸음이다.

갑작스러운 남편의 죽음에 충격을 받고 나는 여러 날 병원에 있었다. 겨우 몸을 추슬러 집에 돌아왔을 때에는 남편은 없고 남편이 타던 휠체어만이 나를 반겼다. "부부 사랑은 주름살 속에 산다"는 말이 있다. 우리는 반세기를 기대며 부대끼며 그렇게 살아왔다.

좋은 일 궂은일을 마다치 않고 우리 앞에 놓여진 운명이려니 하면서 잘도 헤쳐가며 살아왔는데 노년에 남편의 지병이 악화되어 수시로 병원을 들락이게 되고부터는 내 생활은 없고 남편의 생활리듬에 맞춰져 있었다. 괴롭고 짜증 나는 일이었지만 삶의 마지막 수순을 밟는 것이려니 하면서 잘 견디어 왔는데…. 남편이 병중이기는 했지만 그렇게 갑작스럽게 우리 곁을 떠날 상황은 아니었다. 입맛 없어 하는 남편을 위해 장을 보러 간 사이 남편이 변을 당한 것이다.

장바구니를 들고 돌아와 보니 남편은 휠체어에서 떨어져 있었다. 남편을 부둥켜안고 심폐소생술과 동시에 목청껏 남편을 불러보았으나 남편은 이미 건너지 못하는 강을 건너고 있었다. 남편을 부르는 내 소리가 들렸는지 남편은 잠시 가늘게 한쪽 눈을 떴다. 그게 마지막이었다.

그렇게 떠나보내기에는 너무나 아쉬움이 많았다. 그간의 남편에 대한 나의 서운했던 감정과 남편을 미워했던 감정을 용서받고 남편이 나에게 대한 서운했던 마음을 털어놓고 갔더라면 아마도 나는 이렇게 가슴 아파하지는 않았을 것이다.

너무나 많은 할 말이 있었는데 남편은 또 얼마나 많은 말을 남기고 싶었을까. 자식들에게도 나에게도 말 한마디 건네지 못하고 떠나간 남편이 이렇듯 야속할 수가 없다. 임종은 삶과 죽음이 갈라서는 순간이라고 한다. 이승과 저승이 교차하는 마지막 고해 자리라고도 한다는데 모든 절차를 생략한 채 홀연히 떠나간 남편이다.

동백꽃처럼 떨어져간 남편이다. 아름다운 모습 그대로 떠나간 남편의 죽음은 동백꽃을 닮았다. 작은 화단에 심어놓은 동백꽃은 여러 꽃나무들 중에 도드라지다. 그 동백꽃이 지난해에는 유난히도 꽃송이를 많이 달았다. 남편을 떠나보내고 떨어지는 동백꽃을 가슴에 꽃물이 들 정도로 문대었다. 가슴이 미어지는 듯한 슬픔을 이겨낼 수 없었기에 꽃물이 가슴에 물이 들도록 문대어 나의 아픈 마음을 나타내고 싶었다.

"곯아도 젓국이 좋고 늙어도 영감이 좋다"는 속담이 있듯이 시간이 지날수록 새록새록 생각나는 것이 남편의 모습이다. "그리스도인에게는 죽음이 삶의 끝이 아니라 영원한 생명의 시작이므로 주님 안에 다시 만나리라는 희망을 가집니다."라고 설파한다. 신이 인간에게 내려주신 선물 중에 가장 공평하게 내려주신 선물은 아마도 죽음일 것이다. 내가 그나마 위안을 갖는 것은 죽음이 내게 있다는 것이다. 영원불멸의 삶이었다면 나는 남편에게 얼마나 많은 죄의식을 느끼며 살아야 했을까.

현충원 납골당에 모셔져 있는 남편을 올려다보며 내가 왔다고 속삭여 보았지만 돌아오는 메아리조차 없다. '삶은 한 조각 구름이 일어나는 것이요, 죽음은 구름이 스러지는 것'이라는 글귀가 내 가슴을 때리지만 나는 그 시간 속에 머물러 있을 뿐 마음이 움직여지지 않는다. 다음을 기약하고 돌아서는데 영 발걸음이 떨어지지 않는다.'

산마중 클럽의 즉흥 단가

권석하
sukha032@gmail.com

쉼 없이 흐르는 세월, 그 급물살 타고 80여 년을 용케도 살아 넘겼구나 싶다. 만분 다행으로 근근이 살아왔으나 앞으로 남은 세월을 보낼 과제도 만만치는 않을 것이라 사료된다. 어쩌랴, 살만치 살았으니 허망한 세상 욕심 다 부려 놓고 건강 챙기며 담담하게 순리따라 사는 것이 상책이라 여긴다.

고희를 넘기면서다. 나이 더 들면 동행할 친구도 쉽지 않을 터이니, 혼자 호젓이 찾아갈 곳을 메모해왔으나 요지간에 '산마중 클럽'이 결성되고는 그 짓을 그만뒀다.

우리 부부는 젊은 시절부터 공휴일이나 일요일은 기필코 산행을 했다. 산행은 동반이 가능했으나 세상 하직에는 동행이 불가능한 것. 그이가 떠나고도 나는 등산을 멈추지 않고 높이 1,000m 넘는 고산도 비호같이 올랐는데 어느 해부턴가 퇴행성 무릎관절염으로 산을 탈 수 없게 되었다. 그 후로는 평지 삼림욕장이나 산 둘레길 또는 산기슭을 찾아 나섰다. 이것을 아는 친구들이 자기네도 동행하고 싶다고 했다. 모두들 팔순을 넘긴 노인들이라 가볍게 걸으며 산 공기 마시는 것만으로 좋아라 했다. 처음에는 먼 거리에 위치한 삼림욕장이나 산기슭을 찾기로 했으나 차츰 과천대공원에서 만나는 횟수가 늘어났다. 그곳이 교통편도 좋고 사방으로 높은 산이 병풍을 둘러치듯 가려져 있어 사철 바뀌는 산경山景도 볼만하다. 뿐더러 거기가 공원이기는 하나 그 대지가 220만 평도 넘어 그 주위가 워낙 넓어서 우리는 계절따라 걷기 코스를 이리저리 바꿀 수도 있으니 매주 가도 싫증 나지 않았다. 처음 얼마간은 일주일에 한 번 다니다 건강 유지 차원에서 주일마다 두 번 가는 것이 좋다고 해서 그렇게 하기로 했다.

주 2회 가기로 한 첫날이었다. 해 질 무렵 산기슭을 빠져나오는데 하얀 낮달이 우리를 반겼다. 그 달을 쳐다보며 내가 동요 '달마중'을 선창하자 모두들 너울춤을 추며 합창하는데 울컥 목이 메었다. 문득 다음과 같은 연유에서였다. 달님이 높은 곳에 있으니 거기는 못 가나 아가와 검둥개 다리고 달마중 간다는 대목에서다. 내가 무릎 병이 생기기 이전에는 산행을 주름잡듯 다녔는데 어느새 이렇게 늙어 산은 못 오르고 산기슭을 헤매는 신세가 되었는가 해서였다. 그런 기분은 나만의 느낌이라 잠깐이고 팔순 중반 나이에 친구들과 산기슭에라도 와서 자연 속의 오묘함에 취하고 달마중 가듯이 산마중을 하고 있다는 기분으로 바뀌어 풍류객인 양 감흥이 일어 그 자리에서 즉흥적으로 동요곡에 맞춰 가사를 지어 넣어 몇 번이나 되불렀다. 여기에 옮겨보면

친구야 나와라 산마중 가자 / 웃음꽃 엮어서 목에다 걸고 두 손 잡고 즐겁게 산마중 가자 / 산바람이 부르네 산마중 가자

위 가사나 내용이 차원 높은 것도 아니고 동요 같지만 우리는 만날 때마다 흥겹게 부르게 되니 어느결에 단가가 되었다. 이렇게 클럽 이름과 단가가 생긴 뒤로는 삼복중이거나 기온이 영하 10℃ 이하로 떨어져도 주 2회 산마중을 하고 있다. 뿐인가, 비가 장대같이 쏟아지지만 않으면 집을 나선다.

자연의 품은 안락하다. 우리가 매주 드나드는 곳에도 심신을 푹 쉴 자리가 요소마다 있는데 우리 클럽이 단골로 들리는 곳은 '호수 카페와 용용 카페'. 호수 카페는 호숫가라서 그렇게 짓고, 용용 카페는 구순을 눈앞에 둔 노인들이 이 노릇을 아무나 하나 '용용 죽겠지'란 관용구慣用句에서 '용용'만 따서 붙이게 되었다. 우리가 카페라 불러서지 그곳이 자연 그대로의 인테리어에 투박한 테이블과 의

자뿐이지만 산새도 노래하고 울어주고, 산내도 풍겨오니 여기서 차 한잔을 들고 있으면 과히 탈속한 기분이 든다.

사람은 살아온 대로 마무리를 하기 마련이지 않은가. 내가 평생을 산에 미련을 두고 외면하지 않고 살았기에 이 나이에 산마중 클럽 회원이 되어 배낭만 메고 나서면 나이를 잊을 지경이다.

행보가 식보 못지않게 보약이 된다고 하든가. 우리가 산마중 다닌 지 일주년이 지났다. 그동안 산 정기를 받아선가 모두들 몸도 마음도 컨디션이 호전되었다고 하니 듣기가 좋다. 이렇게 한 주도 거르지 않고 화목하게 모이게 됨은 이 클럽 회장님의 뒷받침과 베풂의 공이 크기도 하고 얼마 남지 않은 인생 건강에 소홀하지 말자고 서로 다짐함에도 있지 않을까 한다. 이런 정으로 만나서 헤어질 때면 우리 지팡이 짚고라도 대공원에서 만나 산마중 클럽 단가를 목청껏 부르자며 불끈 주먹을 쥐어 올린다.

2

나를 바라보는 눈

휴휴의 의미

김자인
appleinja@hanmail.net

남편 친구들이 부부동반으로 모여 여름 휴가를 보냈다. 강원도 횡성, 휴양림이나 다름없는 친구 별장에서 오래 기억할 시간을 함께했다. 벌써 몇 년째 여름과 겨울을 그곳에 다녀오는데, 만나는 반가움과 머물고 싶은 시간을 떠나야 하는 아쉬움이 교차하곤 한다.

첫날은 횡성 한우에 옥수수 쪄먹고 숲 속에서 쉬다가 이튿날은 여자들끼리 집 구경을 나섰다. 산속에 새로 지은 집들은 노랫말처럼 저 푸른 초원 위에 그림 같았다. 이제는 청년보다는 노년으로 사는 삶이 길어졌으니 느지막이 이런 곳에 와서 자연을 벗하며 살면 좋겠다고 입을 모은다.

꼬부랑길을 따라 한참 걸으니 어디서 날아왔는지 나비 한 마리가 덩실덩실 춤추며 쫓아와 어깨를 툭 치며 빨리 가라 이른다. 가다 보니 스위스의 자연 속에 있는 예쁜 집들이 연상 되어서 다른 나라에 와 있는 듯한 착각이 든다.

천문인 마을 바로 뒤쪽, 조금 올라가니 야생화가 지천인 예쁜 집에 시선이 멈췄다. 조금씩 비를 뿌리던 하늘도 꽃구경하라고 이내 해님이 방긋 웃었다. 양해도 없이 선뜻 안으로 들어서기 뭐해서 "안에 계세요?" 불렀으나 인기척이 없다. 바람도 손님이 될 것 같은 고요함에 마냥 서 있는데 일행은 벌써 저만치 들어가 꽃들과 대화하고 있다. 멀리서 보았을 때는 마냥 예쁜 집이었는데 가까이서 수많은 야생화를 보니 꽃동산이었다.

그때 집 뒤쪽에서 누군가 나타났다. 허락도 없이 꽃향기에 이끌려 들어왔다고 하니 "괜찮습니다. 얼마든지 구경하세요." 한다. 주인의 인심을 알 수 있는 말 한 마디에 마음 편안히 둘러볼 수 있어 좋았다. 정원은 잔디가 말끔히 정돈되어 있어 얼마나 정성 들였는지 미루어 짐작되었다.

주인은 이런 산속에 오신 것만으로도 반갑다며 궁금히 여기는 갖가지 꽃에 대해 성심성의껏 알려 주었다. 마치 꽃 해설사 같아 염치 불고하고 이것저것 물어보았다. "어느 꽃이고 예쁘지 않은 것은 없어요." 꽃이 예쁘고 미운 것은 본인 생각이지, 꽃들은 제각각 다 예쁘다는 것이다. 설악초, 꿩의다리, 분도화, 상사화, 섬초롱, 삼색제비꽃, 족도리꽃 등 헤아릴 수 없을 정도의 꽃과 식물이 어우러진 정원은 아담했다.

특히 작고 여린 삼색제비꽃이 귀여웠다. 괴테의 시 가운데 '앉은뱅이 꽃의 노래'란 글귀가 생각나기도 했지만, '작고 사소한 것이 아름답고 기쁨을 선물한다'는 글귀도 떠올랐기 때문이다. 묻고 또 물어도 싫은 내색 없이 설명해 주는 주인의 아량에 이런 데 살면 다 저리될까 싶었다. 허락도 없이 침범한 객들을 따뜻한 미소로 대접할 수 있는 마음, 그것이 나이 듦과 여유로움에서 나오는 것은 아닐까,

부인들은 여자들만 야생화 보는 것이 안타깝다며 숙소에 돌아와 남편들에게 꽃동산에 다녀온 이야기를 했다. 이튿날 아침 밥상을 물리고 남편들과 어제 갔던 그 집을 다시 찾았다. 꽃 이야기가 지남철 되어 우리를 초대했던 남편 친구도 합세했으니 의기양양해서 발걸음은 더 가벼웠다. 조금 미안한 감은 들었지만, 어제처럼 그냥 집 안으로 들어섰다. 조금 있으려니 주인이 나와 남편 친구를 보자 한 동네 사는 지인이 찾아왔다고 전날보다 더 반가워하였다.

주인은 연못을 만들지 않고 고무다라에 부레옥잠 키우는 이유를 풍수지리설을 들어 설명해주었다. 이때 나는 어제 수첩이 없어 적지 못 한 야생화 이름을 다

시 물어 필기했다. 여기저기서 '나 여기 있어요~' 꽃들이 손짓하며 재잘거려도 설레발치지 않고 유유자적했다.

순박한 소년 소녀가 된 일행이 잔디밭에 모여 기념사진 찍고 나니 조용하고 참해 뵈는 안주인이 부레옥잠 한 뿌리씩을 선물했다. 화장기 없는 얼굴에 편안한 옷차림의 여인은 자연미가 흘렀다. 한두 집도 아닌, 여섯 집에 정성껏 키운 화초를 전해주며 수질 정화능력이 뛰어나다는 말을 전해주어 고마웠다.

나오다가 집 앞에서 문패 같은 '休 休'라는 단어에 시선이 꽂혔다. 쉴 휴休의 의미를 알 수 있었으나 두 글자가 나란히 있어 혹여 다른 의미가 있나 싶었다. 주인은 '휴 휴'는 이곳에서 쉰다는 뜻도 있지만, 몸도 마음도 내려놓는다는 의미도 있다고 했다. 아! 그랬구나.

인생 후반에 숲, 풀, 꽃과 더불어 '休 休'를 내걸고 편안한 경지에 이른 부부의 모습을 보면서 내 안의 뜰도 정성껏 가꿀 때 비로소 빛나는 정원이 되겠구나 싶었다. 그날 모여 있던 남편 친구와 부인들도 휴 휴休 休의 의미에 다들 고개를 끄덕였다.

무설전 앞에서

노영순
rhoan@naver.com

몇 달 전 불국사에서 서너 시간을 홀로 보내야 하는 상황을 맞았다. 동행은 개인 일을 보러 가고 그동안 나는 불국사와 석굴암을 둘러본 후에 만나기로 합의를 보았다.

나를 싣고 왔던 차를 보내고 불이문을 들어선다. 불이문은 진리는 둘이 아니라 오직 하나라는 뜻이다. 외국인을 비롯해 나 홀로 여행객들이 많이 눈에 띈다. 그들은 대부분 셀카봉을 필수품으로 가지고 다닌다. 나도 청운교와 백운교 앞에서 셀카를 찍었다. 아직도 보수 중인 석가탑 대신 다보탑을 돌고 또 돌며 셀카 놀이에 흠뻑 빠졌다. 관세음보살을 모신 관음전과 비로자나불을 모신 전각엔 사람들이 너무 많아 잠시 기웃대다 돌아섰다. 그렇게 무설전으로 왔다.

무설無設! 말이 없음이다. 아니 필요 없음이다. 부처님이 제자들 앞에서 설법하셨으나 너무 어려워 아무도 그 뜻을 모르니 말없이 연꽃을 들어 보이셨다. 부처의 손에 들린 연꽃 한 송이에는 천 마디 말보다 더 깊은 뜻이 담겨 있었다. 그 뜻을 알아차린 제자 가섭만이 빙그레 웃어보였다. 이것이 염화시중拈華視衆의 미소微笑요, 교외별전郊外別傳이며 불립문자不立文字이다. 이심전심以心傳心의 비법인 것이다. 진리를 드러내는 데는 문자나 경전이 필요 없다는 뜻이다. 오해를 부르고 갈등을 낳는 수많은 말보다, 한 송이 꽃을 보고 깨닫는 것이 진리임을 알게 한다.

하지만 말을 하지 않고도 마음과 마음이 통하는 경지를 나는 아직 모른다. 말

없는 상대의 마음을 알아차리기란 얼마나 어려운가. 오랜만에 만난 친구의 말없는 얼굴을 보고 내심 당황스러웠던 적도 많았다. 지난번 헤어질 때 어떤 일이 있었기에 저 친구의 얼굴이 저러한가 하고 떠오르지 않는 기억을 가져오느라 초조했던 것이다. 평생을 함께해온 부부조차 심중에 감추어진 마음을 모르고 사는 게 아니던가. 우리는 누구를 안다거나 무엇을 알고 있다는 착각에 빠져 사는 것이지 무엇을 진실로 안다고 장담할 수는 없다. 그래서 나에게 이심전심은 너무나 어려운 경지라 할 수 있다.

다만 하고 싶은 말을 못할 때의 억울함만은 너무나 잘 안다. 내게 상처를 주었던 누군가에게 꼭 해야 했을 말이 있었다. 독설을 남기고 떠나는 누군가의 뒤통수에 하지 못했던 말이 있었다. 은근한 말장난으로 여러 사람 앞에서 무안을 당하고 집에 돌아와서야 대응하지 못한 것을 후회했던 경험도 있었다. 내 글을 읽고 1초의 망설임도 없이 혹평을 달았던 누군가에게 되돌려 주었어야 할 말이 아직도 가슴 속 어딘가에 남아있을 것이다. 오늘 그 말을 모아 소망의 돌탑 위에 가만히 얹어놓는다.

'제가 아닙니다. 저도 하고 싶어요. 저 주세요. 제 글이 어떤가요?' 하고 싶었으나 용기를 못 냈던 말들도 모두 모아 무설전의 풍경 소리에 실어 보낸다. 어찌하면 억울한 마음을 갖지 않고도 돌아설 수 있을까. 어찌 살아야 마음으로 통하는 경지를 얻을 수 있을까. 부처님께 두 손 모아 본다.

불국사 경내를 한 바퀴 돌았으나 마음이 홀가분해지지 않는다. 다시 무설전에 앉아계신 부처님 앞에 선다. 조금 전에 바람에 실어 보냈던 나의 말들이 다시 날아온다. 가르친다는 명목으로 아이들 앞에서 떠들었던 그 많은 시간 동안 내가 뱉어낸 말은 또 얼마나 많았을까. '여기도 틀렸구나. 도대체 네 글 쓰는 실력은 언제 늘 거니' 내 가슴의 상처는 아프면서 남의 가슴을 헤집었던 말들은 왜 몰랐을까. 내게 날아오는 화살만 보고 남에게 날아가는 내 독화살에는 눈을 감았던 지난날들을 무설전 앞에서 아프게 기억한다.

거듭 부처님께 합장하며 가섭의 미소를 생각한다. 이제는 하지 못한 말들에 미련을 가지 않아야겠다고 다짐한다. 아무것도 되돌려 주려 하지 말자. 내가 뱉은 말들은 언젠가는 부메랑이 되어 내게로 다시 돌아올 것이기에. 말없이 살자. 상대의 마음을 모르겠거든 그저 웃음으로 답하자.

다시 불이문을 지나 토함산을 오르는 발걸음이 가볍다. 석굴암에서 큰 북소리가 들려온다. 마음의 짐들을 내려놓고자 중생들이 울리는 북소리다. 둥. 둥. 둥. 웅장한 그 소리에 이끌려 나도 북 앞에 선다. 그대, 품은 한이 있거든 석굴암에 가서 큰 북을 울려보시라. 귀에서 천둥소리가 울린다. 매서운 채찍이 되어 가슴을 두드리고 온몸을 훑어내린다. 내 귀에는 천둥소리와 같으나 울려 퍼지는 북소리는 은은하다. 내가 울리는 북소리는 한 송이 연꽃이 되어 토함산을 울리고 온 세상으로 퍼져나간다. 부처의 말씀이, 가섭의 미소가 북소리에 실려 나를 감싼다.

최소한의 말로 최소한의 주장만 하며 살겠나이다.

독설 대신 부드러운 눈빛만으로 최소한의 나를 드러내 보이겠나이다.

늦은 벚꽃과 진달래가 함께 피었다 진다. 오월이 오고 있다.

나를 바라보는 눈

심정임
gracejungim@hanmail.net

맑고 파란 하늘과는 달리 마음은 돌을 달고 있는 듯하다.

헌신과 사랑으로 가정을 이끌어 왔던 끝자락이 이렇게 황폐하다면 무엇을 위해 내 한 몸 희생하며 살아야 했던가. 힘찬 날갯짓도 제대로 해보지 못하고 우리 속에 갇힌 늙은 새는 꿈과 희망을 안고 비상했던 시절을 기억이라도 할까.

까마득한 어린 시절의 기억이 토막토막 재생된다. 큰언니가 혼사를 앞에 두고 부지런히 수를 놓고 있다. 혼숫감으로 가져갈 것들이다. 매서운 바람이 문풍지를 울리는 깊은 겨울밤, 가물거리는 등잔불 밑에서 수를 놓고 있는 언니의 얼굴은 막 피어나는 꽃봉오리인 양 홍조를 띠어 더욱 예뻐 보였다.

이제 집을 떠나 멀리 시집을 가야 한다는 것을 어렴풋이 알게 되면서 한 땀 한 땀 행복을 심듯 수를 놓는 언니 곁에서 질화로 속의 불씨가 죽지 않게 인두로 다독거리며 언니 얼굴만큼이나 달아오른 숯불 위로 인두를 올려놓으면 살포시 웃으며 만족스러워했다.

베갯잇 수가 다 되면 잘 달구어진 인두로 마무리를 해서 정성껏 개어 보자기 속에 넣어 놓았다. 사랑과 희망을 접어 미래의 행복을 꿈꾸고 있었다. 어쩌다 정혼자가 대문 앞을 기웃대는 날이면 나지막한 흙담 위로 두 사람의 연서가 오고 갔다. 이런 것을 부모님께 눈감아주는 대가로 외출해서 돌아올 때엔 눈깔사탕을 다른 형제 모르게 나에게 넘겨주기도 했다. 밤이 늦도록 이불 속에서 소설을 읽고 노래 부르기를 좋아한 언니는 꿈 많고 감수성 많은 소녀였다.

결혼하여 가정을 이루며 가부장적인 형부의 비위를 거스르지 않고 자식이라면 살이라도 베어줄 것 같은 모성애로 키웠다. 불같은 성격의 형부는 당신은 시앗을 보고 다녀도 마누라는 현모양처로 조신해야 된다는 사고방식으로 어지간히 언니 속을 썩였다.

자식들이 장성하고 나이 들어 불같은 성격도 꺾이는가 싶더니 알쏭달쏭한 의처증 현상이 일어나 언니를 괴롭혔다. 이것이 형부의 치매 첫 단초였다. 형부의 간호로 힘든 나날을 보내면서 찾아온 손님은 우울증 치매. 부모의 치매로 자식들도 어쩌지 못해 양로원으로 모셔졌다. 아래 위층으로 부모님을 맡기고 온 자식들은 울음소리도 차마 내지 못했다.

'치매에 걸리면 본인은 행복 시작, 가족은 불행 시작'이라는 말이 새삼 떠오른다.

감정의 기복도 없고 어떤 처지인지도 모르는 당사자들은 주는 대로 먹고 나오는 대로 배설할 뿐이다. 아무런 걱정 근심이 없다. 인간다운 삶, 자존감, 인격체 이러한 낱말들은 빛바랜 단어들이다.

부모 품에서는 자랑스러운 아들 딸, 결혼해서는 한 가정의 버팀목이었던 남편과 아내, 격려와 의지 사랑으로 때론 미움의 대상이 되기도 했던 부부. 자식들에게는 든든한 어버이, 면회 온 이방인을 휑한 눈으로 쳐다보는 주인공들이 누렸던 자리 이름들이다. 지금이라고 그 자리가 변했을 리 없지만 영광과 권위는 이제 사라졌다. 평생을 한자리에서 최선을 다해 살아온 아버지와 어머니들이 이렇게 삶의 변두리로 내몰리는 이 무서운 질병은 과연 정복할 수는 없는 것인가. 울컥울컥 치미는 연민으로 나는 이분들과 눈을 마주하지 못했다.

한 가정을 일으켜 세우고 자식들을 잘 키워 낸다는 것은 나의 말년의 행복과 안위를 위해서라고 해도 과언은 아닐 것이다. 아니 얼마 전까지만 해도 이것은 당연이었다.

병에 걸린 부모를 요양원에 맡기고 가끔 면회나 가는 요즘 세태의 효행(?)을 어찌 받아들여야 하는지.

질화로 속의 불씨야 부모님 품 안에 있었던 정리情理로 다독여 주었지만 지금 언니의 생명의 불씨는 어떻게 다독여 줘야 하는가.

섬광처럼 스쳐오는 기억의 편린이 떠오르면 나를 바라보는 눈동자가 그리움과 간절함이 뒤엉켜 호소하는 듯 처연해 보였다. 아기같이 선한 눈망울에 그렁그렁 눈물이 고인다.

그 눈빛을 뒤로하고 돌아오는 길.

나는 노년의 길 위에서 발길이 휘청거렸다.

빛나는 5월의 햇살 속에 나를 바라보던 눈동자들이 점점이 박혀있지 않은가.

내 인생의 언덕

강연홍
ryun-hong@hanmail.net

지난 4월 말에 대구 청라언덕을 다녀왔다. 두어 달이 지났는데도 푸른 담쟁이가 우거져 있던 그 언덕이 머릿속에서 떠나질 않는다. 나도 모르게 가끔 이은상 작사, 박태준 작곡인 '동무 생각'을 흥얼거리기도 한다. '봄의 교향악이 울려 퍼지는 청라언덕 위에 백합 필 적에 나는 흰 나리꽃 향내 맡으며 너를 위해 노래 노래 부른다.' 감수성이 예민한 나이에 이런 추억 한 자락 없는 사람 있을까만, 나에게도 봄의 교향악이 울려 퍼졌던 추억의 언덕이 있었다.

초등학교 다닐 때 우리 집에서 가까운 곳에 선교부가 있었는데, 붉은 벽돌담에 담쟁이 넝쿨이 시원스럽게 덮여 있었다. 나지막한 산 아래까지 가려면 언덕을 넘었다. 나무가 많아 버찌나 앵두가 땅에 떨어져 그냥 밟고 다니던 선교부는 어린 마음에도 참 좋았다. 대학교 다닐 때도 이와 비슷한 길이 있었다. 우연히 작곡가 한 사람을 알게 되어 시도 아닌 글을 써서 보냈다. 그가 내 글을 가지고 작곡하여 노래하나 만들어주길 바랐기 때문이다. 그렇지만 그건 나만의 희망으로 끝났다. 지금 생각하면 내 글이 형편없었던 게 아닌가 싶다.

그 뒤로 결혼 적령기를 맞아 운명 같은 언덕길은 또 찾아왔다. 내가 근무하던 명동에서 남자의 근무지인 K 대학을 가려면 초입에 담쟁이 넝쿨이 있었다. 음대를 향해 언덕배기를 가자면 숨이 찼다. 가을이었다. 그날도 그 남자가 만나자고 하여 그 언덕을 올라가고 있었는데 인기척이 나기에 돌아봤더니 모르는 할머니

한 분이 내 뒤를 따라오고 계셨다. 조용조용 걷는 모습이 당당해 보였다. 사무실에 도착해서 보니 내가 만나는 남자의 어머니였다. 시어머니 될 분을 언덕길에서 보았고 정식으로는 남편 사무실에서 처음 뵙게 된 것이다. 나중에 남편한테 들은 이야기지만, 당신 앞에 한 처자가 가는데 걸음걸이가 참해서 저런 아이면 좋겠다고 했는데 바로 그 애였다고 좋아하셨다고 한다.

몇 달 후 우리는 어머니의 만족스러운 허락을 받고 결혼했다. 결혼 후에도 수없이 남편 심부름이 있을 그 언덕을 오르내려야 했다. 여름에는 덥고 겨울에는 눈길에 미끄러졌어도 봄이 오면 꽃피고 새들 노랫소리가 들려 내 결혼생활도 그럴 줄 믿었다. 시댁과 친정이 가난하지 않으니 인생길이 굽이굽이 사연도 많다고 해도 내 인생에는 고난이란 없을 거로 의심하지 않았다. 나이도 적지 않은데 손자를 기다리는 어머니께 딸을 내리 둘이나 낳아 드렸다. 시어머니는 말없이 조급해하셨다. '네가 의사니까 어떻게 해서라도 아들을 낳아야 한다.'고 나도 모르게 남편을 종용했다는 걸 나중에 알게 되었다.

믿었던 어머니께서 그런 일을 벌이고 생각하는데 어찌 병이 나지 않겠는가. 나는 심한 속병 끝에 입원하고 말았다. 태연한 척했으나 시댁으로부터 배신당한 기분은 어떤 말로 설명할 수 없었다. 시어머니의 계획은 수포가 되었고 하늘이 나를 불쌍히 여기셨는지 산고 끝에 드디어 아들을 낳았다. 나는 대 이을 자식을 낳았으나, 몇 년 동안 시어머니의 중풍으로 또다시 정신적으로 육체적으로 힘겨웠다. 집안에 우환이 있으니 노래를 부를 수도 없었고 외출도 자제해야 했다. 내가 좋아하는 모든 것을 할 수 없도록 묶어놓았다.

친정과 내 맘에 백합 같은 동무들을 멀리하는 동안 내 젊은 날은 뭉떵뭉떵 잘려나갔다. 가족과 사랑만을 위해 노래 부르겠다고 했던 소망도 여지없이 무너졌다. 설상가상으로 남편은 교통사고로 생사를 넘나들었고 나는 다시 있는 힘을 다해 가파른 언덕을 손톱이 닳도록 기어올랐다. 눈물로 기도드린 덕분인지 기적처럼 남편은 살아났다. 나는 내 아이들이 건강하고 내가 살아 있고 그가 살아 있음이 감사했다.

항상 감사하며 살았는데도 하늘은 죽을 정도로 아팠던 남편에게 또다시 시련을 안겨주었다. 재작년에 병을 얻어 다시 투병 생활을 시작했던 것이다. 생명의 열쇠는 절대자에게 있다는데 몸져 누워있는 육신보다 하늘나라에서 남편의 영혼이 필요하여 데려간 것인지, 그는 무정하게 우리 곁을 떠났다.

100세 시대라고 하는데 여든 고개도 넘지 못하고 떠났다. 나는 슬픔 속에서도 야속함이 자리했다. 앞으로 몇 개의 가파른 언덕이 내게 남아 있는지 모르지만, 그가 선물로 준 세 아이가 있어서 두렵지 않다. 아무려면 지나온 날보다 험하겠는가. 이번 주일에는 남편이 잠든 꽃동네에 다녀와야겠다. 그의 빈자리가 너무나 크고 그립지만, 착한 아이들 내 곁에 있게 해주어서 고맙다는 안부도 전해야겠다.

광해군의 한중록

김영월
weol2004@naver.com

이제 와서 무슨 소용이랴. 34세에 즉위하여 15년 1개월 만에 억울하게 옥좌에서 쫓겨나 귀양 생활 18년째 이르고 있다. 이곳 파도 소리만 적막한 제주 섬에서 '죽은 정승이 산 개만 못하다'라는 속담처럼 노골적으로 아랫것들의 태도가 말이 아니다. 어찌 귀양살이 경비를 담당한 하급 무관이 내가 거처하는 큰 방을 차지하고 나더러 허름한 아랫방으로 가라 한다. 그뿐인가. 아무리 이빨 빠진 호랑이라곤 하지만 이렇게 무엄할 수가 없다. 심부름하는 나인도 목에 힘을 주고 나를 '마마'라고 부르는 걸 그만두고 아예 '영감탱이'라고 부르며 무시한다. 그동안 이를 악물고 초연한 자세로 인내하며 지냈지만 이건 좀 심한 것 같다. 내 반드시 왕권을 회복하는 날이 오리라는 기대도 이제 희미해질 만큼 얼굴에 주름살만 늘어 간다.

세자 시절에 임진왜란을 겪으면서 굶주리며 피폐함 속에 지내던 백성들을 바라보며 얼마나 가슴이 아팠던가. 내가 왕위에 오르면 반드시 부강한 나라를 만들어 다시는 전쟁이 없고 백성이 행복해지는 정치를 하리라 꿈꾸었지. 나는 조정의 사대주의자들이 그렇게도 명나라에 집착하고 파병할 것을 요청했지만 끝까지 반대했지. 왜냐하면 남의 나라 전쟁에 끼어들어 희생될 수밖에 없는 소중한 나의 백성들을 지켜주고 싶었기 때문이다. 그러나 대세의 흐름에 어쩔 수 없이 파병을 결정하면서도 강홍립 장군을 은밀히 불러 명군을 도와 싸우는 척하되

전세가 불리하면 후금(청)에 투항하도록 지시했지. 이러한데도 나의 진심은 부정되고 연산군 같은 폭군으로 나를 모함하여 엉뚱한 능양군후일 16대 인조을 내세워 반란을 일으켜 나를 이 지경으로 만들고 말았지.

부왕 선조가 그토록 나를 미워하고 경계한 점을 생각하면 무척 원망스럽지만 아주 이해가 안 가는 것도 아니다. 전란이 한창이던 의주 피난 시절에도 내가 분조分朝: 조정을 분할 통치함를 이끌고 공을 세울 때 행여나 자신의 권위가 떨어질까 봐 전전긍긍하시며 부왕이 하시던 말씀이 칼날처럼 내 가슴에 박혀 있다.

-세자는 무슨 일이든 절대 나서지 말고 오로지 숨만 쉬고 있도록 해라.

부왕은 세자인 나까지도 항상 의심의 눈초리를 거두지 않았다. 이순신 장군이 삼도 수군통제사로 왜군의 물자 보급로를 차단하며 연속 승전고를 울리는데도 백성의 인기를 의식하여 그를 파직시키고 자신의 위엄을 세우는데 신경을 곤두세웠다. 아마 그것이 부왕으로 하여금 위태로운 전란 중에도 보위를 안전하게 지키고 40년 7개월이나 그 자리를 유지케 했는지 모른다.

내가 능양군의 수상한 움직임이나 불순한 반란 모의, 계비 인목대비를 둘러싼 서인들의 동향을 알면서도 방관했던 일이 얼마나 어리석었던가. 급박하게 돌아가는 국제정세를 우선 살피느라고 가능한 옥사도 삼가고 국력이 흐트러짐을 막고자 했다. 그들을 모두 품에 안고자 했던 안이한 생각이 지금 생각하니 스스로 발등을 찍을 만큼 후회스럽기 짝이 없다. 그들이 반란을 일으킨 명분이 임진란 때 은혜를 받은 명나라에 대해 등을 돌리고 오랑캐의 나라, 청에 대해 가까이한다는 것과 형인 임해군과 적자인 영창대군을 죽이고 계비인 인목대비를 폐위시켜 서궁에 유폐했다고 주장한다. 그러나 생각해 보라. 내가 옥좌에 앉기까지 얼마나 험난한 과정이었던가. 부왕 선조에게 온갖 수모와 멸시를 당하면서도 분노를 안으로 삭이며 인내의 결실로 가까스로 왕위에 골인하지 않았으랴. 왕위에 오르고서도 계속 이 자리를 위협하는 세력들이 그치지 않아 최소한 자비를 베풀어 주변 정리를 한 것에 불과했다. 성격이 모질지 못해 가혹하게 정적들을 정리하지 못하고 국가적 존망이 달린 명, 청이라는 전환기의 대국들 사이에서 실리주의 외교에만 골몰한 게 잘못이었다. 왕과 인간. 그동안 어좌를 지키기 위해 수단 방법을 가리지 않을 수밖에 없었던 죄에서 벗어나 비로소 한 인간으로 돌아왔으니 차라리 마음은 평온하고 행복하다고 할까.

오늘따라 제주의 하늘은 폭우가 쏟아질 듯 새카만 구름들이 수평선에서 몰려온다. 마침내 천둥이 치고 번개가 성난 파도를 해변에 밀어 올린다. 광풍노도 같았던 67년의 생애도 덧없이 마지막에 이른 듯하다. 조선의 위대한 군주로서 역사에 남고자 했던 그 동안의 노력도 물거품이 되었다. 나의 화정華政은 하늘의 도움이 따르지 않았기에 더 이상 나아가지 못했다. 가슴에 산더미처럼 쌓인 한을 풀지 못하고 이제 어머님(공빈 김 씨) 곁으로 가려 한다. 왕 노릇을 제대로 못 한 못난 자식을 용서해 주소서. 방안의 창호지에 다시 번개가 환한 빛을 내리꽂을 때 참았던 회한의 눈물이 양 볼을 타고 흐른다. 우르릉 쾅쾅쾅.

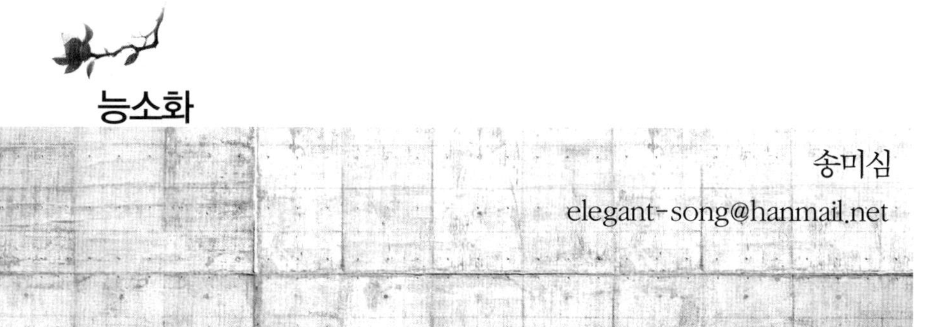

능소화

송미심
elegant-song@hanmail.net

일터로 가는 길에 장례식장이 있다. 상복을 입은 사람들이 어둡고 지쳐 보이는 표정으로 그곳을 드나든다. 망자를 보내는 슬픔 때문일 터이다.

맞은편에는 꽃송이를 매단 줄기가 담장을 타고 올라가고 있다. 어사화로 쓰인다는 양반꽃, 능소화이다. 열여섯 나이에 죽어 꽃으로 피었다는 슬픈 전설과는 달리 그 꽃 모양은 외려 화사하여 눈길을 끈다.

장례식장과 만개한 꽃! 소멸과 번성이 동시에 공존하는 생의 아이러니. 차도를 사이에 두고 한쪽에는 슬픔이, 다른 쪽은 꽃봉오리의 환희로 들떠있다. 자못 대조적이다. 고운 빛깔의 꽃이 하필 장례식장을 바라보고 피다니 참으로 묘한 느낌이다. 아무리 예쁜 꽃이라도 마음이 아픈 사람에게는 환영받지 못할 것이다.

능소화 한 송이가 갑자기 뚝 떨어진다. 아직 생생한 연홍색 꽃송이다. 낙화를 보는 순간 내 가슴이 쿵 내려앉는다. 마치 L 선생 남편의 별세 소식을 들었던 때처럼.

밤늦은 시간에 휴대폰 소리가 들렸다. L 선생 남편이 고인이 되었다는 문자였다. 출가시킨 아이들도 없는데, 겨우 지천명의 나이에 남편을 잃다니! 항상 웃는 얼굴인 그녀에게 가당찮은 일이다. 난 휴대폰을 안고 엎드렸다. 아무 말도 할 수가 없었다.

그녀의 남편은 병원을 찾을 만한 일도, 이별할 만한 징조도 보이지 않은 채, 느닷없이 절명한 듯하다. 장례를 치른 후에야 소식을 알릴 정도이니 그녀에게 얼마나 날벼락 같은 일이었을까. 새붉은 동백꽃 떨어지듯 예고 없이 인연을 끊어버리면 그 애통한 가슴을 어찌하라고! 삶의 노정에서 예기치 못한 일이 있을 수가 있다지만 그녀에게 그런 시련을 주다니….

떨어진 능소화가 바람에 뒹군다. 남편을 여의고 날개 잃은 새처럼 먹먹한 가슴만 쓸어안고 있을 그녀의 모습이 꽃 위로 얼비친다. 얼마나 황망할까. 망연자실 허둥대고 있을지도 모른다. 화락연불소花落憐不掃: 꽃이 떨어지나 가엾어 쓸지 못한다라 하더니…. 한참이나 낙화를 바라보았다.

L 선생의 나이쯤 되었지 싶다. 흰 소복을 입은 내 친구는 영위靈位 앞에서 조문객을 맞고 있었다. 그녀는 나를 보자 평소처럼 두 손을 잡고 흔들어 대며 나를 구석진 곳으로 데리고 갔다. 그리고는 여느 때처럼 빙그레 웃었다.

나는 어리둥절했다. 그녀의 눈물 세례를 받으면 어찌해야 할지 난감했는데 웃고 있는 그녀를 보기가 민망했다. 충격이 너무 커서 당장은 슬픔에 둔감해진 것일까, 남편의 부재와 그 두려움을 외면하고 싶어 일부러 아이처럼 그냥 웃어 보였을까. 무슨 말도 위로가 되지 않는다는 것을 알기에 나도 멋쩍게 웃었다. 가시 박힌 아픔뿐이었다.

친구는 이듬해가 되어서야 남편의 절대적 존재감을 깨닫고 절절한 그리움과 외로움을 통곡으로 대신했다. 여전히 나는 친구의 조붓해진 어깨를 감싸주는 것 말고는 할 말이 없었다.

시간이 갈수록 무거운 세상일들이 L 선생의 어깨를 눌러 내릴 것이다. 그럴수록 남편을 향한 그리움에 몸서리를 칠 터, 자꾸만 예전 내 친구의 모습이 L 선생님에게 오버랩 된다. 마음의 무게는 얼마나 될까. 슬프고 절망스러울 때가 기쁘고 행복할 때보다 더 무거울까?

'인사이드 아웃'이라는 애니메이션 영화에서, 주인공 소녀의 뇌 속에 5가지 감정 친구들이 모여 산다. 그들은 소녀를 행복하게 해주려 애쓴다. 그 중 기쁨이는 슬픔이를 멀리하는 것이 소녀를 즐겁게 하는 것이라 생각했다. 그러나 진정한 행복은 슬픔을 알아가는 것, 그래서 당당하게 맞아 그 아픔을 극복하는 것이라는 걸 알게 된다. 슬픔에 빠진 상황을 이해하고 공감하여 현재를 살아갈 용기를 얻게 되기에 기쁨은 슬픔이 만들어준 선물이라는 메시지이다.

어우러져 사는 것이 삶이다. 눈물짓는 서러움 중에도 웃을 일이 생기고 기쁨 속에서도 시름이 찾아든다. 행복과 불행이 엇갈려 드나들고 절망과 화락이 함께 비비며 공존한다. 해는 여전히 뜨고 별은 빛난다.

세월이 흘러 내 친구는 이제 예전처럼 활발하다. 세상에 영원한 것은 없다고 산으로 들로, 사람 사이로 비집고 끼어든다. 추운 겨울을 모질게 견디고, 땡볕으로 뜨거워진 벽 위에 빨판을 눌러 붙이며 견디는 담쟁이 넝쿨도 사랑한다.

인생 행렬을 빗나가 삶의 모습이 달라도, '그럼에도' 우린 긴 여정을 함께 가는 사람들이다. L 선생의 손을 잡고 능소화를 보러 와야겠다. 그 예쁜 꽃도 천둥소리 듣는 밤이 많았다는 걸 알게 될 테니까.

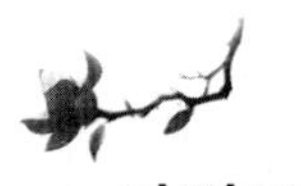

아직도 널 사랑해

이명선
kidali-6@daum.net

"어머머! 이게 뭐야? 웬 쥐새끼?"

저녁에 퇴근한 막내딸이 예쁜 상자에 작은 동물을 가져왔다. 보기엔 쥐 같은데 골든 햄스터란다. 5cm의 작은 체구로 쳇바퀴를 제법 잘 돌린다. 두 녀석은 쫓고 쫓기는 장난이 심하더니 갑자기 새끼 여덟 마리를 낳았다. 우리 모녀는 당황했다.

일 년에 수차례 출산을 한다는 햄스터는 한번에 5~10마리까지 낳는다고 한다. 수컷은 새끼와 함께 있으면 새끼를 잡아먹는다기에 독수공방을 시키는데 야행성이라 밤이면 뭐든지 갉아대 구박을 맞는다. 이렇게 사람의 손에 길들여지는 애완동물 또는 반려동물에는 개 고양이 새를 떠올리게 되는데 참 희한한 세상이다.

애완동물은 노인과 젊은 층이 주로 선호하며 노인들은 외로워서 반려자로, 젊은 층은 바쁜 스케줄에 스트레스를 해소하기 위해 기른다. 그런데 애완동물 중 뱀을 좋아한다는 걸 보면 이해가 안 되는데 더욱 놀라운 일은 애완동물 Top Ten 중 뱀이 세 종류나 올라있으니 기이한 세상이다.

외국에서는 맹수나 대형동물을 애완동물로 기르면서 권세와 정복욕으로 즐긴다고 하는데 큰 동물일수록 자신의 권세나 위용이 높아지는가 보다. 세계에서 애완동물 중 가장 비싼 것은 사자 개로 약 7억 원 정도이며 두 번째는 백사자 일억칠천만 원, 3위가 침팬지이다. 애완동물이 아니라 가보이며 재산이다. 그러나 젊은 층은 애완동물이 하나의 노리개이다. 외출에서 돌아오면 애교 떨며 재롱을 피워야만 사랑을 받는데 어른 개가 되면 감당할 수 없어 몰래 버리는 예도 있어 유기견이 늘어난다. 일전엔 뒷산에 올랐다. 고양이가 있어 아는 체를 했더니 얼른 따라와 내게 몸을 비비며 사랑을 애원하는 듯했다. 들고양이라면 급히 달아났을 텐데 저를 데려가 달라는 듯 내 곁을 맴도는 걸 떼어놓고 돌아서니 미안했다. 그 고양이도 주인에게 버림받은 고양이는 아닌지? 그런 동물들은 막연히 주인을 기다리는 해바라기가 된다. 그런가 하면 개에 대한 사랑이 지나친 사람도 있다.

쇼핑을 끝내고 햄버거를 먹고 있는데 모녀는 아이스크림과 팥빙수를 시켰다. 딸은 시커멓고 제법 큰 개를 무릎에 앉히고 아이스크림을 떠 먹여주고 수저에 남은 것은 그녀가 깨끗이 핥아 먹는 것이다. 그 모습에 너무 놀라 방금 먹은 햄버거가 목구멍까지 되올라오는 것을 간신히 참았다. 집으로 돌아오는데도, 밤이 되어도 쇼킹한 그녀 모습이 자꾸만 떠올랐다. 11시가 넘었을 무렵 "어머! 내 쇼핑한 물건?" 나는 그때서야 구입한 물건을 햄버거 가게에 놓고 온 것이 생각났다. 동물에 대한 사랑도 좋지만 남들이 보는 앞에서는 삼가해야 되는 건 아닐까.

막내딸이 토끼도 사와 보고 병아리도 사와 잘 길렀었다. 두 번째 사온 토끼는 겨울이 되니 먹이를 구하기 어려워 충분한 먹이와 친구가 있으며 마음껏 뛰어놀 수 있는 공원에 보내주었다. 그런데 정 때문에 오후에 찾아가 애명을 불렀지만 토끼는 사람이 아니었다. 왠지 안쓰러워 퇴근한 딸에게 '한 번 가봐라, 잘 적응하는지?'

그러나 집토끼는 불과 몇 시간 사이 그곳 개만큼 큰 토끼에게 왕따 당해 심한 상처를 입고 처참하게 죽어있었단다. 나는 마음이 너무 아파 다시는 동물을 기르지 않겠다고 다짐했는데 또 햄스터가 온 것이다. 생각 같아선 앞마당에 풀어

놓고 신나게 뛰어놀게 하고 싶은데 그럴 수 있는 동물이 아니다.

애완동물은 장남감이 아니다. 좁은 공간에 가둬놓고 자기 취향대로 기르는 것은 학대이다. 세계에서 애완견 1위였던 사자 개는 주로 중국에 많으며 한때 24억 원까지 가 황제견이라 했는데 요즘은 5,800원에도 안 팔린단다. 사치와 부의 상징으로 하루 사료 값이 육만 원이나 들어 정부에서 부패척결이란 명목으로 사육에 압박을 가하고 있어 금년부터는 사육자들이 진퇴양난에 놓였다고 하니 애완견 대우를 받겠는가. 영리하고 용맹스럽고 주인의 말만 듣는다는 신견이라는 사자 개를 개고기 장사들이 오천 원에 노리고 있다니 앞으로 사자개의 운명은 어찌 될는지 안쓰럽다.

햄스터는 정말 귀여운 동물이지만 성격이 예민해 사랑을 주기가 힘들다. 뜻밖의 출산에 당황하고 좁쌀만 한 두 손으로 먹이를 잡고 먹는 모습은 정말 앙증스럽다.

동물을 사랑하는 것도 좋지만 끝까지 책임 못 질 바에는 절대 기르지 말라고 부탁하고 싶다. 양쪽이 모두 상처가 되니까. 지금은 모두 떠났지만 나는 아직도 널 사랑해, 그래서 가끔 너희들이 보고 싶다.

비수구미에 세운 댐

김남석
nsk1219@yahoo.co.kr

'비수구미備水口尾'란 한자를 해석하면 물을 대비하는 입의 아래라고 할 수 있다. 평화의 댐은 비수구미의 위에 있다. 행정지명은 강원도 화천군 화천읍 동촌리다. 그 댐에 이르기 직전 자연부락 지명이 비수구미다. 비수구미는 옛 조상이 지명을 지어 후손에 남겨준 이름이다. 참으로 묘한 이름이다. 혹 기록에는 비수구미를 한자로 飛水口尾로 기록한 곳도 있다.

사람은 물과 불 없이 살 수 없다. 우리 몸의 구성도 2/3가 물이다. 물 없이 살 수 없는 중요한 물 때문에 많은 인원이 일시에 큰 피해를 볼 수 있는 것을 대비하는 댐이 비수구미의 위에 있다. 강원도 화천읍에서 화천댐 앞을 지나 1,194미터의 해산령을 올라 1,986미터의 해산 터널을 지나 굽이굽이 돌아나가려면 산골 마을 비수구미가 있고, 바로 위에 평화의 댐이다. 평화의 댐에 가면 물의 중요성을 알리는 전시관이 있고, 댐의 건설 경위를 알 수 있다.

물 전시관이 있는 평화의 댐은 우리 대한민국의 안보 책임을 지고 있다. 1986년 북한은 담수량 200억 톤이라고 발표한 금강산 댐임남댐을 착공했다. 금강산 댐 담수 량을 하류로 급히 방류할 때, 화천댐과 춘천댐 이하 댐들이 덩달아 터지면서, 서울시가 물에 잠긴다는 학자들의 이야기와 이에 대응할 대책이 절감했다. 온 국민의 자발적인 성금이 모이고, 87년 2월 28일 북의 금강산 댐 수공을 우려한 평화의 댐 1단계 공사를 착공하여 88년 5월 27일 댐 높이 80메타 담수량 5.9

억m^3의 1단계 공사를 준공했다.

평화의 댐 1단계 공사를 한 전두환 대통령 후의 김영삼 대통령 때이다. '역사 바로세우기'란 정치 구호로 군림한 김 대통령은 평화의 댐은 '정권유지 차원의 대 국민 사기극'이라고 호통을 쳤다. 대쪽이란 별명을 가진 감사원장 L도 3개월에 걸친 감사 결과 대 국민 사기극이 맞다 하고, 일부 언론도 맞장구를 쳤다.

그러나 평화의 댐은 소리 없이 2단계 공사를 했다. 북의 금강산 댐의 부실로 붕괴, 또는 수공을 대비하기 위해 김대중 대통령 때 2002년 9월 30일 평화의 댐 2단계 착공하여, 노무현 대통령 때 2005년 10월 19일 댐 높이 125메타 2단계 공사를 준공하여 담수능력 26.3억m^3의 담수능력을 향상시켰다. 거대한 댐이 화천군과 양구군의 경계지점 북한강 상류에 건설된 것이다.

북의 금강산 댐의 방류량을 충분히 감내할 수 있는 튼튼한 댐을 준공했다. 정권유지 차원의 대 국민사기극이 아니라고, 국민이 편안하게 살 수 있게 하는 댐을 좌경 대통령이 2단계 공사를 한 것이다.

이제 저들이 금강산 댐의 담수량을 일시에 방류 수공전을 기도해도, 또는 부실시공한 북의 댐이 붕괴하여 물이 하류로 흘러와도 대한민국 국민은 평화의 댐 덕분에 불안 없이 편히 살 수 있게 되었다. 그러므로 국민을 평화롭게 하는 댐이므로 '평화의 댐'이란 명칭이 가장 잘 어울린다.

비수구미 위쪽에 설치된 평화의 댐, 후손들이 수공전을 대비하는 곳이란 것을 암시하여준 지점에 건설한 댐이라고 생각하면, 참으로 훌륭한 선견지명의 조상을 가졌다.

그러나 정권유지 차원의 대국민 사기극이라고 한 김 대통령의 언행은 안타깝다. 1994년 미 대통령 클린턴이 북녘 핵 시설에 대해 폭격을 제의하였으나, 미래 식견이 부족한 그가 제지해, 현재의 국민은 핵을 머리에 이고 살게 한 인물이다. 나라의 정체성을 흔드는 좌경 대통령을 맞게 했다. 또 경제국치인 IMF를 가져왔다. 퇴임 후 긍정적인 평가보다 부정적인 평가가 더 많은 분이다. 그 말이 맞다고 맞장구를 친 L도 후일 대권에 출마해 연달아 좌경 대통령을 2명이 탄생하는데 기여하고, 찻데기 괴수란 평가를 듣고 전락했다.

안보가 국가와 국민를 보호하는 제일 중요하다는 것을 새삼 느끼게 한 평화의 댐에서 푸념이다.

숙맥菽麥 부부

최복희
bokhee48@naver.com

어느 날, 저녁 모임에 다녀온 남편이 생뚱맞은 소리를 했다. "한 친구가 술자리에서 나보고 요즘 보기 드문 무공해래!"라고 하며 고개를 갸우뚱했다. 그 말을 듣는 순간 웃음이 "쿡!" 하고 튀어나왔다. 나도 같은 말을 들은 적 있기 때문이다.

지난봄이었다. 텃밭에 농약 한 번 주지 않은 상추와 쑥갓이 무성하게 자랐다. 우리만 먹기엔 너무 많아 친구들 모임에 한 보따리 뜯어 들고 나갔다. 준비해간 비닐봉지와 야채를 바닥에 펴 놓으며 무공해 채소이니 필요한 사람은 가져가라고 했다. 그때 한 친구가 "야채 주인도 무공해잖아!"라고 해 어이가 없었다.

산전수전 다 겪으며 칠십 가까이 산 사람을 무공해라니! 하지만 듣기 싫진 않았다. 자연 속에서 큰 변화도 꾸밈도 없이 사는 내가 그가 보기에 순수해보였나 보다.

그런 우리 부부의 만남은 필연이었지 싶다. 예나 지금이나 대부분의 젊은이들이 농촌을 기피하는데, 1960년대 말, 남편은 카투사로 군 복무를 마치고 당시 불모지였던 낙농업에 꿈을 안고 서울 변두리 농촌으로 들어와 둥지를 틀었다. 나 또한 '73년 S국립대학교에서 사무직으로 일하다가 집안 어른들의 소개로 그를 만났고, 노랫말 가사처럼 "저 푸른 초원 위에 그림 같은 집을 짓고" 사는 농촌을 꿈꾸며 그를 영원한 반려자로 택했으니 말이다.

그래서 우리는 하늘이 맺어준 분복으로 알고 살았다. 서로가 애틋한 사랑의 표현도 못 하고 이름 있는 날, 이렇다 할 선물 하나 주고받지 않았지만 불평도 않는다.

다만 우리가 힘들어 하는 것은 타인들과 득실이나 이해관계에서 갈등을 빚거나 어긋나는 일이 생길 때이다. 말발이 세서 목청을 돋우거나 어깃장을 놓으며 우리의 기를 꺾으려고 하는 사람과는 손해를 보더라도 그가 원하는 대로 들어주고 뒤로 물러서야 편했다. 때로는 권모술수權謀術數에 능한 사람을 만나 손해를 볼 때는 가슴이 저리기도 했지만 곧 잊고 산다. 친지들이 농담이나 거짓말을 해도 액면 그대로 받아들일 때가 있어 우리 부부 앞에선 농담도 못 하겠다며 그들은 헛웃음을 지었다.

목장을 할 때이다. 우량소만 키우려고 매달 태어나는 송아지를 팔고 샀는데, 남편은 팔 때는 시세보다 값을 덜 받고, 살 때는 남보다 더 주고 살 때가 많았다. 그때마다 나 또한 곁에서 맞장구를 쳤으니 상대는 속으로 우리 부부를 숙맥菽麥으로 여겼을 것이다. 숙맥은 콩과 보리를 구별 못 한다는 뜻으로 사리를 분별할 줄 모르는 어리석은 사람을 비유하는 말이지만, 우리는 한 푼 더 받으려고 기를 쓰거나 상대가 한 푼 더 달라고 떼쓰는 게 싫어 마음 편하자고 그랬다.

그러나 불의에 타협하지 않으며 세파에 휘둘리지 않고 부화뇌동附和雷同에 휩쓸리는 일은 되도록 하지 않으니 그나마 본의 아니게 도매금으로 손해 보는 일을 당하지 않는 게 다행이지 싶다.

우리의 신혼 때였다. 오죽하면 손위 시누이가 우리 사는 모습을 보러왔다가 둘 다 숙맥이니 이 험한 세상 어찌 살지 걱정된다고 했을까. 남편은 5남매 중 막내이다. 시어머님 역시 미혼인 막내아들과 함께 사셨는데 짝을 지어주고도 못 미더워 큰 아드님 댁으로 끝내 가지 못하고 20여 년을 우리의 버팀목으로 사시다가 눈을 감으셨다. 덕분에 우리는 어머님의 사랑을 듬뿍 받고 살았다.

나이가 들어가면서 힘이 달려 목장을 거두었다. 자연 속에서 오직 가축들 키우는 일에만 매달리다가 사회생활에 참여해 사람들과 어울리면서 생각이 고루해서인지 마음 편치 않을 때가 있다. 그래서 어디를 가나 남의 일에 상관하지 않고 내 할 도리에 충실하려고 애쓰는데 그것을 또 가소롭게 여기는 이가 있어 마음의 상처를 받는다. 그렇다고 큰소리로 대거리를 해봤자 상대를 꺾을만한 위인이 못 되니 안으로 삭이고 만다.

그렇게 살다 보니 어느새 물질도 마음도 더욱 비우며 살아야 할 인생의 노을길을 가고 있다. 욕심 가져 무엇 하며 공연한 투심을 키워 어디에 쓰겠는가.

맹자의 말씀에 "성실 하나로 살아가고 있는 사람이 남에게 감동을 주지 못했다는 예는 이제까지 하나도 없다."고 적혀 있다. 인간 만사 새옹지마塞翁之馬라고 하는데 숙맥 부부로 살아온 우리가 여생은 성실 하나로 살면서 남에게 감동을 주는 부부가 되고 싶다면 욕심일까.

앓던 이 빠진 듯

김의배
saesaem@hanmail.net

갑자기 어금니가 쑤셨다. 전에도 한 번 그래서 치과에 갔을 때, 약으로 달래어보자며 처방했던 녀석이다. 치과에 가니 사진을 찍어 화면을 띄워놓고 잇몸이 좋지 않고 이도 상했다며 신경치료를 해야 한다고 했다. 따끔할 거라며 잇몸에 주사를 놓고 기계로 이를 갈아내는데 찌릿찌릿 온몸이 움찔움찔했다. 구멍을 뚫어 신경을 치료한 후 고무 뚜껑으로 막아놓았다며 술 먹지 말고 그쪽으론 밥도 먹지 말라고 했다. 만약 아프면 이쑤시개 같은 것으로 뽑아내라고 위생사가 일러 줬다.

1주일 전, 실버넷뉴스 간부회의에서 제13기 기자 합격자 명단을 발표할 때, 응모자 151명 중 합격자 40명을 선발했다. 먼저 성적우수자를 발표했다. 그때 지인의 이름이 있었고, 나중에 최종합격자를 발표할 때에도 불렀다.

모바일뉴스부 김 부장이 합격자 발표 기사를 쓴 후, "국장님이 한 번 봐 주세요"라는 문자가 와서 이메일을 보니 그에 대한 기사도 있었다. "특히 7기에 응시했다가 실버넷뉴스의 높은 벽을 넘지 못하고 고배를 마신 신○○ 기자가 각고의 노력 끝에 합격의 기쁨을 맛봤다. 하지만 일곱 번씩이나 도전하여 안타깝게 탈락한 사람도 있었다"고 쓰여 있었는데 최 주간이 최종 손볼 땐 그 단락이 삭제되어 본인이 기분 나쁠까 봐 그리 한 것으로 생각했다.

합격자 발표 다음 날 편집위원실장이 문자로 신○○ 씨 합격했냐고 물어와 합격했다고 했더니, 명단에 없다고 해서 자세히 보니 정말 없다. 기사 작성자에게 물었더니 그도 사무국에서 온 명단을 그대로 옮겼으며 당연히 있을 것으로 생각하여 보지 않았다고 했다. 합격자 발표 기사는 이미 나갔는데 그의 이름이 없으니 황당한 일이었다. 사무국 권 팀장에게 전화했더니 3차 과제를 내지 않아 불합격했다고 했다. 최 주간에게 전화했더니 밖에 있다며 사무실에 가서 확인해보겠다고 했다. 저녁에 "성적은 좋으나 3차 과제를 내지 않아 불합격조치 했습니다"라는 문자가 왔다. "알았습니다"라고 답한 후, 다음 날 편집실장과 직접 찾아가서 말하기로 했다. 그날 사무실 앞에서 전화했더니 외출 중이라며 내일 11시에 만나자고 했다.

그날 11시에 최 주간을 만나 그 이야기를 꺼냈다. 이미 발표했으니, 그 얘기라면 꺼내지도 말라며 단호하게 잘랐다. 한마디만 하겠다며 계속 이어갔다. "신○○ 씨가 합격했다는 말을 나만 들었으면 내가 잘못 들을 수도 있었겠지만, 모바일뉴스 김 부장도, 생활건강부장도 들었다고 하니 주간님이 착각하여 이름은 신○○ 씨로 부르고 표시는 그 위나 아래 사람에게 했을 수도 있지 않습니까?" "나는 아직 50대입니다. 그 정도는 아닙니다." 한 시간여 동안 입씨름을 했지만 내 뜻대로 성사시키지는 못했다. 그래도 할 말을 다하고 나니 속은 후련했다.

갑자기 어금니가 왜 아플까 했다. 맞다. 바로 그거야! 신○○ 씨 일로 사흘이나 신경을 썼더니, 이에 탈이 난 것이다. 잠결에 이가 쑤셔서 눈을 떴다. 새벽 2시다. 좀 더 자야겠는데 잠이 오질 않았다. 이쑤시개로 고무 뚜껑을 빼려 했지만 안 됐다. 양치질을 해봤다. 차도가 없었다. 꾹 참고 누웠지만 잠이 오지 않았다. 지난 신문을 차근차근 읽었다. 9시가 되기를 기다려 치과에 갔다. 내일 오라니까 왜 왔느냐는 말에 이가 아파서 밤새 잠을 못 잤다고 했다. 고무마개를 빼고 솜으로 막았다며 가스가 나갔으니 덜할 거라며 소염제와 항생제를 처방해줬다. 확실히 덜 했지만 그래도 은근히 아팠다. 이가 아프니 온 신경이 그쪽으로 쓰이며 만사가 귀찮았다. 씹는 것도 귀찮아 밥알을 세었다. 밥을 국에 말아 억지로 넘겼다. 연식이 오래되어선지 신경이 예민한 이에 이상이 생기니 만사가 귀찮았다. 그러다가 점점 쇠하여 잿불 사그라지듯 꺼져갈 것이 아닌가 싶기도 했다.

앓던 이 빠진 것 같다는 말을 알겠다. 토요일 아침에 치과에 가서 신경치료를 받았다. 고름이 생겨 좋지 않다며, 이렇게 치료하여 쓰는 데까지 써 보자고 했다. 그러다가 안 되면 뽑아야 하나 생각했다. 몇 번이나 치료받아야 하느냐고 물었더니 상황을 봐가면서 대여섯 번은 해야 한다고 했다. 신경 치료를 받고 약을 먹으니 이가 씻은 듯이 나았고 기분이 상쾌했다. 이젠 밥맛도 돌아오고 살 것 같다. 언제 그랬냐는 듯이 멀쩡하다. 식물이 가뭄에 죽어가다가 단비에 소생하는 기분이다.

최 주간이 메르스로 인하여 기자 발대식을 연기해야 할지 예정대로 해야 할지 긴급 간부회의를 한다며, 그때에 신○○ 씨 건도 재논의하자고 했다. 본인에게 추가 합격하면 활동하겠냐고 했더니 뜻은 고맙지만 바빠서 못 하겠다고 했다. 최 주간이 나의 뜻을 받아들여 해결해 주려고 했는데 본인이 사양하여 서로 잘 해결되었다. 신 씨 일로 마음이 무겁고 찜찜했는데 잘 해결되어 앓던 이 빠진 듯 시원하다.

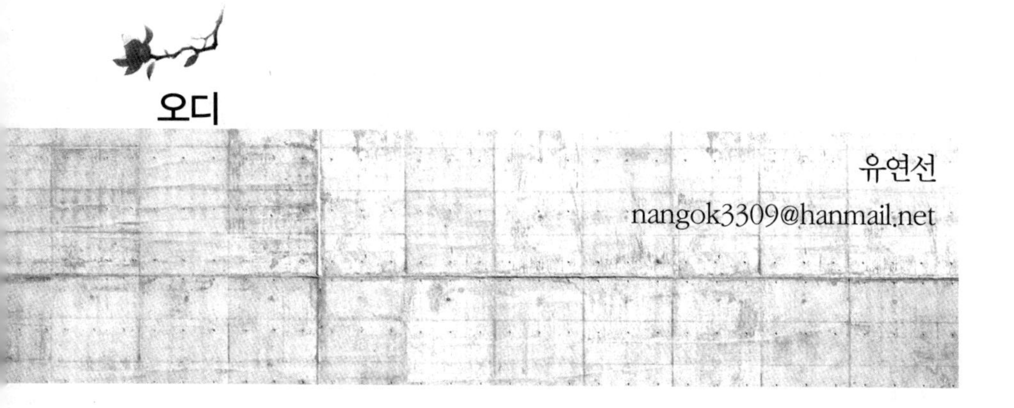

오디

유연선
nangok3309@hanmail.net

시골에 사는 아는 분한테서 전화가 왔다. 집에 들어앉아 있기도 심심하지 않느냐고 했다. 일손이 바쁜 철인데 뒤채일 것 같아서 참고 있다고 했더니 염려 말고 오란다. '얼씨구나' 하고 집사람과 같이 나섰다.

시골길을 가는 동안 산야의 풍경이 아름다워 시골에서 살았으면 좋겠다고 했더니 아니나 다를까 젊었을 때 얘기지 나이 들어서는 귀농도 힘들다고 했다.

시골 풍경을 보면 괜히 기분이 좋아진다. 공기 맛부터 다르다. 푸르른 산야도 싱그럽고 논밭에서 무럭무럭 자라는 곡식들도 탐스럽다. 계절이 바뀌는 것을 오감으로 느끼며 살고 싶다.

반갑게 맞아주는 주인과 인사를 나누고 집 주위를 둘러봤다. 마당 끝 화초밭엔 채송화 맨드라미 봉숭아들이 소복소복 올라왔다. 누가 심지 않아도 제풀에 자라서 피고 지는 꽃들인데도 예전부터 봐오던 꽃이어서 더 반가운가 보다. 채마전에는 무, 배추, 파, 마늘, 고추, 상추, 감자가 심겨져 있어서 예전에 우리 집 주변 풍경과 비슷했다. 뒤란에 빨갛게 익은 앵두나무 가지가 휘어졌는데도 아무도 건드리는 사람이 없는가 보다. 밭 가장자리에 있는 뽕나무도 오디가 까맣게 익었다. 내가 어렸을 때는 앵두며 오디가 익을 새가 없었는데.

오디를 따서 입에 넣으니 달콤했다. 오디 맛은 변하지 않았는데 요즘 아이들은 왜 외면할까. 단맛에 길들여진 아이들이 자연에서 얻는 맛에 익숙하지 않은 가보다.

예전엔 배고프면 부엌이나 솥을 뒤지다가 밖으로 나가 자연에서 먹을거릴 찾았다. 이른 봄엔 따뜻한 양지쪽에 눈이 녹기 무섭게 칡뿌리를 캐서 씹었다. 집 부근에 돌무더기를 헤치고 뚱딴지라는 돼지감자도 캐 먹었다. 들판이 푸릇푸릇해지면 시냇가나 논두렁에서 삘기를 뽑아먹었다. 찔레 순을 꺾어 먹거나 싱아를 뜯어 먹기도 했다. 높은 산으로 간 어른들이 봄나물을 뜯어올 때 잔대나 더덕을 캐오길 기다렸다. 아이들도 잔대나 더덕을 캔다고 야산을 헤매다가 소나무 가지를 꺾어 송기를 먹었다. 메꽃 뿌리도 좋은 먹을거리였다. 진달래꽃과 아카시아꽃을 따먹기도 하고 까마중을 찾기 위해 풀숲을 뒤졌다. 버찌, 딸기, 오디를 따먹기도 하고 개복숭아도 찾아다녔다. 살구와 자두가 나오기 시작하면 밭에서 개똥참외 덩굴을 찾기도 했다. 어린 가지와 오이를 몰래 따먹다가 목화송이도 따서 먹었다. 올밤이 여물기 시작하면 머루, 다래, 돌배, 팥배를 따먹었다. 겨울엔 고구마나 감자를 구워 먹고, 구덩이 속에서 배추 꼬리와 무를 꺼내 먹었다. 어른들이 챙겨주지 않아도 스스로 먹을거릴 찾아 나섰다.

오디가 익을 때쯤이면 보릿고개로 비유되는 배고픈 시기였다. 아이들에게 오디는 군것질거리가 아니라 양식이었다. 정신없이 오디를 따먹다 뽕나무 이의 배설물을 하얗게 뒤집어쓴 채 해가 저물어야 집에 들어왔다. 오디를 허겁지겁 따먹다가 벌레를 씹기도 했다. 고약한 냄새에 침을 뱉다가 오디물이 옷에 들면 얼룩이 잘 빠지지 않아서 어른들께 야단을 맞았다. 옷을 더럽히지 않으려고 발가벗고 뽕나무에 올라가는 아이들도 많았다. 뽕나무 가지 끝을 휘어잡다 가지가 찢겨 떨어지기도 하고 큰 나무에 오르내리느라고 허벅지는 상처 아물 날이 없었다.

오디 철이 지나면 아이들은 뽕나무를 잠시 잊었다. 장마철이 돼야 뽕나무 그루터기에 돋는 '흐드레기'라는 목이木耳를 찾아 기웃거렸다. 데쳐서 반찬을 하거나 국을 끓여도 맛있었다.

겨울철이면 밭둑에 있는 뽕나무는 잎이 다 떨어져 새들이 날아와 앉아있는 모습이 잘 보였다. 뽕나무 밑에 볏짚을 깔고 '창애'를 놓았다. 참새, 촉새, 느릅지기보다 큰 콩새나 비둘기가 잡히는 날은 좋아서 눈밭을 뒹굴었다. 새끼줄에 잡힌 새를 꿰차고 눈밭을 쏘다니며 눈이 많이 올수록 새들이 잘 잡힌다고 온 겨울 동안 눈이 쌓여있길 바랐다.

최근에 안 일이지만 뽕나무는 잎에서부터 뿌리까지 모두 한약재로 쓰인다. 뽕나무 그루터기에서 자라는 버섯까지 한약재로 쓰이고 잎으로 차를 만들어 먹어도 좋고 잎을 먹고 자란 누에까지 약재로 쓰인다니, 뽕나무는 '약나무'로 자리를 굳혀 가고 있다. 누에를 기르기 위해 심던 뽕나무가 내 유년의 추억 중에 가장 큰 자리를 차지한다.

비탈진 밭둑이었지만 낮은 가지를 휘어잡고 오디를 따니까 바가지가 금방 채워졌다. 집사람과 주인에게 맛보이려고 깨끗이 씻어서 내밀었더니 오디술을 담그려고 하느냐고 했다.

오디를 먹고 이빨이 보랏빛으로 물든 모습들을 보고 싶었는데. 내 유년의 추억을 같이 더듬기는 틀렸는가 보다.

옹달샘

김경순
kks707070@hanmail.net

봄꽃이 지기 전에 다녀가라는 동생의 전화가 왔다. 그렇지 않아도 가고 싶던 차였다. 해마다 그곳을 찾게 된 것은 동생이 그 집으로 이사한 뒤부터다.

동생은 산수가 좋은 그곳에 노년을 보낼 집을 지어 이사했다. 오십 대 때까지만 해도 멀리 떨어져 산 데다 서로가 생활하기에 바빠서, 친정에 애경사가 있을 때나 만날 정도였다.

젊은 날에는 제 가족밖에 모르는 동생이 못마땅해서 만날 때마다 입씨름을 했다. 생각이 다르니 생활 방식이 틀린 건 당연한 일인데도, 여섯 살이나 수하인 동생을 이해하려거나 가르칠 생각은 하지 않고 나무라기만 했다. 따지고 덤비던 동생은 말에 밀리면 울음을 터뜨렸다. 친정에 올 때마다 우는 아내 때문에 속상했는지 제부가 "처갓집 올 때마다 울리기만 하니 이제 오지 않아야겠다."고 실토할 정도였다.

어느 해 그날은 어머니의 기일이었다. 고속버스만 타는데도 서너 시간이 걸리는 시골에 사는 이들까지도 다 와 있는데, 같은 시내에 사는 동생은 저녁을 먹은 뒤에야 왔다. 그것도 못마땅한데 남편과 저녁 식사하고 온 걸 자랑삼아 이야기했다. 아니다 싶으면 참지 못하고 직선적으로 쏘아대는 내가 가만히 있을 턱이 없었다. 금세 입씨름이 시작되었다. 가족들은 지켜보며 웃고 동생이 울음을 터뜨리는 것으로 마무리되었다.

그런 동생이 사십 대 때부터 달라지기 시작했다. 군인인 남편의 계급도 올라가고 살기도 넉넉해진데서 오는 여유로움도 한몫을 했을까. 다정다감한 자매로 만나게 되었다. 하지만 지금처럼 서로를 위하고 초대할 정도는 아니었다.

동생은 전원생활을 하면서부터 인생살이가 전면 달라졌다. 이웃을 초대하여 정담을 나누는가 하면 문학소녀의 옛꿈을 이루기 위해 본격적으로 수필을 쓰기 시작했다. 동생은 글과는 거리가 멀었고, 어쩌다 쓴 글은 딱딱하고 억지로 꾸민 것 같아 읽히지 않았다. 그러던 것이 생활이 바뀜에 따라 '그 사람이 곧 글이란 말이 실감 날 정도로' 따뜻하고 공감이 가는 글을 쓰곤 하였다.

이삼십 명을 초대하여 점심을 대접하고 가까운 사람들을 불러 함께하는 시간을 즐기는 동생의 변화가 신기할 정도였다. 그런 동생에게 갈수록 마음이 끌렸다.

가까이에 사는 동생과 양평 문호리에 있는 동생 집을 찾았다. 은행나무로 유명한 용문사며 두물머리, 세미원, 다산 공원 등을 다녀온 뒤라서 다시 그곳에 가고 싶어서 찾은 게 아니다. 조용하고 한적한 집에서 이 방 저 방에 있는 책 중에서 관심이 가는 걸 골라 읽다가 피곤하면 눈을 들어 주위의 경치를 보는 것이 좋아서였다.

거실에선 바로 창 앞에서 활짝 웃고 있는 노란색 장미와 백작약과 으아리꽃이, 이 층에선 아래로 내려다보이는 아기자기하니 예쁜 집들, 그걸 넘어 눈길을 옮기면 햇살에 반짝이는 강물과 유원지의 큰 건물, 그 뒤로 왼쪽에는 낮은 산을 그보다 높은 산이 감싸고, 오른쪽은 좀 더 높은 산이 휘감고 있었다. 집을 빙 둘러싼 겹겹의 산들이 눈과 마음을 끌고 갔다. '아, 그렇구나.' 나는 옹달샘에 앉아 있었다. 산 중턱에 자리 잡은 동생의 집은 '깊고 깊은 옹달샘 누가 와서 먹나요?'의 동요 구절을 불러 왔다. 동생의 집은 옹달샘이었다. 많지도 적지도 않으면서 쉼 없이 솟아나는 물. 떠내도 퍼내도 마르지 않는 샘, 옹달샘. 그 집에서 사는 사년 동안 동생 부부는 공동명의의 책을 출판했고 지금도 계속 글을 쓴다. 그 짬짬이 마음에 둔 이들을 초대하여 대접하며 여가를 즐기며 살아가고 있다.

네 번째 동생의 집을 찾은 오늘에야 이 집이 왜 이렇게 편하고 찾고 싶어졌는지 스스로 알려온 것이다. 한 번 간 곳은 자주 찾지 않는 성격인 내가 이곳을 생각하고 가고 싶다는 마음이 들 때면 그 마음을 읽기라도 한 듯 부르던 동생. 동생은 옹달샘이었다.

물줄기가 모아지면서 옹달샘이 그 형태를 갖추어 가는 과정을 거치는 데 시간이 걸리듯이 동생도 그렇게 탈바꿈해 간 것이다. 한 바가지의 물을 뜨는데도 모래가 딸려 나오고 흙탕물이 일어나는 웅덩이 같던 샘이 조금씩 커지면서 더 많은 물을 담고 낙엽이나 먼지 등을 품어 안고도 맑은 물을 제공하듯이 자신만의 샘을 이룬 것이다.

연륜이 더해질수록 스스로를 담을 수 있는 그릇을 키워 나간 동생. 자신 안에 살고 있는 이들이 알게 모르게 자신을 닮아 베풀고 생산해 내는 생활을 하도록 유도하는 샘, 옹달샘.

저 멀리서 물비늘을 만들며 흐르는 강물을 바라보는 입가에 미소가 어린다. 옹달샘의 정기를 받아서인가.

시담 훈련 회상

배대균
bnp1969@hanmail.net

군에 가면 시담 훈련을 한다. 우리 해군 군의 장교 후보생들은 화장터로 가서 시담훈련을 했다. 50년 전 3월, 비 오는 날 밤, 100명은 트럭에 실려 화장터 아래쪽 100m 지점에 멈추고는 정렬했다. 인가가 없는 산기슭, 그런 곳이었다.

훈련 상사는 말을 이어갔다. "비포장도로로 한참 올라가면 언덕에 낡은 목조 건물이 나온다. 화장터이다. 문을 열고 들어서면 좁은 복도에 이어 화장아궁이가 보인다. 손잡이를 열고 화덕 안쪽으로 기어 들어가면 맨 끝 지점에 종이와 펜이 있다. 자기 군번과 이름을 적은 다음 뒤로 기어 나와 원대 복귀하는 일이다. M1 소총은 매 순간 지참하고, 한 사람씩 다녀온다." 이렇게 지시는 끝이 나고, 시간은 밤 10시를 가리키고 있었다.

화장장은 화덕이 하나뿐인 20평 남짓한 목조건물로서 일제 말기에 세웠으며, 밤이면 아무도 없는, 일컬어 유령의 집이었다. 낮이면 굴뚝에서 검은 연기가 나오다가 나중에는 흰 연기가 하늘로 올랐다. 그때면 송장에서 나온 영혼이 연기를 타고 하늘로 오른다고 주민들은 말했다.

훈련이 시작되었다. 한 사람이 달려가서 돌아오면 다음 사람이 달려간다. 그런데 화로 안의 촛불이 자꾸만 꺼졌다. 알 수가 없었다. 귀신들 장난인가, 아니더라도 그날 화장터 복도는 미처 화장하지 못한 시신이 든 관 한 기가 놓여 있었고,

벽은 인부들의 걸린 옷가지들이 바람에 흔들리고 있었다. 전깃불은 없었고, 낡은 현관문이 바람에 열리고 닫히는 소리가 멀리까지 들려오고 있었다.

화덕 안을 기어들기조차 협소했다. 철 레일이 아직도 미지근하고, 벽에서는 잿가루가 쏟아지듯 흘러내리고 있었다. 처음에는 냄새 따위가 두려웠지만 들어가 보니 옆으로 위로 포복하기조차 협소한 공간이 더 무서웠다. 오로지 촛불 지점까지 가야겠다는 생각이 모두였다.

생도들의 무서움은 여러 형태였다. 출입문을 들어서지 못한 채 안절부절못하거나, 화덕 문을 열기는 해도 들어가지 못하는 생도, 어떤 이는 현관문을 크게 닫아버리고는 고함을 지르면서 마구 달리는 사람, 큰 소리로 노래를 부르기도 했다. 어떤 이는 일상생활 하듯 널널하게 치르고는 사라지면서 주변에 매복해 있는 훈련 조교들에게 "무슨 짓들 하고 있느냐"면서 소리쳤다.

'화장터' 하면 무서움이 앞서고 화덕 안으로 기어 들어가는 것을 상상할 수 없다. 하지만 막상 들어서니 아무것도 아니었다. 화장터라는 관념적인 무서움뿐 귀신이 어디 있는가. 시담 훈련은 그 관념들과 직면하는 훈련이다.

사실은 훈련 조교들이 요소요소에 숨어서 귀신 소리를 내고, 흰 시트를 걸친 채 춤을 추거나 돌을 던지기도 했으며, 화덕 안에 있을 때 잡아당기고, 현관문에 이르면 문을 먼저 확 열어젖히기도 했다. 없는 귀신을 있는 것처럼 겁을 주는 것이다. 현관문은 박살 나 다음 날 관할시청에서 변상 요청이 있었다.

나의 시담훈련은 반세기 전 이야기다. 이따금씩 화장장으로 문상할 때가 있다. 그럴 때면 화덕아궁이를 쳐다본다. 또다시 시담훈련을 할 일은 없다. 단지 죽음 후 저 화덕 안으로 들어갈 것임에 새삼 주저함이 앞선다. 아니 무섭다.

연꽃 공원 가는 길

이방주
nrb2000@hanmail.net

모롱이만 돌면 연꽃 공원이다. 팍팍한 허벅지를 달래어 페달을 밟고 또 밟았다. 모롱이를 돌자마자 건너야 할 나무다리는 나지막한 오르막길이다. 가속을 이용해서 힘차게 밟으니 쉼터에 사람들의 모습이 보인다. 나는 손을 번쩍 들어 인사라도 하고 싶었다. 이 30km가 다른 사람들에겐 일상이지만 나에게는 뿌듯하다. 연꽃 공원을 한 바퀴 빙 돌았다. 세종시에서 조천과 미호천이 만나는 둔치에 앉은 연꽃 공원은 아담하고 예쁘다. 연꽃이 만발했다. 드문드문 연실蓮實도 비쭉비쭉 올라왔다. 사람들이 비아냥거리는 것 같아 꼭 뒤가 부끄럽다.

중학교 입학할 때 다른 친구들은 필수품인 자전거를 샀다. 나는 아이들이 자전거 배우는 걸 멍하니 바라만 보아야 했다. 등굣길에서도 자전거를 타고 달리는 아이들에게 길을 피해줘야 했다. 때를 놓쳤기에 집안 형편이 나아졌을 때는 자전거가 쓸모가 없었다. 자전거를 탈 줄 몰랐기 때문이었다. 이미 고수가 된 친구들에게 자전거 타기를 배우기도 싫었고 배우는 걸 보이기도 창피했다.

몇 해 전 교직에 있을 때였다. 여고 2학년을 담임했는데 아이들이 소풍 때 무심천 자전거도로 하이킹을 가기로 정했다. 이것은 내겐 감당하기 어려운 사건이었다. 나는 이런저런 핑계를 대며 허락하지 않았다. 자전거는 대여받으면 되고 자전거도로는 초보자도 그렇게 위험하지 않다는 데도 말이다. 한 아이가 '선생님 혹시 자전거 못 타시는 거 아니에요?'라며 나의 치부를 건드렸다.

바로 자전거를 샀다. 아들의 코란도 승용차에 싣고 모교인 초등학교 운동장으로 갔다. 아들이 일러주는 대로 오른발을 페달에 올려놓고 왼발로 한 번 땅바닥을 차고 나서 계속 밟으니까 몇 번 기우뚱대다가 앞으로 나아간다. 이렇게 하기를 서너 차례 반복하니 밟으면 나아가는 게 자전거였다. 이삼십 분이면 이루는 것을 왜 그렇게 오랜 세월을 마음 불편하게 살았는지 모르겠다. 옹색한 자존심을 내려놓을 용기를 내지 못한 대가로 오늘까지 치른 불편은 너무나 컸다.

무심천 자전거 도로에 진출하는 데는 시간이 더 필요했다. 차도도 지나야 하고, 내리막길 오르막길도 있고, 다리도 건너야 한다. 그런 장애물이 내게는 삶의 어려움으로 생각되었다. 하루는 신호에 맞추어 횡단보도를 건너는 연습을 하고, 또 다른 날은 내리막길을 내려가는 연습을 했다. 새벽마다 가까운 주중리 들판에 농사꾼이나 된 듯 농로를 헤집고 다녔다. 무릎에는 개구쟁이 딱지가 떨어질 날이 없었다. 이런 때늦은 투쟁은 옹졸한 자존심을 내려놓아야 하는 용기도, 넘어지면 바로 일어서야 하는 투지도 내게 요구했다.

무심천 자전거도로에 나가는 첫날 바로 조천연꽃공원까지 갈 수는 없었다. 근력이나 지구력이 허락하지 않았다. 두세 번 다녀온 다음에 드디어 연꽃공원을 목표로 삼았다. 왕복 60km도 안 되는 길이 그렇게 멀리 느껴졌고 그렇게 힘겨울 수가 없었다. 어렵게만 느껴졌던 오르막길 내리막길에서도 마주치는 사람들과 인사를 나누는 여유도 생겼다. 인제는 조천연꽃공원은 내게도 일상이 되었다.

평생교육원 수필창작교실 수강생인 글벗들에게 부여 궁남지에서 여름학기 마지막 합평회를 갖자고 했다. 궁남지 너른 연밭에 진흙을 헤치고 나와 곱게 피어난 연꽃을 바라보면서 수필 문학을 이야기하고 싶었다. 무의미한 일상을 의미 있는 언어로 승화시키는 수필을 이야기하고 싶었다. 처음 글을 쓰는 이들은 내가 자전거를 처음 배울 때만큼이나 자신을 내놓는 데 용기가 필요할 것이다. 그러나 결핍이라 생각되는 것을 드러내는 것이 부끄러움을 해결하는 지름길이라는 것을 우리는 잘 알고 있다.

글벗들도 나처럼 연꽃 만발한 연꽃공원을 갈망하고 있을까? 대중에게 수필문학을 전하고자 하는 내 소망을 조금이라도 이해할까? 사실 연꽃이 만발하는 연꽃공원은 궁남지만이 아니다. 수필의 꽃을 피울 수 있는 곳이면 어디라도 상관없다. 그분들은 연꽃 공원에서 수필적 사고로 세상을 바라보는 생활의 모티브를 얻을 것이고, 나는 대중에게 수필의 세계로 다리를 놓아주는 힘을 얻을 것이다. 아무리 험하더라도 가야 하는 길이다.

이제 나의 자전거가 미호천과 조천이 만나 금강이 이루어지는 연꽃 공원에 도달했으니 수필창작교실 수강생들도 그들의 소망에 맞는 연꽃공원 가는 길을 찾아야 한다. 궁남지도 그 하나라고 생각한다. 거기에는 수필 문학이라는 연꽃이 활짝 피어 있을 것이다. 혹 봉오리로 맺혀 있더라도 걱정할 건 없다. 홍련도 피어 있을 테고 백련도 필 것이다. 아니 소담스런 황련도 있을 것이다. 활짝 핀 연꽃만 아름다운 것은 아니듯이 가시연도 부레옥잠도 나름의 멋을 낼 것이다. 내가 지향하는 연꽃 공원에는 수필 문학을 꿈꾸는 대중이 지금보다 더 많은 꽃으로 피어났으면 좋겠다. 마침 이름도 궁남지이니 수만 평에 만발한 각양각색의 연꽃이 아름다움을 자랑하듯 경연經筵을 벌였으면 좋겠다.

운수 좋은 날

김순자
oldbnew@hanmir.com

수필의 주제를 운수 좋은 날로 정하고 보니 고 현진건 선생님의 단편인 '운수 좋은 날'이 생각난다. 작가는 직업이 인력거꾼인 김첨지의 하루 일과를 역설逆說적으로 묘사했다. 이 작품은 내게 인간 삶의 가치 기준을 다시 생각하게 했다. 폐지 같은 재활용품을 수거해서 근근이 연명해가는 이들에게는 길모퉁이에 쌓여있는 많은 재활용품을 발견한 순간은 무지하게 운수 좋은 날이다. 북한에서 흔히 볼 수 있는 꽃제비가 장마당에서 누가 먹다 남은 국수 몇 가닥과 구수한 국물을 한 모금 얻어마실 수가 있었다면 그 순간이 바로 운수가 좋은 날이 될 것이다.

한국동란 이듬해에 대구로 피난을 했다. 당시는 피난민 아이들을 위한 분교가 생기기 전이었다. 할 일 없어 빈둥빈둥 놀고 있는데 어머니가 대나무 소쿠리에 강냉이 튀긴 것을 담아 주시며 양키시장(국제시장)에 가서 팔아보라는 것이었다. 신문지로 고깔처럼 봉지를 만들어 한 봉지에 얼마씩인가를 받기로 되어있었다. 전쟁 중이라 너나없이 여유가 없는 처지라 잘 팔릴 리가 없었다. 반쯤은 팔았을까 한데 날이 저물어가고 있었다. 어린 나이에 배도 고프고 구수한 냄새를 참을 수가 없어 한 개, 두 개 나도 모르게 집어 먹었다. 어느덧 소쿠리 바닥이 보이기 시작했는데 돈은 본전의 반쯤밖에 되지 않았다. 엄마께 꾸중을 들을 생각에 눈물이 저절로 흘러내렸다. 그렇다고 집에 안 갈 수도 없고 집에 가자니 체면이 말이 아니었다. 한참을 훌쩍이다 발밑을 내려다보니 놀랍게도 지전이 한 장 눈에 들어왔다. 눈이 황홀해질 만큼 반갑고 또 안도의 숨이 내쉬어졌다. 그 돈이면 본전을 하고도 좀 남을 만한 금액이었다. 순간 '운수대통'했다는 생각이 들었다.

칠십 년대에는 격변하는 사회와 맞물려 돌아가는 시계의 톱니처럼 잠시도 쉴 시간이 없었다. 철없는 세 아이를 데리고 결코 만만치 않은 생활고를 뚫고 나가야 하는 처지이니 일 년이 다 가도록 하늘 한 번 쳐다보는 날이 없었다. 오직 앞만 보기도 버거워서 땅만 쳐다보며 뛰다시피 하루하루를 보내곤 했다. 그러다 보면 가끔씩 눈에 들어오는 지폐나 동전이 있기도 했다. 아파트 주차장은 아직은 얼음이 녹지 않고 있었다. 발걸음을 골라 걷고 있는데 빨간 오천 원짜리 한 장이 반쯤은 얼음 속에 묻혀 있었다. 힘들게 얻은 오천 원짜리 한 장 주워들고 이 공돈으로 무엇을 할까 망설이다가는 주저하지 않고 사과 한 보따리를 사 들고 얼음판 길을 가는 발걸음은 가볍기만 했다.

집에 돌아오면 아이들은 엄마가 반가운 것이 아니라 엄마 손에 들려있는 주전부리 꾸러미가 더 반가운 것이다. 뜻밖에 많은 과일을 보고 의아해하는 남편에게 연유를 말하니 표정이 평소와는 많이 달랐다. 겁 없이 돈 쓴 것을 핑계 대려고 하는 줄로 아는 모양이다. 아무튼 아이들에게 양껏 먹이고도 남은 사과를 보니 흐뭇했다.

유럽의 겨울은 밤이 일찍 찾아온다. 여름에는 저녁 열 시인데도 대낮처럼 환해서 볼일을 보고 늦게 집에 들어와도 늦었다는 기분이 들지 않는다. 1월 중순경의 어느 해 겨울밤 비는 추적추적 내리는데 회사 일이 바빠 늦게 들어오는 딸아이를 마중하러 지하철역으로 나가는 중이다. 우산을 받쳐 들고 밤길을 조심스럽게 걷고 있는데 무엇인가 밟혔다. 돌덩이인가 하는 생각을 하며 한 발을 내디뎠을 때 검은 숯덩이만 한 것이 눈에 들어왔다. 조심스럽게 만지니 부드러운 가죽 지갑이었다.

지하철역 조금 못 미쳐서 딸을 만났다. 아무 말도 하지 않고 딸 손을 잡고 집에 오는데 누가 내 돈 내놓으라고 소리 지르며 따라오는 듯했다. 주머니 속에서는 주운 동전 지갑은 말이 없으니 이것을 어떻게 처리해야 옳을지 갈피를 잡을 수가 없었다. 집에 돌아와 딸이 보는 앞에서 식탁 위에 동전을 모두 쏟아 부었다. 일 유로(한화 천오백 원 정도) 이상의 돈은 내가 갖고 잔돈은 딸에게 주었다. 주운 돈을 잘 쓰는 방법을 곰곰이 생각했지만 묘책이 서지 않았다. 며칠 후에 카페에서 커피를 마시는데 딸은 내게 커피값을 내라고 하면서 엄마가 산 커피라 다른 때보다 맛이 좋다고 했다. 이렇게 나는 생각지 못했던 돈이 생기면 참 운이 좋은 날이라는 생각을 하면서 칠십 평생을 살아온 무지한 사람이다.

요즈음은 살 날이 얼마 남지 않아서일까. 지난날들을 돌아보게 되는 시간이 많아졌다. 과연 나는 한恨이 많은 삶만을 살았는가. 운運이나 복福이라고는 전혀 없는 불행한 삶만의 연속이었던가. 친지들이나 지인들은 내게 참 끈질긴 삶을 잘도 견디며 살아왔다는 말들을 한다. 오뚝이처럼 역경을 잘 이겨내고 살아간다고 칭찬 섞인 말들을 들을 때면 부끄럽다. 내가 나를 돌아보아도 참 잘 견디며 살아왔다는 긍정적인 생각을 하기도 한다. 나는 결코 슈퍼우먼이나 똑순이는 아니었지만 또순이 축에는 들었다.

명품 시계

민문자
mjmin7@naver.com

당신은 지금 시계를 차고 계십니까? 어떤 종류의 시계인가요.

인류의 문명과 문화가 원시 시대에서 현대에 이르기까지 수만 년이 흘렀지만 아마도 최근 백 년 동안의 발전만큼 획기적인 발전은 없었을 것이란 생각이 듭니다. 인간이 생활하는 데 필요에 따라 일 년을 열두 달, 한 달을 삼십일 또는 삼십일 일, 하루를 이십사 시간, 한 시간을 육십 분, 일 분을 다시 육십 초로 나누고 그 시간을 재는 기계가 필요해서 골똘히 연구하여 만든 것이 시계일 것입니다.

우리나라에는 세종대왕 시대에 해시계 물시계를 발명하였지만 인조 때 처음 명나라로부터 서양문물인 자명종이 망원경, 서양 대포와 함께 들어왔다고 합니다.

내가 태어났을 때만 해도 우리 집에는 시계가 없었습니다.

'너를 낳은 후 11시를 알리는 앞집 벽시계가 땡땡치는 소리를 들었느니라, 그러니 '너는 11시에 낳았다'라는 어머니 말씀을 들었습니다. 그 시간이라는 것이 옛날에는 정확하지 않았으니 그저 사시巳時에 태어났나 보다 여겼습니다.

8·15광복과 6·25 전쟁 이후 서양문물이 물밀 듯이 들어올 때 시계는 가장 선호하는 물건이었습니다. 일반대중에게 손목시계가 필수품이고 가정에서는 부의 상징으로 벽시계와 탁상시계가 고급 장식용으로, 결혼할 청춘 남녀에게는 예물시계가 주목을 받았습니다. 그래서 백화점과 대형 상가는 물론 도시의 골목마다

시계 점포와 시계 수리점이 호황을 누렸습니다.

우리 집에 처음 들어온 시계는 중학교 3학년 때 숙부께서 사주신 탁상시계였습니다. 그리고 대학 1학년 때에는 일찍 돌아가신 아버지 대신 우리를 아끼시던 숙부께서 숙모에게 시계를 사주라고 하셨는데 숙모는 시집갈 때 좋은 시계 받을 것이라고 중고품 시계를 사주셨습니다. 고등학생인 남동생은 숙부가 오랫동안 애용하시던 시계를 물려받았지요. 철부지 시절 새 시계를 차고 으스대고 싶었지만 아버지가 안 계신 우리 남매는 그것만으로도 감지덕지해야 했습니다.

그러다 약혼할 때 남편이 작고 예쁜 애니카 시계를 예물로 주었습니다. 그 시절에는 모두 롤렉스 시계를 선호하던 시대인데 남편에게 형편상 그 아래 등급의 시계를 선물했던 기억이 납니다. 땡땡 울리는 벽시계가 있으면 좋겠다던 어머니의 소원은 결혼 후 남편이 그 소원을 풀어드렸습니다.

이만큼 시계는 우리 생활에 큰 영향을 주던 물건입니다. 짐짓 은근히 팔목의 시계를 자랑하던 사람이 많았지요. 시계가 고가 제품이라 어린 학생들도 시계를 갖는 것이 소원으로 부모나 친지로부터 헌 시계를 물려받거나 중고품을 사줘도 좋다고 기뻐하였습니다. 급전이 필요할 때는 전당포에 시계를 맡기고 돈을 빌릴 수도 있었습니다. 결혼을 앞둔 청춘들에게는 소위 스위스제 명품시계라야 좋은 예물이라는 인식이 있었습니다.

스위스 일본 미국 등 외국에서 수입만 하던 시계가 1970년대 중반 이후에는 국산화가 되어 대통령 하사품과 웬만한 회사의 기념품과 상품 선택은 시계가 대부분이었습니다. 돈 있는 사람은 여전히 세계적인 명품시계를 선호했습니다.

25년 전 우리 회사에서도 스위스에서 직접 명품시계를 수입하여 힐튼 호텔에서 설명회를 가진 적이 있습니다. 잘 모르는 분야에 두 사람을 스위스까지 출장을 보내고 스위스 본사 부사장이 직접 와서 열의를 보였지만 그 사업은 실패하고 고급시계 몇 점만 끌어안은 결과가 되었습니다.

울며 겨자 먹기로 사업용 선물로 소진하고 가장 고가인 시계를 남편은 내 손목에 하나 채워주었습니다. 좋은 물건이지만 제값에 팔기도 어렵고 내가 사용하며 으스댈 형편도 아니어서 소중하게 보관만 했습니다.

기술과 정보화 시대의 빠른 변화에 얼마나 디자인 좋고 값싼 전자시계가 많이 나왔습니까? 그동안 흔한 것이 시계라 선물도 여러 개 받았고 패션 시계라 욕심이 나서 사기도 해서 서랍에서 잠자는 시계가 여러 개입니다. 요즈음은 휴대전화 사용으로 아예 손목시계는 사용하지 않은 지 오래되었습니다.

오랜만에 고이 간직했던 고급시계를 꺼내 봅니다. 큰돈을 투자한 증권이 휴짓조각이 된 것처럼 경제적 가치는 추락했지만 아직도 변함없이 아름답게 빛나는 시계입니다.

'고이 간직했던 너, 격조 높은 모임에 나갈 때 세상구경 한번 시켜주마!'

가슴 아린 추억이 서린 젊은 날의 그 명품시계를 왼쪽 손목에 채워 봅니다.

노을을 닮은 노인

최수연(혜숙)
ches107@hanmail.net

오늘따라 유난히 붉게 물든 석양빛 노을이 구름과 어우러져서 하늘에 수를 놓고 있다. 마치 말이 붉은 노을 위를 달리고, 커다란 악어가 입을 벌리고 있는 형상도 보인다. 그러다가 순식간에 주변을 온통 주황으로 물들이더니 강렬한 빛을 내뿜기 시작했다.

갑작스러운 빛의 공격에 나는 아찔한 현기증을 느끼며 펔석 그만 자리에 주저앉고 말았다. 한데 살갗에 와 닿는 것은 의외로 약하게 느껴졌다. 오히려 부드럽고 안온해 스르르 눈이 감기더니 무언지 모를 감정으로 울컥하다, 끝내 눈물이 볼을 타고 흘러내렸다.

요란하게 개 짖는 소리만 아니었다면 땅거미가 내리는 것도 몰랐을 것이다. 서둘러 저녁을 준비하면서도 여운은 계속 떠나지 않았다. 건성으로 일과를 마무리하고 커튼을 치려는데 앞집 창문에 불이 꺼져 있고 인기척이 없었다. 분명 개 짖는 소리가 들렸는데 아직 귀가를 안 하신 건가? 도시와 달리 이곳은 해가 지고 나면 금세 앞을 분간하기조차 쉽지 않다.

언제부터인가, 나는 밤이 되면 꼭 건너편 창문을 확인하는 것이 습관이 되었다. 창문에 불빛이 보이면 안심을 하고 어둠에 잠겨있으면 걱정부터 앞선다. 팔순 넘은 노인이 혼자서 생활하니 그것은 당연한 일인지도 모르겠다. 매일 아침 할머니는 활같이 굽은 몸을 유모차에 의지해 마을 회관으로 나가, 홀로된 다른 노인들의 식사를 손수 챙겨드리며 함께 보내다가 다 저녁이면 들어오신다. 그 연세에 편안히 지내셔도 되련만, 하루도 거르지 않으셨다.

삼 년 가까이 할아버지의 치매 수발도 직접 하셨는데, 결국엔 요양원에 모신지 한 달 만에 돌아가시자, 소일 삼아 하시게 되었단다. 도시에 살고 있는 자식들이 바람처럼 교대로 다녀간 날도 할머니는 전송이 끝나면 곧바로 마을회관으로 향하셨다. 썰물이 빠져나간 듯한 집안은 허전하셨으리라. 고향의 친정어머니도 우리들이 다녀온 후면 수화기 너머 물기 머금은 목소리에서 그걸 느낄 수 있었다. 그 마음도 내가 자식을 출가시킨 후에야 헤아리게 되었다.

우리가 이곳에 터를 닦고 정착하니, 할머니는 주변이 환해져서 좋다는 말씀을 하신 적이 있다. 적적했음을 달리 표현한 것이 아니었을까. 내가 가급적 야심한 밤에도 불을 끄지 않으려 하는 이유이기도 하다.

여기가 곧 본향이자, 혼인도 마을청년과 하셨다는 할머니께 들은 이야기는 많나. 예전에는 마을 앞 창릉천에 '해포'라는 포구가 있어 배가 드나들었고, 마포나루를 거쳐 한강을 오가는 인적, 물적 중심지였다는 것과, 비 오는 날이면 자주 강물이 넘쳐서 장화가 필수품이었다는 것도 그중 하나다. 포구는 세월 따라 사라졌지만, 지금도 한강을 통해 밀물이 드나들고, 장맛비가 내리는 날에는 넓은 강폭에 물이 넘실거려 그때를 짐작해보는 것은 어렵지 않다. 나는 때때로 옥상에 올라 강을 마주하길 즐기는데 그러다 보면 인생이 한갓 강물과도 같다는 생각에 자신을 돌아보게 된다.

할머니께 꿈과 낭만이 서린 곳에서 평생을 보낸 소회를 여쭙다가, 장난기가 발동하여 살짝 짓궂은 질문이라도 할라치면, 할아버지가 결혼을 안 해주면 당장 죽어버리겠다고 해서 청을 들어주었다는 대목에서는 남다른 순정이 느껴지기도 했다. 이야기 속에는 회한도 많은 것을 보면 아무리 그 당시는 순애보였을지라도 가보지 않는 길에 대한 동경은 나이와는 상관이 없는가 보다.

이런저런 이야기에 맞장구로 시간 가는 줄 모르다가도, 끝없이 이어지는 이야기꽃을 어느 선에서 자르고 일어서나 고민할 때도 있지만 그렇다고 문제 될 것은 없다. 더구나 돈이 드는 것도 아니지 않는가. 이웃에 대한 정이 특별히 따로 있지는 않을 것이다.

그 옛날 말을 타고 신의주를 거쳐 평양까지 오갔다는 역사적인 골목길을 걸어 올라, 당시 할아버지와 주로 데이트를 즐겼다는 고목 아래 이르면, 할머니께도 한때는 빛나던 청춘이 있었다는 것을 증명이라도 하듯, 나무는 여전히 푸른 잎을 달고 추억을 상기시킨다.

오늘 시리도록 눈부셨던 석양빛 노을이 내내 떠나지 않았던 이유를 조금은 알 것 같다. 인생의 석양은 누구나 통과의례처럼 대부분 거치는 듯하지만, 삶의 궤적은 오늘 본 노을처럼 저마다 다를 수밖에 없겠다. 더구나 살면서 누군가에게 감동을 물들인다는 것은 결코 쉬운 일만은 아닐 것이다.

미국의 배우이자 감독이었던 가슨 캐닌의 말을 빌려오자면 "젊음은 자연의 선물이지만, 노년은 자신이 만든 예술 작품이다youth is the gift of nature, but age is a work of art."라고 했다. 그러고 보면 어르신은 주어진 삶에 순응하며 물 흐르듯이 잘 살아내셨다는 생각이 든다.

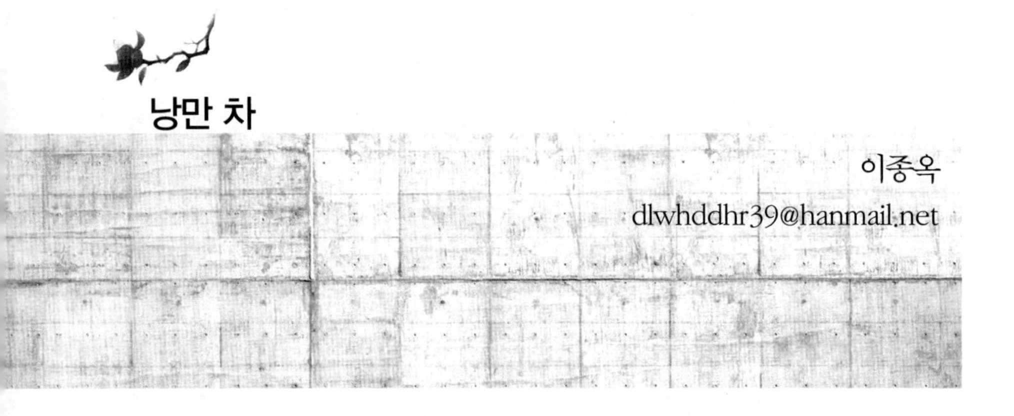

낭만 차

이종옥
dlwhddhr39@hanmail.net

전원주택은 집집마다 텃밭이 있고 정원이 있어 가꾸고 싶은 일을 마음대로 할 수가 있어 좋은 것 같다. 텃밭은 장터요 취미에 맞는 여러 가지 채소 과일 등을 차려놓듯 봄이 되면 씨앗을 뿌리고 필요한 모종을 사다 골고루 심는다. 상추 토마토 오이 가지 고추는 기본이고 당귀 차조기 작약 매실 대추 감나무 생강나무 등 심고 가꾸다보면 먹거리는 물론이고 꽃이라든가 잎을 따서 그늘에 말려 아홉 번씩이나 덖어 차를 만드는 과정은 공은 들지만 해놓으면 마음이 부자랍니다. 가까운 친구와 마주앉아 차향과 음미하는 시간을 가진다. 자주 만나 눈과 코를 즐기며 미각 또한 즐거우니 나만의 호사가 아닌가!

때로는 단풍잎도 어린 것을 채취해 말려 덖어 두었다가 친구와 함께 낭만을 즐기곤 한다. 주변에서도 구할 수 있는 것은 마음만 먹으면 얼마든지 할 수 있다. 작약 꽃을 말려 은근하게 아홉 번이나 덖어서 몇 송이를 유리주전자에 넣고 뜨거운 물을 부어 유리주전자 밑에 촛불을 피워놓고 모여 앉아 꽃이 점점 피어오르는 것을 보면 너무나 아름답고 환상적이다. 그 재미와 향에 취하듯 활짝 핀 꽃을 보며 꽃이 질까 두려워 차를 얼른 못 따르고 얼마 동안 감상을 하고 음미를 한다.

어느 날, 자소엽 차를 또는 작설차를 음미하기도 하며 여러 가지 차를 맛본다는 사실이 즐겁기만 하다. 이 차들은 각각 설명하기에는 지면이 모자라지만 자소엽 차는 치매 예방에도 좋을 뿐만 아니라 감기나 면역에도 많은 도움을 준다. 작약 꽃차는 진통 진정 작용을 하며 간 기능 회복에 도움이 되고 습관성 변비에 도움이 된다. 위, 십이지장궤양에도 당뇨병 혈당 강화에도 도움이 되고 이명이라든가 안구 충혈 등에 효과가 있다고 한다. 친우들과 함께 텃밭에서 따다가 음식을 무공해로 만들어 먹고 즐기며 차도 마시고 즐거움과 행복함을 이어간다는 사실이 낭만이 아닌가!

같은 취미를 가진 또 한 사람은 정원과 텃밭이 넓어 그곳에는 없는 것 없이 골고루 갖춘 친구다. 그 친구가 가까이 있어 자주 왕래를 하게 되어 기쁘고 즐거운 일이 많다. 그곳에서 오래 살다 보니 역사가 묻어있게 마련이다. 때에 따라 차를 시기에 맞추어 만든다는 사실이 쉬운 일은 아니다. 능숙한 솜씨로 시시때때로 부지런하게 움직여 곧잘 차를 만들어 채우곤 한다. 차 종류가 골고루 있어 자주 들리곤 하는데 전통이 있어 보인다. 외국에서 손님이 왔을 때다. 그 집에서 초대를 해 갔었다. 주위를 돌아보며 감탄사의 표정이 놀랍다. 꽃도 많지만 잘 모르는 약초 종류도 많아 희귀한 듯이 바라보며 궁금한 듯 물어보기도 한다. 차조기자소엽차에 단풍잎차를 함께 은근히 끓여 마시는데 색깔과 향이 너무나도 고와 음미하며 감탄사가 연발이게 한다. 그 손님은 다녀간 후로 그 집에서 있던 집 이야기를 자주 하곤 한다.

산모퉁이 돌아 외딴곳에 경치도 아름다운 어름박골이란 곳에 자리 잡고 있어 우리 친우들은 그 집을 집 이야기라고 이름을 지었다.

약속

박원명화
99522511@hanmail.net

또다시 시작되는 새해, 한 장 남은 달력을 떼어내고 새 달력을 걸고 보니 세월이 새삼 화살 같음을 느낀다. 바쁘고 복잡한 세모의 물결이 출렁인다. 백화점에서부터 작은 시장 골목에 이르기까지 네온 장식과 대형 트리가 반짝이고 상점에서는 징글벨이며 화이트 크리스마스 노래가 쉴 사이 없이 울려 퍼져 가슴을 설레게 한다. 한 해를 떠나보내야 하는 마음을 위로하기 위해 훈훈한 축제의 마당을 벌이고 있다.

망년의 술잔으로 회포의 정을 나누는가 하면 온정의 손길이 넘치는 구세군의 종소리가 가슴을 따뜻하게 감싸준다. 되돌아보면 즐거웠던 날도 많았지만 주름진 날도 많았던 것 같다. 잘못 판단하고, 잘못 결정한 수많은 회한의 껍질이 가슴속에 수북이 쌓여있다. 알고도 하고, 모르고도 하고, 잘하려고 한 것이 남을 괴롭게 했다. 그래놓고 한해의 끝자락에 이르러서는 습관처럼 허망하여 놀라고 바보처럼 산 것에 후회를 한다. 누가 등 떠민 것도 아니고 나 스스로 다짐해 놓고 그 약속을 지키지 못한 게 얼마인가. 그래서일까, 지나온 시간은 더 아쉽고 더 쓸쓸한 것 같다.

매년 연말을 보낼 때마다 내 잘못을 후회하고도 생각만큼 내 말과 행동의 변화는 인색할 만큼 반성의 기미가 없는 듯하다. 누군가에게 잘못을 빌고 용서를 구하는 게 쉽지 않듯 마음으로 나 자신에게 자책하기란 쉬운 일이 아닌 성싶다. 거기에는 내 알량한 자존심이 콧대를 세우는 데 있다. 마음으로는 참회하고 용서를 구해야 한다는 걸 알면서도 매번 그게 잘 안 된다. 특히 가족이거나 가까운 이들에게는 어색하고 쑥스러워 자꾸만 머뭇거리게 된다.

나이를 의식할 겨를 없이 그렁저렁 바쁘게 사는 것도 이제 습관에 가깝다. 내 나름의 방식에서 성실히 땀 흘리며 살아왔다고 자부하지만 되돌아보면 남겨진 자취도 없고 잘 살았다는 확신도 서지 않는다. 그러면서도 마음은 여전히 청춘인 듯 착각에 빠져 하고 싶은 일을 산더미처럼 싸놓고 그저 달리기 선수처럼 살아가려고만 한다.

정해진 틀 안에 갇혀 그렁그렁 살던 습관은 정작 내가 소망하던 일들을 뒷전에 미루어 놓기 일쑤다. 어쩌면 나이 탓도 있겠다. 젊을 때보다 세상 물정도 어두운 데다가 일에 능률도 생각만큼 성과가 보이지 않는다. 나이 생각 잊고 꽃띠인 듯 마음속 욕망은 매번 쇠퇴할 줄 모른다. 무조건 탐내고 무조건 취하고 싶어 안달을 하니 나 스스로 돌아봐도 측은하단 생각이 든다.

사람은 누구나 자신에 대해 전적으로 만족할 순 없다. 겉으론 제법 강인한 듯하지만 실상 나는 뒤끝이 굳건치 못한 편이다. 매사 내 잣대로 생각하고 결정하는 편이어서 인화가 부족하다는 말도 더러 듣는다. 노력은 해보지만 남과 잘 어울리는 마음의 주인이 되기란 여간 어려운 일이 아니다.

초고속으로 치닫는 현실과는 무관한 듯 살면서도 새해가 오면 덩달아 신데렐라의 유리구두를 찾아 나선다. 시작할 때는 세상 모두가 언제나 빛나 보이고 희망이 넘친다. 새해를 맞이해 긍정적으로 즐거운 마음으로 살아가리라 다짐해보지만 매년 누구에게 매인 몸처럼 시간에 쫓기고 허둥거린다. 날마다 기계처럼 잠자고, 일어나 밥 짓고, 빨래하고, 청소하고, 장보고, 수다 떨고 등등 생활의 잡다한 일에 묻혀 살다 보니 이마에 주름살만 늘어간다.

바쁘게 덤벙거리다 귀한 시간을 풍선처럼 떠나보내고 뒤늦게 후회하는 습성부터 고쳐야 할 것 같다. 나 자신을 반성하고, 겸손을 배우고, 내가 지킬 수 있는 용량만큼만 설계하고 실천하기를 약속해 본다. 무엇보다 내 안에 찌꺼기처럼 남아있는 탐욕을 버리는 용기가 절실하다. 그러기 위해서는 그날이 그날 같은 타성부터 벗어야 하리니, 지저분한 집 안을 청소하듯 마음의 먼지도 털고, 윤기 나게 닦는 일이다. 벼른 마음이 행여 흐트러질세라 이번에는 압정까지 단단하게 꽂아놓고 밀고 나가 볼 심산이다.

내가 이루고자 하는 일들이 알라딘의 램프처럼 주문만 외면 나오는 요술이 아닌 바에야 스스로 노력할 수밖에 없지 않은가. 새 푸대에 담아내는 심정으로 최선을 다해 뛰어볼 생각이다. 내 자리 내 위치로 돌아와 차분히 새해의 소망을 설계한다. 글 쓰는 일에서부터 일상의 소박한 일에 이르기까지 햇살 같은 빛살이 반짝이기를 기대하면서.

작년은 참으로 바쁜 한 해였다. 큰 숨 한번 쉬어볼 겨를도 없었다. 뜻하지 않은 집안일로 뒤채고 덤벙거린 나날이었다. 일에 쫓겨 허덕이느라 글 쓸 시간도 없었다. 문단에 뛰어든 5년, 첫 수필집을 상재하면서 나는 결심했었다. 3년마다 책을 내겠다는 게 작가로서의 나의 포부였다. 마치 게으른 학생이 방학내 놀다가 개학을 앞두고 발등의 불 끄듯 밀린 일기를 써 갈기듯 엉겁결에라도 3년의 간격을 두고 약속대로 책을 내기는 했지만 내 마음을 감동시킬만한 글은 아직도 쓰지 못했다.

새해 새 아침, 가까운 지인들에게 첫인사로 「복 많이 지으시고, 건강하세요」라는 축원을 띄워 보낸다. 받는 기쁨보다 짓는 기쁨이 더 큰 것 같은 마음에서다. 가까운 지인들에게는 새해에는 다섯 번째 책이 나올 것이란 소식도 넌지시 알려주었다.

긍정의 생각은 삶을 아름답게 한다. 올 한해 내가 실천해야 할 약속과 소망이 또 하나 있다면 내 영혼의 갈증을 축여줄 수 있는 친구가 있었으면 좋겠고, 그런 친구와 바람처럼 구름처럼 한가롭게 여행을 다녀보고 싶은 것이다.

마음과 얼굴 만들기

윤행원
harvard@unitel.co.kr

링컨은 "나이 사십이 되면 자기 얼굴에 책임을 져야 한다."라는 말로 더욱 유명하다. 사람이 사십 년을 살다 보면 그 사람의 인생곡절人生曲折이 얼굴에 모두 서며 있다는 강렬한 메시지다. 소중한 인생, 아무렇게 살지 말라는 경구警句이기도 하다.

조금 더 세월이 지나서 사람이 육십 대가 되면, 그 사람이 살아온 역사가 온통 얼굴에 구석구석 알알이 박혀있다는 걸 보게 된다. 살아오면서 가진 가치관과 철학, 인생관이 드러나고 특히 마음 씀씀이의 좋고 나쁨이 고스란히 남아 있는 것 같아서 은근히 흥미를 가지게 된다. 용한 관상쟁이가 아니라도 대강은 짐작될 정도로 얼굴에 넌지시 새겨져 있다. 얼굴은 마음의 거울이라는 걸 알게 된다. 재주 좋은 사람이 아무리 그럴듯하게 외양外樣을 속이려고 해도 완벽한 연기력을 갖추지 않는 한 표시는 나게 마련이다. 직업, 교육, 경제력, 인품, 마음 씀씀이, 살아온 습관과 언행의 품질 일체가 얼굴에 저장된다는 걸 알게 된다.

얼굴은 마음과 연결이 되어 있어 온갖 희로애락喜怒哀樂이 얼굴을 통하여 표출된다. 연기자는 주로 얼굴의 변화무쌍한 표정을 만들어 밥을 먹고 사는 직업이다. 사람의 얼굴은 천변만화의 운동장이다. 간혹 어떤 사람의 얼굴을 보면 소설 한 권을 읽을 수 있다. 온갖 사연이 얼굴에 담겨 있기 때문이다.

선천적으로 잘생긴 얼굴이었는데 살면서 못난 짓을 하는 못난 마음 때문에 추하고 일그러진 얼굴로 변하는 걸 볼 때도 있다. 태어날 때엔 평범하고 어쩌면 못생긴 얼굴이었는데 차차로 잘난 얼굴로 변하고 인간적인 매력과 존경심을 불러오는 얼굴도 있다. 마음 수양의 품질이 얼굴에 고스란히 박혀있기 때문이다. 도인道人의 얼굴이 있고 승려나 신부의 얼굴이 있고 범죄자나 사기꾼의 얼굴이 있다. 그런 마음을 사용하고 살아왔기 때문에 그러한 얼굴로 생성된다.

우리는 얼굴을 보면 그 사람의 좋고 나쁜 심보를 알 수가 있고 이웃에 대한 마음씀씀이를 어느 정도 짐작을 하게 된다. 과학적이고 통계적인 확률을 가진 재미있는 현상이라고 하지 않을 수가 없다.

사람의 얼굴이란 이렇게 속일 수가 없다. 윤곽이 잘 생기고, 못 생기고의 문제가 아니다. 심지어 누가 보아도 좋은 환경과 생활 조건을 갖추고 지적知的인 수준이 상당하지만 마음 하나 제대로 꾸리지 못해서 주위 사람들에게 고통과 짜증을 만들고 그 대가를 덤터기로 쓰면서 고달프게 사는 사람을 본다. 스스로 만든 불행이다. 어리석게 세월을 보낸 사람에게 주로 일어나는 부작용이다.

온화한 얼굴, 밝은 얼굴, 비틀어진 얼굴, 험악한 얼굴, 당돌한 얼굴, 한심한 얼굴로 변모하는 걸 보면 이건 순전히 습관적인 마음 씀씀이가 만든 얼굴이란 걸 알게 된다. 평소에 마음 씀씀이가 양호했지만, 일시적으로 어둡고 험난한 얼굴을 볼 때도 있다. 그것은 그 당시의 마음고생을 의미한다. 우리는 주어진 인생을 함부로 살 수가 없다. 우리의 삶은 너무나 소중하고 알뜰하기 때문이다.

대체로 아름다운 사람은 마음도 아름답다.

아름다운 사람이 되려면 얼굴보다 마음이 아름다워야 한다. 요즘은 사람들이 얼굴 예뻐지려고 성형수술로 돈을 많이 지출하는 걸 본다. 그러나 마음 가꾸기를 소홀히 하는 사람은 진실로 아름다운 자태는 되지 않는다. 얼굴을 예쁘게 만드는 것도 좋다. 그러나 마음을 예쁘게 갖추려고 노력한다면 그 효과는 상승작용을 해서 얼굴 예쁜 것보다 엄청 큰 효과를 발휘하게 될 것이다.

가끔 그 사람 잘생겼다, 예쁘다, 하고 감탄을 할 때가 있지만, 시간이 지나다 보면 처음의 마음이 변하는 걸 본다. 하는 짓이 시원찮고, 욕심 덩어리고, 인색하고, 미운 짓, 못난 짓을 하는 걸 보면 처음과 다른 추한 몰골로 변해가는 걸 본다. 못난 마음의 화학작용 때문이다. 못난 마음은 그 사람의 전체적인 인상을 못 나게 만든다. 마음은 그렇게도 엄청난 일을 해치우는 것이다.

우리들의 삶에서 가장 소중한 일은 먼저 마음을 잘 닦고 표정 관리를 잘해야 한다. 본태本態의 얼굴도 중요하지만 밝고 겸손한 표정을 보면 매력 있는 품성을 보는 것 같아서 누구나 기분이 좋아진다.

사람이 세월을 보내다 보면 그동안 안 보였던 숨은 것들이 서서히 보이게 되고 삶에 대하여 조금은 관대해진다. 그러나 살아갈수록 마음 다스리기가 어렵다는 걸 터득하게 된다. 우리는 평생을 두고 '내 마음'을 내 마음대로 하려고 애를 썼지만 언제나 도로아미타불이 되는 걸 안타깝게 생각한다. 한 주먹도 안 되는 조그만 마음 다스리기가 그렇게도 어렵다는 걸 알게 된다.

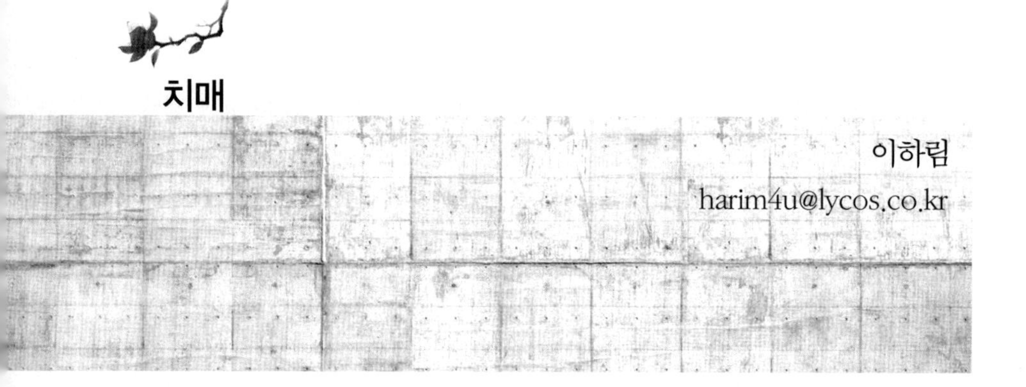

치매

이하림
harim4u@lycos.co.kr

어느 한류 스타의 조부모님과 부친의 자살 소식이 전해졌다. 내용인즉 오랫동안 항암 투병과 치매를 앓고 있는 부모님을 모시다 경제적인 어려움을 견디지 못하고 극단적인 결정을 하고 말았다는 것이다.

삼 년 병에 불효 난다더니 오죽하면 그랬을까 싶다. 특히 다른 질병과 달리 치매 환자는 잠시도 눈을 뗄 수가 없다. 병의 증상 정도에 따라 조금 다르겠지만, 길게는 10년 이상 생존한다고 하니 환자는 물론, 가족들이 받는 고통은 상당할 것이다.

마음 놓고 외출은커녕 잠을 제대로 잘 수도 없다. 환자를 돌보다 쓰러져 간병하는 가족이 또 다른 환자가 되는 일도 있다고 한다. 걷잡을 수 없는 스트레스에 비용까지 양 어깨에 짊어진 삶의 무게를 견디려니 어찌 지치지 않을 수 있겠는가.

오래전이었다. 출근길에서 보면 나무 한 그루 없는 좁은 골목 길가로 출입문이 나 있는 방이 늘 굵은 쇠사슬로 잠겨 있었다. 안에서는 의미를 알 수 없는 슬픈 소리가 반복적으로 들렸다. 살짝 열려있는 문틈으로 보게 된 방안은 난장판이었다. 밥그릇은 나뒹굴었고 벽지는 손톱으로 긁어 핏자국이 얼룩져 있었다. 또 이불은 갈기갈기 뜯겨져 인분을 뒤집어쓴 채 넝마가 되어 있었고, 문밖까지 새어 나오는 냄새는 비위를 상하게 했다.

동네 사람들은 망령든 노인네를 가둔 못된 며느리라고 그 집에 손가락질을 했다. 나 또한 그때는 며느리를 이해하지 못하고 동네 사람들 말에 고개를 끄덕였다. 더욱이 과거에는 많은 사람들이 치매보다 노망老妄이나 망령妄靈이라는 말에 익숙해 있었다. 동네에 그런 분이 한두 분은 있었기에 그저 나이 들면 오는 정신병쯤으로 생각하고 방치해왔었다. 요즘처럼 요양 시설이 흔하게 있었던 것도 아니고, 치매에 대한 인식이 부족했던 때에 병원에 모시고 간다는 것은 쉽지 않았을 것이다.

생계를 위해 출근은 해야 하고 노망난 분을 맡길 때는 없고 달리 뾰족한 수가 없었을 것이다. 비록 가둘 수밖에 없었지만 그저 따뜻한 방에 밥 챙겨드리고, 한바탕 놀이 삼아 어질러 놓으면 퇴근 후, 힘들다는 생각보다 다시 마른자리 만들어 쉬게 해드리는 게 최선이 아니었을까.

사실 내 외할머니께서도 치매를 앓다 먼 길을 떠나셨다. 백수를 코앞에 두고 돌아가셨지만 성경책을 세 번이나 읽을 정도로 정신이 또렷하셨다. 그런데 예기치 않게 말년에 모진 병으로 힘겨워하셨던 모습을 생각하니 눈시울이 뜨겁다.

외할머니는 언제부턴가 치매의 일종인 알츠하이머병에 몸과 마음을 빼앗겨 가솔을 소 닭 보듯 하셨다. 급기야는 식사도 제대로 못 하시더니 도통 잠을 안 자고 누웠다 일어나기를 반복하며 뜬눈으로 밤을 새곤 하셨다. 또한 항문 괄약근 손상으로 허구한 날 목욕을 시키고 이불을 빨아대는 일은 일흔을 넘긴 어머니에게 여간 고된 일이 아니었을 것이다.

그래도 가족이 보살피는 게 좋다고 해서 이모들과 돌아가며 모셨는데, 할머니의 마지막 몇 개월을 큰딸인 어머니가 지극정성으로 보살펴 드렸다. 직장 때문에 주말에 한 번씩 친정에 들르면 어머니는 목과 허리디스크를 앓는 또 다른 환자가 되어 있었다. 하지만 마음은 그게 아닌데 그때는 어머니의 큰 짐을 덜어드리지 못했다.

자료에 의하면 치매는 라틴어에서 유래된 말로 '정신이 없어진 것'이라는 의미다. 태어나 정상적으로 살다가 다양한 원인에 의해 뇌 기능 이상으로 인지능력이 떨어져 생활에 어려움을 초래하는 병이다.

치매는 퇴행성 질환인 알츠하이머병, 혈관성 치매, 파킨슨씨병 등 여러 종류가 있다. 그중 알츠하이머병은 전체 치매의 절반을 차지하는데, 레이건 미국 전 대통령, 대처 전 영국 수상 등은 이 병을 앓은 사람으로 유명하다. 이처럼 암과 더불어 현대의 난치병인 치매는 유명인사라도 피하지는 못했다. 특히 알츠하이머병은 완치가 불가능하다고 해서일까 뉴스에서 이런 환자를 버렸다는 이야기를 접하기도 한다. 현대판 고려장인 것이다. 참으로 가슴 아픈 일이 아닐 수 없다.

100세 시대에 살고 있는 지금, 우리나라 치매 환자는 60만 명에 이르는데 점점 더 늘고 있다는 기사를 보았다. 요양 병원에 가면 치매 환자만 보살피는 곳이 따로 있을 정도이니 이젠 주변에서 흔히 볼 수 있는 병이 된 것이다.

고무줄처럼 수명은 자꾸만 늘어나는데 우리는 어떻게 살아야 치매로부터 자유로울 수 있을까. 치매는 환자 자신뿐 아니라 가족 모두의 고통이다. 치매에 걸린 환자들 대부분은 자신이 살아온 삶의 족적을 가장 가까운 곳부터 지워나가듯 기억을 잃어간다고 한다. 종내는 애지중지 키운 자식마저도 생판 모르는 남으로 인식해 공격을 하기도 하니, 그런 부모를 바라보는 자식들의 마음이 어떠할지는 상상만으로도 가슴이 무너지는 일이다.

한류 스타의 부친이나 시어머니를 가둘 수밖에 없었던 며느리의 마음을 헤아려본다. 그리고 할머니를 간호했던 올해 여든다섯의 어머니를 생각하니 새삼 어제 일처럼 그 고통이 아릿하게 느껴진다.

혜안慧眼

김정자
albina0604@hanmail.net

아침 식사를 마치고 커피 한 잔을 들고 뒤 베란다 흔들의자에 앉았다. 매봉산의 우거진 숲을 바라보며 음미하는 커피 맛에 푹 빠지려는데 라디오에서 가수 이선희의 '아! 옛날이여' 노래가 흘러나온다. 그녀가 이 노래를 발표하고 유명가수의 반열에 오를 때가 20대 초반이었다. 그 당시 그녀는 어린 소녀티를 벗어나지 못한 모습으로 '아! 옛날이여'를 열창할 때 너무도 걸맞지 않다는 생각을 한 적이 있는데, 정말 이제는 그녀도 그 시절이 그리울 만큼 세월이 흘렀으니 그녀와 어울리는 노래 같다.

내가 이 아파트에 둥지를 튼 지도 20여 년이 지났으니 참 오랜 세월을 살았다. 숲이 저만큼 우거졌으니 세월은 참 잘도 흘러간다는 생각에 고개가 절로 숙어진다. 이곳에 올 때만 해도 남편이 60을 바라보았고 환갑, 고희, 이제 내년이면 팔순이다.

남편은 평생을 병원 가는 일을 제일 싫어한다. 2년에 한 번씩 하는 종합검진도 식구들이 애걸복걸해서 한 해를 띄우고 내 차례인 짝수 연도에 하다 보니 평균 3년에 한 번 하는 것 같다. 그것도 시설이 좋은 병원에 가는 것을 꺼린다. 코미디 같은 이야기이지만, 오래 묵은 시설이 그냥 바보같이 대강대강 지나며 큰 병을 발견하지 못하면 그것으로 만족한 사람이다. 그 결과, "그 연세에 이만하면 건강하신 겁니다."란 의사의 판독이면 더욱 대 만족하는 사람이다. 그렇게 겁쟁이 남편과 평생을 살고 있다.

어느 날부터인가 두꺼운 돋보기가 점점 늘어나기 시작했다. 흡연의 장소로 마련된 앞 베란다 테이블, 거실 TV 앞, 응접실에서 발 마사지 하며 신문 보는 곳, 하물며 화장실에까지 너댓 개가 넘게 늘어났다.

나는 이미 수년 전에 오른쪽 눈에 백내장이 시작되었다고 하여 수술을 하였는데 왼쪽 눈이 또 희미하여 마저 수술하려고 안과를 가야 했다. 남편도 함께 진찰을 해보자고 유혹했다. 뜻밖에 그러자고 한다. 의사가 하는 말이, 나보다는 남편이 심각하게 백내장 진행되었다는 말에 남편은 단번에 수술하겠다고 하였다.

백내장 수술은 3mm 정도의 각막 윤부만을 절개하고 안구 내에서 초음파를 이용한 초음파 유화 흡입술이 백내장의 주된 수술 방법인데 혼탁 된 수정체를 제거한 후 인공 수정체를 삽입하는 영상으로, 주치의가 설명해 주던 대로 모니터를 뚜렷하게 볼 수 있었다.

하룻밤을 지내고 병원에서 안대를 떼어주고 안약을 넣으며 "수술 아주 잘 되었습니다"라는 원장의 말에 안도의 숨을 쉬었다. 그이는 "아! 참 크게 보이네요. 광명 찾았습니다. 감사합니다."라며 좋아했다. 이틀 후에 한쪽도 마저 수술했다.

"아! 신기해. 내가 왜 그동안 그렇게 바보처럼 살았지? 옛날 사람들은 얼마나 바보처럼 살았는지. 모두 노안老眼이라 안 보이려니 하고 살았을 것 아닌가." "광명 찾았어. 나도 참 바보같이 살았다는 생각이네. 여보 고마워!" 그이는 신이 났다. 그러면서 앞 베란다 유리창이 왜 이리 더러우냐? 방바닥에 당신 머리카락 좀 주어라. TV를 보면서 저 사람 얼굴에 점이 저리 많으냐?"라며 잔소리가 끊이질 않는다.

노안老眼으로 인한 백내장 수술로 선물 받은 혜안慧眼을 얻었으니 한발 나아가 병원 결벽증을 넘어 사물을 살펴 분별하는 능력 심안心眼까지 찾아 제대로 된 좋은 시설을 갖춘 병원으로 가 세밀한 종합 진단을 한번 받아보아야겠다는 용기까지 기대해 볼까 싶다.

세월은 물 흐르듯 흘러 이처럼 80세가 되어 도착하는 간이역에서 눈도, 귀도 치아도 보조 도구 아니면 살 수가 없다. 의사의 손을 거치지 않으면 모든 신체적 조건이 제구실을 못 하는 지경에 이른다. 그렇게 잘 보였던 눈이 노안老眼이 되면서 돋보기를 사용하였지만, 거추장스러운 관리를 20분에 간단히 끝낼 수 있는 백내장 수술이라는 의술로 광명 찾는 혜안慧眼을 선물로 받아 깊어가는 겨울 인생에 젊은 청춘을 다시 살아가는 마음으로 마지막 희망을 거는 남편의 모습이 감동으로 다가온다.

오늘은 지난 청춘을 그리워하는 '아! 옛날이여' 노래가 참으로 어울린다.

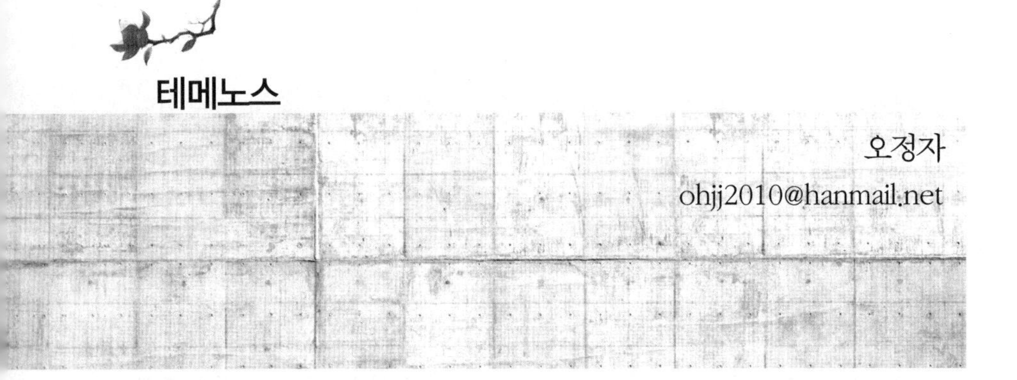

테메노스

오정자
ohjj2010@hanmail.net

이른 아침부터 바깥이 소란스럽다. 쿵, 소리가 나고 누군가 고함을 지른다. 일순 심장이 두근거린다. 새로 이사온 옆집 남자가 또 일을 벌인 것이다. 그가 이사 온 뒤로 소음이 동네를 차지했다. 그는 멀쩡한 콘크리트 드라이브웨이를 깨부수며 요란한 전입 신고식을 했다. 그런데 그것도 모자라 이번엔 중장비와 인력을 동원하여 뒤뜰에 서 있는 아름드리나무를 뿌리째 뽑고 있었다. 자그마치 서른두 그루였다. 어느 시인의 시구처럼 나도 나무에게 '푸른 심장을 꺼내 보여다오'라고 말하고 싶을 정도로 나무들은 사철 푸르렀다.

옆집 뒤뜰은 솔수평이를 연상케 했다. 숲은 초록 물결로 넘실대며 한결같이 푸름을 선사해 주었다. 또 나무들은 우리 집의 배경이 되어 '제 모습 그대로' 실경의 풍경화로 펼쳐졌다. 해 질 녘 나무 저 너머로 엷게 번지는 노을, 나무 사이로 달리는 바람, 나무 위로 흐르는 달빛, 나는 그 숲을 무심히 바라보는 것만으로도 충만감을 느꼈다. 우리 집 쪽으로 수긋하게 몸을 기울인 숲에서는 언제나 새들의 노래가 들려왔다.

그런데 지금은 나무들의 절규만이 환청으로 들려오는 듯하다. 나무를 베는 순간 이상한 절규와 앓는 소리를 들었다는 고대인처럼 말이다. 그들의 말에 따르면, 나무는 인간과 마찬가지로 감정과 감각을 지닌 존재로서 나무를 베는 것은 생명체를 죽이는 것이기 때문에 함부로 베지 않았다고 한다.

제 생을 다 구가하지 못한 나무의 무참한 죽음을 목도하면서, 나는 내가 인간이라는 사실이 부끄러웠다. 자연에 대한 폭력을 멈추어야 한다고. 나무의 입장으로 돌아가야 한다고. 당장 옆집으로 달려가 소리 높여 규탄하고 싶었다. 아니, 그보다는 공사장을 방불케 하는 소음에 내심 화가 치밀어 올랐던 것이다. 그러고 보니, 남의 이야기 할 것 없이 나 역시 인간 중심주의라는 사실에 진저리를 쳤다. 어쩌면 옆집 남자는 이로쿼이 인디언처럼 벌채하기 전 나무의 정령에게 용서를 구했는지도 모른다. 그래서일까. 나무의 그루터기까지 송두리째 뽑힌 공간은 안온함마저 든다. 떠난 자리에 남겨진 무욕의 마음이다.

나무의 내부에 응축된 내공을 헤아려 본다. 인간을 위하여 자신의 몸을 기꺼이 내준 나무들의 숭고한 죽음은 나로 하여금 그 존재를 돌아보게 한다. 산속도 아닌 비좁은 뜰에 군집해 살면서도 나무들은 서로 다투지 않고, 새들에게는 열매를 내어 주고, 인간에게는 그늘을 만들어 시원함을 주고, 피톤치드를 발산하여 공기를 맑게 해 주는 미덕을 몸 안에 지니고 욕심 없이 살아왔기에 나무의 향기는 맑고 그윽하다. 그만큼 나무는 내부에 자신만의 '신성한 공간'을 만들었던 것이다. 나무는 생전에 고통스러운 부분까지도 그 공간에서 견뎌내며 자신을 스스로 다독였으리라. 우주에 대한 겸허하고 평화로운 내면 풍경이 아닌가. 문득 스위스의 정신의학자 카를 융이 말한 테메노스가 떠올랐다.

융은 심리적 그릇을 '테메노스'라고 불렀다. 테메노스는 개인의 내면에 만들어지는 '심리적 공간'을 의미한다. 이 공간은 자신이 처리하지 못하는 감정을 숙성하는 공간이라고 할까. 중세의 연금술사들은 납, 아연, 구리를 적정한 비율로 섞어 헤르메스의 그릇에 넣고 밀봉해 두면 금으로 변한다고 믿었다. 인간의 마음도 마찬가지다. 자신의 경험, 감정, 정서를 심리적 공간에 간직해 두고 익히면 자신의 삶을 아름다움으로 가꿀 수 있을 것이다. 무엇보다 창의성을 발현시킬 수 있는 곳이 바로 그 공간이지 싶다.

나무들이 가뭇없이 사라진 텅 빈 공간을 바라본다. 그 시선을 돌려 내 마음속을 들여다본다. 내 안에는 내가 너무 많아 나 자신이 낯설기까지 하다. 뒤집어 생각하면, '나도 모르는 나'가 풍성하게 저장되어 있는 것이다. 가족 이야기, 친구 이야기, 이웃 이야기, 영웅 이야기… 이는 내 안의 또 다른 나로서 내 안에는 무수한 사람이 들어 있다고 하겠다. 그것들은 내 안의 타자가 하는 이야기로써 서로 결합하여 발효되고 숙성되어 내면에서 익는다. 테메노스, 즉 연금술사의 그릇이 만들어진다. 생각이 여기에 미치자, 나는 나의 내면에 저장된 수많은 감정을 소화하지 않고서는 심리적 공간을 만들 수 없다는 것을 유념하기 시작한 것이다. 이 깨달음은 순전히 나무가 내게 남긴 무언의 죽비이다. 매 순간 깨어 있으려고 노력하면, 테메노스는 시나브로 마음에 깃들 것이다. 그 공간을 마음속에 갖는 순간, 내 삶은 시가 되고 수필이 되는 것이다.

아, 내 몸 안에는, 내 마음속에는 과연 테메노스와 같은 공간이 있는 것일까.

명절이면

이재월
lj6827@hanmir.com

사회는 날로 핵가족화되어가고 부모도 조상도 다 잊고 사는 게 아닌가 싶게 서운할 때도 있다. 그렇지만 명절 전후만 되면 민족의 대이동이 시작되어 고속도로엔 교통대란이 일어난다. TV 화면에 주차장처럼 많은 차들이 어디로 가는지? 지방이나 시골 곳곳으로 가기도 하고 또는 역 귀성해 서울로 올라오기도 한다.

선물꾸러미를 들고 오고 가는 사람들은 힘들겠지만 아직도 우리 민족의 뿌리는 흔들리지 않고 아름다운 미풍양속이 남아 있음에 아름답기만 하다.

평소엔 삶에 쫓겨 같이 하지 못한 부모 형제도, 만나지 못한 일가친척들도 이런 명절이 있어 만남의 기회가 된다. 멀리 사는 딸들이 명절이면 친정에 못 오는 것을 못내 아쉬워하지만 그건 당연하다.

그렇지 않아도 명절 전후엔 교통대란으로 온 국민들이 몸살을 앓고 있는데 마음은 있어도 여건상 못 오는 것을 어쩌랴. 딸자식들은 나름대로 가정을 꾸려가야 할 책임을 다해야 한다. 정 만나고 싶으면 따뜻한 날 하루 잡아 중간지점에서라도 만나면 될걸.

딸들에게 명절엔 시댁 식구들과 정도 나누고 너희들은 그 집안을 이어갈 사람들이니 내 생각은 아예 하지 말라고 했다. 건강한 몸으로 주어진 일을 충실히 해나가며 자기 가정을 잘 꾸려 나가는 일이 나에게 효도 하는 일이니까.

나의 행복은 딸들 걱정할 일 없이 그 애들이 잘 살아 주는 일이다. 시댁 식구들과 잘 적응해 가며 화기애애한 분위기로 귀염받으며 살아가는 것도 친정 부모의 기쁨이 된다.

나도 생면부지 이 집안에 들어와 뿌리를 내려 집안 대를 이어가듯 점차적으로 그 집안의 중추적인 역할을 하려면 아름다운 심성으로 시댁의 가풍을 열심히 익혀가야 한다.

여자들은 명절엔 시댁을 중심으로 힘들게 준비해야 할 것이 많다. 식구들이 모여들면 "이 새 저 새 해도 먹새가 최고야."라니 첫째가 먹거리이다. 음식을 준비해야 할 것이 한두 가지가 아니다.

차례상에 놓을 음식부터 준비하고, 식구들과 같이 있는 동안 풍족하게 먹을 수 있도록 마련해야 한다. 주부들의 그런 수고를 거친 푸짐한 상차림은 온 가족을 즐겁게 해준다.

이럴 때는 남정네들도 설거지나 정소 등 한몫하는 태도는 아내의 노고에 위로가 될 것이다. 위로는 마음만으로는 해결할 수 없고 행동으로 보여주어 감동하게 한다.

신세대 며느리들은 명절을 치르고 나면 몸살을 앓고 스트레스로 신경이 날카로워지는 명절 증후군이란 말이 나오고 있다. 시댁 식구들을 만나고 힘들게 먹거리를 준비하느라 고생했으니 그건 당연한 증상이다.

남을 위해 봉사 활동도 한다는데. 이 세상에서 가장 사랑하고 아껴야 할 내 가족을 위한 일이란 마음가짐이 우선한다면 못 할 일이 없을 것 같다.

추석에는 벌초를 해서 새로 도배를 한 집처럼 산뜻하고 기분이 좋아 한참을 쉬었다. 이번 설에도 나물 몇 가지 준비해 차례를 지내고 예전처럼 산소에 갔다. 명절에 산소에 안 가면 죄지은 것처럼 마음이 불편해서 다녀오고 나서야 마음이 놓인다.

올해는 유별나게 눈이 많이 내려 응달진 산소 부근은 눈이 쌓여 있다. 손으로 상석 위 눈을 쓸고 과일을 올렸다. 눈 위에 칼바람이 지나간다. 눈 덮인 무덤 앞에서 내 마음은 차가운 돌처럼 굳어진다.

벌써 삼 개 성상을 넘겼다. 밤마다 별들이 무어라 소곤거렸는지. 건장하고 그 따스한 가슴으로 마흔넷에 집 떠난 사람 이렇게 눈꽃에 덮여도 오늘은 떡국 한 그릇 맛보고 날 만났으니….

우리의 조상 숭배 사상은 참으로 아름답고 인간적인 풍습이다. 그래서 오늘같이 추워도 가까이 다가와 한동안이나마 함께 시간을 보냈다. 가슴 미어지는 아픔으로 그곳을 떠나야 했다.

어서 봄이 오면 새싹이 자랑처럼 활개를 치며 무덤 위에 돋아나겠지. 그리고 앙증스런 야생화가 피어나 풍성해지면 그 마음도 흐뭇해지리라.

4월의 복조리

양순태
22521266@naver.com

거실 액자 위에 자리한 조리 가족이 정겨워 보인다.

십여 년 전 진눈깨비 흩날리던 스산한 봄날, 어스름에 들어앉은 가족이다. 이미 효력을 상실한 재고품을 남편은 2만 원을 주고 샀다고 한다.

매년 새해 아침이면 하얗게 서리 내린 고향집 마당에 어김없이 던져놓았던 조리는 복福의 상징이었다. 귀히 여겨 대청마루에 걸어놓고 보면 집안에 신성한 기운이 느껴지곤 했다. 조리 장수도 복을 전달하는 업인지라 제때 값을 청하지 않음은 행여 복이 감할까를 염두에 둔 배려였으리라. 며칠 후에 수금을 오는데 어느 집에서도 값을 논하는 일은 없었던 것 같다.

모든 사물은 적시적지適時適地에서 돋보이건만, 때아닌 조리를 걸어 내리려니 꿈쩍도 않는다. 의자를 받치고 올라 가까이서 보니 부부가 각각 아기를 안고 있듯이 앙증맞은 새끼 조리 하나씩을 품고 있는 게 아닌가. 예기치 못한 충격에 손길이 멎는다. 못난 짓 하다 들킨 것만 같아 겸연쩍어하는 내게 남편은 싱긋이 웃으며 말문을 연다.

퇴근길에 뒤따라 온 듯한 여성이 한 묶음의 조리를 들고 문을 두드리더라는 것이다. 남루한 차림에 눈물 콧물로 범벅이 된 아이를 등에 업고 있는 모습이 안타까워 만 원이라 하기에 만 원을 더 주었다고 한다. 새끼 가진 어미를 맨입으로 보내는 게 아니라더니.

하마터면 외면할 뻔했던 조리에서 오래전의 기억이 고스란히 담겨 있음을 본다. 젊은 날의 미숙未熟함을 상기시키기 위해 찾아든 것처럼.

출퇴근 길에 의상실 앞을 지나치던 외모가 후줄근하고 패기覇氣라곤 찾아볼 수 없던 무표정이 남달랐던 샐러리맨. 예고 없이 들이닥친 불청객의 소행으로 어린 남매를 품에 안은 채 비명에 간 아내의 빈자리에서 울분을 삭이며 가까스로 견디고 있는 두 아이를 둔 가장이라는 소문이었다.

부슬비 내리던 늦은 밤 귀가 길에 말없이 우산을 받쳐주던 남자. 그 심정이 얼마나 절절했을까마는 그날의 어둠만큼이나 무겁게 와 닿은 부담감이었음을. 슬픔은 나누면 반이 된다지만 온 세상이 무지갯빛인 스물네 살인데.

디자이너의 꿈을 펼친 의상실을 이웃하고 있는 기업체에서 여직원의 단체사무복을 주문받으며 총무과 소속 간부임을 알게 되었다.

남녀의 인연은 엇비슷한 상대와 맺어야 한다는 고정관념에 정신을 혼란케 하는 지레짐작은 미래에 대한 막연한 두려움을 갖게 했다. 매끈한 아스팔트까지는 아니더라도 단단한 황토길쯤이라면 그만일 것을.

어쩌면 그는 단지 얘기 상대가 필요했을지 몰라. 처한 상황을 공감해주는 것만으로도 위안이 될 수 있었을 텐데. 양쪽에서 아빠의 손에 매달리듯 아장걸음으로 일터를 따라나선 어린 남매를 뒤에서 바라볼 수밖에 없었다.

누가 왜 무슨 자격으로 피어나던 행복의 싹을 그토록 무참히 짓밟아 놓았던 것일까.

한 번쯤 그 아이들을 안아 주었더라면….

십수 년이 지나는 동안 때로는 바닥에 떨어져 나뒹굴기도 하면서 조리 가족은 여전히 제자리를 지키고 있다. 애써 챙기지도 않았건만 다행히 안정을 취하고 있었던 것 같다.

여명이 드리운 액자 속의 그림에서 희망을 전하고 수반에 꽂혀 있는 꽃들은 생기를 북돋운다. 음식 저장고에 마련된 먹거리들이 식복을 부추기는 가운데 빛바랜 분홍색 리본 위로 황금색 새 리본을 덧달아 주고 보니 귀티마저 풍긴다.

받을 복도 주는 복도 지어야 소통되는 것을. 조리를 짓는 장인匠人의 정성은 정초에 맞춰 복으로 전해지고, 때 놓친 조리는 유효 기간도 잊은 채 복 짓기를 권한다. 뒤돌아보면 걸리는 일이 그뿐일까마는 무언無言의 메시지로 마음을 사로잡는 조리 가족이 나를 일깨우게 하는 업둥이인 것 같다.

30여 년이 흐른 지금쯤 그 아이들도 어디선가 가정을 이루고 있을 것 같은 한 가족의 안녕을 기원하며 조리 가족을 다독인다.

생각의 유희에 빠지다

신서영
lyoung104995@hanmail.net

삼월 초입에 함박눈이 내린다. 소리 없이 다가오던 봄의 기운이 한 발짝 물러나는 느낌이다. 갓 올라온 여린 싹이 온전할까. 가뭄에 시달리더니 녹아드는 눈을 자양분으로 햇살 돋는 날엔 성큼 자라 있으리라.

TV 방송의 프로그램 중에 화해를 주도하는 스페셜이 있다. 가까워야 하는 혈연관계에서 만나기만 하면 다투고 원망하는 마음으로 가득한 사람들. 그런 이들의 신청을 받아들여 방송국에서 해외여행을 보내준다. 대부분 환경이 열악한 동남아 쪽의 여행이지만 낯선 곳에서 부대끼며 서로를 이해하고 용서하는 시간을 갖게 한다.

늘 딸의 옷차림과 행동이 마음에 들지 않는 엄마는 쓰러질 듯이 나약한 딸을 옆에 두고 길바닥에 앉아서 그림을 그린다. 색다른 풍경에 몰입된 그 시간만큼은 슬픔과 가슴 쓰린 아픔도 잊어버린다. 그림에는 전혀 관심이 없는 딸은 길 위에 서서 기다리며 자신이 버려졌다고 생각하고 엄마를 원망하며 쓰러지고 만다.

방관자의 입장에서 지켜보면 상대방을 다른 사람과 비교하여 저울질하고 자신만을 위해주기를 바라는 욕심이 두 사람의 마음속에 숨어있다. 현실을 부정하고 싶고 서로 미워하는 고통 속에서 살아간다.

사람은 늘 자신을 보호하는 장막을 치게 되고 현실을 잊기 위해 조그마한 위안이라도 얻을 수 있는 일을 만드는 것 같다. 속내를 드러내며 기록하는 나의 글

쓰기조차 때론 일상에서 벗어나고픈 도피행각인지도 모른다.

내 딸 정이 사춘기를 겪으면서부터 서로 좋다가도 세 시간 정도 지나면 사소한 의견 차이로 다투는 사이가 되었다. 내 생각은 인물 좋은 딸이 식성을 주체하지 못하고 살이 찐 것이 늘 불만이었고 정이는 그리 보는 내 표정에 반항이라도 하듯이 밤만 되면 기름진 음식을 먹었다. 고민을 하던 중에 하루 일정으로 여행을 제안했고 집에 내려온 정이도 선뜻 응했다. 차에 오르며 딸이 아닌 친구와의 동행이라고 마음에 새겼다. 동해안의 싱싱한 먹거리와 짙푸른 바다의 상큼함에 우리는 짧은 시간이나마 서로의 합일점을 찾은 듯이 즐거웠고 모처럼 다투지 않은 하루를 보냈다.

두어 달 후, 서울의 아이들 집에 가서 본 정이의 뒷모습이 몰라볼 정도로 날씬해져서 깜짝 놀랐다. 혼자인 것 같은 외로움에 빠져 폭식을 한 결과가 미처 챙기지 못한 내게 있었던 것 같아 미안하고 부끄러웠다.

결혼을 한 정이가 해외여행을 하자고 했다. 별로 내키지는 않았지만 둘만이 여행할 수 있는 날이 또 있겠나 싶었다. 우리 사이를 잘 아는 식구들의 염려 속에 집을 나섰다.

늘 보살피고 지켜주어야 한다는 강박관념에 젖어서 갇힌 생각과 좁은 시야로 어리게만 보고, 딸에 대해 몰랐던 부분이 너무 많아 깊이 반성하였다. 이제는 딸애의 그늘 속에서 보호받아야 할 나이가 되었고 모든 결정을 해야 하는 일에서 한걸음 물러서야 할 것 같았다. 입장이 바뀌어서 나를 챙기고 보살피는 딸아이 마음 쓰임새가 고마웠다.

동양 최대라는 캄보디아의 똔레삽 호수의 흙탕물 속에서 잘 뜨지도 못하는 배들이 늘어서 있을 때 둘은 또 부딪쳤다. 정해진 일정대로 다른 배를 탄 사람들처럼 기다리다가 강을 둘러보고 가자는 딸과 짜증이 나서 배를 되돌리고 싶은 내가 다투고 말았다. 고향의 진양호 맑은 물이 생각나 괜히 이곳을 일정 속에 넣었다 싶은데 물이 부족해서 배가 서로 뒤엉켜 뒤집힐 것 같은 상황이 되자 그곳을 당장 떠나고 싶은 내 마음을 이해할 수 없었나 보다. 가이드의 팁이 아깝고 모두 배 안에서 얌전히 기다리는데 그런 참을성도 없이 어쩔 거냐며 내내 툴툴거렸다. 인력거 같은 오토바이가 끄는 이륜차를 타고 흙먼지의 언덕길을 한참 지나자 도랑 위에 나무판자를 덧댄 수상 가옥의 빈민촌이 보였다. 가이드는 빈민촌의 길 건너 맞은편 땅 위에 좀 좋게 지은 집은 똔레삽 호수에서 잡은 물고기로 젓갈 장사를 해서 돈을 번 집이라고 했다. 수상가옥 시궁창에는 고아한 자태로 작고 앙증맞은 연꽃들이 눈길을 끌었다. 부드러워진 내 표정에 정이는 이내 생글거리며 앞으로의 일정에 대해서 의논하기 시작하였다.

자식이라도 간혹 내 생각과 같지 않아 조언자의 역할일 수밖에 없는 것이 어쩌면 편하고 약간은 서글퍼질 때도 있다. 누구나 자의식이 강하고 독특한 마음의 방을 간직하고 있기에 그곳을 방문할 때는 꼭 노크를 하는 것이 예의인 것 같다. 어떤 상황이더라도 내 판단만 내세울 게 아니라 바르게 보고 좋게 생각하는 버릇을 길러야겠다고 다짐해본다.

어스름한 어둠 속의 연꽃 핀 연못가를 거닐며 딸과 한마음으로 화사한 오렌지빛을 띤 앙코르와트의 일출을 보던, 그때가 그립다.

뒷모습

함혜자
hhj4937@hanmail.net

초여름 저녁 화려한 노을을 따라 마음보다 발이 먼저 집을 나선다. 굳이 목적이 없는 내 걸음은 바쁜 반면 일터에서 돌아옴직한 신사의 걸음은 한없이 여유롭다. 나의 의도와 상관없이 천천히 그 남자의 뒤를 따른다. 뒷짐 진 그의 손에 들린 책 한 권에 내 시선이 꽂힌다. 제목이 궁금하여 잰걸음으로 다가간다. 『기다림으로 사는 인생』이다.

신사의 보폭에 맞춰 얼마나 걸었을까? 신사는 곧 고급주택 로고가 선명한 아파트 단지로 들어섰다. 수소 풍선을 놓치고 망연자실 하늘만 쳐다보는 아이의 심정이 되어 그의 뒷모습을 그리고 그가 사라진 곳을 한참이나 바라봤다. 쓴웃음이 입술을 비집고 나오던 그 시간, 황혼은 그야말로 황홀 그 자체였다. 하늘색 유니폼을 입은 경비 아저씨의 기립 경례를 받는 신사의 당당한 뒷모습과 달리 나는 뭔지 모를 조급함이 느껴졌다. 황혼보다 더 붉고 뜨거운 열기가 어둠처럼 밀려왔다. 그가 사라진 주택 모퉁이를 돌아서려니 한 남자가 알코올 냄새를 풍기며 황혼보다 더 붉은 표정으로 나를 앞질러 갔다. 사람도 하늘도 붉게 물든 저녁이다.

어느 날, 그 신사의 환영幻影이 슬그머니 내 안에 자리했고 나 역시 내심 그를 환영歡迎했다. 가을을 앞둔 초로의 신사는 무엇을 기다릴까? 풍채만으로도, 정수리를 점령한 넉넉한 이마만으로도 충분히 여유로워 보이는 신사에 대한 궁금증은 매일 저녁 그 시간에 그 길로 나를 이끌었다. 꼭 한번 만나고 싶다는 엉뚱한 생각 역시 일장춘몽으로 끝날 터이지만 그 남자가 생각날 때면 나는 어김없이 기다림이라는 화두 앞에 서성인다.

50년 전, 아버지가 없는 막내 조카의 입학식이라고 구슬이 은하수처럼 박힌 노란 스웨터를 사가지고 서울에서 고모가 오셨던 기억이 떠오른다. 구슬 스웨터를 받고 기쁨에 들뜬 나에게 고모는 다음번에 올 때는 더 예쁜 옷을 사다 주마며 새끼손가락을 걸었었다. 그 후 고모가 사올 더 예쁜 옷을 기다리다 기린 목이 되어 초등학교 6년을 보내야 했던 기억을 나는 정녕 잊을 수가 없다. 돌이켜보면 나의 기다림은 기쁨보다 늘 실망이 되어 돌아오곤 했다. 더 예쁜 옷을 사오마던 고모가 그랬고, 내 삶의 진로도 그랬고, 기대보다 실망이 더 컸던 아픈 기억이 팝콘처럼 터져 나온다.

언젠가 우연히 친구에게 왜 사냐고 물어보았다. '그냥'이라는 친구의 맥없는 대답에 내가 방긋 미소를 지었던 것은 나 또한 그렇다는 깊은 안도였을 것이다. 기다린다는 것은 이미 학습한 대로 행복에 맞닿아 있지만 또한 학습한 대로 이루어질 확률은 결코 높지 않다는 걸 잘 안다. 피를 말리는 인내 또한 살아가는 의미이다. 오늘이 그랬듯이, 내일도 오늘처럼 기다림이라는 등불을 밝히면 될 일이다. 기다리다 실망하고 또다시 기다리는 삶 끝엔 지금보다 더 멋지고 황홀한 세상이 있을 거라는 막연한 기대가 없지 않다. 신사의 뒷모습이 오늘따라 봄날 아지랑이처럼 내 안을 어지럽히는가 싶더니 마침내 신열마저 솟는다. 남자로 향한 관심의 정체마저 혼미하다. 남자에 대한 궁금증을 푸는 일은 어쩌면 꿈을 이루는 일보다 더 힘들지도 모를 일이다.

곧 가을이다. 기도하는 마음으로 추수를 기다리는 농부들처럼 나 또한 다디달 열매를 기다리며 겸손 되게 두 손을 모을 것이다. 올가을 설혹 추수할 것이 없어 내 마음의 곳간이 빌지라도 결코 실망하지는 않을 것이다. 접어든 한 권의 책만으로도 충분히 풍요로워 보이던 초로의 그 신사처럼 올가을 책 몇 권을 들고 전국의 산사를 둘러보면 될 일이다. 낯선 신사의 뒷모습에서 내 삶을 반추하듯 사색과 명상에 빠진 나의 뒷모습을 보고 누군가가 자신의 삶을 반추한다면 그 또한 의미 있는 일이 아니겠는가.

기다림은 욕망이 아니라, 무엇이든 받아들이기 위한 마음의 준비라던 앙드레 지드의 말이 철 지나 피는, 철모르고 피는 꽃들처럼 애틋하게 다가온다. 어이없게도 나는 어느새 전신거울에다 나의 뒷모습을 비추고 있다. 떼어내면 낼수록 더 달라붙는 도깨비 풀처럼 떨어지지 않는 나의 낡은 꿈을 향해 올가을 다시 한 번 화해를 청해볼 생각이다. 수동적이고 막연한 삶이 아니라 꿈을 향한 진취적이고 능동적인 내 뒷모습에서 또 다른 어떤 이가 사그라져 가는 꿈의 불씨를 살려내기를, 그리고 그 신사의 뒷모습에 못지않게 나의 뒷모습 또한 황혼처럼 당당하고 아름답기를….

그냥 그대로 둬 (Let It Be)

김녕순
sn2858@hanmail.net

영국의 비틀즈가 불러 히트한 노래 한 대목을 하루에도 여러 번 되뇐다. 가슴이 먹먹하거나 울화가 치밀어 걷잡기 어려울 때, 생뚱맞게 이 구절을 흥얼거리면 신기하게도 진정이 된다.

나는 유순한 표정으로 살다가, 심사가 꼬이면 임전무퇴臨戰無退, 끝을 보고야 말겠다는 만용蠻勇과 백 번 싸워 백 번 이기려는 기백으로 변한다. 어느 날, 모임 자리에서 시답지 않은 남의 가정사에 끼어들어 의견을 주고받다가 갑자기 백기를 든 일이 있다.

사연인즉,

좌중의 한 사람인 70대 여인이 말을 꺼냈다.

"남편이 뇌졸중을 앓아서 날씨가 추우면 온몸의 살갗이 아프다 하네요. 자꾸만 남쪽 바닷가에 가서 살자고 졸라요."

'혈액순환이 잘 안 돼서 그렇다'라고 말하기도 하고, 중언부언重言復言한다.

여러 번 듣고 있으려니 답답한 생각이 들었다. 나쁜 버릇이 발동해서 남의 가정사에 끼어들고 말았다.

"지금은 전셋집이 바로 나가는 때이니 세를 놓고 가든지, 비워놓고 겨울 한두 달만 따뜻한 곳에 가서 사시는 게 좋겠네요."

"그게 어디 쉬운 일인가요?"

주책머리 오지랖은 바닷가에까지 함께 가서 셋집을 구해줄 생각까지 했다.

'손자 손녀를 자주 만나야 한다.'는 게 못 가는 이유라는 말을 듣는 순간, 자제력을 잃었다. 금슬이 좋고 경제력도 있는 가정이다. 부부가 무엇인가. 아내가 바라는 바는 남편이 도와주고, 아내는 남편의 소망성취를 위해 합심合心하는 것이 부부 아니겠는가. 더구나 살갗이 아프다는 마당에 어찌 머뭇거릴 수 있으랴.

"아픈 거야 참을 수 없지요. 원하시는 대로 해드리셔야지요."

그래도 못 갈 이유를 강조하기에 나도 모르게 공격적으로 쏘아붙였다

"이기주의이시군요. 환자를 중심으로 생각하셔야지요."

꾸짖듯이 말을 하다가 다행히도 정신이 번쩍 들자 바로 사과했다. 세상에는 말 못 할 사정이 많으며, 일방적인 시각視覺에서 판단할 일도 아니었다. 틀린 기억인지는 모르지만 다투다가 백기를 든 일은 80 평생에 처음인 것 같았다. 여러 사람 앞에서 방금 한 말을 취소한다며 사과도 했으나 체면이 깎였다는 기분은 들지 않았다. 험한 표정과 언쟁으로 얻는 승리의 쾌감보다 오히려 개운하고 평화로운 기분이 들었다.

노랫말 내용 중에 '어머니는 지혜의 말을 속삭여주셨어, 그냥 그대로 둬' '세상의 모든 상심한 사람들마저도 그냥 그대로 두라는 말에 동의할 거야'라는 구절이 있다.

낙심하지 말고 기운을 내거라. 어려움도 다 지나가는 일이라며 위로와 격려를 주려는 메시지이다. 다 지나가는 일이다.

노력하면 되는 일이 있고 아무리 노력해도 안 되는 일이 있다. 나 자신에게는 최선의 노력을 해야 하지만, 대인관계에서는 집착하지 말고 '그냥 그대로 두자'라며 훌훌 털 수도 있어야 하지 않을까. 나름대로 분노나 실망을 다스리고 싶을 때 가사를 떠올리고 반추反芻하며 감정을 굴절시킨다.

사람의 겉모습이 서로 다르듯, 생각도 다를 수 있다. 나의 주장을 버리고 사과

한 일이 있었던 후로 상황에 대처하는 태도가 변했다. 일이 잘 풀리지 않을 때나 의견이 맞지 않는 상대와 마주하여도, 그 가사를 흥얼거리면 마음을 다스릴 여유가 생길 것이다. 내 마음은 내가 주인이며 내가 가꾸어 가는 것, 비틀즈의 노래 가사 중, 지혜의 말, 'Let it be, Let it be, Let it be'로 마음의 상태를 관리 제어하여 평화를 유지하고 싶다.

로드 킬 이야기

이희순
pattohsl@hanmail.net

길 복판에 개선장군처럼 당당하던 방게 한 마리가 내 차에 놀라 줄행랑을 놓습니다. 녀석은 도로의 위험한 진동을 학습해놓은 듯합니다.

시골길이라서 그런지, 거의 날마다 로드 킬을 목격하게 됩니다. 십중팔구는 고양이고 다음으론 견공들인데 간혹 고라니나 족제비 같은 야생동물의 죽음도 보입니다.

며칠 전 덩치 큰 백구가 느닷없이 내 차 앞을 가로질렀습니다. 급제동을 걸며 겨우 피했구나 하는 순간, 백구는 옆에서 진행하던 승용차에 받히고 말았습니다. 둔탁한 충격음과 함께 백구는 저만큼 나가떨어지고 차는 잠시 멈칫하는가 싶더니 그대로 가버렸습니다. 나는 이십 년이 지나도록 생쥐 한 마리 윤화를 입히지 않은 것에 감사합니다.

오늘 아침, 처참하게 죽임을 당한 저 고양이의 젖이 불은 것으로 보아 어린 새끼들이 있는 게 틀림없습니다. 적어도 네 마리의 새끼들은 이내 다 굶어 죽게 될 겁니다. 19세기 후반, 서인도제도에서 벌어진 인디언 말살의 참혹한 역사가 오버랩 됩니다. 어느 섬에서는 부모들을 광산에 끌고 가는 바람에 버려진 아이들이 서너 달 동안 6천 명 이상이나 죽었습니다. 끌려간 부모들도 지옥의 고통에 시달리다가 대부분 불귀의 객이 되었습니다.

우리나라에서만도 줄잡아 한 해에 백만 마리의 야생동물이나 애완동물이 길 위에서 목숨을 잃는다고 합니다. 사람들은 산을 가르고 들을 가로질러 야생동물들의 길을 파괴했습니다. 자동차를 이용하여 시도 때도 없이 그들을 처형하면서 결코 본의가 아니라고 말합니다.

도시의 거리에서는 체구가 작은 애완견들의 로드 킬이 종종 목격됩니다. 얼마 전엔 흰색 발바리가 무참하게 죽어있었습니다. 버림받은 줄도 모른 채 공원에서 며칠을 굶주리며 주인을 기다리다가 마침내 낯선 거리에서 비명횡사한 것이라는 상상에 마음이 무거웠지만 내가 할 수 있는 일은 없었습니다.

요즘은 강아지를 찾는 사람들이 거의 없어 장터에 강아지를 팔러 나온 이가 슬그머니 개장수 트럭 옆에 강아지들을 두고 온다는 이야기도 들립니다. 개장수는 짐짓 모르는 체하며 강아지들을 가져간다고 합니다. 그 강아지들은 몇 달 사육되다가 보신탕이 되겠지요. 로드 킬과 다를 게 없어 보입니다.

로드 킬은 젖먹이동물에 그치지 않습니다. 매나 꿩 같은 날짐승과 뱀, 개구리 등의 파충류와 양서류, 거미와 온갖 곤충도 무시로 희생되고 있습니다. 야생동물들은 자동차의 속도와 강렬한 불빛을 이기지 못합니다. 질주하는 괴물 앞에서 녀석들의 준족은 초라하기 그지없고 일찍이 맞서보지 못했던 자동차의 전조등 앞에서 녀석들의 밝은 눈은 차라리 소경일 뿐입니다.

야생동물들은 아둔하고 분별력이 없어 번번이 로드 킬을 당하는 것일까요? 야생동물들도 교육과 경험을 통하여 이미 도로의 위험을 잘 알고 있을 터이나 위험을 무릅쓰고 길을 건너야 하는 까닭이 있을 겁니다.

그들에게 길을 열어주어야지요. 모두가 자연인데 '자연 사랑'을 주술처럼 되뇌는 인간만이 자연을 거스르며 뜬구름을 잡습니다. 야생동물은 제 나름의 길을 가꾸면서도 자연에 배반하지 않습니다. 절제를 모르는 인간들은 평화로운 길목에 올무와 덫을 놓아 야생의 죽음을 기다립니다. 야생동물들은 그들의 길에 인간들이 쳐놓은 올무와 덫에 걸려 죽어가고 그들의 길을 가로지른 인간의 길 위에서 로드 킬을 당합니다.

사람들도 '로드 킬'을 피해가지 못합니다. 사람은 지능이 높고 사리판단이 정확한데 왜 길 위에서 애먼 죽임을 당하는 것일까요? 보행자건 운전자건 자신의 편리함만을 추구하는 이기심이 규칙을 멀리하게 만들고, 어떠랴 싶은 안일한 마음이 이성을 흐리게 합니다. 어리석은 지혜를 신뢰하는 인간들은 무단횡단과 난폭 운전으로 그들의 길 위에서 자멸합니다. 다만 길 위에서 길을 찾지 못해 방황하는 나그네를 향한 비웃음만큼은 잠시 참아야겠습니다. 그곳에는 진정한 길이 없는지도 모르니까요. 사람들은 저마다 꿈을 그리며 길을 나서지만 그 길 위에서 또는 어느 길에서 생을 마치게 될지도 모릅니다. 나는 이 길 위에서 기도 합니다. 내 발길이 비록 목적지에 이르지 못할지라도 부디 로드 킬로 생이 마감되지 않기를 소원합니다.

강촌마을의 느티나무

전성희
mamjsh@hanmail.net

빗방울이 버스 차창에 맺히는 아침, 충렬사에서 내렸다. 오랜만에 내리는 비로 마을 어귀의 느티나무가 더욱 늠름하다. 가뭄에 굶주린 초목이 꿈틀거리듯 감상에 젖어 정려문 앞의 느티나무 주위를 서성인다.

우람한 느티나무는 60여 년 전 이승만 대통령께서 사당을 방문하신 기념으로 심은 나무다. 격동의 세월을 품고 있는 느티나무는 작년 초가을에 검고 야들야들한 목이버섯을 피워내고 있어서 나의 시선을 사로잡은 괴목이다. 그리고 400여 년 전 광해군이 동래부사 송상현공의 충절의 정신이 백성들에게 길이 이어져 부강한 나라를 염원하며 불천위사당을 지은 곳이니 충렬을 기리는 신목이라 할 수 있다.

충렬사가 있는 강상촌은 선조가 동래성 북산의 밤나무 밑에 있던 충렬공의 묘를 청주 묵방산 기슭으로 이장할 때 사방 십 리를 하사한 사패지로 천곡 기념관도 있다.

느티나무 뒤에는 강상촌강상리 강촌이라 일컫는 만큼 여산 송씨 일가의 정려 3문이 나란히 일렬로 서 있다. 충렬각을 중심으로 연일 정씨 효부각과 밀양 박씨 효열각이다.

효부각은 사경을 헤매는 시아버지에게 자신의 손가락을 깨물어 갈증을 덜어 드려서 목숨을 연장하였으니 여느 가문에 버금가는 효부로서 칭송을 받았다. 효열각은 병들어 누워있는 남편에게 자기 몸의 살을 도려내면서 간병을 하였지만 인명은 재천이라 온갖 정성에도 쾌차하지 못하고 죽던 날 스스로 지아비를 따라 갔다 하니 더할 나위 없는 열녀로 정려문을 내려받았다고 전한다.

더욱 빛나는 것은 임진왜란 때 충의로서 나라를 지키고자 목숨을 초개와 같이 버린 뜻을 높이 기려 세워진 충렬각이다. 충렬각에는 임진왜란 때 순절하여 나라를 지킨 송상현충렬공과 한금섬 이소사의 현판이 걸려있다.

1592년 조정은 당파싸움으로 시끄러웠다. 왜놈들이 4월 13일 부산 앞바다에 배를 타고 나타났을 때 조공을 바치러 온 줄 알았던 아군들은 속수무책으로 당할 수밖에 없었다.

정명가도를 외치면서도 우선 우리나라를 집어삼키려는 야심으로 빠르고 쉽게 갈 수 있는 뱃길을 놓아두고 육지로 달려들었다. 부산진성은 함락되고 이미 군민들은 쪽바리에 대항하며 동래성 안으로 밀려 들어와 있었다.

왜장은 남문 앞에 서서 나무판에 전즉전의 부전즉가아도戰卽戰矣 不戰卽 假我道: 싸울테면 싸우고 싸우지 않으려면 길을 빌려달라를 써서 치켜 올리며 아우성을 쳤다. 이때 동래부사 송상현공은 전사이 가도난戰死易 假道難: 싸우다 죽기는 쉽지만 길을 빌려 주기는 어렵다이라고 강력히 대응하였다.

일본은 외국과의 교역을 통하여 신무기인 조총을 가지고 있었던 반면에 우리는 화살과 칼 삼지창 정도였다. 아군은 두꺼운 통나무로 총알을 막으려고 방어책을 만들고 왜놈은 허수아비를 장수처럼 변장시켜서 장대 끝에 꽂아 우리의 주무기인 활 공격을 유도하며 전술을 폈다. 민중들도 기왓장과 농기구를 들고 합세하여 적의 공격을 막아냈으나 중과부적이었다.

적군은 성곽이 낮고 수비가 허술한 동쪽의 인생문을 공격하여 성안으로 쳐들어오자 송공은 차라리 죽음으로 나라를 지킬 것을 각오하였다. 부채에 혈서로 충효가 진진한 시를 남겼으니 그날의 애국심은 우리들의 가슴 속에 촉촉이 읽혀진다.

그 유명한 열여섯 자는 고성월운 열진고침 군신의중 부자은경孤城月暈 列鎭高枕 君臣義重 父子恩輕이다. 동래성에 왜놈들이 겹겹으로 둘러싸서 포위를 하고 있음에도 주위에 있는 아군들은 제 살길 찾느라 머뭇거리며 수를 쓰고 있음을 빗대었다. 그런 와중에도 불구하고 신념을 굽히지 않고 임금과 신하의 의리가 중하니 부모의 은혜를 가벼이 여기는 것이 더 큰 효를 행하는 것이라는 절명시를 남겼다. 임금이 계신 곳으로 북향요배를 올리고 호상에 앉아 관인을 꼭 쥐고 왜놈의 칼에 맞아 순직하였으니 하늘도 울었다.

이에 금섬도 왜놈들과 대항하다 송상현공과 때를 같이 하였다. 이소사는 일본까지 붙잡혀 갔으나 수청 들기를 거부하는 중 갑자기 지진이 났으나 이소사가 머무는 집만 남고 전부 몰살하니 요망한 계집이라고 내쳐서 다시 돌아오게 되었다. 두 여인은 죽기를 각오하고 절개를 지키니 열녀로 추앙을 받아 오늘에 이른다.

5대 대통령이신 박정희 대통령도 사당에 참배하시고 성역화하실 것을 약속하셨지만 7개월 후에 암살되시어 조촐한 명맥을 유지하다가 밀레니엄 시대에 들어와 천곡기념관과 신사당이 건립되어 산교육장으로 방문객의 발길이 이어진다.

느티나무는 가식 없는 성격과 온화하고 순박한 기질을 닮아 신언서판이 반듯했던 송상현공을 연상케 한다. 귀하게 여겨 바라만 보았던 목이 버섯이 감쪽같이 사라진 자리를 어루만지니 애달픈 마음이 앞선다. 어떠한 환경에서도 꿋꿋한 느티나무처럼 송상현충렬공의 충효 정신은 만고에 기리 이어지기를 기원한다.

돌부리와 나무뿌리 함부로 밟지 마라

정동호
jdh3415@hanmail.net

등산길마다 돌부리와 나무뿌리들이 몸살을 앓는다. 도심에 맞닿아있는 마을 뒷산은 물론이요, 등산객이 많이 찾는 등산길은 거의가 마찬가지다. 산객들의 수많은 발길에 쉼 없이 짓밟히니 어이 견딜 수 있으랴. 경사가 급한 곳일수록 돌부리와 나무뿌리가 얼기설기 얽혀서 산길을 지키고 있다.

지리산을 오르내리는 급경사의 등산로는 거의가 돌계단이다. 돌부리에 채여 넘어지고 미끄러지고 무릎을 다치기도 한다. 돌세난을 한참 오르다 보면 여간 짜증스러울 때도 많다. 그때마다 '연탄재 함부로 발로 차지 마라 너는 어느 누구에게 단 한 번이라도 뜨거운 사람이었느냐'란 안도현 님의 연탄재를 생각하며 자신을 돌아보기도 한다. 이런 돌부리와 나무뿌리처럼 누군가를 위해 디딤돌이 되어 보았던가, 허물어져 가는 세상의 어느 한구석이라도 지켜내려고 생각이나 해 보았던가? 돌아볼수록 뒤가 켕긴다.

천왕봉 정상은 흙 한 줌 없는 바윗돌 뿐이다. 날마다 수백 명의 발길이 스치고, 모진 비바람이 몰아쳐도 1,915미터 고도가 유지되고 있음은 바로 이들 바위 돌 덕분이리라.

아름다운 그림을 연출하는 기암괴석이나 주춧돌, 조경석만 귀한 것이 아니다. 지천으로 널려서 사람들의 발길에 차이는 것들도 제각기 나름의 쓸모가 있다. 그 돌멩이들이 제 자리를 지키고 있기에 자연이 보호되고 길바닥이 살아 있지 않은가. 밟히고 할퀴어도 바보처럼 묵묵히 제 자리를 지키는 선량한 백성들같이.

흙이 많이 패인 곳은 어김없이 얼기설기 나무뿌리들이 버티고 있다. 사람들의 발길에 생채기가 나면 우둘투둘 옹이까지 만들어가며 바보처럼 맨살로 견뎌내고 있다. 뿌리들을 밟을 때마다 나의 몸 어느 한 부분을 밟는 듯하다. 동물처럼 엄살을 떨지 못할 뿐, 그들도 살아있는 생명의 한 지체요 감각이 있는 신경조직이거늘 어이 아프지 않으리.

뿌리는 생명의 근원이요 몸통을 지켜내는 버팀대다. 뿌리가 부실하면 나무가 생기를 잃고 열매가 튼실하지 못하다. 뿌리가 아니면 나무가 꼿꼿이 서 있지도 못한다. 나무가 크면 클수록 더 깊이 더 멀리 뻗어내려 모진 비바람과 태풍도 이겨낸다. 그것이 자신에게 맡겨진 천명인 줄 알고 순종할 뿐이다. 나무는 그 뿌리를 버팀대 삼아 무럭무럭 자라며 하늘을 향해 솟아오른다.

뿌리의 드러난 맨살을 보면서 민족의 뿌리, 자신의 뿌리를 생각할 때가 많다. 우리 민족은 건국 이후 일천 번의 크고 작은 외침과 노략질을 당했다. 병자년에는 나라의 지존이 오랑캐에게 무릎까지 꿇었다. 임진년에는 대왕이 원숭이에게 쫓겨 한성을 떠나 창대 같은 비를 맞으며 조선 땅 끝, 의주까지 쫓기며 통한의 눈물을 흘리기도 했다. 그뿐인가. 삼십오 년 세월, 일제의 침탈에 나라까지 빼앗긴 질곡의 역사와 설상가상 민족상잔의 전화로 온 나라가 잿더미에 파묻히기까지 하지 않았던가.

재기불능으로 보였던 나라, 모든 싹이 잘려가고 소생 기미가 보이지 않던 민족이었지만 치욕과 통한의 인고 속에서 뿌리만은 더 깊이, 더 넓게 뻗어 내렸던 게다. 밟히면 일어서고 자빠지면 훌훌 털고 다시 일어선 강인함, 이 모두는 오천 년을 이어온 끈질긴 민족의 뿌리가 있었기에 가능한 것이리라. 상처가 날 때마다 진액을 뽑아 옹이를 만들고 인내의 연단으로 더 야무지게 내일을 준비한 뿌리들.

우리 부모님들은 어떠했던가. 허기진 배를 움켜쥐면서도 자식들을 굶기지 않으려 했던 애틋한 사랑, 손발이 부르트고 허리가 굽는 고초를 겪으면서도 자식들만은 잘 가르치려 했던 뜨거운 교육열. 이런 부모님들의 뿌리 같은 희생이 있었기에 반세기 만에 세계 10대 경제 대국으로 우뚝 설 수 있지 않았겠는가.

하지만 사람들은 아름드리나무는 바라보면서 뿌리는 보지 못한다. 바위틈에 외롭게 서 있는 소나무의 아름다움은 감탄하면서 보이지 않는 뿌리의 참된 가치는 종종 잊고 사는 듯하다.

지지리도 못살던 시절 쌀 한 톨 더 생산하기 위해 뜨거운 태양 아래 얼굴을 태웠던 농업인들, 좁은 공간에서 원인 모를 병에 걸려가며 생산에 참여했던 노동자들, 막장에서 생사의 길을 넘나들며 일했던 광부들, 자식들을 위하여 희생했던 부모님들, 이들이 모두 오늘의 풍요를 가져다준 돌멩이들이요 뿌리인 것을.

오늘도 등산길에서 울퉁불퉁 박혀있는 돌멩이며, 등허리를 들이낸 뿌리를 밟으면서 연민의 정을 느낀다. 남은 삶에서 나는 어떤 돌이 될까. 어떤 뿌리가 될까를 생각해 본다.

3

갈무리

아버지 구두

정진철
jo325@hanmail.net

"아버지 날 낳으시고 어머니 날 기르시니~"

형을 따라 틈틈이 익힌 가사를 흥얼거리며 아버지 구두를 닦았다. 아버지는 출근하면서 깨끗하게 닦은 구두를 보면 칭찬도 해주시고 어떤 날은 용돈도 주셨다. 그런데 나는 돈 받는 재미로 아버지 구두를 닦은 것이 아니라 평생을 가정과 자식들에게 충실하였던 아버지에게 고마운 마음으로 닦았다. 보험 회사 외근을 하던 아버지는 허름한 신사복 차림이었지만 양복은 꼭 다림질을 하여 주름을 세워 입었는데 헌 구두라 모양이 나지 않았다. 그래서 반짝거리게 닦고 싶었는데 구두가 워낙 낡아서 제대로 광이 나지 않았다. 그렇지만 구두약을 잔뜩 묻힌 솔로 구석구석을 잘 닦은 다음 헝겊 조각을 검지와 중지에 감고 침을 적당히 뱉어 열심히 문질렀다. 초등학생이었던 어린 마음에도 아버지가 내가 닦은 구두를 신고 깨끗한 차림으로 손님을 만나면 무시당하지 않을 것 같았다.

우리 동네에는 사장님도 살고 선생님도 있는데 아버지가 아침저녁으로 이분들과 마주치더라도 추레하게 보이지 않도록 정성껏 닦았다. 그러나 무엇보다도 아버지가 출근하면서 내가 닦아놓은 구두를 신으면서 기뻐하는 모습을 보고 싶었다.

그리고 아버지의 구두가 새것이든 헌것이든 간에 모든 식구들이 특별히 관리를 했다. 우리 형제의 신발은 마루 아래에 아무렇게 벗어 놓더라도 아버지의 구두는 식구 중에서 먼저 보는 사람이 항상 신발장에 올려놓았다. 간혹 아버지 구두가 마루 아래에 놓여 있더라도 아무도 그 구두를 함부로 다루지 않았다. 장난꾸러기였던 우리 형제들이 마루에서 맨발로 마당에 뛰어나갈 때 다른 신발이나 어머니 고무신은 밟고 다닐 수 있어도 아버지 구두를 밟고 간다는 것은 상상도 할 수 없었다. 명절날 친척들이 많이 들락거릴 때도 어머니는 아버지 구두만은 따로 챙겨 놓았다. 이렇게 아버지의 위엄을 존중하고 사랑하는 마음으로 털고 닦고 관리한 탓에 아무리 헌 구두라도 수년간 수명을 유지할 수가 있었던 것이다.

얼마 전 전철에서 본 광경이다. 구정이 며칠 남지 않아서인지 전철 안에는 물건을 팔려고 돌아다니는 행상들이 많이 보였다. 목적지가 가까워질 무렵 머리가 약간 벗겨진 오십 대 남자 행상이 들어왔다. 잠깐만 실례하겠다는 인사를 하고 나서 구두약통 하나를 꺼내 들었다. 그 남자는 실실 웃으며 "허 참, 이 구두약은 신기하게도 한 번만 쓰윽 문지르면 반짝반짝 광이 납니다."라고 하면서 "아내는 남편에게 자식은 부모에게 특히 명절날 손님들이 많이 오시면 한 번씩만 문질러 주시면 모두들 기분 좋게 돌아가십니다. 가격도 단돈 천 원만 받습니다." 고 하는 것이다. 구두약통 안을 보니까 스펀지가 있는데 아마도 그 속에서 휘발성 액체가 나오는 것 같았다. 남자는 앉은 사람들의 신발들을 슬쩍 보면서 신사화는 물론 등산화와 여자 부츠까지 어떤 신발이든 십 초밖에 안 걸린다고 너스레를 떤다. 요즘 천 원으로는 살만한 것도 없다는 그의 언변에 넘어가 십여 명이나 샀다. 아니 십 초씩밖에 걸리지 않기 때문에 명절날 오는 손님들에게 서비스하기에 좋다고 생각한 것 같기도 하다, 불량품이든 아니든 많은 사람들이 솔깃해서 천 원씩을 투자하는 것이다. 갑자기 어렸을 때 반 시간도 더 걸리면서 심혈과 정성을 기울여 닦고 또 닦았던 아버지의 구두가 생각나며 격세지감을 느꼈다.

둥지를 떠난 콩새

이효순
2663819@hanmail.net

골목은 이른 아침부터 재잘대는 새소리로 활기가 돈다. 도심 골목길이지만 집집마다 작은 나무가 있어 가끔 새소리를 듣는다. 내가 바라던 콩새와의 동거가 3주간 지속되었다. 우리 집에 둥지를 틀고 그 바람이 다 이루어져 갈 때 콩새는 둥지를 떠났다. 그동안 마음은 햇솜 같았다.

아침 산책을 마친 후 집에 도착하여 대문을 연다. 웬일일까?

눈앞에 작은 새들이 여러 마리가 푸드득거리며 날갯짓을 한다. 주목과 단풍나무에서 보도블록에 내려앉고 어떤 것은 옆집 시멘트 담을 넘다 떨어진다. 이 모습을 본 어미 새는 새끼를 따라 마당에도 있다가 전깃줄에 그리고 나무에도 앉는다. 잠시 그렇게 실랑이가 벌어졌다. 조용한 집안이 온통 새소리로 어수선하다. 둥지엔 마지막 남은 아기 새 한 마리가 신발장 위에서 바라보며 짹짹인다. 겁쟁이 같다. 몇 분 후엔 그 아기 새도 둥지를 마지막으로 떠났다.

긴 시간은 아니지만 3주 정도 우리 집에 함께 살아 정이 들었다. 여섯 마리의 새끼들은 다 어디로 날아갔는지. 가끔 어미 새만 뜰 옆 전깃줄에 앉아 연거푸 새끼를 찾는다. 그러나 아무 대답이 없다. 어제까지도 짹짹거리며 부지런히 물어오는 어미 새의 먹이를 받아먹었다. 지금은 둥지를 떠날 때가 됐는지 아침에 한바탕 그렇게 난리가 난 것이다. 어미 새는 얼마나 허탈할까. 그 까맣고 작은 눈망울이 슬픔과 두려움으로 가득 차 애처롭다. 며칠 전에 막내가 와서 어렵게 촬영한 둥지 안의 아기 새 여섯 마리가 살기 비좁을 거라 생각되었다.

나는 새와 함께 잠시 지내며 우리의 삶과 닮은 모습을 본다. 여섯 마리를 힘겹게 기르는 부지런한 어미 새 부부, 새끼에 대한 지극한 사랑을 은연중 보았다. 날이 좋은 날은 그래도 괜찮았다. 어제 같은 경우는 달랐다. 저녁 무렵 비바람이 마구 부는 것도 개의치 않는다. 비를 맞으며 어둠이 막 내리는데 먹이를 물고 대문에 앉자 나를 몇 번 바라본다. 곧 둥지에서 짹짹거리는 새끼들에게 먹이를 먹인다.

은연중에 부모님 생각에 젖는다. 우리 부모님도 삼 남매 수업료 마련을 위해 시골인 산남동에서 육거리시장까지 십 리도 넘는 길을 채소 광주리를 이고 다니셨다. 여름이면 이마에서 흐르는 땀이 눈을 적셨고, 겨울이면 칼바람을 맞으며 시장을 오가셨다. 작은 푼돈을 모아 우리 삼 남매의 뒷바라지를 묵묵히 하셨다. 그 은혜로 난 이렇게 노후를 평안히 지낸다. 어미 새의 모습을 보며 이런 생각에 젖었다. 지금은 내 곁에 계시지도 않는데.

그날 어미 새가 하루 종일 우리 집 근처에 와서 운다. 오후에 앞집 매실나무에서 아기 새의 소리가 들린다. 뜰에서 바라본다. 두 마리가 매실나무 가지에 잘 보이지 않는 곳에 앉아있다. 그렇게 어미 새가 찾더니 저녁 무렵에 겨우 찾은 것이다. 어미 새의 입엔 아직도 먹이가 물려 있다. 우리네가 결혼한 자식들 뒷바라지를 하는 것처럼 새들도 마찬가지였다.

둥지에서 짹짹거리는 소리가 점점 크게 들리던 날, 좀 지나면 떠날 거라는 생각을 안 했던 것은 아니었는데 그래도 서운한 마음은 감출 수가 없다. 어제까지만 해도 신기하게 바라보던 둥지 있는 곳에 적막이 흐른다. 그렇게 열심히 둥지를 찾던 콩새도 왕래가 뚝 끊겼다. 남편과 나의 맘도 허전하다. 바라봐도 높아 둥지는 보이지 않는다. 아이들 드나들던 빈자리를 새들이 채워주었는데…. 콩새 부부도 내 마음 같겠지. 막둥이 콩새가 둥지를 떠나기 전 찍은 사진을 스마트폰을 열고 들여다본다. 내년에도 다시 왔으면.

내 고향 강원도에는

장순남
csn5597@hanmail.net

주말 오후, 간단한 짐을 들고 발길 닿는 대로 가려고 무작정 집을 나섰다. 어디로 갈지 망설이다 고성에 가고 싶다던 친구 얼굴이 떠올라 강원도로 향했다.

운무에 덮인 산과 간간이 내리는 비를 벗하며 여행 중 경험 할 일들을 기대하느라 설렘이 가득하다. 친구가 고성에 가자고 했을 때 먼 산마을이겠거니 짐작하고 들었는데 잘 뚫린 노로가 있어 단숨에 도착했다. 전설 속의 송지호는 호수를 둘러싼 산책길이 좋은 곳이다. 호숫가에서 숨을 고르고 송림 사이로 난 호젓한 길을 걷고 싶었으나, 고성 팔경인 천학정이 기다리고 있어 길을 재촉하게 된다. 차에 시동을 걸며 다시 와서 그림 같은 저 길을 걸어보리라 기약했다.

끝없이 펼쳐진 바다를 품어 풍광이 좋은 천학정에 서면 부서지는 하얀 포말에 사로잡혀 시간 여행을 떠나게 된다. 시를 읊고 향연을 벌이는 선비들을 그리며 나도 그 자리에 동참한 듯 시대를 거스르니 이 또한 여행에서 얻는 즐거움이라 여겨진다. 정자 옆길을 따라 언덕에 오르니 바람결이 시원하다. 그 바람에 날리는 머리카락을 쓸어 올리다 몇 해 전 들었던 '장 선생은 바람 소리 같아'라는 말이 떠오른다. 그녀에게 비친 내 모습이 어떤 모양이어서 바람 소리라 했을까.

3km쯤 떨어진 천간정에는 찾는 사람이 없었다. 주위가 적막해서인지 모래밭을 걸으며 본 하늘이 시리도록 맑다. 입구를 찾지 못해 되돌아오는데 어디서 왔

는지 젊은 여인 예닐곱이 깔깔대며 사진을 찍고 있어, 텅 빈 백사장을 그들에게 맡기고 내 갈 곳으로 향했다.

영랑호는 특별한 곳이라 잠시 들러보았다. 몇 년 전 이곳에서 문우들과 나눴던 정을 더듬으며, 마음이 지칠 때 초심을 잃지 말아야겠다는 작정을 하고 왔다. 삶에는 햇빛만 비치지 않고 때론 어둠도 있는데 어둠과 공존하는 빛을 보지 않고 절망을 먼저 한다.

무릉계곡에 발을 담그고 시계를 보니 오후 5시다. 울진으로 가려던 계획이었으나 사람들이 삼삼오오 떠나는 뒷모습을 보자 별안간 집으로 가고 싶어진다. 떠나올 때엔 기약 없이 머무를 작정이었건만 벌써 집 타령을 하고 있으니 나도 참 딱하다.

집으로 가는 길, 내비게이션이 강릉으로 나가 영동고속도로를 타라고 했지만 삼척에서는 정선을 거쳐 평창으로 가면 더 빠를 듯해서 내 계산대로 움직였다. 출발하자마자 대관령 옛길을 넘는 것만큼 굽이진 길을 가다 임계라고 쓰인 이정표를 만났으니 아마도 임계, 정선 사람들이 계곡을 넘어 서울로 다녔다는 그 길인가 싶다. 고향집 임계에는 큰어머님이 계신 곳이라 반가워 선뜻 들어섰는데 어찌 된 일인지 인가는 보이지 않고 산봉우리들만 하늘을 찌를 듯 서 있다. 길을 잘못 들었다는 후회를 하며 한참을 가다 완만한 길을 만났는데 어찌나 반갑던지.

임계면 소재지에서 기름을 넣고 서울 가는 길이라 했더니, 주유원도 강릉으로 나가 고속도로를 타라고 일러준다. 정선 방향으로 가면 길이 워낙 험해 시간이 더 걸린다고 했지만 이미 내 마음은 정선으로 가고 있었다. 서너 살 때 떠나온 고향을 지나가려고 굳이 험한 길로 선택한 이유는 돌아가신 친정 어머니를 그리는 마음 때문이다.

서울 토박이 스무 살 새댁이 첫 딸인 나를 임신하고 임계에 와서 겪은 고생담을 내게 풀어 놓으면 아련한 슬픔에 젖곤 했었다. 대관령 고개를 넘기 전 고백한 아버지의 과거와 두메산골의 생활 방식이 어머니를 못 견디게 했다. 결국 남동생이 잘박잘박 걸어서 돌떡을 돌리고 다시 서울로 왔지만 곱던 어머니의 모습은 이미 변했다고 했다. 아버지도 일찍 부모 곁을 떠나 타향살이로 평생을 보내셨으니, 아무도 모르는 아픔이 있으리라 짐작을 하며 부모님 삶과 같은 길을 돌아 진부로 접어들었다.

차창 밖으로 일몰이 짙어지자 임계에 살던 사촌 여동생도 생각난다. 몇 년 전 강릉에 왔을 때, 앞 개울에 물고기가 많다며 부득불 저희 집에 가자고 하던 동생을 다시 볼 수 없는 곳으로 보냈다. 그날따라 유난히 며칠 묵고 가라고 어린아이처럼 조르더니 한 달 후 교통사고로 사망했다는 거짓말 같은 소식이 왔다. 그 마지막 부탁을 들어주지 못해 늘 아픈 마음처럼, 강원도 정선군 임계면 송계리 산모롱이를 휘돌아 가는 물살에 서러움이 흐른다.

산이 깊이 물이 좋나는 고향 하늘에 그리움과 외로움이 머문다.

삶의 체험 현장

최혜숙
1959chs@hanmail.net

그녀들의 하루 시작은 새벽 3시이다. 시간이 입력된 로봇처럼 잠에서 깨어나자마자 각자 해야 할 일에 부산스럽다. 밥을 짓고 국을 끓이고, 한쪽에서는 전날 저녁에 미리 만들어 놓은 반찬을 담고 생선튀김과 계란 부침 등을 더해 일식 오찬의 기본 메뉴를 매 끼니마다 종류를 달리하여 준비를 한다.

배식할 그릇을 챙기고 밥과 국을 차에 실은 후, 서둘러 현장을 향해 출발한다. 늦어도 4시 30분까지 현장에 도착해서 배식 준비를 마쳐야 하기 때문이다. 한숨 돌릴 사이도 없이 줄지어 들어오는 순서대로 배식을 시작한다. 현장에 임시로 마련된 식당은 열악한 조건일 수밖에 없어서 때에 맞춰 밀려드는 장정들의 식사 수발은 손이 빠르고 정확해야 했다. 그나마 식당 앞까지 차가 닿는 곳은 수월하다고 한다. 배식 장소까지 계단으로 이어진 길을, 무거운 짐을 들고 오르내리는 일은 만만치가 않다. 희한한 것은 그 많은 인부들 중 누구 한 사람 선뜻 나서서 무거운 통 하나 옮겨주지 않는다는 것이다. 일명 함바 식당이라는 곳은 공사 현장 인부들이 공사 마무리가 될 때까지 계약을 맺어서 운영이 된다고 한다. 그래서인지 직접 돈을 내고 메뉴를 선택하는 일반 식당과는 분위기부터 사뭇 다르다.

매 끼니, 이백 명 가까운 인부들이 식사를 한다. 분야별 업체도 다르고 전문 기술직에서부터 말단 잡역부까지 구분하기도 쉽지 않아 보인다. 간혹 외주로 잠깐 들어와 일을 봐주는 사람들까지 치면 숫자 파악부터 쉽지 않아 보였는데, 그녀들은 미소를 잃지 않고 사람들의 불만 사항을 일일이 듣고 시정하겠다며 웃음으로 응대한다. 공사장은 위험한 일을 하는 곳으로 연장도 많고 거친 곳이라서 감정을 돋을 일을 만들지 말아야 한다고 했다. 얘길 듣고 보니 그럴 수 있겠다 싶으면서도 선입견 탓인가, 미소 없는 얼굴을 슬그머니 돌리고 말았다. 까다로운 입맛을 가진 몇몇 사람들은 잘 먹었다는 인사말은 고사하고, 한 그릇 다 비우고 나가면서도 음식 맛에 성의가 없다는 모호한 말로 불편한 심기를 드러낸다. 아무리 돈을 벌기 위해 하는 일이라 해도 새벽부터 찜통더위에 땀을 쏟으며 끼니를 챙겨주는 사람들에게 그런 불손한 말까지 하는 이들을 보면 집에서는 얼마나 잘 먹는지 궁금해지기까지 한다.

작년 여름의 일이다. 지인으로부터 급한 연락을 받았다. 같이 일하는 사람이 갑자기 모친상을 당하여 가는 바람에 당장 운반할 자동차와 배식해줄 사람이 필요하다며 자동차를 가진 사람을 구해달라 하였다. 일주일 정도 일할 사람을 하루 사이에 무슨 수로 구할 것인가, 아무리 생각해도 구할 길이 막연하였다. 당장 다음날 새벽부터 일을 해야 한다는 다급함은 내게 빨리 와달라는 얘기로 들렸다. 전혀 경험도 없는 일을 해낼 수 있을까 하는 걱정을 하면서도 삶의 체험을 해보자는 가벼운 마음으로 한달음에 달려갔다. 그 또한 사람 사는 세상이려니 하면서도 한 편으론 궁금하고 재미도 있겠다는 생각이 들었다.

본디 '함바'라는 단어는 국어사전에도 없는 말이다. 토목이나 건설 현장, 광산 등에 노무자들 합숙소로 통용된 일제 강점기에 쓰인 말이다. 그러던 것이 지금에 와서 일반 공사 현장에 가건물로 지어진 현장 식당을 이르는 말로 쓰이고 있다.

남이 하는 일을 나는 못하랴 하는 당초의 마음은 간데없이 하루도 못 가 후회를 하였다. 익숙하지 않은 일인지라, 몸이 고단한 것도 괴로웠지만 거친 사내들의 예의 없는 말과 행동에 순간마다 치미는 감정을 다독여야 하는 일이 쉽지 않았다. 도와주자고 온 처지라 굳이 옳고 그름을 따질 게제가 못되었다.

현장 공사는 얼음이 풀리고 해가 길어지는 초봄부터 시작되어 땅이 얼기 시작하는 겨울까지라고 한다. 공사가 시작되면 가장 먼저 식당이 차려져 인부들에게 시간을 절약하며 편한 식사를 제공해야 한다고 했다. 일의 능률을 극대화하려는 사용자의 철저한 계산인 셈이다. 큰 공사일 경우에는 입찰로 식당을 계약하지만 보통은 현장 소장의 권한으로 소규모 업체와 구두 계약으로 진행된다고 하였다. 그러나 갑질의 횡포는 여기에서도 만만치 않다. 전문 요식 업체들이 등장하여 소규모로 근근이 운영해오던 식당들이 뒨서리를 맞아 점점 수요가 줄어든다는 것이다. 물론 전문 요식 업체가 들어오면 전문성에 맞춰 다양한 식단을 제공할 수 있겠으나, 식대의 단가는 비쌀 수밖에 없다. 소규모 업체에게도 전문 요식 업체만큼이라도 식대를 지원해주면 더 잘해 줄 수 있다는 지인의 염려 섞인 탄식이 씁쓸하였다.

한여름, 가만히 있어도 땀이 흐르는데 선풍기조차 틀지 못하고 불 앞에서 음식을 만들어 때맞춰 실어 나르는 일은 아무나 할 수 있는 일은 아닌 성 싶다. 잠을 아껴가며 고단하게 일하여 얻는 소득으로 노동력을 보상받는다 해도 간혹 공사에 부도가 나면 고스란히 밥값을 떼일 때도 있다 하니 듣는 것만으로도 화가 치민다. 함바 일을 하는 그녀, 온몸이 성한 곳이 없다. 허리와 손, 발, 관절이 망가져 약으로 견딘다는 말을 들으니 나는 너무나 편하게 산 것이 아닐까 하는 생각이 인다.

일주일을 채 못하고 돌아와 며칠을 앓아누웠다. 세상이 공평하다고 늘 생각해온 지난날의 나의 교만이 부끄럽기만 하다. 이번 일을 하면서 또 하나의 인생 공부를 한 듯싶다. 저마다 살아가는 삶의 색깔이 어쩌면 그리도 다양하고 복잡한지, 인간사 천태만상을 실감한다.

신新 춘향전

박기옥
giok0405@hanmai.net

사람 마음 제각각이라는 말은 참일까, 아닐까. 실상사 답사 중 뜻하지 않게 광한루를 찾은 것은 회원 중 한 사람이 그곳에 걸린 춘향의 영정사진을 트집 잡았기 때문이었다. 이몽룡이 그네 타는 춘향을 보고 첫눈에 반한 것이 열여섯 살 전후인데 영정사진은 어머니 격인 신사임당의 이미지라는 것이었다. 설익은 이팔청춘이 첫눈에 반하려면 어떤 타입이어야 한다는 걸까. 수선화 같은 청순가련형을 기대했을까.

광한루에 들어서자마자 우리의 눈길은 엉뚱하게도 한 여인에게 꽂혔다. 몽룡과 춘향의 옷을 비치해 놓고 사진을 찍어주는 세트장에서였다. 거울 앞에서 열심히 분첩을 두드리는 신新 춘향 그녀. 오십 대 중반쯤의 키가 크고 몸집도 굵었다. 얼굴은 한 마디로 뺑덕어멈이 나들이 왔나 싶었다. 춘향 옷으로 몸을 감았으나 골격이 몸부림쳤고, 공들여 분을 발랐으나 푸르죽죽하니 피부에 스며들지를 못했다. 반대로 몽룡은 키가 작고 왜소했다. 거미줄처럼 엉킨 주름살만 아니면 아들로 보일 뻔한 체구였다. 사람들이 수군거렸다. 저 사람들은 거울도 안 보나, 제 얼굴은 못 봐도 상대 얼굴은 보일 거 아냐.

사진사가 두 사람 앞에 섰다. 웃으라 했다가 붙어서라 하더니 몽룡 보고 춘향을 안아보라 주문했다. 두 사람은 순순히 시키는 대로 따랐다. 어찌나 열심히 하는지 지켜보는 우리도 덩달아 웃다가 옆 사람과 붙었다가 했다. 안는 것까지 해

보려다 낯선 사람들이라 흠칫 놀랐다.

사진 촬영이 끝나자 두 사람은 우리 앞을 유유히 지나갔다. 빵덕어멈이 심학규의 팔을 살포시 잡았다.

"사진 잘 나왔을까?"

심학규가 믿음직하고 씩씩하게 대답했다.

"걱정할 거 없어. 여러 장 찍었으니까 고르면 돼."

우리는 두 사람이 옷을 갈아입고, 사진을 고르는 것까지 보고서야 버스에 올랐다. 오르고 나서야 문제의 춘향 영정 사진을 못 본 것을 깨달았다. 상관없었다. 수선화인들 신사임당인들 무슨 상관인가. 방금 수줍은 신新 춘향을 보지 않았는가.

충전

한 영
younghahn@yahoo.com

컴퓨터 화면이 갑자기 꺼졌다. 조금 전까지도 소리를 내던 세탁기도 조용해졌다. 혹시나 하여 집안을 돌아다니며 벽의 전기 스위치를 올려본다. 하나같이 먹통이다. 에어컨도 멈춰버렸다. 아, 정전이구나. 하필이면 이 더운 여름날에.

우리 집만 전기가 나갔으면 어쩌지, 난 퓨즈 박스가 어디 있는지도 모르는데. 무얼 하겠다는 작정도 없이 대문을 열고 밖을 내나본다. 아무도 없는 길에는 한여름의 햇빛만 내리고 있다. 매일 다니는 길인데 왠지 낯설다. 휴대폰으로 어렵사리 전기회사 번호를 검색하여 전화를 건다. 언제부턴가 사람과 바로 통화하기가 어려워졌다. 참을성 있게 자동응답기를 상대하여 그가 하는 질문을 여러 번 잘 통과하여야 비로소 진짜 상담원과 통화가 가능하다. 짧은 시간인데도 조급증이 난다. 드디어 정전 보고하는 라인에 연결되었는데 기다리라고 한다. 대기 시간이 18분이라고, 컴퓨터의 둔탁한 음성이 또박또박 알려준다. 전화가 폭주한 걸 보니 동네 전체에 전기가 나간 게 확실하다. 아마도 누군가가 이미 보고를 했겠지, 내가 가만히 있어도 다른 사람 때문에라도 고쳐줄 거야.

갑자기 할 일이 없어 무료하다. 티브이 리모컨을 들어 스위치를 눌렀는데 티브이가 켜지질 않는다. 아, 정전이지. 피식 웃음이 난다. 휴대폰에 빨간 사인이 깜박거린다. 전화기를 바꿀 때가 되었는지 얼마 전부터 배터리 방전이 유난히 빨리 된다. 이제 현실감이 들고 조금 불안해진다. 늦게까지 전기가 안 들어오면 차를 타고 나가지 뭐. 그런데 전기 없이 차고를 열 수 있나? 아마 수동으로 열 수 있을 거야. 아직 해가 지지 않았지만 집안은 벌써 어둑어둑하다. 출출하다. 더 어둡기 전에 무얼 좀 먹어야겠는데 스토브가 작동을 안 하니 어떡하지, 마이크로웨이브? 아니 그것도 안 되지 전기 포트도 토스터도 지금은 다 무용지물이다. 시간은 많아졌는데 할 수 있는 일이 없다.

정전되기 전에 친구가 전자 메일로 보내준 사진을 보고 있었다. LA에서 캐나다로 운전하여 가면서 사진과 함께 여정을 꼼꼼히 적어서 보내 주었다. 나도 이번 여름에 친구가 가는 곳으로 여행을 떠나고 싶다고 말했더니 정보를 자세히 알려주었다. 이곳은 더위가 한창인데 친구가 보내 준 사진은 온통 눈밭이다. 우리가 컴퓨터를 쓰기 시작한 것이 얼마 되지 않은 것 같은데, 이제는 모두 무선으로 세상과 연결되어 있다. 휴대폰으로 모든 세상을 본다. 음악도 듣고 필요한 검색도 하고 메일도 주고받으며 수다도 떤다. 수백 마일 떨어진 곳의 풍광을 실시간으로 볼 수도 있다. 컴퓨터와 스마트폰이 우리 생활에 깊이 들어와 삶의 모습을 바꿔놓았다.

깜빡거리던 휴대폰이 이제는 완전히 꺼져버렸다. 막막한 기분으로 허둥지둥 거실에서 서성인다. 왜 이렇게 막연하게 초조한 거지? 전화기의 메시지 도착 신호음이 귀에 들리는 것 같이 느껴진다. 도착 대기 중인 문자들이 공중에 떠 있다. 빨리 받아들여야 할 텐데 먹통인 전화기를 보니 답답하다. 휴대폰의 배터리가 내 에너지의 원천이었던가 기운이 없다. 마치 내 몸의 배터리가 모두 방전된 것처럼 무기력하지만 습관처럼 여전히 휴대폰을 만지작거리고 있다.

소파에 주저앉아 등받이 위로 머리를 젖힌다. 얼마나 그렇게 있었는지 부산스런 마음이 가라앉는다. 먼지같이 머릿속을 뿌옇게 날아다니던 것들이 서서히 내려앉으며 생각이 조금은 선명해진다. 쉽고 편리하고 빨라서 손에서 놓지 않았던 휴대폰이 언제부턴가 내 마음을, 내 손을 잡고 있다. 내가 잡고 있는 줄 알았는데 휴대폰, 그가 슬그머니 내 시선과 정신을 붙들고 있다. 마음은 목표도 없이 갈피를 잡지 못하고 거미줄같이 엉킨 전파를 통하여 사방을 헤매고 있었다. 점점 텅 비어가는 나를 잊고 있었다. 휴대폰은 매일 충전하면서 자신은 내버려 두었다.

전기가 나가며 사방은 어두워졌지만 그 대신 내 안에 작은 불이 켜졌다. 언어를, 글을, 생각을 차곡차곡 쌓아가고 싶다. 게으르고 익숙한 생각의 유혹은 참으로 달콤하지만 손은 나도 모르게 나아가 책을 집어 든다. 잘 읽히지 않아서 밀어 두었던 책이다.

바다 합주곡

윤영자
young45ja@hanmail.net

썰물이 쭉 빠지면 뻘 바탕이 펼쳐진다.

저 건너 자그마한 섬. 물 빠지면 자갈길이 만들어진다. (모세의 현상처럼) 그 모습은 사리 때만 볼 수 있다. 음력 4월과 10월에 크게 나타난다. 모래와 뻘이 부드러운 곳에는 낙지가 있다. 모래와 뻘이 섞인 곳은 조개 소라 막대 조개(맛이라고도 함) 바다 고동 등 먹거리가 풍성하다. 바닥이 뽀글뽀글 소리와 함께 물침을 쏜다. 재빨리 호미로 파면 조개들이 집성촌을 이루고 크고 작은 것들이 많다.

와~ 신난다.

바위 쪽엔 굴 조각들이 수없이 더덕 붙어 있다. 위험하다 쩍에 다치면 큰 상처가 나기 때문이다. 쩍이라 함은 굴 입이 벌어져 알맹이가 탈출한 모습이다. (굴은 석화) 단백질과 칼슘이 많아 영양도 맛도 좋은 바다의 인삼이라고 한다. 좋은 음식이라 모두들 즐긴다.

자연은 엄청난 생산자요 발명자 같기도 하다. 옆 바위에는 우무가사리, 청각, 뜸북이, 파래, 모자반, 미역 등이 서식하고 있어 물결과 함께 춤도 추고 노래도 부르며 잘 자란다. 그 사이에 소라고둥이 바위 색으로 위장하고 덕지덕지 붙어 있어 횡재한 것 같다. 조금 큰 돌을 젖히면 돌게도 있다. 재빨리 틈새로 도망치는 모습이 '난 기동력이 있어 용용~'

고개 숙이고 엉덩이를 들어서 줍고 뜯어낸 기분은 힘들지만 재미가 쏠쏠하다.

이런 작업을 하면서 나에게만 들려오는 소리가 있다. 각기 생존하기 위해 몸부림치는 비명 같은 소리가 모두 합쳐 화음을 이룬다. 지휘자는 바닷물이다.

썰물과 밀물은 하루에 4시간~6시간 차로 진행된다. 이젠 밀물이 들어오기 시작한다. 아쉬운 마음에 계속 하다보면 밀물의 속도가 빨라져 발목까지 찰랑 일 때 쩌벅쩌벅 걸어오는 소리는 합주곡 향연과 함께한다. 바다는 인간의 보고이다. 잘 관리하고 적당만큼만 채취하면 우리를 영원히 건강하게 해줄 영양사인 걸….

바다 생물은 밤에 활동을 많이 한다. 속담에 "남의 불에 게 잡는다." 말이 있다. 불빛이 많이 움직여 게, 소라, 낙지 등 더 많이 잡을 수 있고 힘들이지 않고 뒤따라 가면서 잡는다는 비유에서 말이 생긴 것 같다. 밤에 잡는 것은 많이 잡을 수 있어 희열도 있겠지만 위험한 것은 분명하다.

썰물은 써그륵 들물은 도르르, 게는 사그락 사그락, 소라는 픽, 낙지는 쩍쩍, 조개는 뽀글뽀글, 굴은 착차, 고동은 즙즙, 막대 조개는 물총 소리 도르르 노르르 쩌벅 쩌벅, 우무가사리 청각 뜸북이는 수줍은 듯 춤을 추고, 파래와 모자반은 온몸을 흔들며 신나게 춤을 춘다.

이 모든 소리는 바다의 수고한 단원들이다.

삶의 이야기

박병두
dookipark@hanmail.net

기일 날 온 가족이 묘소 상석 앞에 둘러앉아 옛이야기 꽃을 피우고 제사 음식으로 정겹게 음복을 나누고 있다. 나는 이곳에 오면 나도 모르게 먼 산을 넋 잃고 보곤 한다. 내가 없는 미래의 모습을 보아서인가 보다. 자식들이 묘지 관리를 제대로 할까, 기대해도 될까, 마음이 놓이질 않는다.

요즈음 젊은 세대는 도무지 신뢰가 가질 않는다. 스마트 문화로 앞뒤가 없고 위아래가 없는 무질서의 극치다. 기일에 스마트폰이나 인터넷으로 사이버 공간에서 제사를 지낸다. 조상의 의식이 희박해져 가고 있는 데다 후손들의 묘지 관리를 기대할 수 없게 되면서 장례 문화도 급속하게 변화하고 있음을 몸소 실감한다.

통계에 의하면 매장은 거의 없고 화장 문화가 지배적이다. 그러면 나도 화장이다. 그 후는 자식들을 믿고 따르는 수밖에, 스마트폰이 그들의 수중에 있는 한 나도 그들의 손아귀에 있을 수밖에.

장葬자를 해자하면 사람이 죽으면 매장을 하지 않고 들에 두고 풀숲이나 나뭇가지로 덮었을 뿐 봉분을 하지 않는 풍장을 했다던데 받침대 위에 시체를 놓고 풀숲으로 덮은 뜻글인 장葬자가 이 풍경에서 비롯됐으며 조상할 조弔도 일정 기간 새나 짐승으로부터 그 시신을 보호하고자 활을 쏘았던 데서 비롯된 회의 문자다. 이 야외 방치의 장에서 발달, 흙으로 덮어 평지처럼 평평한 것이 무덤 묘로 그 위에 초목이 자라게 두었음을 그 뜻글에서 알 수 있다.

지금 서양에서는 전에 없던 두 묘지를 조성, 인기를 모으고 있다던데 그 하나는 유해를 묻은 위에 장미를 심고 그 장미 가지에 망인의 신원을 새긴 표찰을 매어 두는 것이 고작이다. 묘지가 아니라 넓디넓은 장미 화원이요, 바람이 불면 표찰이 바람을 가르는 소리가 나는 것이 다를 뿐이다. 한 그루 장미로 돌아가는 소박한 자연 회귀의 이승 마무리다.

다른 하나는 군데군데 큰 수목이 서 있는 숲이요, 광활한 잔디밭이 펼쳐진 것이 고작이다. 한가족이나 가문 또는 친지끼리 어느 나무 아래 일정 잔디밭을 사들이고는 죽어서 유해를 그 영역의 잔디밭에 뿌리면 그만이다. 곧 그 나무가 집단 영혼을 대변케 하는 일종의 수목장이다. 한 그루 나무의 한 가지 잎새 하나로 다시 태어나니 영생염원을 충족시킨 것이 되기도 한다.

가까운 일본에서도 뼈 항아리를 묻고 그 위에 화목花木을 심는 수목장이 번지고 있다고 한다. 나무를 자르고 산을 헐며 묘석을 세우는 자연 파괴를 막고 무덤 관리 부담을 덜어준다는 뜻에서 발상된 것이라 한다.

나는 아내의 손을 가만히 잡는다. 아내는 말없이 나를 쳐다본다. 나는 삶의 이야기를 전한다. 자연으로 회귀시켜 달라고

따끈한 밥상

김혜숙
ajook47@hanmail.net

밥 잘 사주는 남자

우리 형부의 별명은 '밥 잘 사주는 남자'이다. 이 양반과 인연 맺은 사람 중에 그가 제공한 밥을 안 먹어본 사람은 없지 싶다. 그는 항상 밥을 사줄 마음의 준비가 되어있다. 그만하라고 만류하고 싶을 때도 있지만 아무도 말릴 수가 없다. 그의 취미활동이기에.

밥을 통해 친척, 친지, 친구, 이웃들과 왕래하며 삶을 나누는 일이 '참 행복'이라고 그는 말한다. 함께 따끈한 밥을 먹으면서 옛 추억을 불러내며 온기를 더하는 일, 빈 가슴을 사랑으로 채워주는 일, 위로와 격려로 힘과 용기를 주는 일, 축하하며 기쁨과 감사를 나누는 일. 이 모든 일을 상황에 맞게 밥 자리 마련하여 거뜬히 해낸다. 사람을 소중하게 생각하고 최대한의 예우를 표하는 그의 인기는 상종가. 이웃과 친지로부터는 지지와 신뢰를, 우리 형제자매나 그들의 배우자들에게서는 나눔과 기부의 대표주자로, 조카들에게서는 존경하는 어른, 사랑의 전달자로 인정받고 있다.

그는 친가 뿐만 아니라 처가에 대한 관심과 사랑도 지대하다. 복잡다단한 우리 친정집 가계도를 줄줄이 꿰고 있다. 경제적으로 어려운 친척과 연로한 어른들을 찾아뵙고 금일봉을 드리는 일, 대학 등록금이 부담되는 가정에 학비 보조, 우리 친정아버지 탄생 백 주년 기념집 출간비 전액 부담, 아버지 호를 딴 송석장학금

기부, 가족 국내외 나들이 때 비용 부담, 반 세기도 더 지난 그 옛날에 집안일 도와줬던 이를 어렵게 찾아내어 은혜 갚음 했던 일 등등. 헤아릴 수 없이 많은 적덕을 모두 쏟아낼 수가 없다. '밥 잘 사주는 남자'는 그의 상징이지만 그 속에는 정말 많은 산타클로스 같은 사연이 숨어있다. 쉽지 않은 실천이지만 표 내지 않고 잘도 한다. 낭중지추. 보이지 않으려 해도 저절로 새어 나온다. 수혜자의 발설로.

요즘 주변에 놀라운 변화가 일어나고 있다. 젊디젊은 조카가 아버지 비슷하게 닮아가고 있다. 조카가 그럴듯한 이유를 붙여 제공한 밥을 먹지 않을 수 없었다. 그 아버지에 그 아들이라, 흐뭇해지는 순간이었다. 친척들도 옛날과 다른 분위기가 조성이 되어가고 있다. 서로 밥 사겠다 하기도 하고 다음은 내 차례라며 못 박는 사람도 나타난다. 학습이 이뤄진 모양이다. '잘 산다는 것'은 많은 사람에게 좋은 영향력을 미치고 상대방에게 도움을 주는 것이라고 했다. 사람은 좋은 사람과 지내면 향기가 나고 그렇지 못한 사람을 사귀면 악취가 밴다는 안지추의 말을 떠올린다. '밥 잘 사주는 남자'는 꽃향기 그윽하게 전하는데 그의 처제인 나도 '밥 잘 사주는 여자'가 되어 참기름 냄새라도 고소하게 풍겨야 하지 않을까.

따끈한 밥 한 끼

최근에 우리 형부 못지않게 화제 만발한 팔순이 지난 한 할머니가 있다. 나의 대모님이다. 팔순 잔치 대신에 그동안 신세 진 이들에게 손수 지은 밥 한 끼를 대접한다는 목표를 세웠다. 이 어른도 한 번 마음 먹으면 줄달음치는 실천가이다. 집안을 꽃동산처럼 꾸며놓고 예쁜 내프킨 준비해두고 접시, 반찬 그릇, 컵 등을 손님맞이용으로 일습 교체하고 소꿉놀이하듯 들여다보며 기쁨이 충만했다. 설레고 기대된다며 만면에 웃음 가득이었다. 심지어 '내 인생의 축제'라며 즐기고 있었다. 발상은 신선했지만 나는 그녀가 누구의 도움도 없이 혼자서 그 대단한 가사노동의 부담을 감당할 수 있을까 염려됐다. 3층 계단을 오르내리는 장보기, 음식 만들기, 상 차리기, 설거지까지 누구의 도움도 받지 않으려 했다. 그의 의지대로 뜻이 맞는 사람들끼리 삼삼오오 모이는 초대형식으로 잔치는 몇 달 동안 계속됐다. 손수 김치 담그며 밤샘도 예사였다. 사실 걱정은 많았지만 행복에 들떠있는 그녀를 말릴 수가 없었다. 몇 달 동안 예상 인원 200명을 지나 300명을 훌쩍 넘겼다. 대모님 역시 우리 형부처럼 지인의 집안 대소사 기억하고 크고 작은 모임의 행사 챙기는 폭넓은 인간관계를 유지해온 건 알았지만 놀라운 숫자였다. 팔순 고개를 넘은 어른이 혼자 힘으로 일궈낸 일이다. 기적이다. 그 초인적인 힘은 어디에서 비롯됐을까. 사랑의 힘이고 갈망의 에너지이다. 초대받은 이들의 찬사와 놀라움, 기쁜 표정이 피곤함도 가시게 해주는 명약이었다. 예쁜 그릇, 정성껏 차려진 따끈한 밥과 국, 반찬, 후식까지 잘 대접해드린 손님들에게 극진한 선물까지 챙겨 보내는 자상함에 그들은 극찬을 아끼지 않았다. 초대받은 손님의 분위기에 따라서 축제로 이어지게 노래도 하고 때로는 좋은 글 낭송 등으로 기분을 고조시켰다. 좋은 기운이 전해지고 그 어떤 만찬보다 오래오래 기억될 잔치였다. 그녀는 꽃보다 아름다웠다. 내가 앞으로 인생 후반을 어떻게 정 나누며 좋은 모습으로 살아야 할지, 미리 길 안내하는 인생 선배 덕분에 예행연습은 필요하지 않겠다. 나뿐만 아니라 이웃에게도 미리 알려줄 필요가 있지 않을까. 대모님의 따끈한 밥 한 끼 소식을 신나게 퍼뜨려야겠다. 어른의 관용과 여유, 나이가 경륜으로 인정받는 세상을 만드는 데 도움이 될 듯싶다.

산의 고마움

백용덕
0123pyt@hanmail.net

전에 조계종 총무원장을 지내셨던 스님이 남기신 말씀이 귓가에 맴돈다. 그는 "산은 산이요, 물은 물이로다"라는 극히 평범한 말씀을 하셨다. 이 말은 어른들은 잘하지 못할지라도, 어린이라면 쉽게 할 수 있는 말이다. 지극히 쉬워 보이는 말이지만, 생각하면 할수록 이처럼 의미심장한 말도 없는 것 같다.

나는 평소 산을 자주 오른다. 산에 오르면 엊저녁에 있었던 마음 쓰이는 일들이 말끔히 없어지고, 시원한 솔바람 같은 것이 가슴을 파고든다. 답답하던 가슴이 시원해지며 온 세상이 나의 것 같은 생각이 든다. 이러한 기분은 느껴본 사람만이 알 수 있는 즐거움이다.

산은 언제나 받는 것 없이 자신이 생산한 모든 것을 마음껏 가져가도록 내놓는다. 물론 어디에 무엇이 있다고 떠들지 않지만, 하나 아낌없이 모든 것을 그대로 내준다. 아무런 대가를 바라지도 않는다. 이중 마음씨 고운 인간은 다음을 기약하고 나무나 풀 등 식물이 없어지지 않도록 새싹이 날 부분을 남겨두기도 하지만, 욕심이 많거나 아무것도 모르는 인간은 뿌리째 뽑아가 그 원천을 없애 버리기도 한다.

산에서 자라는 식물들은 자신을 희생하면서도 인간들에게 많은 이로움을 주고 있다. 강과 마찬가지로 산도 깨끗한 것 더러운 것을 가리지 않고, 모두 받아들여 정화시키며 자신의 영양소로 사용한다. 산에는 엄청난 나무와 풀들이 흙이나 바위 틈새에서 자라고 있다. 이들에게 누가 거름을 주거나 키우지 않아도 자연 환경에 적응하며 스스로 잘 자라고 있다.

산은 봄이면 인간들에게 각종 나물을 선물한다. 인간의 생활이 어려울 때는 봄에 산야에서 나오는 각종 나물들을 먹고 살아왔다. 지금은 살기 좋아졌지만, 산에서 나는 나물이 건강에 좋다는 것이 밝혀지면서 산은 인간들로 인해 몸살을 앓고 있다.

또한 가을에는 산에서 나오는 각종 버섯이나 나무들의 열매 및 약초들이 인간에게 즐거움을 주고 있다. 그러나 식물의 입장에서 보면 인간들이 얼마나 얄미울 것인가. 자신들은 추운 겨울을 움츠리고 살아나서 봄에 꽃을 피우고 가을에 열매를 맺어 후손들을 기약한 것인데, 인간들이 몽땅 훑어간다는 것을.

하지만 인간들은 몸에 좋다는 이유로 봄부터 어린싹을 뜯어 가는가 하면 가을에 식물들이 애써 만든 열매를 따가기도 하는 것이다. 물론 식물들도 자연의 이치를 알기에 자신이 만든 열매가 모두 싹을 틔우리라고는 기대하지 않는다. 이 중에는 자연의 섭리에 따라 새와 동물들에게 없어질 것을 생각하고 많은 열매를 맺는 것이리라. 인간이 가져가는 것도 이들에게는 동물들에 의해 사라지는 것의 하나로 생각하겠지만 요새는 그 도가 지나치다는 느낌이 든다.

요즘 생활이 좋아지자 인간들은 너나없이 건강 관리에 열중이다. 공휴일은 말할 것도 없고 평일이라도 퇴직했거나 어느 정도 기반이 잡힌 여자들로 산은 언제나 만원이다. 등산이 건강에 좋다는 것이 알려지자 시간이 있으면 산을 많이 오르는 것이다.

어디 이뿐인가. 산에 사는 모든 생물들이 산을 의지해서 한평생을 보낸다. 작은 것은 낙엽 밑이나 썩은 나무에 보금자리를 만들고 살아가는가 하면, 크고 작은 동물들도 산이 없으면 그들의 생을 유지하지 못할 것이다. 요사이 산촌에서는 멧돼지나 고라니 때문에 산간에 심은 곡식들의 수확이 어렵다고 한다. 그놈들의 개체수가 많아지기도 했지만 어쩌면 인간들이 그들의 먹잇감을 가지고 온 것 때문은 아닐까.

인간은 산에서 사시사철 많은 혜택을 받고 있지만 그의 고마움을 모르는 것 같아 안타깝다. 아무런 말이 없는 산이지만 그는 인간들이 하는 일을 똑똑히 보고 있다는 것을 마음에 두는 것이 좋을 것 같다.

그녀에게 건네는 위로

김창식
nixland@naver.com

지난 5월과 6월, 두 개의 문학상('흑구문학상', '조경희 수필문학상') 시상식에서 수상 소감을 말할 기회가 있었다. 수상을 계기로 글을 쓰게 된 동기, 글을 쓰는 이유, 어떤 글을 쓰려 하는가, 글을 쓰며 느낀 소회를 간추려본다.

대학 시절 문학에 뜻을 두었다가 사회에 진출하며 끈을 놓았다. 살다 보면 엎어진 김에 쉬어도 가고 마음을 두지 않는 곳에 오래 머물기도 한다지만, 20여 년은 결코 짧은 시간이 아니리라. 그러고 나서 또 15년이 지나 비로소 글을 쓰기 시작했으니2008년 등단 참으로 오랜 세월을 에둘러 온 셈이다.

항공사에 재직하며 세계를 무대로 출장도 다니고 해외 주재 근무도 했지만, 남들이 짐작하는 것처럼 마냥 화려하지는 않았다. 주로 공항에서 근무했는데, 매일 상황이 발생하는 일선 업무의 특성상 항상 긴장해야 했다. 회사를 그만둔 지 오래지만 습관은 남아 지금도 아침에 일어나면 날씨를 점검하곤 한다. 일종의 직업 후유증을 앓고 있는 것이랄까.

항공기 운항에 영향을 끼치는 안개가 낀 날이면 마음이 갈 곳을 잃는다. 날개 꺾인 비행기들의 거친 신음 소리가 들리고 공항의 혼잡과 수선스러움이 3D 입체 화면으로 펼쳐진다. 청춘과 장년을 바친 직장 생활을 폄하하는 것은 불편한 일일 것이다. 하지만 정신적으로는 황폐한 불모의 시기였던 것 같다. 회사에서의 승진과 경력 추구가 유일하고 가장 큰 관심사였으니까. 그 시절은 '가장 구체적이면서도 가장 허구적인 나날'이었다.

오랜 기간 무위無爲의 편리함이랄까 '생각하지 않고 지내는 일상의 자연스러움'에 길들어 있었던 듯하다. 어느 날 밤늦게 불콰한 얼굴로 집으로 돌아오는 버스 안에서. "오늘도 걷는다마는/정처 없는 이 발길~" 흔들리며 자다 깨다를 반복하는데 낯선 얼굴이 보였다. 차창에 비친 저 수상한 존재가 누구인가? 그것은 세속적이고 물질적인 것을 좇느라 '페르소나'로서의 분식된 삶을 살아온 중년 사내의 모습이었다. 차창에 비친 자화상은 나를 되돌아보게 했다. 허허로운 실존의 인식이 글을 쓰게 된 모티브가 된 것이다.

마음 가는 곳에 길이 있다더니, 글을 쓰기로 마음을 굳히니, 어디서 그렇게 쓰고 싶은 일들이 생겨나는지 신기하기만 했다. 갖가지 상념이 지그재그zigzag로 뻗어나가고, 온갖 이미지들이 형형색색의 나비처럼 날아오르며, 지하토굴에 가두어 놓았던 기억들이 먼저 꺼내달라고 아우성을 쳤다.

왜 글을 쓰는가를 자문한다. 삶의 숨은 뜻을 찾아서? 삶의 형적形跡을 디듬어 보기 위해? 방황하는 한 노력하니까? 모험을 하려고? 모험하지 않는 것도 모험이므로? '그냥, 그저, 대책 없이!'라는 표현이 오히려 그럴듯하다. 그렇더라도 이제 글을 쓰지 않는 삶은 상상할 수 없게 되었으니 병에 걸려도 중병에 걸린 모양이다. 이제는 글을 안 쓰면 불안하고 초조하다. 글 쓰는 일이 '존재의 이유'가 됐으니 이것이 좋은 일인지 아닌지 도통 모르겠다.

다른 한편으로 글을 쓰는 이유가 절실한 소통 욕구 때문이 아닐까 하는 생각도 든다. 결여된 것이 있고 부족함이 있어서인 것 같다. 글로써 기쁨은 물론이요, 결핍과 외로움도 나누고 싶다. 그것이야말로 진정한 소통이요 공감이 아닌가 한다. 그렇다면 네게 부족한 부분이 무엇이냐고 물을 수도 있겠다. 그것은 당장 밝힐 수 없다. 영업 비밀이어서. 어쨌거나 외로움과 고통을 한 자락씩 글로 펼쳐 보이고 싶다.

수필에는 삶과 관련된 해석이 따라야 한다고 믿는다. 글을 쓸 때 염두에 두는 것은, '지금, 여기, 이곳'의 문제다. 문화 현상이나, 추억의 명화, 오래된 팝 명곡('Oldies but Goodies')을 다룰 때도 현시성現時性의 맥락을 떠올린다. 인간에게 내재한 원형의 정서도 짚어본다. 보편적이고 근원적인 주제야말로 임박한 관심사가 아닐까 하는 생각이 든다.

수필 문학의 격을 높이는데 기여하고 싶은 바람을 가진다. 일상의 경험에서 의미를 찾아내 깨달음에 이르는 글을 쓰고 싶다. 인간성을 고양高揚하는 글, 지적인 성찰의 단초를 주는 글, 마음을 움직여 변화를 이끌어내는 글, 치열한 사유와 시적 서정이 어우러진 글을 쓰려고 한다. 그렇게 하여 같은 길을 걷는 문우는 물론 일반 독자와도 널리 소통하고 싶은 마음 간절하다.

'글을 쓰기 시작하니 반찬이 달라졌어요!' 체력장 점수 아닌 다른 이유로도 반찬이 달라질 수 있음을 알았다. 좋은 직장 제 발로 걸어 차고 '직업 같지 않은 직업'을 택한 나는 그나마 행운아가 아닌가 한다. 엄혹한 시절 사는 데 별 도움이 되지도 않는 글을 쓰는 나를 이해하고 격려해준 수더분한 아내가 있어서. 생각해보면 그 위로는 내가 건네야 하는 것이었는데.

빈집을 지키고 있는 편지

황옥주
h-okjoo@hanmail.net

시골의 빈집들을 만나는 것은 아주 흔한 일이지만 오늘 하산 길에서 본 빈집은 한참이나 내 발길을 잡고 놓아주질 않았다.

빈집이 다 그렇듯 그 집의 좁은 마당에도 잡초들이 무성했다. 잡초 속에는 약방의 감초인 양 눈치 없는 개망초들도 섞여있었다. 가장자리로는 대밭에서 기어나온 칡이며 이름 모를 넝쿨들이 설키고 얽힌 채 토방까지 기웃거린다. 사람의 발길만 닿지 않는다면 가뭄쯤은 아무렇지도 않은 모양이다. 지붕 위에선 심지어 오동나무까지 자라고 있다.

돌담의 한쪽도 조금 무너져 내렸다. 장독대로 쓰였을 돌무더기 주변에 파리하게 여윈 봉선화 몇 그루가 애잔해 보인다. 잡초에 시달리며 혼자 피고 혼자 질 꽃, 내년에 다시 피리라는 보장도 없다. 주변의 풀들을 뽑아주고 싶은 충동도 있었지만 선뜻 맘대로 들어가지 못했다. 풀 몇 포기 없앤다고 원기 잃은 봉선화가 옛 영광의 번성기를 되찾을 것은 아니나 쇄락해 가는 모습에서 연민의 정을 거둬들이기 어려웠다.

위치로 보아 집주인은 여유로운 사람은 아니었을 것 같다. 좁은 길이며 가파른 언덕배기, 답답한 공간, 낮은 담도 막돌로 쌓아 놓았다. 가난한 사람들이 사는 집은 대개가 이렇다. 마음대로 지을 수 있는 넓고 평평한 땅이 있었다면 그는 이미 가진 자다. 가지지 못해 산협山峽에 의지하고 있어도 바람이 자유롭고, 월광이 쏟아지는 밤이면 앞산의 산비둘기 울음소리에 잠들기가 편했을 곳이다.

사람들은 더 좋은 삶을 누려보자는 희망으로 옛집을 버린다. 때로는 어쩌지 못해 고향을 등질 때도 있다. 나도 어렸을 적 아버지의 종교 때문에 고향을 떠났다. 살던 집을 뒤에 두고 돌아설 때의 솟구친 눈물의 쓰림은 겪지 않은 사람은 모른다. 챙겨갈 수가 없어 남겨진 집이니 유불여무有不如無다. 살지 못할 집은 실체는 있어도 없는 거나 같다. 남부여대하고 떠나온 실향민들의 아픔, 행복하게 살 수 있는 곳이었다면 어느 누가 고향을 뜰까?

이 집도 한때는 어린애들의 발자국 소리가 소란스러웠을 것이며 한가한 웃음소리가 그치지 않았을 것이다. 혼불이 나갔던 집, 혼불 따라 하늘에 올랐던 영은 서럽던 어느 날을 잊지 않고 해마다 찾아오곤 했을 것이다. 이제는 영혼을 불러줄 사람도 잔 올릴 손도 앉아볼 돗자리도 없어 영혼은 허공이나 떠돌다 돌아갔을 것이다. 사람 그림자 없는 빈집은 그래서 슬프다.

지번地番은 무인도도 바위산도 가지고 있다. 쓰러져가는 빈집이라고 주소가 없으려고. 쪽문 녹슨 양철함 속에 편지(?) 한 통이 누렇다. 바르게 적혀진 주소를 찾아왔을 것이다. 눈비에 젖고 마르기 그 몇 번, 겉 글씨는 물론 속 글씨인들 그대로 남아있을 것 같지가 않다.

만감이 회오리를 일으키며 머릿속을 휘젓는다. 읽혀질 날은 기약도 없이 빈집이나 지켜야 할 거면 오지 않았어야 좋았을 편지다. 발신인이 직접 찾아왔대도 발길 끊어진 집에서 뉘와 더불어 편지의 뒷얘기를 이어볼 수가 있었으랴.

공연히 편지의 사연도 궁금했다. 피곤한 몸을 다스리기 힘든 자식이 부모님에 대한 사무친 그리움을 적었을까? 편리한 아파트가 생겼으니 고향을 버리고 올라오시라는 얘길 담았을까? 아무래도 아닐 것 같다. 부모 생각하는 자식이라면 편지보다 발길이 먼저 닿았어야 옳다. 아니라면 세금이나 걷어내려는 독촉장이라도 들어있을까? 상상의 실타래가 멋대로 얽혀 생각사로 어지럽다.

날마다 해는 어김없이 부상扶桑에 오르고, 우연禺淵: 전설에서 해가 지는 곳이라 전해진 곳에 잠긴다. 세월의 모습이고 그림자다. 가고 돌아오지 않은 무상함은 사람의 마음까지도 빼앗으려 드는데 풍상이 섞바뀌어 몰아친 어느 날이면 그 집도 편지도 흔적 없이 사라지리라.

갑자기 풀숲에서 두꺼비 한 마리가 길로 기어 나온 바람에 기겁하듯 놀랐다. 더위에 기죽었던 녀석이 주린 배를 채우며 살아있음을 즐기려 함인 듯싶다. 간헐적으로 수런수런 소슬한 바람이 주변의 존재하는 것 하나하나에 입술을 스치고 지난다.

고개를 돌려 발길을 떼는데 멀리 남쪽 산 너머 고향 하늘이 그립다. 떠나온 내 집 그 대문 틈에도 한 번쯤 나를 기다리는 편지가 놓인 적 있었을까?

사람은 만남으로 정을 이룬다. 만남이 없는 곳에서는 애초 인연도 사랑도 싹이 트지 않는다. 오고 감이 뜸해지면 쌓인 정도 성글어지는데 연을 잇지 못한 편지 한 통, 석양빛에 홀로 외롭다.

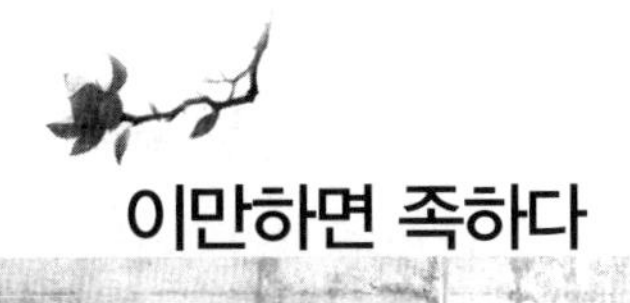

이만하면 족하다

장명옥
mokchang@gmail.com

지금, 조절이 잘 된 성능 좋은 카메라의 렌즈가 내 손에 들려 있다면, 눈앞에 보이는 이 평안함을 한 장의 사진으로 정지시켜 놓을 수 있을까. 4개의 창과 1개의 출입문도 온통 통유리로 되어있다. 커튼도 없다. 보이는 건 유리를 사이에 둔 안과 밖이다. 안의 왼쪽으로 하얀 그랜드 피아노가 보인다. 오른쪽에는 하얀 긴 소파가 놓여있다. 밖은 초록 세상이다. 손 뻗으면 닿을 듯 가까이 보이는 야트막한 산등성이가 초록이다. 발코니 화분에는 초여름의 싱싱한 초록 잎새들이 키 큰 소나무들 앞에서 반짝인다. 동향 창이다. 해가 어느덧 중천에 머물고 있다. 가끔씩 지저귀는 새소리들과 먼 데서 지나가는 자동차들의 소음도 끼어든다. 평화롭다. 창밖의 페디오에 놓인 탁자와 흔들의자가, 골짜기로 몰려 지나가는 바람이 시원하다며 더위를 식히러 나오란다. 유아용 새빨간 자동차도 오수를 즐기나 보다. 창밖의 초록 세상만이 가슴에 꽉 찬 단순무치 여인의 자리가 좋다. 요만한 세상이면 족한 듯하다.

순간이 영원이고 영원이 순간인 듯 살아가고 있는 건 변함이 없다. 세상이 아무리 넓다 해도 지금 내 세상은 두 눈으로 보고 있는 창의 안과 밖일 뿐이다. 티팟에서는 차가 완료되었다는 신호가 울린다. 차 한 잔 손에 들고 다시 제자리에 앉는다. 일곱 달 외손녀가 잠깐 잠든 사이의 이 조용한 여유가 금싸라기같이 귀하다. 동그란 눈, 생글거리는 입의 아기는 귀엽고 사랑스럽다. 그 재롱에 흠뻑 빠져, 새벽잠 설치고 일찍 일어나 달려온다. 새카만 세상, 존재하는 건 내 앞차들의 빨간 불과 좌편의 마주 비쳐오는 하얀 불빛만 보면서 110번과 101번 프리웨이를 달려와 식은땀을 말리며 잠든 식구들 깨울까 조심해서 문 열고 들어온다.

누가 내 이 들뜬 마음을 알아줄까. 왜 사서 고생을 하느냐고 걱정들 해주지만, 일주일에 두 번, 하루 열 시간의 노동은 좀 더 계속될 듯하다. 일요일에만 만나는 할아버지의 가슴에 안긴 팔에서, 목을 길게 빼고 두 손 쭉 뻗어 내게 오겠다며 옹알댈 때의 사랑스러움을 억만금을 주고라면 살 수 있을까. 지금은 그 손녀가 잠든 시간이다.

앞만 바라보고 있다. 하늘도 산도 길도 나무도 있다. 아, 창밖에서 날아다니는 나비 한 쌍도 보인다.

좁혀 살고 싶다. 문을 열고 밖으로 나갈 수 있다는 것도 잊고 싶다. 꽉 찬 지구에서 그 많은 것 다 못 보면 무어가 대수인가. 노아의 방주에서의 느낌이 이런 것 아니었을까 하는 자만도 해본다. 옛것이, 옛말이 그 가치를 더욱 귀하게 전해주는 만큼, 오늘의 세상은 무섭다. 다 잊고 텅 빈 좁은 문 안에서 한 곳만 보며 살 수 없을까.

이럴 때 왜 느닷없이 칸트의 물자체Ding an sich가 생각나는 걸까. 어렵고 어려워 이해 안 된다고 질문하며 애쓰던 이론이, 지금은 편안한 마음으로 그래 이런 거 아닐까 하며 끄덕여진다. 80 평생 독신으로 공부만 한 사람이야 이런 편안하고 엉뚱한 기분을 모르리라. "이것이면 족하다."라는 말을 해 본다. 시야를 좁히고 귀를 막으니, 베토벤의 가슴 속 박동 소리도 들을 수 있을 것 같다. 이만하면 충분히 좋은 것을, 무슨 욕심을 그리 크게 키우면서 나 아닌 너는 전혀 거들떠보지 않는 사람들이 많아지는 걸까. 나와 너만이 아닌, 너도 나일 수 있음을 알아가는 사람이 많아지면 좋겠다. 창틀도 없애고 오는 사람 가는 사람이 모두 다 한가족일 수 있는 세상도 내 카메라에 담길 수 있지 않을까.

칸트를 생각한다. 그의 일생을 통한 여러 이론 중에서도 언제나 걸림돌이 되던 물자체란 단어, 신의 존재와 인간의 존재를 온통 흔들어 놓아 여기저기서 미운털이 박히며 뽑히며 살다 간 칸트. 그도 마지막으로 한 말은 "그것으로 좋다Es ist gut."였다고 한다. 세상 산다는 건, 빈손으로도 족하지 않을까. 내 뜻대로 태어난 곳은 아니지만, 한판의 연극으로 끝내기에는 아쉽고 행복한 순간들이 아닌가. 왜 이 안온한 정적 속에서도 조그만 내 가슴은 들끓어야 하나. 얄미운 생각, 미운 마음, 끊지 못할 한스러움이 쌓여만 가는 시간들이 아쉽다.

눈을 들어 정면을 본다. 발이 긴 살집이라고는 하나도 없이 연필로 죽 죽 그려 놓은 듯한 거미 하나가 천정에서 획 떨어져 내린다. 그래, 너도 살아있구나. 살아있는 모든 것은 아름답구나 고개를 끄덕인다. 방안에서 손녀의 울음소리도 들려온다. 자, 이제 정적은 끝났다. 일상으로의 복귀도 참 아름답구나 하며 서둘러 일어선다.

아내의 손

강승택
kst1000-2000@hanmail.net

한 번쯤 아내와 마주해본 사람이라면 그래서 자기도 모르게 아내의 손끝에 시선이 머물렀다면 아내의 손이 남과 다름을 어렵지 않게 발견할 수 있었으리라. 나는 지금까지 누구에게도 아내의 손에 대해 말한 적이 없다. 일부러 숨기려 숨긴 것이 아니라 보고도 못 본 척, 알아도 모른 채 그렇게 지나는 것을 상대에 대한 배려쯤으로 생각하는 사람들에게 굳이 아내의 손에 얽힌 사연을 털어놓음으로써 세상 밖으로 드러낼 필요가 없었기 때문이다. 그렇다고 언제까지 가슴에 묻어만 두고 지내기엔 살아온 세월이 간단치가 않다. 아내의 입장에서야 지우고 싶은 기억들이겠으나 시련도 추억이라 했으니 이쯤에서 지난 이야기를 반추한들 큰 흉이 될까.

약혼반지를 맞추러 가기로 한 날, 다방에 마주앉은 여자의 입에서 반지를 만들지 않으면 안 되겠느냐는 소리가 조심스레 흘러나왔다. 서른다섯 늦은 나이에 이제 겨우 제 짝을 찾았다는 안도감이 채 가시기도 전에 던져진 여자의 한 마디는 충격이 아닐 수 없었다. 불길한 예감과 함께 잠시 침묵이 흐른 뒤였다. 여자가 내민 것은 가운뎃손가락 한마디가 잘려나간 자신의 손이었다. 선한 눈매에 끌려 만난 지 일주일 만에 청혼한 남자에게 여자의 손이 왜 그렇게 낯설어 보였는지 알 수가 없었다. 세상 풍파와는 어느 정도 거리가 있어 보이는 이 앳된 여자에게도 무슨 말 못할 사연이 숨어있다는 것일까. 궁금증이 고개를 드는데 여자는 담담히 자신의 지난날을 이야기했다.

너나없이 어렵던 시절. 여자는 이른바 주경야독으로 학교에 다녔다. 넉넉지 못한 집안 형편에 5남매의 장녀인 여자로서는 일찌감치 직장을 찾아 나서지 않을 수 없었다. 금속 제품을 만드는 회사였다. 각종 쇠붙이가 잘려나가는 작업환경이다 보니 위험 요소는 어디든 항상 도사리고 있었다. 그날 일이 꼬이느라 그랬는지 자기 분야도 아닌 일에 불현듯 호기심을 느낀 것이 화근이었다. 한참 돌아가는 기계에 여자가 무심코 손을 댄 순간이었다. 무언가 빠져나가는 느낌과 함께 그만 정신을 잃고 말았다. 사람들이 급히 달려오고 피 흘리는 양손을 감싸 쥐고 나서야 자신의 몸에서 무슨 일이 일어났는지 희미하게 깨달았다. 순간 모든 것이 끝났다는 절망감과 그나마 가졌던 꿈도 접어야 한다는 생각이 잠깐이었지만 빠르게 스치고 지나갔다. 신기한 것은 그 와중에도 아버지와 어머니의 얼굴만은 또렷이 떠올렸다는 점이다. 야간 수업이 늦게 끝난 밤, 아버지는 언제나 동구 밖 정자나무 아래에 자전거를 받치고 기다리셨다. 짙은 어둠 속에서도 딸의 움직임만은 용케 찾아내 손을 내밀던 아버지. 뙤약볕 아래서 밭고랑을 일구던 어머니의 수심에 찬 얼굴도 스치고 지나갔다. '뭐라고 말하지? 뭐라고 말하지?' 해를 꼴딱 넘기면서 놀던 아이가 늦은 귀갓길을 걱정하듯 여자는 벌어진 상황을 어찌 설명해야 할지 몰라 마음만 졸였단다.

말을 마친 여자가 씁쓸히 웃으며 한 마디 보탰다. 이런 손에 반지를 낀들 무슨 의미가 있겠느냐고.

늦은 밤, 아내의 손을 들여다본다. 손톱 없는 손끝이 뭉툭하다. 가늘고 흰 손. 잘려나간 손마디만 아니었다면 남들처럼 예뻤을 손이다. 의학 기술이 지금처럼만 발달했어도 한쪽 손가락은 살릴 수 있었을 것이라던 언젠가 아내의 말이 귓가에 아득하다. 한창 민감했을 나이에 세상 원망인들 왜 없었을까. 아무것도 못할 것 같은 두려움에 처음엔 자포자기 심정으로 지냈다는 아내였다. 그런 아내가 신기하게도 결혼과 함께 모든 것을 털고 일어섰다. 그리고 여자의 손으로 할 수 있는 일이라면 무슨 일이든 마다치 않았다. 홈패션 일에서부터 우유 배달, 회사 식당 조리원, 당시로는 이름도 생소했던 베이비시터 등. 지금까지 거쳐온 일만 대충 세어도 여덟 가지가 넘는다. 남이 보면 억척스러우리만큼 일에 매달렸다. 넉넉지는 못해도 꼬박꼬박 쥐여 주는 남편의 월급봉투가 있었음에도 무슨 까닭인지 한시도 손 놓고 지내본 적이 없다.

함께 숫자를 나타내는 수신호를 주고받을 때가 있다. 아내가 손가락 두 개를 펴 보이면 당연히 둘인 줄 알면서도 '하나 반?' 하고 내가 묻는다. 온전히 두 손가락을 다 펴 보이지 못하는 아내의 손은 정상인의 손에 비하면 분명 결격 사유가 있지만 한 가장을 위해 자신의 모든 것을 쏟아 부은 아내의 손이야말로 내겐 더없이 소중하고 위대한 손이다.

시카고를 스케치하다

오태자
rudia0502@naver.com

인종 전시장과 다를 바 없는 선착장에는 35℃를 오르내리는 땡볕의 더위가 기승을 부린다. 그런 더위 속에서도 사람들은 질서를 지키며 승선을 기다린다. 호수 양옆으로 예쁘장한 산책길이 나 있다. 강 같은 호수를 따라 사열하듯 서 있는 빌딩 안에는 예쁜 카페들이 즐비하다.

카페의 난간에 걸터앉은 색색의 꽃들이 농염하기 그지없다. 물줄기를 따라 올라가는 내내 그 아름다움을 뽐내며 지나는 사람들의 마음을 즐겁게 한다. 하얀 비치파라솔 그늘에는 백발을 자랑하는 노부부들이 인생의 황혼기를 즐기는 듯 여유를 보여 주고 있다.

그런 그들의 모습을 바라보며 나는 나의 노년을 그려본다. 건강이 유지된다면 지금처럼 여행을 즐기리라, 마음속으로 더 멋진 노년을 꿈꿔 보지만 그게 과연 내 소망대로 이루어질 것인지…. 백발을 자랑하는 그들의 모습에서 세월의 두툼한 무게가 느껴진다. 참으로 아름다운 모습이다. 얼굴을 턱으로 괴고 마주 보며 눈으로 사랑을 나누는 연인들도 보인다. 모두가 그림 같은 모습이다.

유람선은 서서히 물 위를 가르며 미끄러져 간다. 쌩쌩 질주하는 모터보트가 젊음을 만끽하듯 구릿빛 젊은이들이 신이 나서 내달린다. 그 옆을 지나는 바나나 모양의 카누가 모터보트가 스쳐 지나갈 때마다 배가 출렁이며 널뛰기를 한다. 그걸 보고 있는 내 가슴이 콩닥콩닥, 간담이 서늘하다. 언제 왔을까. 물놀이에 빠질 수 없는 오리가족이 뒤뚱거리며 겁도 없이 잘도 빠져나간다. 더위를 피해 소풍 나온 가족들의 행렬인 듯싶다.

강물 위로 내려앉은 햇살이 눈부시다. 한낮의 햇살은 기세등등, 온 세상을 지배한 것 같다. 건물에 부딪힌 햇빛은 수많은 빛의 파편들을 빌딩 숲으로 쏟아내고 있다. 선상에도 햇빛이 피할 길을 주지 않고 사정없이 쏟아져 내린다. 갖가지 모양으로 키 재기를 하는 마천루의 옥탑들이 하늘을 찌를 듯한 기세다.

구릿빛 얼굴로 그을린 선상 가이드의 모습이 건강으로 넘쳐난다. 뭔가 열심히 설명을 하고 있지만 그 나라 말을 모르니 도통 무슨 말을 하는지 알 수가 없다.

대충 나의 시각을 동원하여 해석해본다. 표정에서 교감을 느끼는 상상이라니…. 나도 모르게 '쿡'하고 웃음이 나온다.

현대 건축의 요람이라고 하는 시카고는 북미 최고의 환상적인 건축물로 즐비하다. 건물마다 독창적인 예술작품이다. 햇살이 어찌나 뜨겁던지 나의 눈은 그늘 없는 선상에서 그늘을 찾느라 분주하다. 간절함이 목이 탄다. 손자 진호가 호들갑을 떨며 할머니를 부른다.

'할머니 좋아하는 옥수수에서 사람이 살고 있어요.'

거짓말처럼 눈앞에 거대한 쌍둥이 옥수수 빌딩이 우뚝 서 있다. 여과 없이 옥수수를 세워 놓은 꼴이다. 속의 깡치는 빼버리고 알맹이만 부풀려 세워 놓은 것 같다. 저층은 주차장으로 쓰고 중층이상으로는 주거 공간인 듯한 초고층 빌딩으로 아름답고 멋있는 빌딩이다. 우리는 옥수수 빌딩 앞으로 지날 때는 약속이나 한 듯 모두가 함성을 지르며 감탄사를 연발했다.

1871년 27시간에 걸친 대형화재로 유명한 시카고는 물, 바람, 호수의 도시로 항만 수송과 내륙 지방으로서 교통이 잘 연계되어 있어서 물류 수송의 요충지로 각광 받고 있다. 주중이라 그런지 관광객은 적지만 유람선을 타고 호수에서 바라보는 아름다운 건축미는 강대한 국가라는 이미지를 심어준다.

그러나 날로 발전하는 대도시의 그늘에서 가슴을 파고드는 신음 소리는 우리를 슬프게 한다. 코리아타운에 있는 대부분의 교민 가게들은 개점휴업 상태라고 해야 할까? 인적이 드문 거리는 식당을 이용하는 여행자들의 발길로 겨우 명맥을 유지하고 있고 진열장의 상품은 뿌연 먼지에 쌓인 채 시름시름 졸고 있다. '견물생심見物生心', 사람들의 심리를 유혹할 의지가 전혀 없는 듯하다. 시카고는 다른 지역과 달리 특파원이나 유학생들로 형성되어 있어 이민 역사가 짧고 상권이 활발하지 못하다. 먼지에 쌓여있는 상품은 고객을 사로잡을 힘이 없어 보인다. 평범 쪽에서 특별 쪽으로 가기 위해 돈을 버는 것은 아니지만 이곳 이국까지 건너왔을 때 어떤 변화의 기대로 시작한 것이 아니던가. 같은 민족이라 그런지 더 마음이 쓰이고 더 안쓰러워 보인다.

꿈을 가지고 산다는 건 꿈으로 가는 과정을 즐겨야 한다. 세상은 내가 일구는 밭이다. 천박한 땅에서 피는 꽃이 더 향기가 짙은 것처럼 한민족의 성실과 능력을 다시 한 번 발휘하기를 기대한다. 그리하여 노력한 만큼 소망하는 꿈이 이루어지기를….

나도 목련이다

조옥규
okkyu515@yahoo.com

목련꽃이 피었다. 며칠 전만 해도 앙상했던 가지에 수없이 많은 꽃송이가 맺혀 봄 햇살에 순결한 입술을 벌린다. 오랜 가뭄으로 소생하기 어려운 고목인가 싶었더니 겨우내 힘겹게 수액을 끌어모아 봄의 향연을 준비했나 보다. 비단옷을 차려입은 꽃으로 세상을 밝혀 누군가에게 기쁨을 주려 인고의 세월을 견뎠나 보다.

세월의 흐름에 따라 목련을 바라보는 시각도 달라지고 느낌도 변한다. 한창 젊었던 시절, 이맘때가 되면 박목월 시인의 '사월의 노래'를 음송吟誦하고, 베르테르의 순수하고 애틋한 사랑에 가슴 설레었다.

목련꽃이 만발했으니 차 한 잔 하자며 동네 친구는 나를 불렀고, 청와대에선 육영수 여사가 혼자 보기 아깝다며 여기자들을 초청해 꽃을 완상하며 정담을 나눴다는 소식도 들렸다.

그러나 어느새 꽃의 아름다움보다는 노목이 되어서도 의연하게 꽃을 피워내는 목련의 집념과 노고에 감탄하는 나이에 이르렀다.

부모에게 있어 자식은 꽃이라 할 수 있다. 아이들이 모두 장성하여 분가하고 나니 존재감의 한 축이 허물어지는 것 같았다.

뇌 기능의 양면성이랄까, 아이들 뒷바라지에서 놓여난 여유로움이 싫다 할 수는 없지만 왠지 모르게 허허로운 바람이 마음속을 휘젓고 다녔다.

노심초사하며 집안일 바깥일에 종종걸음칠 적에는 언제쯤이나 자아실현을 위한 여유를 가질 수 있을까, 그날이 기다려지기도 했다.

어느덧 흐르는 세월에 편승하여 과중한 책임으로부터 풀려났다. 목련이 가지마다 예쁜 꽃을 피우며 여유롭게 미소 짓듯이 나 또한 제각기 가정을 꾸리기에 여념이 없는 자식들을 대견스레 바라본다. 그럼에도 불구하고 마음 자락을 스치는 찬바람의 정체는 무엇일까. 녹슨 돌쩌귀가 삐걱대듯이 보람감과 상실감이 맞물려 돌아가며 불협화음을 낸다.

몇 년 전, 유럽 여행길에 만난 할머니가 있었다. 대부분의 이민자들이 그러하듯이 맨땅을 일구듯 고된 생활 속에서도 자식들이 성장하는 보람에 힘든 줄 몰랐다고 하셨다. 다행히 아이들이 잘 자라 제 갈 길 갔으니 무슨 여한이 있겠는가. 하지만 당신의 인생이 너무나 쓸쓸하고 허무하다는 생각이 든다고 하셨다.

의사인 딸에게 용건이 있어 전화를 걸면 지금은 바쁘니 나중에 보자며 일방적으로 끊어버리고 며칠을 기다려도 연락이 없다 했다. 바쁜 직업이니 이해하자며 자신을 추슬러 보지만 서럽기도 하고 자존심도 상해 말없이 여행길에 올랐다고 하셨다. 그럼에도 기념품 가게에서 자식들의 선물을 고르는 할머니의 얼굴에 행복한 미소가 가득 퍼지니 도대체 어미의 사랑은 어디까지일까.

부모는 자식에게 필요한 존재일 때 삶의 의욕이 샘솟고 행복감도 피어난다.

밥상머리에 올망졸망 둘러앉아 제비 새끼처럼 밥을 받아먹는 아이들을 바라보며 얼마나 흐뭇했던가. 가슴이 벌어지고 부모보다 키가 더 자랐을 때의 기쁨은 또 어떠했던가. 그때는 자식을 위한 일이라면 태산을 들어 올리라 해도 무서울 것이 없었다.

부모들은 세월의 옷을 껴입을수록 어린아이를 닮아간다. 자식에게 관심받고 싶어 하는 마음도 세찬 바람에 멍든 꽃잎처럼 심신이 여려졌기 때문일 것이다.

목련화를 일명 북향화北向花라더니 과연 꽃봉오리가 한결같이 북쪽을 바라보고 있다. 설화에 의하면 사랑을 이루지 못하고 죽은 여인이 목련꽃으로 피어나 오매불망 임 계신 곳을 바라본다고 한다.

사랑의 본질이야 좀 다를지 모르지만 부모들은 자식을 향해 피는 목련화가 아닐까. 언제나 같은 자세로 상실의 아픔도 보람과 감사로 승화시키며 자식들을 향하여 목을 길게 빼는, 나도 목련이다.

나팔꽃과 호박꽃

김기연
kky067@hanmail.net

6월 어느 날 동이 트자 산책을 나갔다. 오전 오후 기온의 차가 20도를 넘나드는 이상 기온이라 하더니 딱 감기 걸리기 십상이다. 강둑을 따라 걸으니 공기는 더욱 냉랭하다. 강은 물이 흘러야 격에 맞는데 바싹 마른 강바닥이 애처롭다. 강가의 풀들은 온통 녹색의 물결로 신선하게 느껴진다. 과수원의 새파란 열매는 갓 태어난 아기처럼 작고 귀엽다. 머지않아 빨갛게 익어 우리의 입을 즐겁게 해 주리라는 상상을 하니 입안에 침이 고인다.

"어머나! 어쩌면 이렇게 고울까!" 감탄사와 함께 걸음을 멈추게 하는 것이 있었으니 다름 아닌 나팔꽃들이었다. 어느 가수의 노랫말처럼 이 고운 빛은 어디에서 왔을까! 진하지도 엷지도 않은 보라색 꽃잎이 환상적이다. 안쪽에는 더 짙은 가지 색의 오각형 무늬를 넣은 모양이 또한 예사롭지 않다. 좀 더 깊이 수술 쪽으로 들어가면서 분홍색과 흰색으로 차츰 엷어져 갔다. 화가가 무색할 정도이다. 줄기와 잎은 흉물스런 가시철조망을 감추어 주기라도 할 것처럼 몸뚱이를 칭칭 감아 올라가서 초록빛의 담장을 만들었다. 그 위에 꽃들을 피웠으니 금상첨화이다. 마치 오케스트라에서 모든 악기의 소리가 조화를 이루어야지 아름다운 교향곡이 되듯이 자연의 아름다움도 조화의 미에서 오는 것 같다. 근래에 여객선 '세월호' 침몰 사건, 전염병 '메르스', 각종 사건 사고들, 가슴 아픈 일들이 많아 심란한데 잠시나마 잊고 환희를 느낄 수 있어 다행이다. 자연이 있는 한 우리 인간은 외롭지 않다.

자리를 뜨려는데 발밑에 호박꽃이 푸른 잎 사이로 고개를 내밀고 있다. "나는 왜 외면하는 거죠? 나의 이 노란색이 예쁘지 않나요? 나를 본체만체하다니 저는 슬퍼지거든요!" 그렇다. 걸음을 멈추기는커녕 보려 하지 않았다. 눈에 보일 뿐 스치고 지나가는 꽃이다. 나팔꽃의 아름다움에 취해 있는 동안 호박꽃은 관심 밖이었다. 나는 호박꽃에게 "사실은 너는 나팔꽃처럼 아름답다고 할 수는 없어, 하지만 자세히 보니 참 튼실하게도 생겼구나. 샛노란 꽃의 빛깔은 참 싱그러워 보인다. 그리고 너는 우리에게 먹을 수 있는 열매를 주지, 이제 좀 있으면 네 인기가 올라갈테니 너무 슬퍼하지 않는 것이 좋겠다."라고 말해 주고 싶다. 정말로 좋은 열매를 맺을 준비를 하는 호박꽃은 아주 씩씩하다. 나팔꽃은 잠시 우리 눈과 마음을 즐겁게 해주지만, 호박꽃의 열매는 사람의 생명을 살리는 신이 준 귀중한 선물이다. 어린 애호박 때나 황금빛으로 늙어도 사람들의 입맛을 즐겁게 해줄 뿐만 아니라 몸에 이로운 영양분을 공급해준다. 또한 줄기는 된장찌개에 넣어 먹고 잎사귀는 쌈 싸서 먹으니 어디 하나 버릴 것이 없다. 야채를 잘 먹지 않는 우리 집 막내가 애호박 부침만은 아주 잘 먹어 다행으로 여기고 있다.

나는 한때 종이꽃을 아주 싫어한 적이 있었다. 보기에는 아름답지만 향기가 없는 죽은 꽃이기 때문이다. 하지만 그 생각은 편견이며 나의 오만에서 나온 것임을 늦게 깨닫는다. 편견과 오만은 우리 마음의 독소라 한다. 비록 종이꽃이 향은 없지만 우리의 눈을 즐겁게 하지 않던가. 그것만이라도 본연의 책임을 다했다고 할 수 있다.

사람도 마찬가지이다. 아무리 못생긴 바보에게도 한 가지 재주는 있다. 신은 그렇게 만들어 놓았다. 그 재주를 발견하여 수정 보완해가며 발전시키는 것이 중요하다. 나는 왜 이러한 하늘의 섭리를 일찍 깨닫지 못했는가! 오랜 옛날 사춘기 때 꽤나 나 자신을 괴롭혀왔다. '나는 왜 이렇게 키가 작고 못났지, 남들처럼 좀 더 예뻤으면 좋을 텐데….' 그것이 마치 부모의 탓인 양 나의 단점만을 꼬집어가며 짜증을 자주 냈다. 모든 것을 다 잘해서 남에게 칭찬받기를 좋아하여 나를 피곤하게 했다. 세월이 지나고 보니 그것은 일종의 욕심이었다. 그러다 보니 욕심만 냈지 어느 것 하나 이룬 것이 없다. 채우고 또 채워도 부족한 것이 인생이라 했던가.

늦게 시작한 글쓰기는 하면 할수록 어려워서 작품 하나 쓰기란 쉽지 않다. 하지만 글을 쓸 때만큼은 나를 발견하게 된다. 성찰도 한다. 평범한 곳에 진리가 있다고 한다. 길가에 풀꽃처럼 그냥 살면 될 것을….

빼앗긴 아내

서현성
s-h-esther@hanmail.net

아무 소리도 들리지 않았다. 마치 시간이 정지된 것 같았다. 정년 퇴임식을 마치고 학교 교문을 나서는 순간 타임머신이라도 타고 미지의 세상으로 이끌리는 것 같았다. 새롭게 펼쳐질 앞날에 대한 팽팽한 긴장감이었을까 아니면 두근거리는 설렘이었을까.

꿈결같이 지나온 사십 년간 교직 생활은 내 인생의 축복이었다. 더구나 다시 시작하더라도 교사의 길을 걷고 싶다는 마음으로 떠나올 수 있어서 얼마나 감사했던가. 아름다운 마무리까지 어찌 혼자 걸어왔으랴. 햇볕 따스한 평탄한 길만 있었으랴. 늘 등 두드려준 친구, 동료, 그리고 선생님을 믿고 따르며 기쁨과 보람을 안겨준 우리 아이들과 함께 걸어온 길이었다. 무엇보다 나의 입장을 이해하고 기다려준 우리 가족의 응원이 없었다면 내리 30년 이상이나 고3 영어 지도와 진학 지도까지 어찌 감당해낼 수 있었을까.

퇴임식 전날 열린 나의 정년 축하 환송연에는 전례없이 우리 가족도 초대되었다. 어떻게 알았는지 사오십 대 제자들까지 참석해서 석별의 아쉬움과 함께 축하와 덕담, 옛 추억을 풀어내며 웃다 울다 서로 다독여주는 따뜻한 분위기였다. 송별사가 끝나자 사회자가 갑자기 식순에도 없는 인사말을 아무 귀띔도 없이 남편에게 부탁했다. 평소에 과묵한 데다 나서기를 좋아하지 않는 남편이 얼떨결에 나가는 모습을 보며 내가 진땀이 났다.

단상에 올라가서도 남편은 잠시동안 말을 않고 그냥 서 있기만 했다. 순간 장내에 어색한 침묵이 흘렀다. 그제서야 아내를 위한 환송연을 마련해주고 가족까지 초대해 줘서 감사하다는 말을 했다. 조마조마했던 나는 이제 그만 들어와도 좋다는 간절한 눈빛을 보냈다. 그러나 그는 한 마디 한 마디를 조각하듯 천천히 말을 이어나갔다. "이제까지 곁에서 지켜본 아내는 참 행복한 선생님이었습니다. 제 좁은 소견인진 모르지만 33년간 승신에 빼앗겼던 아내를 오늘에야 찾은 것 같습니다. 지금까지는 여러분의 도움으로 아내가 행복한 선생님이 되었지만 오늘부터는 행복한 아내가 되도록 제가 돕고 사랑하며 살겠습니다." 와 하는 탄성이 터져 나왔다. 하지만 그게 다가 아니었다. 나를 지그시 바라보더니 "서현성님" 하고 부르는 게 아닌가. 아니 내 이름은 왜 부르고 그러지. 그냥 지금 들어오면 되는데. 얼굴은 달아오르고 어찌할 바를 모르고 있는 나에게 그가 깊은 목소리로 말했다. "사랑해요!" 이제는 환호와 박수 소리가 장내를 흔들었다. 전혀 예기치 않은 그러나 결정적인 순간의 그의 고백은 지나온 세월의 온갖 시름을 단번에 날려버린 귀한 선물이었다.

우리 부부의 맨 처음 변화는 20년간 모셨던 시할머니가 100세에 세상을 뜨신 후였다. 그는 그동안 고생한 아내를 위해 남은 여생을 보내겠다며 내 손을 꼭 잡아주었다. 퇴직 후 누리는 또 다른 변화는 생각보다 평온하게 다가왔다. 예전보다 여러모로 여유가 많아진 나에게 예전보다 훨씬 많은 요구를 하지 않는 남편 덕분이었다.

우연히 어떤 모임에서 만난 지인이 우리 부부에게 은퇴 후 어떻게 보내느냐고 물었다. "아내는 여러 제자들이 찾아와 여전히 삶의 길을 묻곤 해서 제자들 만날 스케줄이 빼곡합니다. 저는 그저 그런 안사람을 위해 손만 잡아줄 뿐입니다."

가끔 남편이 나에게 묻는다. "나 지금 잘하고 있는 거지?" "그럼요. 그런데 왜 나한테 아무 불평도 안 하고 잘해주는 거에요?" "까다로운 나하고 살아줘서." 그런데 그의 말이 나에게는 이제는 아내와 더 많은 시간을 보내며 더 많은 배려를 받고 싶다는 뜻으로 들린다. 지금 이 순간 내 삶에서 무엇이 더 귀하고 소중한지 인생의 우선순위를 새삼 살펴야 할 것 같다. 더 머뭇거릴 시간이 없지 않은가. 더구나 부부간의 사랑은 내리사랑이 아닌 '서로 사랑'이지 않은가. 이런저런 구실로 아직은 빼앗긴 아내, 아니 철없는 아내지만 더 늦기 전에 나도 화답하리라.
"명주 아빠, 이제는 당신의 아내로 돌아갑니다."

상동 은행나무

은종일
eunji4513@hanmail.net

팔다리가 또 잘려나갔다. 두 번째 이주다. 새살을 키워가며 가까스로 사경을 벗어날 즈음에 또 끌려왔다. 엎친 데 겹친 고통이었다. 게다가 소음과 매연과 먼지로 귀, 눈, 코, 목의 통증까지 보탰다. 사방으로, 그것도 교대로 미끄러져 가는 차량의 무리 때문에 눈이 팽팽 돌고 정신을 차릴 수도 없었다. 설상가상으로 지하철 공사를 한다며 밤낮으로 폭약을 터트려서 노루잠마저 설쳤다.

사 년여가 지나자 지하철 공사가 끝나고 못 살 것만 같았던 이곳에서의 삶도 서서히 익숙해져 갔다. 여생을 저당잡고 살아보자며 무진 애를 썼다. 지금 되돌아보면 깜깜한 죽음의 터널을 지나온 것만 같다. 마천루들이 중천을 찌를 듯이 키 재기를 하는 도심의 십자대로에서 새로운 21세기 세상을 살고 있다.

내 생일은 정확하지 않다. 들어온 바로는 조카의 왕위를 뺏고 죽이고, 충신들마저 참살한 그 못된 임금 세조가 죽은 해라고 했다. 보물 2호로 중앙박물관에 누워있는 보신각종이 태어난 그해라고도 했다. 그해가 세조 14년이고 보면 내 나이는 올해로 오백마흔일곱 살인 셈이다.

나를 두고 그냥 노거수老巨樹라고 부르고들 있지만 표석에다 떡하니 새겨놓은 이름은 '상동 은행나무'이다. 내가 본시 살았던 상동에선 '내 발밑에 물을 뿌려주는 사람에게는 불끈불끈 힘이 생긴다.'는 전설의 주인공이었다. 그래서 내가 살았던 곳이 은행나무 마을이다.

나는 은행나무 마을에서 오백여 년을 묵새기고 살았다. 두 손 비비며 기도하는 민초들의 기원에서 켜켜이 밴 소박한 소망도 헤아렸다. 수십 대代를 이어오면서 겨끔내기로 모여들어 나누는 객쩍은 이야기에서, 때론 담뱃대를 바닥 돌에 두드리며 가리려는 시시비비에서 세상사를 읽었다. 구순하게 살아가는 민초들의 애환에서부터 당파 싸움에 이골이 난 조정의 난맥상, 게다가 나라의 변고와 전란의 참상들까지 앉은뱅이 용쓰듯 그렇게 마음을 졸이면서였다. 울가망하게 지내온 세월이 그저 아슴아슴하기만 하다.

분단 후 남북당국이 처음으로 자주, 평화, 민족대단결이란 남북공동성명을 발표하여 감성적인 통일론이 비등했던 그해 나에게도 경사가 있었다. 대구시로부터 '지정 보호수'라는 품계를 받은 것이다. 어린 학생들이 단체로 찾아왔다. 세워 놓은 입간판을 보고서는 고개를 끄덕이며 한 번 더 봐주고 지나갔다. 관심을 받는다는 것이 기분 좋은 일이라는 걸 그때서야 실감하였다.

호사다마好事多魔라고 했던가. 품계를 받고 몇 년이 지나서부터 괴상한 소문이 들렸다. 그건 동서로 넓은 길을 새로 내는데 내가 방해물이요, 걸림돌이라는 것이다. 그때부터 수호신이 아니라 네 탓이라며 눈을 부라리고 손가락질을 해댔다. 대를 이은 긴긴 세월의 연緣을 매몰차게 끊으려는 세상인심에 슬펐다. 사는 게 사는 것이 아니었다. 그나마 뜻을 모아 새로운 삶터를 마련하려는 입소문 때문에 시나브로 부아를 삭이며 억지로라도 마뜩해 하려고 애썼다.

어느 날 포클레인과 불도저가 금속성 굉음을 내며 들이닥쳤고 수십 명의 인부들이 발밑에 달라붙었다. 팔다리가 잘리고 새끼줄, 고무줄에 묶여 처참한 몰골로 인근 정화여자중고등학교의 뜰로 옮겨졌다. 코뚜레를 잡힌 듯 낯선 곳에 끌려와서 잘린 상처를 치유하며 재생의 뿌리를 내리느라 죽을 고생을 하였다. 그래도 어린 소녀들이 보내는 고운 눈길이 위로이자 활력소가 되어 낯선 곳에서의 삶을 익혀가고 있었다.

그런데 비극은 한 번으로 끝나지 않았다. 학교가 도심 밖으로 옮겨지고, 나의 삶터에는 고층 아파트가 들어서게 되었다. 넌더리 나는 두 번째 강제 이주를 당하였다. 젖과 꿀이 흐른다는 가나안이 아니라 공해에 잘 버틴다며 내몬 곳이 여기 범어 네거리이다.

피동적이고 패배주의적인 유전자의 대물림으로 원초적인 생존 수단인 의식주의 해결에 몸과 마음이 묶여있던 그들이 나를 두 번씩이나 내몰았다. 그것도 넓은 도로를 뚫고, 고급 고층아파트를 짓는다면서. 말로만 들어봤던 '한강의 기적'이란 압축 성장의 발전상을 여기에 와서야 보았다. '다이내믹 코리아'란 유, 무형의 힘을 체감할 수 있었다.

달라진 삶의 체제나 방식들에서 아연실색하였고, 푼더분하고 번질번질한 민초들의 행색에 놀랐다. 한일월드컵 거리응원 때는 붉은 악마로 명명한 오만 명이 넘는 응원의 함성에 화석같이 굳은 몸을 사시나무 떨듯 전율하였다. 그것은 내가 오백여 년 만에 처음 본 풍요와 역동적인 힘과 자긍심으로 뭉쳐진 하나의 환시 같은 기적이었다.

본시 오백여 년을 지탱하던 몸체는 죽어 화석처럼 굳었고, 뿌리에서 일어난 새로운 다섯 줄기가 노거수의 면모를 지키고 있다. 나를 바라보면서, 지역민과 애환을 함께한 소중한 문화유산이자 생물 자원이란 고정 관념보다 신구新舊의 조화, 생生과 사死의 공존이라는 인간의 삶으로의 공명을 더욱 소망해 본다. 영광은 고통 속에 감추어진 보석이란 것을 온몸으로 드러내면서 말이다.

어떤 동행

문육자
theresia42@hanmail.net

"절친과 떠나세요?"

"아뇨, 그 친구의 내면세계를 아직도 잘 모르지만 여행의 동행으론 안성맞춤이에요."

그랬다. 적어도 외형적인 조건이 우린 맞았다. 동갑의 글쟁이며, 그림을 좋아하고 클래식 마니아며, 감동으로 눈물을 삼키는 것까지 비슷했다. 자동차 여행을 함께 하지고 제인해왔다. 손수 운선하며 누 나라를 돈다는 것이 얼마나 힘들고 인내가 필요하다는 것을 계산에서 빼버리고 손을 부딪쳤다. 헤세Hesse가 유년을 보낸 독일의 칼브Calv와 43년 동안이나 작품 활동을 하고, 마지막을 묻은 스위스의 몬타놀라Montagnola까지. 몇 번의 여행으로도 가보지 못한 독일과 스위스의 변두리를 누비리라 생각하며 망설임을 접었다. 설렘이었다. 프랑크프루트에서 차를 빌려 독일에서 나흘, 그리고는 스위스에서 열나흘을 그리워하던 곳을 눈에 담고 취리히에서 차를 반납하고 돌아오기로 하였다. 동행을 그렇게 시작했다. 줄줄이 병마를 매단 나는 친구에겐 건강한 듯 어깨에 힘을 주며 나선 길이었다.

동행이란 무엇인가. 함께 간다는 단순한 의미로만 이루어질 수는 없다. 더구나 자동차라는 작은 공간 속에서 숨 쉬는 시간이 더 많은 여행에서야 말할 나위도 없다. 등대처럼 내비게이션을 앞세웠지만 외국어로 나오는 짤막한 멘트가 얼마나 당혹함을 가져왔던가. 동행이란 이인삼각의 행진이다. 한 사람의 욕심이 가는 길을 더디게 하고 또 한 사람의 유약함이 길을 멈추게 한다. 들숨 날숨이 맞아야 가는 길이 평화롭다.

흥분과 기쁨으로 새로운 곳에 도착할 때마다 반가운 손님처럼 안기던 성취감과 안도감. 그러나 그 환희보다 걱정과 조바심의 무게가 더 무거웠다. 질곡의 삶처럼 길 위에서 길을 잃을 때, 망연히 서로 쳐다보았으나 왜 내 탓이라는 말이 그리 수월하게 나오지 않았던지…. 잘못 든 길이 하루를 저물게도 했다. 지도에 나와 있는 도로를 따라 달리기는 했지만 덤처럼 또 하나의 작은 길이 나타날 때의 막막함. 임시 공사로 도저히 해결책이 없을 땐 낯선 이국인들이 길을 가르쳐 주었지만 다람쥐 쳇바퀴 돌기도 수없이 했다.

독일의 하늘을 가린 숲. 오죽하면 검은 숲일까. 그 숲에 아침이면 안개는 춤추며 피어올랐다. 그것은 환상적인 베일이었으나 앞을 가린 우수憂愁였다. 독일과 스위스, 그들은 숲으로 숨을 쉬고 그것이 자원이 되고 힘이 되었다. 그 힘 속을 수레바퀴를 돌리듯 베일을 헤치며 달렸다. 마력 같은 안개를 떨치며.

말을 잊기도 했다. 적막을 깨뜨릴 용기를 내지 못했다. 내비게이션의 속삭임이 묻혀버릴까 봐 전전긍긍하며 달려간 긴장의 연속이었다.

끝없는 독일의 아우토반, 꿈을 꾸는가. 갓길이 없다. 나가는 길을 놓치면 하루가 저문다. 스위스의 높고도 구불거리는 길은 귀를 먹먹하게 했다.

동행이란 무엇인가. 하늬바람이 높새바람과 어우러져 너울너울 춤추며 산야를 누비고 수없이 많은 호수에 빠져 있는 하늘이 구름과 더불어 쉼 없이 가고 있는지도 모를 일이다. 맞잡은 손에 땀이 흘러도 쉬이 빼낼 수 없는 침묵의 약속 같은 것이다.

인생의 길이다. 그 길에서 맞는 크고 작은 일들의 부딪침이다. 산다는 것, 삶을 영위한다는 것은 혼자만의 길을 만들어 두고 갈 수는 없는 일이다. 네가 있으니 내 길이 보이고 내 길에서 네 길을 찾는다. 너른 바다 위에서 비바람과 풍랑을 만날 때처럼 공동의 운명줄에 서로를 묶는다.

나흘간의 독일 일정을 뒤로하고 산악의 스위스에 도착해서 통행증같은 비네트를 40유로를 주고 살 때 진정한 동행은 지금부터구나 하는 설렘과 불안이 함께 왔다. 좁고도 높은 구절양장의 길은 피할 수 없는 인생의 길과 마찬가지였다. 새로운 곳에서 얻는 흥분을 위해 떠나야 했다. 단지 명심해야 할 것은 상대방의 실수를 나도 능히 저지를 수 있다는 관대한 마음이 아니고는 동행은 불가능하다. 이인삼각이니까. 상대방의 호흡을 다시 읽는다. 그 호흡에 나를 얹는다. 나는 없고 '우리'라는 커다란 괫말을 다시 안고 떠난다. 그리하여 하루를 끝내고 밤이면 찾아들어가는 잠 잘 곳도, 한 끼의 식사도 감사 기도의 대상이었다.

이런 동행은 그저 산야가 내리쏟아주는 맑음과 숲의 힘에 멱 감으며 일체가 되어 달리는 것이다. 네 호흡이 나의 숨결이려니.

열여드레가 지나 취리히에 도착하여 애마였던 볼보 승용차를 돌려주었다. 그리고 이인삼각의 끈도 풀었다. 가슴에 싹 잔 이름 할 수 없는 것으로 애드벌룬처럼 하늘로 오를 것 같았다. 우린 해내었고 무사했다. 젖은 눈으로 서로의 등을 쓰다듬는데 유월의 끝자락이 진초록 물결에 출렁이고 있었다.

갈무리

김의숙
catarina_kim@naver.com

누렇게 빛이 바랜 육십오 년 전 사진 속에 새색시가 홀로 서 있다. 양쪽 장롱 지게 가운데로 꽃가마가 놓여 있다. 어머니가 시집가는 길이다. 새색시는 머리에 족두리를 썼고, 두 손은 흰 천으로 가려 길게 늘어뜨렸다. 먼 길을 가는 꽃가마가 재를 넘으며 잠시 쉬고 있는 모양이다. 가마에서 나온 색시는 수줍은 듯 두 눈을 내리고 서 있다. 어릴 적, 몰래 문틈으로 숨어서 보며 가슴 졸이던 오라버니의 친구에게 시집을 간다.

어느덧 11월 말이다. 뒹구는 낙엽을 보니 쓸쓸함이 몰려온다. 때마침 어머니를 뵈러 가자는 여동생의 말에 두말 않고 그러마 했다.

구순의 어머니는 밀차에 불편한 몸을 의지하신다. 그래도 기분이 좋으신지, 이야기꽃을 피우며 걸으신다. 상기된 어머니는 다리에 힘을 주며 빨리 걸어야 건강에 좋다고 걸음을 재촉하신다. 낙엽이 뒹구는 늦가을 거리를 걷는다. "하나둘 하나둘~" 얼마나 걸었을까. 어느새 어머닌 쉴 곳을 찾으신다. 잠시 숨을 돌리자 다시 걷자고 하신다. 발아래 차이는 낙엽들을 세듯 밟으며, 어머닌 여동생의 도움으로 앞서 걸으신다. 뒤를 따라 걸으며 나는 그들의 뒷모습을 본다. 모녀의 머리 위로 낙엽이 날린다. 노란 은행잎, 빨간 단풍잎 그리고 주황색 잎들도 내려앉는다. 벌레가 먹어 상처 입은 낙엽도 고운 빛으로 발아래 뒹군다. 지나칠 수 없어 하나 주워들고는 낙엽과 함께 어우러지는 그들의 모습을 한동안 바라본다.

어머니가 계신 평촌에는 중앙 공원이 있다. 교우분들과 그곳에서 만나 해바라기를 하신다지만, 20여 년이 되도록 차로만 지나다녔지 들어가보지는 못했다. 무엇이 그리 바쁜지 곁으로 늘 지나다니며 그저 넓은 숲이려니 생각만 하였다. 여름이면 손자들이 모여 물놀이를 하곤 했다는 말씀에도 그러냐고 맞장구쳤을 뿐이다. 그런데 공원을 들어서는 순간 가슴이 서늘해졌다. 내가 사는 목동의 파리공원에 비하면 족히 3배는 되고, 물놀이장은 물론 운동장과 야외 공연장까지도 있다. 막연하게 별것 아닐 것이라 여긴 것이 얼마나 섣부른 생각이었던가. 그간 어머님을 대했던 나의 마음이 그 모양새는 아니었나 하는 생각에 마음이 아팠다.

어머니 댁으로 돌아오자 어머니는 무에 그리 급하신지, 작은 보퉁이 몇 개를 주섬주섬 꺼내놓는다. 의복류와 아끼시던 물건들이다. 늘 어머닌, 당신의 어머니와 언니가 모두 이른 춘삼월에 돌아가셨다곤 하셨다. 그래서일까. 어머닌 내년 봄 즈음을 마음에 품고 갈무리를 하시는 모양이다. 나는 낯익은 금반지 하나를 골라 손에 끼고, 지쳐 누우신 어머니를 향해 들어보였다. 아버지가 처음으로 어머니께 주셨다는 그 반지다. 두 분의 정표이니 소중하게 간직하겠다는 마음에서다. 어머니는 힘없이 웃으신다. 그리고 초례청에 사모관대와 족두리를 쓴 부모님의 결혼식 사진도 들어 보였다. 게다가 옛 외할머니의 빛바랜 모습과 우리 가족의 사진도 적지 않게 챙겼다. 어머니가 늘 머리맡에 두고 보시던 사진들이라 하셨다. 그래도 어머닌 허리를 펴지 못하신 채, 사진 속 외할머니와의 추억을 다시 읽으신다. 아쉬운 듯 눈가를 조이며 한참을 보고 또 보시더니, "난 우리 어머니가 보고 싶다. 요즘 부쩍…." 하신다. 몹시 피곤하신가 보다. 누우신 어머니를 뒤로하고 살그머니 문을 나선다. 그리고 나는 마음속으로 아버지를 만나 행복했느냐고 어머니에게 혼잣말로 가만히 물어본다.

집으로 향하는 길. 낮에 걷던 공원 거리에 어느새 어둠이 깔렸다. 실눈으로 차창을 본다. 세 모녀의 모습이 얼비쳐 너울너울 낙엽처럼 사라져 간다. 울컥 다시 어머니가 보고 싶어진다.

집에 도착하니, 작은아들 내외가 뒤따라 들어온다. 잠시 후, 탁상 머리에 놓아 둔 사진 뭉치를 본 며느리가 흑백사진부터 들여다본다. 며느리는 사뭇 신기한 듯 집안에 관하여 자세히 묻고 또 묻는다. 이제야 우리 집 식구가 되는가 싶다. 그녀의 모습이 한여름 풋풋한 잎새를 닮았다. "와우~ 아버님, 어머님 젊으셨을 때 정말 멋지셨네요." 하며 나를 보고 생끗 웃는다. 순간 마주하는 나의 눈빛이 사르르 떨린다. 나도 모르게 내 마음은 오색낙엽으로 사분사분 내려앉는다. 그저 미소로 화답하는 그런 내 모습을 가만히 들여다본다. 마음 안에 조심스레 의문의 파도가 인다. 며느리는 이런 내 모습에서 어떤 색의 낙엽을 보고 있을까. 몹시 궁금해진다. 그리고 또 어떤 모습으로 갈무리되길 내게 원하고 있을까. 어느새 속마음을 헤아리는 긴장감이, 단풍의 아름다운 빛으로 내 안을 살포시 비춘다.

명품

도혜숙
dhs3415@hanmail.net

명품이라는 이름이 대접받는 세상이다. 명품 사과, 명품 한지, 명품 강의, 명품 도시, 명품 헤어스타일….

시골 살 때였다. 주인집 마루에 뒤주가 놓여있었다. 뒤주와 벽 사이에 비닐 가방이 두 개 끼워져 있었다. 하나는 초록색이고 또 하나는 빨간색이었다. 상급학교로 진학한 아이 둘이 초등학생 때 쓰던 책가방이라 했다. 딱히 쓸모도 없지만 버리기는 아깝고 해서 그냥 놔둔 것이라 했다.

나는 그 가방 두 개를 얻어왔다. 조각조각 십 센티 크기로 잘라 사방을 돌아가면서 코바늘뜨기를 하고, 초록 빨강 모티브를 이어 붙여서 가방 하나를 만들었다. 아이 셋을 키울 때는 기저귀 가방이 되고, 그 이후에는 유일한 내 외출용 가방이었다. 큰아이가 초등학교 4학년이 되던 해에 교육 문제를 들먹이면서 도시로 이사할 마음을 먹었다. 진주에서 자그마한 옷가게를 해볼 생각이었다.

마땅한 점포가 있어서 계약을 했다. 이웃집 언니와 가게에 진열할 물건을 사러 남대문 시장엘 갔다. 요즘은 일일생활권의 거리가 됐지만 그때는 서울 가서 자고, 다음날 새벽에 물건을 사서 저녁때에나 돌아올 형편이었다. 옷가지며 소지품을 담아갈 만한 가방이 마뜩잖았다. 나는 기저귀를 넣어 다니던 초록빨강 그 가방에다 이런저런 것을 챙겨 담았다.

저녁때나 되었을 때 서울에 도착했다. 도깨비시장 부근에서 이른 저녁밥을 사

먹고 나오다가 친정집에 가져가겠다며 언니가 미제 커피 한 병과 과자 몇 봉지를 샀다. 미제 커피 맛은 어떨까? 호기심에 나도 한 병 샀다. 지하 골목을 빠져나와 큰길로 올라왔다. 육교 들머리에서 경찰 두 명이 우리를 불러 세웠다. 파출소로 가자고 했다. 우리는 영문도 모른 채 따라만 갔다. 지은 죄는 없지만 괜히 마음이 조였다. 사무실로 들어가서 앉으라는 의자에 앉았다.

"우리가 뭐 잘못한 거 있습니까?" 언니가 조심스레 물었다.

"당신들 밀수품 장사 아니오?" 의아해서 나는 경찰을 바라보았다.

"이런 외제 가방을 들고 다니면서도 아니란 말이오?"

"아니, 이건 제가 만든 겁니다."

"지금 농담하자는 겁니까?" 경찰은 내 진담을 귓등으로 듣는 듯했다. 비슬비슬 자리를 피해 앉더니 자기네들 할 일만 하고 있었다. 우리는 그냥 우두커니 반 시간나마 앉아 있었다. 한 경찰이 다가오더니, 사는 곳이 어디냐, 전화번호는? 하고 다그쳤다. 언니는 한쪽 눈을 찡긋했지만. 눈치 없는 나는 곧이곧대로 대답했다.

"다시는 이런 짓 하지 마시우." 우리는 무얼 잘못 했는지도 모른 채 훈방조치로 풀려났다.

이웃집 영인이 엄마가 옷 구경을 왔다. 서울 가서 밀수가방이 되어 돌아온 내 가방을 보았다. 요모조모 신기하다는 듯 매만졌다.

"이 가방 어디서 샀어? 이런 건 처음 보네."

나는 가방의 출생 비밀을 늘어놓았다.

"손재주가 별미네. 명품이 따로 없어. 가죽이라면 더 좋을 긴데…."

며칠 지나서 영인이 엄마가 한 아름이나 되는 보따리를 안고 왔다.

"이걸로 재주껏 솜씨 한 번 부려 봐." 영인이 엄마는 시동생 양화점에서 구두를 짓고 남은 자투리를 얻어온 것이다. 나는 뜻밖의 횡재에 어쩔 줄을 몰랐다.

사전에는 뛰어난 작품이나 물건을 명품이라 한다고 적혀 있다. 우리 조상들은 혼과 정성이 깃든 물건을 명품으로 쳤다. 그래서 구중구포니 열두 번 배접이니 하는 말이 있는 것이다. 어머니가 손수 지어 입힌 내 배냇저고리가 세상에 하나밖에 없는 귀한 명품인 것이다. 명품에는 지은이가 쏟은 혼신의 정성과 어떤 진정한 의미가 들어있어야 한다.

세상에서 단 하나뿐인 내 비닐 가방을, 밀수한 명품으로 본 옛날 그 경찰관이야말로 진귀한 물건을 알아보는 훌륭한 눈의 소유자였다. 초등학생이 쓰다 남은 비닐 책가방을 조각조각 뜯어 만든 기저귀 가방이 얼마나 희귀한 것이며 또 거기에 쏟은 엄마의 정성과 진정이 얼마나 고귀한 정신이었는지를 알아보았으니.

틀림없다. 명품은 아무 눈에나 보이는 게 아니다.

노인 시대

김용순
ys725kim@hanmail.net

주민 여러분께 알려 드립니다. 오늘 새벽 우리 마을 서00 씨 모친이 별세하셨습니다. 발인은 농협장례식장에서 0월 0일 0시입니다. 웡웡거리는 스피커 소리에 이장의 목소리가 섞여 나온다. 마을주민들 대부분이 고령이다 보니 사흘이 멀다고 사망 소식을 듣게 된다. 우리 군郡의 노인 비율이 20%를 조금 넘었다지만 우리 마을 같은 시골에는 훨씬 더 높은 것 같다. 마을 길에 아이는 물론 젊은 사람 구경하기도 힘들다. 뉴스는 낮은 출산율로 2750년이면 우리나라가 지구 상에서 소멸되는 첫 번째 나라가 될 것이라는 충격적인 소식을 전한다.

마을 노인들 중에는 혼자 살고 계시는 분들도 많다. 마을 입구 길가 집에 지팡이에 몸을 의지하여 볕을 쪼이며 혼자 사시던 할아버지가 언제부터인지 보이지 않았다. 이웃 이야기로는, 몸 가누기가 힘드신 분이 어쩌다 다치게 되어 일주일 동안 꼼짝없이 앓다 그대로 돌아가셨다 한다. 자식들이 여럿 있지만 그동안 아무도 들여다보지 않았던 것 같았다. 우리나라에는 이런 독거노인들이 다섯 중 한 명 꼴이라 한다.

읍내 길에서 허리가 꺾어져 걷기도 힘들어 보이는 할머니가 유모차에 폐지를 가득 싣고 간신히 밀고 가는 광경을 때때로 목격하며 우울해 한다. 근래에는 폐지를 수집하는 노인들을 흔하게 볼 수가 있다. 점심시간이 가까우면 노인복지회관 앞에는 무료 점심을 먹으려는 노인들로 긴 줄이 생긴다. 노인들 중 절반은 생계가 곤란하다 한다. 이런 노인들이 그나마 할 수 있는 일은 환경미화, 주차관리, 지하철 택배, 도시락 배달, 주유소 아르바이트, 폐휴지 줍기 등의 허드렛일뿐이다. 한때 경제성장의 주역들이었지만 현실에 급급하여 자신들의 노후는 미처 돌아볼 겨를이 없었던 것이다.

노인들은 신체적 노쇠로 각종 질병에 시달려, 읍내 한 집 건너 있는 의원, 약방에는 항상 노인들로 넘친다. 늘어난 수명만큼 병치레 시간이 길어지는 것이다. 전반적인 기능감소와 더불어 관절염, 고혈압, 심장병, 당뇨병, 치매, 골다공증과 같은 퇴행성 질환을 거의 모든 노인들이 가지고 있다. 이들 질병은 만성적이며 완치불능으로 죽을 때까지 가지고 가야 한다.

노인이 늘어나면서 노인을 홀대하는 문화가 확산되며, 노인에 대한 천시·냉대, 무관심, 무례함 등으로 노인들이 사회적으로 천덕꾸러기가 되어가고 있다는 느낌을 지울 수 없다. 얼마 전 뉴스에서 노인 주간보호센터가 주택가에 들어서는 것을 지역주민들이 적극적으로 반대하고 나섰나 한다. 앰블런스가 드나들고 노인들이 죽어나가면 집값이 떨어진다는 이유였다. 노인 병원과 요양 시설이 들어서는 것을 반대하는 주민 현수막을 여러 곳에서 본 적도 있다. 우리 사회가 노인 관련 시설을 혐오 시설로 인식하고 있는 것이다. 자식들이 보살필 수 없는 노인들을 수용할 시설조차도 반대한다면, 차라리 고려장을 부활시켜 산속에 버리자는 주장이라도 하고 싶다.

산업화 시대가 되면서 부부 중심의 핵가족으로 생활패턴이 바뀌면서, 대부분의 가정에서 부모들만 따로 살고 있다. 그런 가운데 노인 학대 건수도 해마다 급증하며, 심지어 자식의 학대가 가장 심하다 한다. 부모를 학대하는 사람은 자식의 학대를 예약해 놓은 사람이다. 자식이 무엇을 보고 배울까? 효孝는 백행의 근본이며 최고의 윤리 규범이다. 맹자는 '집안에 노인이 없다면 한 사람 빌려와라, 지혜는 주름에 비례한다' 하였다. '노인을 공경하지 않는 젊은이의 노후는 결코 행복할 수 없다'는 탈무드의 가르침도 새겨봐야 할 것 같다.

우리나라에서는 예부터 회갑回甲을 노인이 시작되는 단계로 생각하였으며, 70을 고래희古來稀라 하였다. 요즈음은 노인을 65세 이상으로 규정하여, 연금, 지하철 요금 등의 복지혜택을 주고 있다. 경제성장에 따른 생활 수준 향상과 보건의료 분야의 발달로 평균수명이 많이 늘어났다. 최근 대한노인회에서는 노인 연령을 65세에서 70세로 상향하자고 주장하기도 하였다. 통계청 자료에 의하면, 현재 노인 인구 비율은 13.1%에서 2025년에는 20%로, 2040년에는 32.6%까지 높아질 것이라고 한다.

현실적으로 노인 문제가 국가와 사회의 심각한 부담이 되고 있는 것은 사실이다. 앞으로 노인 인구가 급속히 늘어나면서 그 부담은 더욱 가중될 것이다. 그렇다고 노인들을 단순히 경제적 소비자로만 볼 수 있겠는가? 노인이 되지 않을 사람은 아무도 없다. 노인 문제는 머지않은 장래에 바로 자신들의 문제이다. 노인 문제의 현명한 해법은 국가의 미래를 좌우하는 중차대한 문제라 생각된다.

주홍 구두

최필녀
cpn55@hanmail.net

빗물 속에는 마음을 흔드는 어떤 성분이 들어 있나 보다. 문화센터 수업을 마치고 나오니 봄비가 내리고 있었다. 나를 얽매는 일을 벗어 버리고 비 오는 거리를 헤매고 싶어졌다. 하지만 목적 없이 혼자 나서는 것에는 용기가 필요했다. 망설이다 문우와 함께 쇼핑하는 것으로 마음을 달래 보기로 했다. 꼭 구입할 것이 있는 것도 아니면서 매장마다 기웃거리며 내 마음을 채울 수 있는 무엇인가를 열심히 찾았다. 이층 옷 매장을 다 돌아나올 때까지는 충동구매를 할 만큼 맘에 드는 물건은 찾지 못했다. 오히려 그것을 다행으로 여기면서도 아래층으로 내려와 또 잡화 매장을 꼼꼼하게 살펴보기 시작했다. 액세서리, 모자, 선글라스 매장을 돌아본 뒤 밖으로 나가려다 출입문 앞 구두 매장에서 발걸음을 멈췄다. 진열대에 있는 와인색 구두가 눈길을 사로잡았다. 멀리서 보아도 내가 좋아하는 색에 모양도 아주 맘에 들었다. 구두가 디자인도 예쁘지만 살펴보니 작은 구멍이 송송 나 있어서 통풍도 잘 될 것 같고 굽 높이가 더할 나위 없이 편해 보였다. 가격도 합당한 것 같아 구입하기로 결정하고 결재를 하면서도 눈은 또 다른 구두를 찾아 두리번거리고 있었다. 그때 눈에 들어오는 주홍색 구두, 평소에 꼭 신어보고 싶었던 색깔 구두다. 너무 밝지도 어둡지도 않은 주홍색이 맘에 들었다. 그때부터 마음에 갈등이 시작되었다. 둘 중 하나를 선택하기보다 한 개를 포기하는 것이 어려워졌다. 내 맘을 알아챈 점원은 두 켤레를 다 사면 세일가에서 또 만원을 빼 준단다. 달팽이관이 간지럽게 돌아갔다. 마치 나에게만 주어진 특혜로 느껴져 망설임 없이 'OK'라고 했다. 그리고 즉시 신고 있던 낡은 구두를 벗어 놓고 새 구두를 신어 보았다. 신고 왔던 구두는 벗어 놓고 보니 많이 낡아 있었다. 두 켤레를 다 사는 것이 결코 충동구매가 아니라고 나 자신을 향해 설득하고 있을 때 점원이 다가와 주홍색 구두는 사이즈가 지금 없다며 주문해놓고 가면 보내 주겠다고 했다. 조금 전 좋았던 기분이 가라앉기 시작했다. 어쩔 수 없이 배송받기 위해 휴대폰 번호를 알려주자 주소를 물어왔다. 순간 번거롭게 느껴져 주홍색 구두는 다음에 다시 와야겠다며 취소했다. 밖에 비가 내리는 탓인지 나도 모르는 변덕이 일었다. 결국 처음에 선택했던 구두만 신고 밖으로 나왔다.

그 일이 있고 일주일쯤 지났을 때 주문한 제품이 도착했다는 문자가 왔다. 그 날 일은 까마득히 잊은 채 잘못 온 문자라는 생각으로 삭제해 버렸다. 한 일주일쯤 지났을 때 또 같은 문자가 왔다. 그때 번개처럼 구두 매장 브랜드가 생각났다. 확인 전화를 하자 먼저 매니저가 문자를 보냈는데 이번엔 다른 직원이 또 다시 연락을 했단다. 그때부터 혼란해지기 시작했다. 그날 분명 한 개 값만 결제한 것 같은데 두 켤레 모두 결제가 완료됐단다. 전화를 끊고 결제 문자를 다시 확인해도 역시 한 켤레 금액이었다. 그때부터 어떤 유혹의 손짓이 나를 흔들었다. 한동안 취소해 버린 구두가 눈에 아른거렸었는데 그것을 공짜로 신을 수 있는 기회가 온 것이다. '이런 거 한 개쯤이야'라는 생각을 넘어 나름대로 문제를 합리화하기 시작했다. 그 매니저의 실수를 다른 직원에게 알리게 되면 그 매니저가 곤란해질 수도 있으니 고양이 쥐 생각하듯 모르는 척 신어줘야 할까. 그렇지만 아무렇지 않게 값을 지불한 척 구두를 찾으러 갈 용기는 나지 않았다. 어쩌면 내 얼굴을 보고 그날 모든 일이 기억난다면 무슨 부끄러운 일인가. 괜히 혼자 가슴이 두근거렸다. 그 후 점차 나를 유혹하던 어두운 그림자가 사라져 갔다. 그러나 그 뒤에도 아니라는 설명을 하기 위해 전화는 하지 않았다. 누구의 실수를 확인하는 것도 조심스럽고 아직은 내 것인 듯싶은 구두가 무효화 되는 것에 미련 같은 것이 남기도 했다.

늦은 봄에 있었던 그 일을 가을바람이 불기 시작할 때 범인이 범행 현장을 찾아보듯이 가을 구두도 구입할 겸 그 매장에 다시 갔다. 가을 구두를 골라 들고 조심스럽게 그동안 있었던 문자 이야기와 내 이름을 말했다. 점원은 기억난 듯 왜 이렇게 늦었냐며 나무라듯 구두를 찾아 보였다. 나는 그 날 결제했던 직원인지 확인한 뒤 그때서야 한 개만 결재했었다고 했다. 그러자 그 점원은 자기의 실수를 인정할 수 없는지 말없이 그날 결제 전표를 찾기 시작했다. 한참 뒤적이더니 믿기 어려운 듯 난처해하며 머뭇거릴 때 이번엔 내가 제안을 했다. 두 켤레 사는 조건으로 여름 구두는 현금으로 이월상품가로 하자고 했다. 잠시 망설이긴 했지만 그것이 최선의 방법이라고 결론을 내렸는지 결제를 도와주겠다고 했다. 제철이 지나긴 했지만 그래도 고해성사 뒤에 산뜻한 기분으로 신고 싶었던 구두를 갖게 되었다. 나는 무엇인가 큰 협상을 이뤄낸 듯 마음이 뿌듯해졌다. 한편 주홍글씨 같은 부끄러운 비밀 하나를 지워낸 듯 홀가분한 한숨을 내쉬었다. "양심도 없는 사람들." 내가 뱉었던 그 말들이 메아리로 돌아와도 오늘만은 그 말에서 자유로운 사람이다. 그래도 비 오는 날엔 다시 쇼핑하지 말아야지.

눈꼽재기창[1)]

박계용
lamorada@hanmail.net

창밖의 잔디밭에 까치 한 마리가 노닌다. 마치 영화의 한 장면처럼 창 너머 까치가 서서히 클로즈업close up되어 눈앞으로 다가온다. 까마귀 천지인 이곳에 까치가 날아오다니 환호하던 중 꿈에서 깨어났다. 혹 태몽이 아닐까 큰아이에게 좋은 소식이 있길 기대하며 길몽의 여운에 잠긴다. 어느 사이 동창東窓에 포도나무 잎사귀가 그림자를 아롱아롱 빛 놀이를 하고 있다. 창호지를 통해 여린 빛이 어리는 고즈넉한 아침이다. 고가구점에서 빛받이창을 처음 발견했던 기쁨이 햇살처럼 퍼진다.

창을 통해 어머니와 나 그리고 딸아이에게 연결된 보이지 않는 빛의 신비가 펼쳐진다. 우리가 이민 오던 시간에 멈춰있던 어머니의 의식은 갓난아기 때 덮던 외손녀의 이불을 아랫목에 깔아놓고 날마다 자손들을 기다리고 계셨다. 따뜻이 지내시라고 서울의 아파트로 모셨던 어느 겨울, 잠시 외출을 하려던 언니가 초인종 소리가 들려도 아무 기척을 내지 마시라고 당부를 했단다. 시험 삼아 벨을 누르니 즉각 들려왔다는 "뉘슈?", 어머니의 천진난만한 에피소드는 오랜 세월이 지난 지금도 웃음과 더불어 그렁그렁 눈물이 고인다. 거울을 볼 때마다 머리가 하얀 노인네가 누구냐고 애를 태우시어 종이로 가려놓았다는 어머니의 경대, 깊어지는 그리움에 병이 되셨는지 어머니는 점점 자신의 세계를 잃어가고 계셨다.

몇 해 만에 아이들과 찾아간 고향 집은 사랑채를 헐고 유리창이 많은 양옥집을 지어 울안에 세 채의 집이 들어서 있었다. 동네 사람이 다 모여도 넓기만 하던 기와집의 방이며 대청이 어찌나 작게 보이는지 참으로 신기했다. 그보다 더 놀라운 일은 해 질 무렵이면 어김없이 어머니는 온 집안을 다니시며 문단속을 하시는 것이었다. 창마다 다른 문고리를 용케도 아시어 꼭꼭 잠그며 하루를 마감하시던 일이 예사롭게 보이지 않았다. 오랫동안 치매를 앓아 오신 어머니가 한 생을 정리하는 인생의 순례자 같았기 때문이다. 늘 집에 가신다고 길을 나서시더니 창호문이 안온한 기와집 안방에서 고향 집으로 돌아가셨다.

이제 나는 어머니께서 눈꼽재기창으로 자식이 오기를 기다리시다 먼 길 떠나신 그 자리에 당도했다. 나는 누구인가? 망각의 망령이 우뚝 버티고 선 두꺼운 벽 앞에 모래알이 흘러내리듯 빠져나가는 순간들. '엄마 정신 똑바로 차려' 당부하는 아이들의 염려를 되새기며 자꾸만 도망가는 기억을 간신히 붙잡아 치마폭에 담아 놓는다. 새장에 갇힌 새처럼 창가를 서성이다 나의 넋은 알지 못하는 길을 나선다. 사랑 대청에서 시냇물을 볼 수 있도록 동쪽 담을 뚫어 살창을 만들었다는 독락당, 대청마루에 홀로 서서 개울물 소리를 듣고 싶다. 날이 갈수록 미로를 헤매는 나의 혼을 계곡의 맑은 물에 헹구면 정신이 또렷해질 것만 같다. 살창을 건너온 바람을 온몸으로 맞으면 집 나갔던 정신도 돌아와 명징한 하루를 살 것 같다. 햇살과 바람, 구름과 비, 달과 별이 드나드는 창은 내 영혼의 살창이다.

세월의 흔적이 고스란히 담긴 검박한 빗살창, 낮고 긴 미닫이창 두 짝을 달 곳이 마땅치 않아 동쪽 유리창에 세워놓았다. 창 위쪽으로 순백의 얇은 커튼을 드리우고 스승님께서 마련해 주신 낮과 밤을 높이 달았다. 세모시에 그려진 해와 달, 산과 나무, 바람과 새, 꽃이 피고 지는 새해 선물처럼 날마다 새로운 아름다운 날을 만난다. 이제는 혼란스러움 대신 십자가의 성 요한[2] 사부님처럼 어두운 밤을 지나 새날을 맞으면 아무 편견 없이 사랑으로 이웃을 대하고 기쁘고 정성스럽게 순수한 나날을 살아가고 싶다.

영혼의 창이 서서히 닫히는 두려움 앞에 오래된 빛받이창이 나에겐 진정 고마운 눈꼽재기창이다. 이 빗살창을 통하여 누군가의 생애를 비추어 주었을 생명의 빛이 지금 나에게도 무량한 은혜로 전해지고 있다. 생각지 않은 무서리가 일찍 내린 나의 처소 눈꼽재기창 앞에 무릎 꿇고 주신 날들을 겸허히 받든다. 지긋이 열려있는 싸리문을 지나 댓돌 위에 벗어놓은 고무신에 흰 눈이 소복이 쌓이는 겨울밤을 기다릴 것이다. 이른 새벽 아무도 밟지 않은 눈길을 걸어오는 그리운 이를 눈꼽재기창 너머 조용히 마중하고 싶다.

---

1) 눈꼽재기창 : 방문을 열지 않고도 밖을 내다볼 수 있도록 문 옆으로 작게 낸 창

2) 십자가의 성 요한 : 신비신학자. 에스파냐 언어권 시인들의 수호성인

공터

홍성란
s11503@hanmail.net

집으로 들어오는 길가 공터엔 기와집이 한 채 있었다. 봄이면 흰 목련꽃이 골목을 밝히고 여름밤이면 달빛이 스며들어 밭가에 심어진 콩잎이나 옥수수잎을 푸르게 물들였다. 그런데 무슨 연유인지 모두 사라지고 터만 덩그마니 남았다. 동네 사람들은 가끔씩 지나간 추억을 이야기했지만 그것도 시간이 지나면서 기억에서 차츰 멀어져갔다. 그렇게 이곳은 사람들에게서 서서히 잊혀져갔고 나 역시 별 관심 없이 지나쳤다.

그런데 언제부터인지 내 발길이 이 공터 앞에서 멈춰 서게 되었다. 이상하게도 그냥 지나치지 못하고 습관처럼 공터를 들여다보는 나를 발견한 것이다.

"아무도 없고 아무것도 없는데 왜 들여다보는 거지?"

그럼에도 발길은 멈춰지질 않았다. 그런 어느 날이었다. 나는 한 목소리가 마당에서 달려오며 소리치는 것을 들었다.

"아무것도 없는 게 아니에요. 보세요. 이곳엔 많은 것이 있어요."

정말 그곳엔 아무것도 없는 게 아니었다. 따스한 햇볕이 공터에 쏟아지고 있었고 아주 작은 풀꽃이 피어 있었다. 그리고 그 옆엔 이곳에 원래 있었을 다른 생명들도 보이기 시작했다. 마당 한편에는 활짝 핀 목련이 서 있고 작은 텃밭엔 시금치. 파, 상추가 한 줄씩 심어져 있다. 밭고랑을 강아지 한 마리가 쫄랑거리며 주인 뒤를 따라다닌다. 그 위로 바람 소리, 구름 소리…. 공터엔 모든 게 가득 들어찼다. 바람이 불 때마다 목련의 향기가 스며들고.

몇 달 후, 이사 간 친구 집을 찾아가다 언덕 아래 있는 공터를 만났다. 황량하고 쓸쓸함 위로 분주하게 먹이를 나르고 있는 벌레들을 만날 수 있었고 초록빛 새싹과 새들의 지저귐도 들을 수 있었다. 더 이상 그곳은 버려진 존재가 아니었다. 놀랍게도 그 안엔 우리가 잃어버렸던 고향이 자라고 있었다. 세상이 아무리 각박하다 해도 그 속엔 부정할 수 없는 다정함이 있었다. 더럽고 악취 나는 곳일지라도 옆에 풀이 자라고 갈대가 노래를 하고 이름 모를 꽃들도 피어나듯.

지금 공터는 겨울의 자궁처럼 햇빛 속에 정답다. 오늘도 나는 이곳을 지나다 한참을 서서 내 마음속에 넓게 자리한 초원을 바라본다. 비어있음에서 시작된 마음의 자리에 이렇게 예쁜 씨앗이 싹을 틔우고 있다. 생각하면 인간의 희로애락 칠정오욕이 어디서 생기겠는가. 모두 이 내 마음자리에 따라 해석을 달리하고 행동이 달라질 게다. 생명이 길어졌다고 하나 사람에 따라 의미가 다를 것이다. 마지막 이승의 강을 건널 때에야 후회의 눈물을 흘리는 이들을 종종 보게 된다. 살아있을 때 서로 정을 주자. 따뜻한 말 한마디 부드러운 미소가 그립다. 누군가에게 또는 어느 것 하나에게라도 관심을 갖고 조금이라도 아껴주는 마음이 있다면 어떤 상황에서도 세상은 무너지지 않을 것이다.

그렇다 마음의 공터를 갖자. 보이는 것에만 갇혀 버리지 못한 마음의 쓰레기를 버리자. 그리하여 생명의 공터, 그 마음자리에 넘치는 따뜻한 햇빛이며 초록의 빛과 꽃들이 피어나도록 하자. 서로를 다정하게 받아들이며 살아간다면 세상은 더 넓게 더 아름답게 느껴지지 않겠는가.

어쩌다 어깨만 스쳐도 "미안해요, 고마워요." 말하며.

우산꽃

최 춘
choik003@hanmail.net

비다. 순식간에 알록달록 변하는 사거리. 크고 작은 사람들의 걸음걸이에 따라 들썩들썩, 사뿐사뿐 줄지어 가는 우산. 마치 생명이 들어있는 꽃 같다. 한 송이 꽃 같은 우산. 혼자 쓰고 가는 사람, 남자 둘이 쓰고 가는 사람, 그리고 여자 둘이 쓴 사람도 있다. 무지개 우산 속에서 남자가 여자의 어깨를 감싸고 간다. 연인일까. 남매일까. 아니면 낯선 사이일까. 알 수 없지만 보기에 참 좋다.

오래전. 한쪽 어깨가 다 젖은 채 멀어져간 남자의 모습이 떠오른다.

어느 날. 기상 캐스터가 비 올 확률이 70퍼센트라고 했지만 햇빛이 금싸라기 같아서 우산을 준비하지 않고 집을 나섰다. 공연장에 도착했을 때도 하늘이 눈부시게 맑았다. 기분 좋게 음악회를 관람하고 나왔다. 그런데 장맛비가 쏟아지고 있었다.

우산을 준비한 사람들은 여유만만하게 빗속을 걸어갔다. 우비를 준비하지 못한 사람들 중에는 종이상자로 머리만 가리고 총총히 걸어가는 이도 있고, 손수건 한 장으로 머리를 가리고 뛰어가는 사람도 있었다. 용기없는 나는 우산장수가 나타나기를 바라며 음식점 처마 밑에서 택시를 기다렸다. 나보다 열 살쯤은 젊어 보이며 올려다볼 만큼 키 큰 남자가 다가왔다.

"손님, 약속 있으세요?"

"아뇨."

"그러면 저기 정자로 가서 있으세요."

음식 장사하는데 방해될 거라는 생각을 하지 못한 내가 민망했다. 그러면서도 정말 방해된다고 비켜달라는 것 같아서 야속함이 드는 찰나, 남자가 말을 이었다.

"비 덜 맞을 거예요."

뜻밖의 배려였다. 하지만 정자에서 택시를 잡기에는 너무 먼 거리였다. 그런데다가 택시는 나타나지 않고 개인차만 물보라를 일으키며 달렸다. 무섭도록 퍼붓는 빗소리와 자동차 소리에 몸과 마음이 점점 둔해졌다.

음식점 안으로 들어갔다. 정자로 안내했던 남자가 무슨 일이냐는 듯이 쳐다봤다. 우산값을 치를 테니 헌 우산이라도 좀 달라고 했더니 난처한 표정을 지으며 그럴 만한 우산이 없다고 했다. 그리고는 이내 손님들 사이를 지나 안으로 들어가더니 우산을 들고 나왔다. 양말을 벗고 바지를 종아리까지 걷어 올렸다. 우산을 쫙 폈다.

"이 우산밖에 없어서 드릴 수는 없고 우산 가게까지 데려다 드릴게요."

"?"

"어서 들어오세요."

남자가 재촉했다. 나는 아무 말도 못 하고 굳은 듯이 서 있었다. 남자가 성큼 다가와서 우산을 받쳤다. 내 어깨를 당기듯 팔로 살짝 감싸고 폭우 속으로 먼저 발을 내디뎠다. 나란히 가지 않을 수 없었다. 남자는 내가 비를 덜 맞도록 계속 내 어깨를 가려 주었다. 낯선 사람과의 우산 속에서 얼마쯤 갔을까.

"저기 보이시죠?"

남자가 말했지만 나는 보이지 않았다. 남자가 걸음을 멈추었을 때, 비로소 우산 가게가 보였다. 내가 가게 처마 밑으로 들어서자마자 남자는 돌아서서 성큼 성큼 걸어갔다. 내 어깨의 두 배는 될 것 같은 남자의 어깨 한쪽이 다 젖었다. 마치 꼭 해야 할 일을 마치고 가는 것처럼 빗속으로 멀어져갔다. 인사 한마디 받지 않고 가는 뒷모습. 서운함과 고마움이 빗물같이 고였다.

우산을 샀지만 이미 무릎 아래는 다 젖었다. 남자의 음식점으로 갔다. 손님들 사이로 바쁘게 움직이는 그 남자와 눈이 마주치기를 기다렸다. 한동안 '모르는 사람의 뒷머리를 쳐다보고 있으면 기가 닿아서 뒤돌아보게 한다.'는 말을 믿어 보았다. 드디어 눈이 마주쳤다. 내가 왜 또 왔는지 안다는 듯 미소 지으며 인사하는 남자에게 나도 한 마디 않고 인사만 하고 나왔다.

우산을 쓰고 물 위를 걸었다. 폭우 소리가 '빗방울의 전주곡'처럼 들렸다.

찢어진 우산을 같이 쓰고 다니던 어린 시절이 있었고, 낯모르는 사람의 우산 속에서 버스를 기다리던 젊은 시절도 있었다. 비 맞고 걸어가거나 차를 기다리는 사람에게 우산을 가진 사람이 가까이 다가가 말없이 씌워주었고, 신문을 펼쳐서 같이 쓰기도 했다. 그러나 언젠가부터 그런 정서운 모습이 내 눈에 보이지 않았다. 인정이 사라졌다고 생각했다. 그런데 아니었다. 정은 언제나 그 자리에 있었다.

비 맞고 혼자 가는 사람 없고, 한 우산 속에서 둘이 걸어가고 있다. 노랑 우산, 빨강 우산, 꽃무늬 우산 …. 떨어지는 빗방울의 리듬을 타는 듯한 우산 꽃물결.

미묘한 울림. 세상을 천천히 바라보고 삶의 여유를 갖게 하는 비 오는 날이면 내게 우산을 받쳐주었던 남자의 뒷모습, 젖은 어깨를 생각하며 마음을 보낸다.

복 받으세요.

나주 정렬사와 백호문학관

김윤숭
insansi@hanmail.net

해마다 나주에 간다. 나주 정렬사에 간다. 정렬사 제향에 참석하는 것이 연례행사이다. 정렬사는 동신대학교 옆에 있어 찾아가기 쉽다. 나주에 올 때마다 운전면허시험이 생각난다. 1996년에 면허증을 나주에서 땄다.

시험에 합격하여 여유가 생겨 방계 조상 임진왜란의 최초 의병장 충신 건재 김천일 장군의 사당 정렬사를 물어 찾아가 사당문 밖에서 숙배하고 돌아오며 일본을 다시 생각하였다. 임진왜란, 일본인은 당시 조선인보다 모가지가 하나 작았으니 왜라고 칭한 것이다. 그런 왜놈에게 신라, 고려, 조선, 한국까지 2천 년 동안 침략 학살당하고 무시당하고 사니 불가사의 아닌가.

삼국통일의 주역 신라 문무대왕의 수중릉 비원悲願은 상식 아닌가. 동해용이 되어 왜적을 방비하겠다는. 용이 잘나도 축생이라 축생의 업도 감수하겠다며 왜침을 막겠다는 비장한 결심, 그 얼마나 처참한 왜적에 대한 공포였나. 그런 공포를 해결할 길은 없었다.

고려의 왜구 침략은 국가적 문제였다. 이때 이성계의 황산대첩이 있었고 이것이 조선건국의 기초가 되었다. 왜구 방어에 공을 세워 새 나라를 세운 조선은 오히려 왜구에게 대대적으로 침략당해 초토화되고 그 뼈아픈 교훈을 잊은 나라가 되어 다시 망국의 치욕과 고난까지 백성에게 안겨주었다. 왜적 일본은 불구대천의 원수란 게 증명된 것이다.

일본 땅이 태풍의 바람막이 구실한다고 좋아할 일이 아니다. 태풍 피해는 회복되지만 망국의 역사는 지울 수 없다. 그냥 남북한이 힘을 합쳐 일본을 도모하여 일본 땅을 완벽히 태평양에 수몰시켜야 후환이 영원히 없을 것이다. 민족의 철천지원수 공동의 적 앞에선 같이 싸우고 적을 섬멸한 뒤에 서로 싸우는 것이 순리 아닌가. 발본색원, 문자만 알고 실천하지 않으면 무슨 소용이랴.

건재 선생은 나주 출신으로 임진왜란 때 최초로 과감히 의병을 일으켜 왜적을 공격했다. 선조왕이 감동하여 창의사란 직책을 부여하였다. 의병을 창도했다는 뜻이니 국가 공인 최초 의병장이란 의미이다. 왜적의 호남 침략의 최전선인 진주성을 사수하다가 부자가 장렬하게 순국했으니 국가에서 문열공이란 시호와 영의정을 추증하고 진주 창렬사, 나주 정렬사를 세워 향사하며 추모한다.

창렬사 정렬사 문열공 렬자가 셋 다 들어있다. 렬자의 뜻을 생각해본다. 매울 렬 열렬하다. 매운맛의 뜻은 전혀 없고 세차다란 의미다. 렬자는 주로 열녀 열사의 칭호에 사용된다. 중종실록에 명유열신名儒烈臣으로 한번 사용하였을 뿐이다. 단종실록에는 세조대왕이 충신열사忠臣烈士란 용어를 사용, 독려하며 계유정난을 일으켰다.

헤이그 특사인 이준 선생이 분사하자 이준 열사라고 하고 유관순 선생도 기미만세운동에 옥사하자 유관순 열사라고 칭하는데 나라 위해 죽은 이에 주로 쓰인다. 보훈 용어로 순국열사는 1945년 광복 전 서거 공로자, 애국지사는 광복 후 서거 공로자를 가리킨다. 문열공 창렬사 정렬사의 렬자 의미는 충성 충자와 다르지 않다고 하겠다.

그러나 여자의 녀와 합쳐 쓰일 때는 의미가 한정되니 여자가 정절을 지키는 행실을 가리킨다. 유부녀든 처녀든 같이 쓰였다. 열녀는 다 정절을 더럽히지 않고 죽거나 더럽힘을 당하면 죽음으로 씻은 것을 가리킨다. 때로는 오랜 기간 수절한 여자를 열녀라고 하지만 죽어야 확실히 열녀로 판정되는 것이다.

열녀니 효자니 충신이니 하는 칭호는 왕명으로 정려를 하사받아야 쓸 수 있는 것이다. 정문이 건립되어야 국가 공인 충신 효자 열녀가 되는 것이다. 그런데 렬신이란 정려 항목은 없지만 렬신은 충신보다 상위개념으로 장렬히 전사하여 순국한 개념에 적합하다. 임진왜란의 칠백의총 순국 의병장 중봉 조헌 선생도 시호가 문열공이니 건재 선생과 같은 경우이다.

그러나 고려 시대 문열공 김천일 선생의 조상인 고려 문하시중 위열공 김취려 장군이나 고려 시조시인(다정가 작가) 문열공 이조년 선생이나 여말선초의 문신 문열공 한상질의 시호는 다 순국의 의미는 없고 세차다란 의미이다.

2015년 7월 1일에 나주시가 주관하는 정렬사 제향에 참석하였다. 이 제향일은 음력인데 특이한 면이 있다. 음력 5월 16일 의병을 일으킨 날을 기념하여 지내는 것이다. 제향이 끝나고 언양김씨대종회의 한 종친이 점심을 내는데 동석하였다. 50여 명에게 광주 삼계탕을 쏜 것이다. 혼자 짬을 내어 나주 백호문학관을 찾아 관람하였다.

백호 임제, 가장 존경하는 인물이다. 사이팔만이 다 중국에 들어가 천자 노릇하였는데 조선만 그러하지 못하였으니 죽은 뒤 곡도 하지 말라고 유언한 호걸지사이다. 그런 포부를 조선시대 누가 가졌는가. 이징옥 장군이나 있을까. 그의 찬비 시조나 황진이 묘제 시조나 유려한 한시나 원생몽유록 같은 한문소설 이야기는 부차적인 것이다. 그의 꿈은 아직도 이루지 못한 채로 이 나라는 그럭저럭 굴러가고 있는가.

마지막 남은 달력이 건네는 말은

김학구
frei5308@hanmail.net

11월 달력을 넘기며 마지막으로 턱걸이하는 12월과 마주한다.

한 해의 끝자락을 넘어서자마자 저물어 가는 세월을 재촉하듯 갑자기 썰렁해진 아침 길을 걸어가자니, 바람결에 갈길 몰라 방황하는 가련한 낙엽들이 눈에 밟힌다. 그 모습을 바라보노라면 왠지 마음속으로 한 해를 빈손으로 지나온 것 같은 허전함이 자리한다.

책상에 앉아 잠들어 있는 달력의 앞장들을 깨우며 여기저기 적혀 있는 기록들을 훑어본다. 친구나 지인들과의 약속, 여러 모임 등 매년 반복하여 기억할 일들과 새롭게 새겨진 내용으로 그득하다. 한 해 동안 걸어온 내 발자취가 동영상으로 천천히 재생된다.

하나하나 짚어가며 그 시점에 잠시 머물러 본다. 때론 잔잔한 미소가 흐른다. 어떤 날에서는 한참을 머물러가며 깊은 생각에 잠기기도 한다. 가슴 한구석이 몹시 아린 경우도 있다. 한 해 동안에도 아픔과 감사함과 기쁨이 서로 교차하는 가운데, 여러 색실이 서로 몸을 섞어가며 긴 머릿결을 땋은 것처럼 알록달록한 시간의 무늬를 이루고 있다.

한 치 앞의 일조차 가늠하지 못하며 돌진해 오는 시간 앞에, 온몸을 숨김없이 노출하고 살아가는 우리네 삶이 아릿한 느낌으로 다가온다. 특히나 달랑 한 장 남은 달력과 마주하다 보면, 묵었던 지난 세월까지도 합세하며 많은 상념 속으로 빠져들게 된다. 우리가 기억조차 할 수 없이 헐렁한 손가락 사이로 흘려보낸 세월은 얼마던가. 성경 전체에 흐르는 내용을 딱 한마디로 요약하자면 '사랑'이라는데, 앞서 간 나의 삶은 무슨 말로 정리해 볼 수 있을까, 적절한 말이 선뜻 떠오르지 않는다. 게다가 긍정적이며 밝고 산뜻한 단어보다는, 우중충하거나 어둑하며 아쉬움으로 뒤섞인 복합어들만이 머릿속을 헤집는다.

되돌아보면 1년이란 세월은 그저 한숨 자고 난 것같이 잠깐처럼 느껴진다. 무엇을 손안에 모아 두었는지 큰 느낌이 없다. 그런 세월을 수십 번씩 되풀이했었지만, 주어진 시간은 언제나 늘 뜬구름처럼 아쉽게도 한순간에 사라지고 말았다. 우리 기억의 창고 속에 도사리고 있는 숱한 사연들은 유통 기한도 없이 머물러 있지만, 정작 대부분은 버려진 채 방치되기에 십상이다. 간간이 저 의식의 밑바닥에서 낙엽처럼 구르다가 불시에 튀어나오기도 한다. 마냥 흘려보낸 후에야 그리워하고 못내 아쉬워하는 일이 올해도 되풀이되는 듯하여 옆구리 한쪽이 마냥 허허롭다.

지난날을 돌이켜보면, 무한궤도를 달리듯 무엇인가에 홀린 채 쫓기며 살아온 삶이다. 뭔가 이루지 않으면 안 될 것 같은 강박관념 속에서 용트림하며 지나온 시간이다. 그런데도 그토록 갈구했던 바를 막상 원하는 만큼 이룬 것 같지가 않다. 어쩌다 우연히 다가온 운명의 수레를 얻어 타고, 내 뜻과는 무관하게 또 다른 길을 걸어온 듯한 느낌을 지워버릴 수 없다.

사람의 운명이란 자신의 꾸준한 노력으로 얼마든지 달라질 수 있다고들 하지만 살아오면서 많은 부분이 내 의지와 무관하게 흘러왔다는 생각을 더 자주 하게 된다. 그토록 힘겹게 타울거리며 얻은 것은 무엇일까. 그것이 내가 할 수 있는 최선이었으며 가장 아름다운 것이었나. 혹시 그 속물적인 현실의 삶을 좇다가 욕망의 불꽃 속에 정말 소중하게 가꾸어야 할 것들을 홀랑 태워 버리지는 않았을까 하는 생각이 꼬리를 물고 놓지 않는다.

세월이 흐르면서 점점 일상이 후줄근해져 가는 마당에, 올 따라 이런 생각이 깊어가는 까닭을 모르겠다. 아마도 얼마 지나지 않으면 지금껏 다니던 보금자리를 떠나야 하는 복잡한 심상에서 비롯된 것이 아닐까 싶다. 이유가 어디 있든, 스스로 원했었는가의 여부와 관계없이 선택에는 책임과 의무가 따르기 마련이다. 그 부분으로 인하여 우리는 살아가는 동안에 벗을 수 없는 무거운 짐을 머리에 이고 살아가야 한다. 어렵사리 그것을 극복해 가는 과정에서 때론 깊은 좌절이 따르기도 하지만, 의외의 결과나 성과를 얻고 새로운 삶을 향한 희망과 기쁨을 맛보기도 한다.

한 장 남은 12월의 달력을 물끄러미 바라본다. 이제는 집요했던 세상을 향한 집착에서 손을 거두고, 흐르는 물에 배를 띄우듯 자신을 스스로 놓아버리고 싶은 마음이 슬그머니 가슴팍으로 스며든다. 12월의 달력도, 내게 마음속의 소란을 재우고 이제는 조용히 기다리며 지켜보는 삶을 살라고 한다. 쉼 없이 다가오는 운명의 그림자가 달그림자처럼 스르륵 지나치듯 그렇게 한껏 내맡기고 살라는 말을 건네는 듯하다.

바나나킥 아줌마

임민자
img458@hanmail.net

TV에서 축구경기가 한창이다. 성격이 급한 남편은 얼굴이 시뻘겋도록 소리를 고래고래 지르며 우리 팀을 응원한다. 아쉬운 찬스를 놓치면 베개를 내던지고 목이 타는지 시원한 물을 찾는다. 축구에 빠져 있는 남편 모습을 보면서 오래전 바나나킥을 넣었던 생각이 났다.

해마다 가을이면 사단에서 부사관 체육대회가 열렸다. 그날 하루 부사관들은 물론 가족들까지 맘껏 즐기는 축제의 한마당이다. 푸짐한 상품은 물론 각자 준비한 음식까지 나누어 먹으며 친목을 다지는 시간이기도 하다.

선수로 뽑히면 인근 초등학교에 빠짐없이 각 부대별 주부들이 모였다. 선수들에게 현역군인이 직접 나와 경기 규칙을 설명하고 승리보다는 다치지 않는 요령까지 꼼꼼히 가르친다.

또 엄마들 축구 연습은 남자들과 달리 운동장을 반으로 줄여 발로 차는 기본기만 가르쳤다. 어차피 똑같은 조건에서 치르는 경기라 무리한 연습은 역효과만 가져올 뿐이라고 말했다.

삼복더위에 한 달 가까이 연습하고 날이 선선해지는 초가을에 체육대회가 열렸다. 각 부대별로 색색의 운동복만 봐도 어느 부대 소속인지 짐작이 갔다. 보병부대 선수들은 대부분 단색 유니폼을 입었다. 보병들은 나이가 지긋한 선수들이 많은 탓에 하늘색이나 흰색을 선호했다.

포병은 거의가 혈기 왕성한 젊은 부사관들로 모든 경기에서 뛰어난 실력을 보였다. 유니폼도 눈에 확 띄는 붉은색이나 흰 바탕에 빨간 테두리를 넣은 밝은색을 경기 때마다 입고 나왔다.

오전에 개인 경기가 끝나고 오후에는 단체 경기로 체육대회를 마무리했다. 우리 연대는 남자들 경기가 하위에서 맴돌았다. 그나마 여자들 경기와 부부게임이 간신히 중위권을 지켰다. 남은 단체경기에서 남자축구는 지고 여자 축구가 남아 있었다. 여자축구는 운 좋게 제비뽑기에서 부전승으로 결승전만 뛰면 승리를 할 수 있었다. 그런데 하필이면 상대 팀이 우승을 장담하는 포병 선수였다. 우리 팀은 선수까지 부족해 사십 대도 많고 골키퍼는 제일 연장자로 오십 대 후반이었다. 더구나 선수들과 호흡도 맞춘 적 없는 주말부부로 늦둥이까지 둔 엄마였다.

남자들은 여자들 축구 경기에 기대는커녕 운동장에 빙 둘러서서 골 보이 노릇이나 할 참이었다.

드디어 여자 축구 경기가 시작되었다. 나는 상대 골키퍼 가까운 위치에 있었다. 양 팀 선수들은 패스는 엄두도 못 내고 공이 굴러가면 굴러가는 쪽으로 어린아이마냥 우르르 몰려다녔다. 마음은 모두 이팔청춘인데 몸은 따라 주지 않았다. 공이 굴러가는 쪽을 향해 상대 선수들은 기회가 왔을 때 공을 골대를 향해 힘껏 넣어도 발힘이 부족해 번번이 실패를 했다. 또 선수끼리 패스하다 헛발질에 넘어져 웃음을 자아내기도 했다.

내리쬐는 가을볕에 선수들은 운동장 여기저기 쪼그리고 앉아 있었다. 조금만 뛰어도 숨은 목까지 차오르고 얼굴은 모두 홍당무가 되어 땀으로 범벅이었다. 선수들은 지칠 대로 지쳐 승리는 관심 없고 심판 호루라기 소리만 기다렸다. 마음속으로 경기가 끝나길 학수고대하던 찰라였다.

그때 골대 가까운 곳에 서 있던 내 앞으로 공이 또르르 굴러 왔다. 엉겁 길에 공을 발 안쪽으로 밀었다. 어찌 된 영문인지 공은 살살 굴러 골키퍼 다리 사이로 빠져 들어갔다.

여기저기 환호성이 터졌다. '바나나킥'이 뭔지 외치고 난리가 났다. 본부석에서 구경하던 연대 간부들까지 일어나 부둥켜안고 어쩔 줄을 몰랐다. 운동장 주위에 있던 골 보이들은 우르르 골대 앞으로 몰렸다. 나는 어안이 벙벙해 팀원들이 내미는 손만 툭툭 쳤다. 그 덕분에 우리 연대는 뜻하지 않은 준우승의 영광을 얻었다. 한동안 나는 '바나나킥'을 넣은 아줌마로 사람들 입에 오르내렸다.

지금도 축구 이야기만 나오면 나도 한때는 '바나나킥' 넣었던 아줌마라고 한껏 뽐을 낸다.

오리의 궁둥이만 바라보려는 그대

민아리
min01620@naver.com

물고기가 수면 위를 뛰쳐오르는 이유를 / 너는 아니?

아마 / 한 치의 빈틈도 없이 / 자신을 옭아매고 있는 물의 / 장력을 벗어나

오직 / 수면 위를 잠깐 지나는 / 바람에 입 맞추는 것.

- 이상필 「물고기가 수면 위를 뛰쳐오르는 이유」

저녁 무렵 학의천 산책로를 거닐 때면 나는 '바람에 입 맞추기 위해 수면 위를 뛰쳐오르는' 한 마리 물고기가 되곤 한다. '두 발 걷기'와 '생각의 걷기'를 함께 즐기는 시간, 오늘도 세상사라는 갑옷을 잠시 내려놓고 산책로에 들어선다.

하천가는 언제나 살아 움직이는 한 폭의 풍경화이다. 물 위로 뛰어오르는 은빛 물고기들과 어미를 따라 물 위를 떠다니는 새끼오리들, 물속을 빤히 들여다보며 먹이를 찾는 백로와 왜가리들…. 오늘은 운이 좋은 날이다. 때마침 흰뺨검둥오리네 아홉 가족이 한창 자맥질 실력을 뽐내고 있다. 머리 쪽은 감쪽같이 물속으로 숨겨버리고 엉덩이를 물 위에 수직으로 치켜 올린 모습들이, 마치 단체로 수중발레를 하고 있는 것 같아 우습기 짝이 없다. 조막만 했던 새끼들이 천적들로 위험천만한 이곳에서 저렇게 어미만큼 자랐다니. 기특하고 대견스러운 마음에 가까이 가서 궁둥이들을 하나씩 토닥여주고 싶다. 발길을 멈춘 사람들이 미소를 지으며 바라보고 있다. 참으로 평화스러운 정경이다.

그런데 문득 궁금증이 인다. 물에 잠겨 보이지 않는 오리의 반쪽은 어떤 모습일까. 물속에선 지금 어떤 상황이 벌어지고 있을까. 아마도 오리의 눈과 주둥이는 공포에 떨며 필사적으로 도망가고 있는 작은 생명들을 무자비하게 쫓고 있을 터이다. 물속은 곤충과 작은 물고기 가족들이 천적을 피해 달아나느라 아비규환의 수라장이 되어있으리라. 어쩌면 사랑하는 자식을 잃은 어미 물고기가 슬픔에 겨워 실신해 있거나, 우애 깊은 곤충 형제가 막 포식자의 목구멍을 통과하고 있을지도 모른다. 수면을 경계로 둘로 나누어진 오리의 모습이 언젠가 '싸움녀'에게서 '숭고함'을 보았던 때를 떠오르게 한다.

그 날은 동네 상가의 떡볶이집 젊은 여주인이 네댓 살짜리 딸을 품에 안고 있는 것을 처음으로 목격한 날이었다. 잠든 아이의 얼굴을 요모조모 들여다보며 한 손으로는 연신 아이의 머리카락을 쓰다듬느라, 엄마는 손님이 자리에서 일어나는 것도 모르는 듯했다. 세상에서 가장 귀한 보물을 내려다보고 있는 엄마의 표정이 더할 수 없이 평온하고 자비스러워, 얼핏 숭고함마저 느껴졌다. 여느 엄마에게는 평범한 모습이 왜 이토록 낯설고 특별해 보이는 것일까. 지금 저 여인이 이태 전 맞은편 김밥집 주인과 손님 쟁탈전을 벌이다 상대의 머리채를 잡아당겨 바닥에 쓰러뜨렸던 장본인이라는 선명한 기억 때문일까. 그날의 '싸움녀'가 저렇듯 자애로운 눈빛을 지니고, 저렇듯 온 우주를 품은 듯한 미소를 지을 수 있다니. 나는 왜 여태 그녀의 다른 모습은 보지 못하고, 그녀를 '싸움녀'로만 기억해 온 것일까. 그녀에게 사과라도 하고 싶은 심정이었다.

모든 사물이나 대상은 부분으로 그 존재를 드러낼 뿐, 전체로써 자신을 온전히 드러내지 않는다. 그래서 우리는 마치 보이는 것이 전부인 양, 그것을 주관적으로 의미화하고 고착화하기를 반복하는 '오해의 누범'들이 되어 있는 것이리라. '싸움녀'의 비루한 모습에서 모성을 보지 못하고, 모성의 숭고한 모습에서 비루함을 보지 못한다면, 우리는 '오해'로써 세상을 이해하고 말 것이다. 수면에 잘

려버린 오리의 반쪽을 머리 쪽까지 이어서 하나로 볼 줄 알고, 궁둥이의 애교스러움에서 주둥이의 무자비함을 들여다볼 줄 알아야만 사물을 온전히 바라보는 눈을 가졌다고 할 수 있으리라.

물 위에 보이는 오리의 궁둥이는 전체의 한 부분일 뿐이다. 수면이라는 경계선을 넘어 그 아래 보이지 않는 물속까지 '동시'에 들여다볼 때에, 우리는 비로소 반쪽 오리가 아닌, 온전한 오리의 모습과 만날 수 있을 것이다.

어느덧 터널 부근의 산책로 끝까지 올라왔다. 땅거미가 내려앉고 있다. 건너편 버드나무 아래 덤불 쪽에서는 일곱 마리의 참오소리네 가족이 아침 식사를 위해 밖으로 나오며 하루를 열고 있다. 저녁의 또 다른 모습이다.

4

결

뭉쳐야 산다

주영기
caltivate@daum.net

긴 겨울 가뭄 끝에 반가운 봄비가 촉촉이 내린다. 잿빛 하늘이 나지막하게 내려앉아 쉽게 그칠 비는 아닌 것 같다. 농장에 나무를 심으려고 사람까지 불러 놓았는데 걱정이다. 하늘만 쳐다보다가 할 수 없이 차를 몰고 나갔다. 비 오는 날 나무를 심으면 뿌리는 잘 내리겠지 생각하면서 농장으로 향했다. 시골 마을 초입에 들어섰다. 항상 다니는 길이지만 마을의 진입로는 폭도 좁고 게다가 꼬부랑 길이다. 이 길을 지날 때는 속도를 늦추고 조심히 운행한다. 전형적인 시골길은 몇십 년이 지나도 정비가 되지 않은 채 여전히 방치되고 있다. 목적지에 닿으니 벌써 비를 맞으며 나무들을 심고 있다. 비닐 우비를 쓰고 일하는 모습을 보니 약속을 잘 지키는 분들이라 고맙다. 미리 준비해둔 매실, 블루베리, 키위를 심는다. 한나절을 비를 맞으며 심겨진 어린 묘목들을 뒤돌아본다. 한 오 년 후면 실한 열매를 거두리라 생각하니 흐뭇하다. 콸콸 쏟아져 내리는 봇도랑 물에 흙투성이 삽과, 괭이를 씻는다. 허리를 펴고 가까운 산들의 푸름을 바라본다. 마음이 한껏 청량해진다. 도시에 살지만 마음만은 항상 이곳에 머문다. 늘그막에 자연과 벗하며 이곳에 살리라 생각하니 절로 기쁘다. 돌아오는 길에 멀리 대형 버스가 깜빡이 등을 켠 채 길을 막고 멈춰 서 있다. 다른 길이 있는 것도 아니고 비켜 갈 수도 없는 하나뿐인 외길에 떡 버티고 서 있다. 번호판을 보니 먼 지방에서 온 차다. 어떻게 큰 버스가 들어 왔을까, 뒤늦게 진입이 불가능한 것을 안

기사는 안절부절이다. 그사이에 차가 하나둘씩 밀리기 시작했다. 진퇴양난이라는 말이 이럴 때 쓰는 말이리라. 사태를 짐작한 운전자들이 하나둘씩 차에서 내려 버스 기사를 도와 앞뒤에서 손 신호를 하기 시작했다. 내리는 비를 아랑곳하지 않고 서로 돕는 모습들이 정말 아름다웠다. 거북이걸음이 이럴까? 일 미터 가량 후진하면 곧 앞바퀴가 무논에 빠질 것 같다. 길 양쪽은 막 모내기를 끝낸 논이다. 또다시 전진했다가 곧 후진을 한다. 가슴을 졸이며 지켜보는데 아니나 다를까 앞바퀴가 무논에 빠졌다. 부르릉 굉음과 함께 겨우 길 위에 올라선다. 지켜보는 내가 손에 땀이 날 정도로 조바심이 난다. 또다시 후진 손 신호를 하는 사람들이 목이 터져라 고함을 친다. 이번에는 오른쪽 앞바퀴가 못자리 논에 빠지고 말았다. 바퀴가 길 위에 오르지 못하고 헛바퀴만 돈다. 돕던 사람들이 어디서 나무며 큰 돌을 가져와 바퀴 밑에 넣고 또다시 시도한다. 한참을 애태우던 후에 빠진 바퀴가 올라온다. 전진에 후진, 후진에 전진을 거듭한 끝에 약 30여 분 만에 농협 지소 큰 마당으로 버스가 뒷걸음질 쳐 나왔다. 모두들 물에 빠진 생쥐가 되어 땀인지 빗물인지를 분간하지 못했다. 그간 밀렸던 차들이 봇물 터지듯 빠져나간다. 버스 기사는 도와주고 기다려준 운전자들에게 허리를 굽혀 두 손을 흔들며 인사한다. 길다면 길고 짧다면 짧은 30여 분을 경적 한번 울리지 않고 기다려준 운전자들, 마치 내 일인 양 비를 맞으며 곤경에 처한 기사를 구하여준 성숙한 시민의식을 목격했다. 흔히들 빨리빨리와 참을 줄 모르는 민족이라고 흉을 본다. 그러나 오도 가도 못 하는 지금 같은 곤경에 처하면 너와 내가 따로 있을 수 없었다.

IMF 때가 생각난다. 나라가 외환 위기를 맞아 야단이 났을 때였다. 누가 제안했는지 그때에 금 모으기가 있었다. 장농에 잠자고 있던 금을 모든 국민이 동참하여 가지고 나왔다. 나라가 망한다는 절박한 심정들이 모여 외환 위기를 막았다. 우리 민족은 위기 때에 실력을 발휘하는 민족임을 세계만방에 알리는 계기가 되었다. 이승만 초대 대통령의 '뭉치면 살고 헤어지면 죽는다'는 명연설이 생각난다. 오늘 일에 이 말이 생각남은 정말 서로의 힘을 모아 장한 일을 해냈다는 뜻이 되기도 하기 때문이다. 오늘 일을 겪으면서 아직은 희망이 있는 민족이며 그 기질을 후손에게 물려주어야 할 큰 유산임을 깨달았다. 돌아오는 차창 밖으로 바라보이는 산들의 녹음이 어찌 그리 푸른지, 불어오는 싱그러운 바람이 어찌 그리 고마운지를 새삼스레 느껴보는 기분 좋은 하루였다.

이 세상은 즐거움이 더 많다.

국태주
taejookook@hanmail.net

나는 늦게나마 65세 정년퇴임 후로 30개국을 돌아다녔다. 물론 각국마다 특징이 있고 관광지로써 잘 갖춰 있었지만, 터키처럼 신기하고 재미있고 구경거리가 많은 나라는 없었다. 그리고 터키에 정이 가는 것은 1950년 6.25사변 때 미국 다음으로 많은 UN군을 보냈다는 것과, 쉬는 곳마다 밀가루 나라답게 구워내는 빵의 모양도 다르고 맛도 달라 맛있었다. 지하 식당에서 식사를 했는데, 우리를 알아보고 아리랑과 도라지타령을 연주하면서 식사 시간을 즐겁게 해주었고, 내가 무색할 만큼 '형제의 나라'라면서 반겨주었다. 관광 전까지 나는 그 사람들처럼 친근한 정을 가지고 있지 않아서 부끄러움까지 느꼈다. 관광지 중 '카파도키아'는 그 후 칠팔 년이 지난 지금도 눈에 선히 떠오르며 감동이 남아있는 곳이다. 사질토로 이뤄진 바위 동굴들인데 그곳이 교회라니 감탄이 절로 나왔다. 동굴을 만들고 교회를 이룬 곳으로 초대 교인들이 네로 황제의 박해를 피해 숨었던 교회인데 오래도록 (비잔티움)수도원으로 쓰였다고 한다. 그 수도원은 교회의 타락과 관계없이 시대의 정신과 사상의 모태가 되었다고 했다. 신기하고 좀 더 알고 싶어 50m 지하로, 내려갔다가 올라온다고 해서 나도 따라 들어갔다. 동굴 교인들의 식량을 마련키 위해 밖에서 곡식을 심고 거둬 지하 창고 통로로 부어서 갈무리했다든지 취사 시 연기를 감추기 위해 굴뚝을 전혀 눈치채지 못할 먼 곳으로 뚫었다든지, 당시의 주방과 취사도구를 보고 잘 보존한, 이 나라의 관광 의욕에 감탄을 금할 수가 없었다. 아무리 깊은 신앙심이라지만 동굴의 어둠을 벗 삼고 순결한 신앙심을 가졌던 그때 그들의 체취가 느껴졌다. 그 안에는 교회는 물론 교육장, 주방, 창고 등이 잘 갖추어진 건축물이었다. 수천 년의 바람이 빚어 놓았다고 했다. 기암절벽 풍화 작용의 조각품인가, 거대한 버섯 모양의 절벽들이 수도 없이 즐비하게 늘어선 것을 보면서 우리나라에도 지금 눈에 보이는 풍경들이 있다면 얼마나 복 받은 나라로 되었을까, 몇 번이고 생각해보았다. 쪽빛 하늘을 배경으로 우뚝우뚝 서 있는 버섯 모양의 무리를 보면서 여기가 별천지구나 생각하며 카메라 셔터를 계속 눌렀다.

나이가 드니 더욱 사람이 그립고 모임이 좋아, 도시에서 많은 해를 보내면서 사랑하면서 삶을 이어왔다고 해도 과언이 아니다. 그러다가도 권태기가 있었는가 가끔은 귀농해서 자연을 만끽하면서 살고 싶을 때도 있었다. 이것은 인간의 근원에 대한 갈구가 아닐까 생각해 본다. 성경 첫 장에 기록되어 있는 바와 같이 에덴동산에서 쫓겨난 이후로 인간은 그때부터 존재의 근원과 원형에 대한 목마름이 있었다고 봐야 한다. 그래서 나 자신도 자연과 과거를 잊지 못하고 근원의 이미지를 잊지 않기 위해 웃음거리 글이지만 수필이라고 쓰고 있는가도 모르겠다.

나도 경쟁 사회에서 항상 빼앗기면서 살았고 더군다나 물질 만능하고는 너무나 거리가 멀게 살았다. 종종 내가 잘 살고 있는 것일까? 무엇을 위해 이토록 항상 쫓기는 심정 가득히 살아왔는가, 자문하면서 황폐한 내 내면세계를 발견할 때도 있었다. 그러나 나는 살아있는 즐거움도 느끼면서 산다. 화분에 무럭무럭 자라나는 관상식물도 보고 화분에서 피어나는 재스민 향기도 맡으며 가을이면 선홍색으로 열리는 아기 손 같은 별 고추를 보면서 혼자 만족하고 웃기도 한다. 그러다보면 안양천 산책길 옆에서 반기는 풀잎과 꽃들이 사랑스럽다. 이어폰에서 울리는 음악을 들으면서 산책하는 나는 부러움이 없는 최고의 행복한 사람이다.

이는 하나님에 대한 목마름과 영성靈性의 욕구가 더욱 강렬해져서 영혼의 향수를 느끼고 있다고 생각된다. 이 나이에 눈을 비벼가며 꾸준히 글을 쓰는 것도 시대에 뒤떨어지지 않고 내 나름대로 다른 사람보다 앞서 나가기 위해 끊임없이 자기 계발과 발전을 해야 한다는 조급한 생각도 있어서이다. 얼마 남지 않은 생애라고 자꾸 생각이 따라다닌다. 그러나 나는 현실을 피하거나 삶을 회피하고 싶은 마음은 추호도 없고, 치열한 삶의 현장 속으로 더 깊이 파고 들어가 땀과 눈물을 짜면서 내가 쓰고 싶은 좋은 글을 쓰면서 행복을 느끼고 싶다.

며칠 전에 거동이 불편한 이 오빠를 보기 위해 여기 사는 자매들과 꼬박 이틀 동안을 지내면서 오랜만에 어릴 적 집안 이야기들을 하면서 돈독한 형제애를 맛보았다. 마지막 해후로 느꼈는지 둘째 누이가 울면서 껴안으니 우리 4형제가 모두 눈물을 흘렸다.

나는 그 애들에게만 말한 것이 아니라, 자라나는 조카들에게 말하라고, 젊음이 보배이니 현실을 피하지 말고 부딪쳐서 행복을 찾도록 노력해야 한다고 했다. 살아보니까 때로는 악취로 역겨울 때도 있지만, 때론 그곳에 행복의 꽃씨를 뿌려서 꽃들의 향기로 악취를 없애 주리라 믿는다. 사노라면 살고 싶은 세상이지, 버리고 싶은 세상은 아니라고 말하고 싶다. 사랑과 꿈이 가득하고 노래가 있는 곳이 이 세상이니까.

느림의 섬을 찾아서

안연미
aym6236@hanmail.net

여행은 발견이다. 완도에서 출발한 여객선은 5월 하늘 아래 펼쳐진 남해를 가르며 질주하는가 싶더니 40여 분이 지났을 즈음, 아시아 최초의 슬로시티 청산도에 도착했다.

느림의 길은 모두 11길이다. 하루 안에 모든 길을 완주한다는 것은 분명 욕심이다. 자연 속에서 느릿느릿 걷고 머물면서 내 안의 조급함을 버리는 연습을 해야지 했다. 슬로시티로 인정받은 섬마을답게 천천히 걷나 보니 느림의 글이라고 적힌 달팽이 표지판이 곳곳에 걸려 있다. 경쟁 사회에서 조급증에 시달리며 살아가는 이방인에게 느림의 교훈을 주려는 배려가 아닐까. 사람들에게 여유를 주는 데에는 느림보 달팽이까지 한몫하고 있다.

달팽이는 비록 느리게 다닌다 해도 그네들 세계에도 삶의 속도가 있을 것이다. 매 순간 펼쳐지는 자연의 길이 어디 순탄하기만 하겠는가. 자신보다도 더 매끄러운 길을 만날 때도 있을 테지만, 생각지도 않은 험난함에 부딪힌 좌절과 고통의 날도 있을 것이다. 때로는 막히면 돌아가야 한다는 지혜도 터득했으리라.

황톳길을 걷다가 뒤돌아보고 다시 걸어 나오니 작은 솔밭 공원이 정겹다. 키 큰 소나무들이 오가는 사람들을 내려다보고 서 있다. 숲을 돌아가니 바다가 다시 보인다. 잔잔한 봄바람에 잔물결 없이 고요하다. 망망대해를 바라보고 있자니 다른 일행이 '빨리 구경해야 배를 탈 수 있다'며 잰걸음으로 지나간다. 서둘러 앞서 가는 그들을 보고 있노라니 중학교 시절의 기억 한 자락이 슬며시 떠오른다.

아침부터 시작된 체력장 시험은 긴장의 연속이었다. 드디어 오래달리기 종목까지 왔다. 출발 신호와 함께 우리는 체육 선생님이 강조하신 대로 처음부터 서두르지 않았다. 체력장 시험을 앞두고 오래달리기를 연습하면서 안전 규칙을 지키지 않고 욕심내서 달리다가 쓰러진 친구들이 더러 있었다. 그럴 때마다 선생님은 안전을 강조하셨기 때문이다. 우리는 보폭과 호흡을 잘 조절해서 합격 점수를 받자고 다짐했다. 그런데 방심은 금물이라 했던가. 우리한테 그만 문제가 생기고 말았다.

운동장 두 바퀴도 남지 않았을 때였다. 친구들의 함성과 박수 소리 때문이었을까. 앞장서서 잘 가던 친구가 갑자기 빠른 속력으로 달리기 시작했다. 나 역시 덩달아 속력을 내서 달렸다. 우리는 마치 100m 달리기 시합을 하듯 뛰었다. 입술은 마르고 숨이 가쁘고 다리는 후들거렸다.

"야, 이놈들아! 아직 멀었어. 빨리 뛰지 말라고!"

언제 보셨는지 체육 선생님은 목소리를 높이셨다. 마지막 한 바퀴를 남겨 두었을 때 슬슬 속도를 내기 시작해서 반 바퀴 정도 왔을 때, 힘껏 뛰면 된다고 하셨는데 우리의 다짐은 한순간에 무너지고 말았다. 다행히 예상보다 빨리 결승선에 도착해서 합격은 했지만 그 기쁨을 누릴 여유도 없이 운동장에 주저앉아 한동안 숨을 헐떡여야 했다. 연습했던 대로 알맞게 뛰면 될 것을 왜 그리 욕심을 냈을까. 그동안 겪었던 크고 작은 시행착오를 되돌아본다.

느림과 빠름은 멈추는 것이 아니라면 전진의 의미에서는 같다. 어쩌면 우리네 삶 속에는 느림과 멈춤이 상생하고, 그 속에 빠름이 비집고 들어와서 은근히 경쟁을 부채질하는 것은 아닐까. 어차피 앞만 보고 급히 달리다 보면 잃는 것도 많거늘 빠른 것이 어디 다 좋으랴. 삶에도 적절한 분배의 기술이 필요한가 보다.

인생도 달리기와 같은 것이 아닐까. 어떤 날은 빨리 가려다가 돌부리에 걸려 넘어지기도 하고, 남이 뛰면 같이 뛰어야 했던 날도 있었다. 능력을 인정받고 싶어서 앞서 달리다가 직장 동료로부터 눈총을 받던 날도 떠오른다. 어떤 때는 제 능력을 가늠하지도 못하면서 욕심만 앞세워서 급히 달리다가 결실 없이 멈출 때도 있었고, 너무 늦게 도착해서 남에게 피해를 주었던 부끄러운 날도 기억한다.

아프리카 속담에 빨리 가려면 혼자 가고, 멀리 가려면 함께 가라는 말이 있다. 목마른 사막을 지나거나 험난한 정글을 지나려면 길동무 없이는 불가능할 게다. 길동무와 천천히 보폭을 맞추면서 걷는다는 것은 쉬운 일은 아닐 것이다. 인생의 속도를 알맞게 걷는 길은 결코 나 혼자만의 과제가 아니기에 더욱 힘든 것일까.

느림의 섬에도 저녁을 맞는 시간이다. 항구에 정박해 놓은 고깃배는 저녁 햇살을 가득 실었다. 삶의 속도를 좀 더 느리게 충전했던 시간을 안고 작은 섬을 빠져나온다.

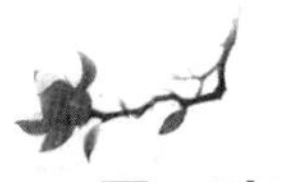

통通하다

김선희
kimsunny0202@hanmail.net

땀이 줄줄 흐르는 7월, 바람마저 없다면 어떻게 견딜까. 후덥지근하지만 바람결에 휘날리는 버드나무가 시원해 보이는 건 가까운 주위에 물이 있기 때문일 것이다. 버드나무의 평생 반려는 물이 아닐까 싶다. 사람들이 눈총을 주거나 말거나 버드나무는 4월이면 수만 개의 꽃가루를 날린다. 그중에서 운 좋게 한 생명체로 거듭나 물가에 터를 잡고 이제는 군락을 이뤄 춤을 추고 있다. 물을 좋아하는 버드나무는 그곳으로 데려다 준 바람이 얼마나 고마울까. 그래서 바람이 불어오면 하루 종일 너울너울 춤을 추는가 보다.

추위를 견디느라 늘푸른 나무조차 빛이 바래, 주위를 아무리 둘러봐도 온통 칙칙함뿐일 때 나는 그때를 견디기가 어렵다. 가라앉은 기분이 못 견딜 것 같아질 때쯤이 되면, 물가 주변 버드나무에 보일 듯 말듯 연둣빛 살짝 섞인 노란 물이 가지 끝에 오르기 시작한다. 하루하루 조금씩 더 많아지다 어느 순간 병아리 주둥이 같은 잎을 내밀어 봄이 오고 있다고 여기저기서 소리친다. 그러면 나뭇가지 사이로 참새들도 뛰어오르며 함께 신이 난다.

한여름 물가는 버드나무가 있어 한층 더 운치가 있다. 그 운치를 더하는 시 한 수, 지은이는 홍랑이다.

산 버들가지 골라 꺾어 임의 손에 보내오니

주무시는 방 창밖에 심어 두고 보시옵소서
밤비에 새 잎이 나거든
나를 본 것처럼 여기소서

최경창은 시를 받고 그 자리에서 한시로 옮겨 번방곡이라 했고, 고죽의 유고집에 실려 전한다.

飜方曲(번방곡)
折楊柳寄與千里(절양유기여천리)
人爲試向庭前種(인위시향정전종)
須知一夜生新葉(수지일야생신엽)
憔悴愁眉是妾身(초췌수미시첩신)

'버드나무' 하면 이 시가 가장 먼저 떠오르는 것은 내가 살고 있는 파주에 최경창과 홍랑의 묘가 있어서일 게다. 함경도에서 북도평사를 지내던 최경창이 한양으로 돌아올 때 관기였던 홍랑은 자기 지역을 벗어날 수 없어 사랑하는 임을 보내면서 시 한 수에 마음을 담아 전한다.

버드나무는 씨앗으로도 번식하지만 아무 데나 꽂아두어도 살고 던져 놓아도 산다고 할 만큼 생명력이 강하다. 홍랑의 시를 읽고, 떨어져 있어도 끈질긴 자기의 사랑은 버드나무처럼 변함없을 거라고 전하려 했나 보다 생각했다. 그런데 천 년 전 당나라에는 버드나무를 건네며 이별하는 풍습이 있었다는 사실을 최근에 알게 되었다.

장안이라고 불렀던 당나라 수도 서안의 동쪽에는 파교라는 곳이 있는데 이별 장소로 유명했던 곳이고, 이곳에서 이별할 때는 버드나무 가지를 꺾어 건넸다고 한다. 파교절류灞橋折柳란 말은 그때 생겼는데, 그것은 버들류柳자와 머물류留자가 발음이 같은 것을 이용해 마음을 에둘러 표현하는 것이다.

"보내야 하는 것이 현실인 것은 알겠는데, 머무시면 아니 되겠습니까."

천 마디 말보다 버드나무 가지 하나가 더 강한 호소력이 있게 된다. '파교절류'를 아는 사람에게라면 말이다.

최경창은 백광훈, 이달과 함께 고려시대 때부터 이어져 온 송시宋詩적 경향을 당시唐詩 풍으로 전환하여 삼당시인이라 불리는 문장가였다. 관념적이고 이지적인 송시와 다르게 흥취와 여운을 중시하며 낭만적인 내용이 주를 이루는 것이 당시이다. 최경창을 만나기 전부터 창唱 보다는 시詩, 그중에서도 고죽孤竹의 시를 흠모했다던 홍랑을 생각하면 파교절류를 몰랐을 리 없다. 고죽은 당연히 알아들었을 테고, 홍랑의 마음이 절절히 와 닿았을 것이다.

애틋했던 두 사람의 사랑도 부럽지만 구구절절 말 안 해도 꺾어 건넨 버드나무만으로도 차마 말로 하지 못하는 마음까지 알아주는 사람이 있다는 게 더 부럽다. 나도 통通 하고 싶다.

꽃 심는 마음

장준옥
achimis1--@hanmail.net

며칠째 내리는 비로 사위가 회색빛으로 축축하게 젖어 있는 일요일 아침이다. 전신주에 '하늘빛길'이라는 이름이 걸려 있는 언덕을 지나 성당으로 간다. 언덕 너머로 펼쳐지는 하늘이 낮게 내려앉아 있고, 길가 떡갈나무는 습기를 머금어 푸른 이끼를 두르고 있다. 능소화가 필 때면 장마가 시작된다더니 지나는 길목 어느 집 담장 위에 핀 꽃이 붉은색으로 곱다. 오래 피어 있지 못하고 비에 젖어 떨어진 꽃송이들이 담장 아래서 핏빛으로 처연하다. 모퉁이를 돌아 더 가면 초등학교로 가는 내리막길 '샛별 길'이다. 학교 울타리로 쳐 놓은 긴 펜스를 따라가다 보니 자투리땅에 움직이는 노란 물체가 눈에 들어온다. 궁금해서 가까이 가보니 노란 비옷을 입은 작은 체구의 할머니가 무엇인가 심고 있었다. 옆에 놓인 쟁반에는 채송화며 금잔화, 백일홍, 봉숭아 등, 종류도 다양한 꽃모종이 가득하게 얹혀 있다. 지난해까지 만해도 학생들의 통학로인 이곳에 들깨가 심어져 있었는데, 꽃 심는 노인을 보니 반갑고 고마운 생각이 든다.

꽃 심는 노인을 보며 비 오는 날 꽃모종을 심던 친정어머니 모습이 그려진다. 그때 어머니는 꽃을 참 좋아하셨다. 어머니는 비 맞으며 쫓아다닌다고 핀잔을 하면서도 채송화는 키가 작으니 앞쪽에 심고, 그다음엔 금잔화, 봉숭아, 사루비아, 백일홍, 특히 키다리 꽃은 울타리 쪽에 심어야 한다고 설명해 주셨다. 늦가을에는 알뿌리 꽃인 칸나, 다알리아, 함박꽃 등을 캐서 부엌 흙바닥 귀퉁이에 묻어두었다가 봄이면 꽃밭에 옮겨 심었다. 어머니가 정성으로 가꾼 꽃밭은 지나는 이들의 발걸음을 붙잡았고, 사진을 찍는 이도 있어 어린 마음에 우쭐했다. 바쁘게 농사일을 하면서도 꽃밭을 가꾸던 어머니의 성정이 지금까지 내 가슴에 따뜻한 기억으로 남아있다.

할머니 손으로 심은 어린 모종들이 갖가지 꽃을 피우면 '샛별길'을 '꽃길'로 바꿔야 하지 않을까 생각해 본다. 친구와 다투었던 아이들이 우정이라는 꽃말의 채송화 앞에서 다정히 손잡기를, 아이에게 봉숭아물을 들여 주기 위해 허리 숙여 꽃잎 따는 엄마의 손길이 머물기를, 그리고 힘든 일에 지친 이에게는 오랫동안 꽃잎을 간직하는 금잔화가 힘이 되기를 바람해본다. 짧은 봄날 앞다투어 피는 꽃들이 삶에 지친 이들에게 위로와 기쁨과 희망을 주지 않던가. 그러나 무엇보다 할머니가 늘 건강해서 내년에도 그리고 또 후년에도 꽃모종 심는 모습을 보고 싶다.

유기농 열풍으로 텃밭 가꾸기가 유행인 요즘, 사람들은 공터만 있으면 농작물을 심는다. 달개비 꽃 가득했던 축대 위에는 고구마를 심고, 나팔꽃 피던 비탈길에는 부추나 호박이 심어져있는 걸 볼 수 있었는데, 할머니가 꽃 심는 걸 보며 마음이 따듯해졌다. 어느덧 성당에 다다르니 저만치 수녀님이 보인다. 큰소리로 인사를 하니 수녀님이 무슨 좋은 일이 있냐고 묻는다. 할머니의 꽃 심는 마음이 내 얼굴에 벌써 환한 꽃이 되어 피었나 보다.

낮은 자세로 살고 싶은 삶

박복선
bbs60@hanmail.net

봄은 바람과 함께 온다. 바람 따라 어디론가 떠나고 싶은 봄, 봄의 전령사 변산 바람꽃을 보러 안양 수리산을 찾았다. 서울에서 가깝고 날씨도 좋아 가벼운 마음으로 집을 나섰다. 꽃이 좋아지면 나이 드는 것인가, 세월 흐르는 것이 안타까우니 꽃에 정을 주는 것인가, 내 마음 모르겠지만 요즘은 꽃을 따라 내가 움직인다. 올봄에 제일 먼저 찾아 나선 것이 수리산 변산 바람꽃이다.

봄을 가장 먼저 알리고 바람과 맞서는 꽃이라 바람꽃이라 한다. 서양에서는 아네모네로 불리어 지는데 아네모네는 그리스어로 '바람'을 뜻한다. 제법 많은 사람들이 꽃을 보려고 이른 봄 추운 날씨임에도 산을 찾았다. 변산 바람꽃은 바위 사이에 너무나도 여리고 여린 모습으로 햇살을 따라 피어 있었고 햇살이 많은 곳은 꽃잎이 활짝 열리고 해가 없는 쪽은 봉오리로 있었다. 산을 오르고 시간이 지남에 따라 꽃이 활짝 피어 있는 것을 곳곳에서 만날 수가 있어서 산을 오르는데 힘든 줄 몰랐다.

사람들이 무리 지어 야생화를 감탄하면서 찾는 모습에서 문득 인간의 한없이 순수하고 착한 심성을 느꼈다. 세상이 아무리 험하고 무서운 일이 연일 뉴스에 보도되어도 사람의 심성은 참 착하구나 하는 생각을 했다. 꽃과 함께 있는 사람들의 모습은 그대로 자연의 한 부분이었다. 야생화는 화려하지 않다. 소박하고 아름답고 친근감이 간다. 그리고 보호해 주고 싶은 생각이 들게 한다. 그런데 이

여린 꽃이 이렇게 많은 사람들을 쌀쌀한 날씨에도 산으로 모이게 하고 그들에게 한없이 낮추는 모습을 가르친다.

사람들은 멋진 카메라를 가지고 사진을 찍기에 열중이다. 바위를 들어올리며 그 밑에 기어들어가서 찍기도 하고 낙엽을 헤치며 두 손으로 잎을 받쳐 들고 찍기도 한다. 옆 사람이 그것을 구경하느라 햇볕을 가리고 서면 비켜달라고 한다. 또 아름다운 모습으로 꽃이 몇 송이 모여 있으면 줄을 서서 기다린다. 앞사람이 아무리 오래 카메라 앵글을 돌리면서 이리저리 찍느라 시간을 끌어도 사람들은 불평이 없다. 이 사람들 어딘가에 이런 인내심이 있었나 할 정도로 사람들은 여유 있게 기다렸다. 십 분쯤 서서 기다리니 내 차례가 왔다. 기다린 시간이 아까워 나도 이리저리 꽃 사진을 찍었다. 어떤 사람은 아예 깔개를 가지고 다니면서 누워서 곡예를 하는 것 같은 모습으로 찍기도 한다. 서서 거만하게 있으면 사진을 찍을 수 없다. 내 몸을 낮추어야 원하는 사진을 찍을 수 있는 것이다. 낮게 더 낮게 나를 낮춘다. 그래야 내가 생각하는 각도의 사진을 찍을 수 있다.

문득 생각해 본다. 내가 얼마나 낮은 자리에 있으려고 했는지 안분지족하며 살고 있는지를. 얼마 전 아버지 학교 수료식에 참석했다. 행사 중에 서로 부부에게 써 온 편지를 읽는 시간이 있었다. 50년을 부부로 함께 산 장로님이 그동안 못한 말들을 편지로 하면서 듣는 이에게 부러움과 감동을 주었다. 서로가 눈이 잘 안 보여서 편지를 더듬더듬 읽었지만 다복한 가정에 사회에서 각자 맡은 일에 충실한 자식들과 손자 손녀들의 이야기를 하는데 행복해 보였다. 마지막 순서로 세족식이 있었다. 예수님이 제자들 발을 씻어주는 것과 같이 남편이 아내의 발을 씻어주는 것이다. 남편이 항상 아내의 위에서 권위가 있어야 한다고 생각하는 우리나라 60대 이후 남자들에게는 좀 파격이라고 생각했다. 불을 끄고 세숫대야를 아내가 앉은 발밑에 두고는 무릎을 꿇고 아내의 발을 한쪽씩 씻기는 것이다. 낮은 자세로 아내 앞에서 발을 씻기며 각자 속으로 많은 생각을 하는 남편들을 보면서 아내들은 진정으로 감사했을 것이다. 낮아지는 것이 결코 낮아지는 것이 아니고 더 대접하고 더 대우하고 싶은 감정을 일으켰다.

나는 위로 오르려고만 했다. 남을 짓밟지는 않았지만 뒤도 안 보고 옆도 안보고 앞으로만 가려고 했다. 그렇게 열심히 나름대로 맡은 일을 하면서 살았다. 바람꽃을 보면서 배운다. 낮게 있어도 힘이 세지 않아도 사람들은 멀리에서 가까이에서 꽃을 보려고 찾아오지 않는가. 그래서 계절마다 봄을 알리고 외롭지 않게 지내는 것이다. 굳이 내가 어디에 있는지 말하지 않아도 내가 누군가에게 필요한 사람으로 있을 때 사람들은 나에게 다가오지 않을까. 야생화가 이렇게 낮게 산속에 있어도 사람들이 찾아오는 것처럼 나도 낮은 자세로 주변에 있는 사람들과의 관계를 유지해야겠다.

가을 끝자락, 길상사에서 –법정 스님을 그리며

박경우
pkw715@naver.com

10월 마지막 주, 단풍은 아직 고운 빛이 가시지 않았는데 쌓여가는 낙엽이 가을이 가고 있음을 알린다. 높고 푸른 하늘을 올려다볼 때나 따사로운 햇빛이 온몸을 감쌀 때, 발코니 창 너머로 곱게 물들어 가는 단풍잎을 바라볼 때 느꼈던 기쁨의 순간들이 멈추지 않는 시간 속으로 사라져 가고 있는 것이다.

가을 나들이라고 해봐야 열흘 전쯤 남한산성 성곽 길을 돌고 온 게 전부였다. 붙잡을 수 없는 계절에 갑자기 조바심이 났다. 가까운 곳이라도 다녀오자고 길을 나섰다. 길상사였다.

일주문을 들어서자 독경 소리가 들려왔다. 마음이 차분히 가라앉으며 숙연해졌다. 고즈넉한 산사는 아니었지만 붐비지도 않아 천천히 경내를 거닐며 가을을 느끼기에는 더없이 좋았다.

극락전 뒤로 돌담을 따라 걷다보니 돌담의 일부처럼 놓여있는 나무틀이 눈에 띄었다. 손질되지 않은 나무토막을 엮어 만든 것으로 틀 안에는 글귀를 적은 종이가 투명비닐에 곱게 싸여 있었다. 이미 나무껍질이 벗겨지고 퇴색한 그것은 돌담에 흩어진 낙엽과 어우러져 소박하고 정겨웠다. 법정 스님이 생전에 기거했던 오두막의 나무 의자를 보는 듯했다.

나무틀 안에는 이런 글귀가 적혀 있었다.

이 순간을 헛되이 보내지 말라

이런 순간들이 쌓여

한 생애를 이룬다

날마다 새롭게 시작하라

묵은 수렁에서 거듭거듭 털고 일어서라

- 법정 스님

진영각으로 발길을 돌렸다. 진영각은 법정 스님의 진영을 모시고 스님의 저서 및 유품을 전시한 전각이다. 진영각 마당에 들어서니 오른편 돌담 아래 '유골 모신 곳'이란 조그만 표지판이 보였다. 그 앞에 아주 작은 국화 화분 두 개가 놓여 있고, 주변으로는 몇 가닥 넝쿨 식물이 돌담을 타고 오르기도 하고, 이끼 낀 돌 위로 줄기를 뻗기도 했다. 무소유를 실천하신 그분의 삶이 그곳에 있었다.

길상사엔 진영각 말고도 법정 스님의 발자취가 곳곳에 남아있다. 쉬어갈 겸 조용한 곳을 찾아 나무 의자에 앉았다. 멀리 풍경 너머로 스님이 입적하셨을 때의 광경이 떠오른다. 그때 난 TV로 그 광경을 지켜보면서 절절한 마음으로 스님께 추모의 글을 올렸다.

스님이 입적하셨다는 소식을 듣고, '법문이라도 한번 들어볼걸' 뒤늦은 후회를 해 봅니다.

오래전, 스님의 수상집 『버리고 떠나기』에서 '나에게는 좋은 책을 읽는 시간이 곧 휴식 시간이다. 좋은 친구를 만나 시간 가는 줄 모르고 담소하며 차를 마시는 그런 경우와 같다'라는 구절을 읽고, 저도 그런 휴식 시간을 많이 갖자고 다짐했습니다. 그리고 지난날 꿈꾸었지만 이루지 못한 것을 은밀한 즐거움으로 가꾸리라 마음먹었지요.

그 뒤 이십 년 가까이 스님의 글은 제게 늘 설렘과 기쁨, 깨우침을 주었습니다.

자연을 벗 삼은 아름다운 글들, 사소한 것에서 큰 의미를 느끼게 하던 울림을 어찌 잊을까요. 작은 행복과 무소유를 실천하며 사시는 스님의 삶에서 받은 감동을, 또 어찌 잊겠습니까. 그런데 이제, 아쉬움만 가득 남았습니다.

스님, 그동안 스님의 글을 만나 순간순간이나마 자신의 삶을 뒤돌아볼 수 있었고, 조금이라도 닮고자 했으며, 그 과정이 제겐 행복이었습니다. 고맙습니다. 안녕히 가십시오.

자리를 털고 일어섰다. 법정 스님과의 오랜 인연이 이 가을 끝자락에서, 길상사로 발길을 돌리게 했는지도 모른다. 한때의 다짐들이 얼마나 덧없이 스러졌는지, 설렘과 감동은 다 어디로 갔는지, 꾸었던 꿈들은 어디쯤에서 멈춰버렸는지, 돌아보라고…. '날마다 새롭게 시작하라'는 말씀을 다시 새기며 일주문을 나섰다.

녹색 금빛의 잔상

이 림
tkarhd33@naver.com

풀어헤친 머릿결처럼 흔들리는 나뭇가지 아래로 실개천이 흐르고 시냇물에는 개구리, 물고기, 올챙이들이 미세한 기척에 돌 사이로 숨어들어 순식간에 정적이 흐른다. 지명석의 고향 이름을 매번 읽으며 들어서는 고향 뚝 길 옆 연못가엔 풀 여치들이 학다리를 하고 하늘로 뛰어올랐다가 다시 풀 사이로 뛰어다닌다. 햇살에 금빛을 받아 일렁인다. 시선을 멀리 산봉우리로 옮겨서 향하여 보니, 보조개처럼 움푹 패인 곳이 산 밑엔 호수가 있다는 것을 기억해낼 수 있다. 차를 타고 두어 시간 운전하고 달려온 터라 녹색 줄기에 주렁주렁 달려있는 오이, 토마토, 수박 넝쿨의 까슬까슬함이 떠오른다. 밭두렁 사이에 구덩이를 크게 파서 심어 놓은 호박은 금빛을 발하며 익어 가고 있다. 솥뚜껑을 뒤집어 아궁이에 걸쳐서 노란 호박전을 친구들과 구워 먹었다. 옛 추억들의 타임머신 시계가 작동된다.

7월의 고향은 녹빛이다.

9월의 고향은 금빛이다.

비가 오면 녹색은 더욱 싱그럽게 해갈되고, 금빛은 가을 노을 황혼과 함께 화려하고 아름답다. 산 구렁텅이 밭에 나가보니 어느덧 상추, 쑥갓에 꽃이 폈다. 노란 오이꽃, 노란 토마토꽃, 하얀 부추꽃, 하얀 고추꽃은 밭 위의 산에 피어 있는 산수유꽃과 함께 감자꽃, 도라지꽃의 지천이다. 채소밭이 아니라 꽃밭에 온 느낌이 든다.

꿈을 꿔 본다. 두 번째 인생을 다시 자연 속에서 흙을 일구면서 나만의 밭을 가꾸어 보리라. 온갖 풍성하고 생동감 있는 채소 꽃을 피우며 자연을 그대로 마음의 책 속에 담고 싶은 생각이 든다. 물에서 씻어 불 속에서 제맛을 더하여 양식이 되는 고향의 곡식은 온갖 맛의 잔상이다.

7월, 8월, 9월엔 특히 일기가 기우를 많이 좌우한다. 어느 해였던가. 벼가 진 녹으로 짙어 지고 여기저기 곡식들이 여물어 갈 때쯤, 논의 벼들이 홍수로 물속에 잠겨 황토물의 큰 강 모습을 한 적이 있었다. 축대들이 둥둥 떠다니고 나무를 엮어 통나무배를 만들어서 휩쓸려 떠내려온 토사물을 치우는 광경이 벌어졌다. 잠긴 길은 흔적을 찾을 길이 없어서 배를 타고 길을 건너고 있는 사람들도 있었다. 지금은 배수로 시설이 좋아서 옛 잔상에 불과 하지만, 물이 빠지고 쓰러진 벼를 세워 묶는 작업을 한다. 그 후, 역습으로 이어지는 가뭄에는 폭염 더위에 메말라 논두렁이 갈라지면서 물고기, 미꾸라지들이 바닥에서 파닥거리기도 한다. 물기가 조금이라도 있는 곳으로 이동하기 위해 바닥에서 파닥거리는 미꾸라지와 붕어를 손으로 건져 소쿠리에 담아 추어탕을 끓였다. 특히 무를 큼직하게 썰어 끓인 붕어찜 냄새가 흘러나오면 마을 개들은 코를 실룩이며 기웃댄다. 자라들이 기어 다녔던 바닥을 보인 큰 연못가엔 곧 이어지는 소낙비로 넘칠 듯 출렁거린다. 어린아이들은 돌멩이를 주워 물수제비 놀이로 그렇게 여름 방학이 끝이 난다. 가을 추수 준비와 함께 운동회 연습을 마치고, 집으로 돌아오는 길에는 길가 코스모스가 한들한들, 피어 있는 길을 걸어간다. 불어오는 가을바람에 날리는 머리카락조차 시원하다.

망향

김옥순
agada8867@hanmail.net

놀라운 광경을 보았다. 동해안 어느 해변에 갯바위를 메워 땅이 생겼다. 그 땅 위에 갈매기가 즐비하게 앉아 '꾹꾹' 거리고 있다. 어림잡아 백 마리도 넘을 듯하다. 갯바위는 갈매기의 서식처였다. 저희의 보금자리가 물속으로 가라앉아 육지가 되었는데 자기네 땅이라고 지키고 있다. 본능일까. 갈매기가 권리 행사를 하고 있다. 무언지 모를 섬뜩함에 젖어든다.

실향민은 북에 고향을 두고 월남한 사람들을 두고 하는 말이었다. 그러나 우리 모두, 개발로 인한 시대에 고향을 잃고 산다. 수자원의 확보로 댐을 만들기 위해 마을 전체가 조상이 물려준 땅을 내놓고 새 둥지를 찾아간 수몰 지역 주민이 있다. 옛날 고향인 양 옹기종기 산 중턱에 모여 산다. 그들은 늘 그리움 한 자락 움켜잡고 고향땅 근처를 서성이면서 살고 있다.

기억 속의 갈매기가 나를 낚아챈다. 유년의 추억이 있는 신암동 감나무밭이 아파트촌이 되었다. 철둑길 건너서면 공동 수도가 있었고, 논밭을 지나면 옹기종기 다닥다닥 붙은 작은 집이 있었다. 층층 계단 골목길 꼭대기에는 달동네도 있었다. 판자촌을 허물어 재개발이라는 이름으로 성냥갑 같은 건물이 촘촘히 들어선 지 수십 년이 지났다. 눈을 감으면 선명한 영상이 그대로인데 사각의 물체가 구멍마다 입을 벌리고 서 있다.

자연이나 사람이나 고향을 잊지 못하는 것은 순리가 아닐까. 마산 앞바다를 메워 육지를 만들었다. 그곳에 건물이 들어섰다. 그리고 태풍 매미가 찾아왔다. 바닷물이 고향을 찾아온 것이다. 성난 파도는 육지를 휩쓸어버렸다. 전쟁터를 방불케 했던 그때 재난의 현장은 점점 기억 속에서 사라지고 지금도 땅을 넓히는 작업은 계속되고 있다.

문명이 발달하면서 사람의 욕심은 하늘을 찌른다. 대형 간척 사업인 새만금도 걱정이 앞선다. 여의도의 140배 되는 땅을 만들었다. 질량 불변의 법칙이라는 것이 있다. 그 물은 다 어디로 가나? 지구 온난화로 남극의 빙하가 녹아 해수면이 자꾸 올라간다고 과학자들이 고심하고 있다. 이상기후는 태풍과 해일을 데려오고 무분별한 개발과 건축은 지구의 축을 흔들어 지진을 몰고 온다. 어디서 솟아오를지 누구도 예측 불허다. 그것은 자연의 섭리를 역행하는 인간의 이기심 때문에 분노를 터뜨리는 것이 아닐까.

새만금 사업은 생태계를 파괴하여 도리어 경제성이 떨어진다고 반대하는 시위가 몇 년간 이어졌다. 갯벌은 자연정화의 최후 보루였다. 무분별하게 막은 갯벌이 썩어가고 있다. 갯벌에서 생명을 키우는 생명체가 소멸하고 먹이 사슬이 끊어져 습지는 황폐해졌다.

어민들은 풍요가 보장되고 삶의 질이 달라질 것이라는 환상에 빠져 흥청거렸다. 어업을 하지 않는다는 조건으로 받은 보상금은 다 써버렸고, 갯벌이 생명줄이었던 어민들은 물막이 공사 현장에서 노동을 했다. 갯벌에서 생산하는 자연의 선물에 만족했던 그들의 삶이 점점 무너졌다. 기대만 부풀려 놓았던 그물에 걸려 몸도 마음도 다 망가지고 말았다. 삶의 터전을 잃은 어민들의 모습이나 서식처를 빼앗긴 갈매기의 처지가 다를 바 없다.

시위를 하던 갯바위 주인의 모습이 눈에 밟혀 다시 한 번 그곳을 찾아갔다. 갈매기들이 조금 밀려나 있었다. 덤프트럭이 흙을 나르고 바닥을 다지고 있으니 서 있을 곳이 없다. 땅을 매운 방조제 바깥 경계에 매달려 매립지를 향해 노려보고 있다. 내 가슴에 파도가 부딪힌다. 자연을 지키는 파수꾼도 아니요, 환경 보호자도 아닌 그저 지나가는 나그네일 뿐인 내가 왜 이토록 가슴 아파하는지 이유를 모르겠다. 못 볼 것을 본 것처럼 불편한 이 심사를 알 수가 없다.

갯바위와 갈매기는 환상의 조합이었는데 이제 그 평화로움을 볼 수 없다. 요즈음 아이들이 이 풍경을 보면, 삼각 모양같이 보이는 뿔이 네 개 달린 시멘트 블록 위에 앉은 갈매기를 그리게 될 것이다. 오종종 테트라포드에 앉아 공사 현장을 지키고 있는 광경이 도회적이고 서글프다. 마치 수몰 지역 주민들이 망향 탑 앞에서 물에 잠긴 고향 땅을 내려다보는 모습과 닮았다.

살던 집이 도시 계획으로 수용되고, 논이나 땅이 공시지가로 쥐꼬리만큼 보상을 받아 억울해하는 사람들을 많이 보았다. 그런데 저 갈매기들은 인간이 저지르는 횡포에 밀려나 하소연할 곳도 없겠다. 바다가 육지가 되니 인간은 좋아서 춤을 추겠지만, 갈매기의 날갯짓은 고향 땅을 내놓으라고 울며 퍼덕거린다.

덩달아 나도 서럽다. 무심히 살아온 고향이 궁금하고 막막하다. 바쁜 일상에 묶여 살다 보니 잊어버렸는지, 잃어버렸는지 생각이 나지 않는다. 내가 태어나 왔던 곳, 그곳을 찾아 머릿속이 복잡하게 흔들린다. 육신의 고향, 영혼의 고향 우리가 가야 할 곳은 어디일까. 수평선 저 멀리 하늘에서 먹장구름이 몰려온다. 모쪼록, 억지로 만든 땅에서 인재도 자연재해도 일어나지 않기를 염원하면서 흐려진 두 눈을 비비며 바라본다.

고향 탈출

김권섭
kwonseop@hanmail.net

이제 생각해 보니 고향을 떠나 객지에서 참 많이 살았다. 중학교를 졸업하고 고향 집을 나와 정년퇴직하고도 객지에서 살았다.

농업이 본업인 집안에서 태어나 틈만 나면 농사에 임했다. 이미 초등학교도 들어가기 전인 여섯 살 때부터 보리 갈기, 고구마 심기, 모심기 등 어른들을 따라서 농사에 참여했다. 지금 여섯 살이라면 어른들 앞에서 어릿광대짓 하기에도 바쁜 철부지 나이이다. 초등학교 다닐 때부터 소꼴도 해오고, 염소나 토끼는 내가 주로 돌봤다. 학교에서 집에 오면 농사를 한다. 숙제를 내주면 숙제하는 것이 겨우 공부하는 시간이다. 숙제 말고는 공부는 담을 쌓았다. 매양 농사하고 피곤하여 나도 모르게 지쳐 잠을 잔다. 당시 생각은 '제발 농사를 안 하는 객지에 갔으면' 하는 마음뿐이었다. 해가 뜰 때부터 해가 질 때까지 일을 해야 하니 농사가 지겹고 싫었다.

드디어 고등학교는 도시로 가게 되었다. 고향을 탈출하니 해방감에 흠뻑 빠졌다. 좋은 것도 잠시다. 첫 객지 생활부터 사글세방을 얻어 자취를 하였다. 매 식사를 손수 해 먹는 것도 정말 힘들고 귀찮았다. 매달 고향에서 옹기에 김치를 담아 오는 어느 날이다. 콩나물시루 같은 버스 속에서 묶어 놓은 새끼가 벗겨져 김치 항아리가 깨져 버린 일도 있었다.

객지에 있다가 한 달 만에 집에 가면 누님은 나를 한없이 부러워하며

"○○아 너는 참 좋겠다. 객지에 나가 공부만 하니 얼마나 좋으냐!"

그렇지만 나는 공부 때문에 늘 걱정이었다. 공부를 하려고 하면 원수 같은 잠은 왜 그리도 오는지 책상 앞에 앉기만 하면 잠이 와 나도 모르게 잠을 잤다.

어느 때는 안 자려고 몸뚱어리를 의자에 묶고 앉아서 책을 보기도 했으나 잠자리에 누워서 자지 않을 뿐 의자에 앉아서도 자는 것은 매한가지다. 잠을 쫓기 위해 약국에서 '카페나'나 '스터디'를 사 먹었다. 먹으면 그 이튿날 수업 시간은 비몽사몽이 된다.

그 날을 잊을 수가 없다. 옆에 앉는 짝 B가 실컷 놀다가 지리 선생님이 갑자기 '노트 검사를 한다.'고 말하니 내 노트를 빼앗아 갔다. B에게 내 노트를 달라고 했더니 오히려 나를 주먹으로 때렸다. 이런 날벼락도 없다. B의 강한 주먹을 맞는 순간, 마치 쇠망치로 맞은 듯했다. 하늘이 빙빙 돌고 온통 정신이 없다. 샌드백 치듯 두들겨 팬다. 나는 눈두덩이 찢어지고 입술이 터진 상태에서 치아에서도 피가 났다.

하도 많이 맞아 제정신이 아니었다. 더 이상 대등하게 주먹으로는 싸울 수 없어 이판사판으로 앉았던 의자를 들어서 그의 머리를 가격했다. 순간 B는 '아이고!' 하면서 털썩 앉으며 신음했다. 이마가 찢어져 핏물이 교실 바닥에 고인다. 겁이 났다. 청소함으로 달려가 걸레를 꺼내 이마에서 나는 피를 진정시켰다. 부랴부랴 이마를 감싸고 인근 병원으로 데리고 갔다. 찢어진 부분을 꿰맸다. 치료하고 즉시 교무실로 가 담임선생님에게 사건을 보고했다.

요즘은 CCTV란 것이 있어 억울함을 호소할 수 있지만 그때는 무척 겁이 났다. B는 꿰맨 이마를 붕대로 감으니 완전 중환자같이 보였다. 덜덜 떨고 있는데 자초지종을 말하니 선생님이 오히려 B를 나무란다. 후유! 안심이 된다. 억울하게 내가 두들겨 맞을 때 구경하던 급우들이 원망스러웠다. 맞는 모습에 신나고, 교실 바닥과 옷에 핀 진홍 철쭉에 모두들 박장대소했었다. 나를 이해해 준 담임 선생님이 긴 세월이 지났어도, 고맙고 존경하는 마음에 그리움으로 남는다.

싸움 사건이 난 후 나와 친해지려는 학생들이 생겼다. 함께 자취하자고 하는 친구를 만나 졸업할 때까지 같이 생활했다.

고등학교 졸업 후 나는 지방 국립대학교 법정대학에 입학했다. 부모님께서 교사를 선망하여 교직 과목도 이수했다. 그때 법대 학생들은 대부분 사법고시를 준비했다. 나도 덩달아 사법고시를 목표로 거의 새벽부터 자정까지 주야장천 공부했지만 실패했다. 어머니께서는 초등학교 운동회 때 하얀 운동복 입은 선생님을 그렇게도 부러워하였다. '우리 아들도 선생님이 되면 얼마나 좋을까!' 어머니의 바람대로 중등학교 교사가 되었다. 그리하여 사십여 년 가까이 교직에 있었다. 어언 고향을 탈출하여 오십삼 년이란 세월이 흘렀다. 내 머리에는 어느새 검은 머리가 파 뿌리 같은 흰 머리카락이 많이도 생겼다.

함박꽃 할머니

이춘만
spring6302@hanmail.net

늘 보는 꽃이건만 오늘 보는 검붉은 함박꽃은 유달리 아름답다. 너무나 탐스러워 지나가는 이들의 발길을 멈추게 한다. 얼마 전부터 할머니 한 분이 함박꽃 모종 다섯 그루를 옮겨 심고 매일같이 물을 주며 애지중지 가꾸고 계셨는데, 벌써 저토록 흐벅지게 꽃을 피워냈으니 그동안 기울인 정성이 얼마나 지극했을까 짐작이 간다.

할머니는 꽃을 손자같이 기른다고 하셨다. 그런데 아파트 베란다 공사를 하던 인부들이 옮겨 심은 모종을 밟아 두 그루는 죽었고, 살아있는 것들도 가는 줄기가 부러지고 꺾여서 시들어버렸다. 여간해선 뿌리내리기가 어려울 것 같다며 애처로워하셨는데, 아무 일도 없이 무탈하게 자란 듯 살아나 그림 같은 꽃송이를 자랑하고 있는 게 여간 대견스럽지 않다.

사람들은 대개 꽃을 보고 기뻐한다. 감수성이 예민한 이는 꽃의 아름다움에 취해 감탄하는 말을 하지 않고는 못 배긴다. 나도 화단이나 정원 같은 데서 아름다운 꽃을 보면 감탄까진 몰라도 그냥 무심히 지나치지는 않는 편이다.

물을 보면 마음을 씻고 꽃을 보면 마음을 바르게 하라는 말이 생각나서 마음이 무거워진다. 나는 과연 그렇게 마음을 다스리며 살았던가. 아파트 단지 안에 있는 꽃밭에 꽃씨를 뿌리거나 꽃모종을 하여 가꾼 적은 없지만. 베란다나 옥상에서 화분에 꽃을 심어 기르긴 했다. 그러나 선현들처럼 꽃을 대하진 않았다.

다섯 자가 될까 말까 한 키에 유난히 뽀얀 얼굴로 곱게 늙으신 그 할머니는 내가 지켜본 바로는 우리 아파트 화단을 십수 년째 돌보셨다. 처음엔 꽃과 나무가 작고 또 적어 보잘것없었다. 그런데 화단이 해마다 조금씩 달라져 울긋불긋 풍성하고 아름답고 싱싱한 볼거리로 채워졌다.

그리된 일이 물론 세월의 덕이요 수목 관리 책임자의 공이라 하겠지만 꽃 가꾸기에 정성을 다한 할머니의 헌신이 크게 한몫했으리라 보는 것은 너무나 당연한 추론이다. 그분은 그만큼 열성적이었다.

철 따라 피는 꽃을 지척에서 매일 보는 것은 참으로 흐뭇한 일이다. 지난봄 어느 날엔가 노란 개나리가 지고 울긋불긋 철쭉꽃이 만개한 꽃밭에서 가지치기 가위질을 하는 할머니를 만났다. 여느 때엔 건성으로 들릴 수도 있는 수고하신다는 말로 인사를 하고 지나치곤 했는데 그날 새벽기도회를 다녀오던 길에 우연히 할머니를 만나 수인사를 나누었다.

할머니는 우리 단지 화단 가꾸는 얘기를 들려주셨다. 우리 아파트는 1단지에서 3단지까지 있는데 당신은 2단지 20○동 50○호에 사신다고 했다. 할머니가 가꾸는 화단은 길쭉하게 각이지며 꾸불꾸불하기도 해서 그 길이가 족히 250여 m가 넘을 듯하다.

이런 꽃밭을 하루도 거르지 않고 돌보신 지가 22년째라고 한다. 풀도 뽑고 가지도 자르고 거름도 주며, 응달진 곳에서 꽃피우지 못하는 꽃나무를 양지바른 곳으로 옮겨심기도 하고, 심지어 화단을 더 잘 가꾸기 위해 다른 곳에서 씨를 받아오기도 했다 한다.

한강변 꽃밭으로 나아가 예쁜 꽃을 보면 헝겊으로 표시해 두고 꽃잎이 떨어지고 열매 맺어 영글기를 기다렸다가 얼마쯤 지나 씨를 받아 잘 보관하고 그것을 이듬해 우리 아파트 화단에 뿌린 적이 여러 차례 있었다고 한다.

또한 관리 사무소에 권유하여 회양목을 화단 전체의 경계로 심게 했으며 착근이 안 돼 부족한 부분을 보식하기 위해 튼튼하게 웃자란 놈의 곁가지를 뿌리째 잘라 심었다. 그렇게 관리한 지 5년여가 지난 지금은 녹색 회양목 울타리가 꽃밭을 보호하듯 감싸고 있어서 화단을 볼 때마다 할머니의 마음도 더욱 편안해진다고 하신다.

할머니는 탐스럽게 핀 꽃송이와 싱싱한 나무 이파리를 볼 때는 마음도 느긋한데 물을 마음껏 흡수하지 못해 꽃잎과 나뭇잎이 시들어갈 때는 자손을 굶기기나 하는 듯 마음이 편치 않다고 하신다. 그래서 가뭄이 계속되던 지난달엔 가끔 긴 호스로 물을 뿌려 주었다 한다.

그럴 때 지나가며 물 뿌리는 것을 목격한 주민들이 수도 요금이 많이 나온다며 빨리 수도꼭지 틀어막으라고 하는가 하면, 또 어떤 이는 지나가면서 힐끗 할머니를 흘겨볼 때는 마음이 아팠다고 하신다. 그들도 꽃은 좋아하고 목마르면 물도 마실 텐데.

"이 꽃밭 언제까지 가꾸실 거예요?" 했더니, "내 나이 여든일곱인데, 하나님 부르시는 날까지 손을 놓지 말아야지요." 하신다. "할머니, 존함 좀 여쭤도 될까요?" 했더니, "나는 이름도 없어요." 하신다.

죽는 날까지 꽃밭을 가꾸겠다는 이야기를 듣고 돌아서면서 스피노자가 했다는 말을 떠올린다. 내일 지구가 멸망하더라도 한 그루의 사과나무를 심겠다던 그의 말의 해석보다는, 이름도 없고 빛도 없이 수고하시는 이 할머니의 아름다운 생각의 뿌리가 무엇인지 궁금하다.

나는 이분을 우선 '함박꽃 할머니'로 기억하기로 했다. 그렇게 작정하자 내 마음도 함박꽃처럼 환해진다.

처음 만남처럼

오세리현
sherrieoh@daum.net

대추나무의 꽃말은 처음 만남이다. 꽃말의 의미는 시작의 중요함을 말함이다. 봄에 피는 대추 꽃은 자세히 봐야 보이는 작은 꽃이다. 꽃이 떨어진 자리에 여린 열매를 맺어 뜨거운 여름을 견디고 가을이면 윤기 나는 붉은 대추로 결실을 맺는다. 봄에 새 생명의 싹을 틔우는 꽃씨처럼 사람과의 처음 만남으로 내 인생의 움이 틔워지고 인격이 성장하니, 첫 만남의 연은 인생의 초장이며 소중한 사귐이다.

우리는 처음 만남을 일생동안 잊지 못하며 마지막보다 처음에 많은 의미를 둔다. 갓난아기와의 첫 만남, 여행에서 풍물과 사람과의 만남, 필요에 의한 다양한 물건과의 만남, 아낌없이 주는 나무 같은 자연과의 만남, 인생까지 바꿔놓는 한 권의 책을 통한 위대한 생각, 철학과의 만남, 일상의 삶은 새로운 만남의 연속 선상에 있다.

대부분 이민자의 직업은 각자의 전공보다는 첫발을 내딛는 공항에 누가 마중 나왔는지가 결정된다. 생경한 곳에서 홀로서기까지 이곳 안내자는 미지에 대한 선 경험자로 절대적인 존재이다. 내가 공항에 도착했을 때 처음 만난 분은 은사님 친구이신데 그분이 추진했던 사업에 동참하며 미국 사회, 경제, 문화를 익혀 자연스레 주류사회에서 활동할 수 있었다. 이민자는 친척이나 친지와의 만남을 통해 그들의 충언에 따라 새 삶을 꾸려갈 직업을 선택하고 이민의 삶을 시작한다. 그런 의미에서 공항에서의 첫 만남은 참으로 중요하다.

"이십 대 후반 나보다 더 사랑했던 친구를 다른 땅으로 떠나보내고 나는 깊이 절망하였다. 그때부터 내 삶은 기다림의 연속이었다." 여학교 단짝친구였던 H는 「기다림」이라는 수필에 이렇게 썼다. 그녀의 표현을 빌리자면 일생에 가장 아름다웠던 시절에 만난 나를 그녀의 제일 아끼는 친구라고 한다. 여고 일 학년 때 처음 만나 지금까지 징검다리처럼 소식을 나누며 정을 품고 산다. 그녀를 생각하면 처음 만남처럼 늘 새롭다.

산다는 것은 어쩌면 매일매일 새로운 하루를 만나고 하루하루를 소중히 살아가는 것이리라. 모든 생의 중심에는 하루를 연결하는 수많은 사람과의 인연, 관계의 고리로 형성되어 있다. 관계에서 모든 문제가 시작되며 또한 그 안에 반드시 문제 해결의 열쇠가 있어 모색할 수 있으니 얼마나 낙관적인가.

세월이 흐를수록 세상에서 가장 먼 거리, 머리와 가슴이 서로 가까워짐을 느낀다. 처음 만난 인연과의 좋은 관계를 위해 상대를 이해하려 애쓰며 곤란에 처했을 때 어떠한 형편에서도 선뜻 달려가 감싸주고 함께 비를 맞을 수 있기를 바란다. 하지만 같이 비를 맞기보다는 이해타산이나 냉정함으로 상대에게 우산만 쉽게 건네준 것은 아니었을까. 아마 다반사였을 것이다. 우리는 불완전한 인간이나 만날 때마다 처음 만남처럼 성심으로 대할 수 있기를 바람이다.

지난 모임에서 "인간관계의 꽃은 예절이다"라는 K 은사님의 화두에 나를 비롯해 참석한 모든 선생님이 공감하며 숙고하는 좋은 시간이었다. 인간은 누구나 혼자 살 수 없기에 우리는 사회 구성원으로 주어진 제 몫을 살다가 세상을 떠나는 공존적 존재가 아닌가. 처음처럼 정신생활의 기틀인 예의범절을 갖춘다면 아름다운 인간관계를 이루겠지만 무례함으로 예의가 깨지거나 무너지면 우리는 정신적 질서를 유지할 수 없다. 그뿐만 아니라 질서가 혼돈해지면 격조 있는 삶을 지속해갈 자격을 잃는다.

살아가는 동안 깍듯한 예도로, 서로를 지켜주는 섬과 섬처럼 적당한 간격을 유지한다면 인연의 꽃은 절로 피워질 것이니 그것이 예술 아니겠는가.

인간관계의 꽃, 예절을 각인하며 남은 생을 산다면 보다 더 다사롭고 즐거우며 중후한 삶을 영위할 수 있을 것이다.

신영복 선생은 「처음처럼」에서 "산다는 것은 수없는 처음을 만들어가는 끊임없는 시간입니다."라고 썼다. 이기주의가 팽배한 사회에서 처음 만남처럼 하루하루 설렘으로 새롭게 열고 일구며 더불어 살아갈 수 있었으면 좋겠다.

부엉이 소리

최건차
ckc1074@daum.net

한국전쟁 중 아군이 북진할 때였다. 북한의 산악지대에 숨어들어 와 있던 중공군들은 밤중에 피리를 불고 징과 꽹과리를 쳐대는 심리전을 펼쳤다. 혹독한 추위와 북한의 산악 지리에 익숙지 못한 유엔군은 어둠 속에서 해괴한 소리를 내며 삵같이 덤벼드는 인해 전술에 당황했다. 최신 무기와 보급품이 풍부한 세계최강의 미군들이 많은 피해를 입고 허덕이다 결국 후퇴하게 되었다.

야간에만 발전기로 불을 켜는 전방에서 군대 복무를 할 때였다. 지평리에서 중공군을 막아내고 진격하던 미군과 프랑스군을 상대로 한판을 벌렸던 중공군이 많이 죽었던 곳이다. 날이 어두워지면 부대 뒤쪽의 높고 으슥한 바위산에서는 부엉이가 울었다. 특히 날이 흐리고 비나 눈이 내리는 밤이면 그 소리가 구천을 떠도는 원혼들의 호곡처럼 들려 병사들의 심사를 산란케 했다.

북한 특수무장 공비들이 청와대 앞까지 출몰해 전군이 초비상 상태였다. 수은주가 영하 23도까지 내려가고 눈보라가 몹시 치던 어느 날 밤. 나는 5분 대기 전투소대장으로 비상근무를 하는 중이었다. 부엉이가 또 부엉부엉하고 우는 한밤중에 부대 근방에서 총성이 울려 비상이 걸렸다. 적이 나타난 때문인가 싶어 즉시 출동해 본 결과 외진 물가 초소에서 경계근무 중이던 병사가 부엉이 소리에 환각을 일으켜 총구를 목에 대고 방아쇠를 당겨버린 것이다.

시신 수습을 끝낸 후 더 이상 희생자가 발생하지 않도록 부엉이부터 없애버리라는 부대장의 특명이 내게 부과되었다. 강도 높은 훈련을 하고 있던 어느 날이었다. 영내에서 총검술과 태권도를 마치고 산악훈련을 나가려던 참인데 누군가 전우의 원수를 우리 손으로 갚을 때가 온 것 같다고 했다. 무장공비가 어디에 나타났다는 정보가 있느냐고 물으니 그놈의 부엉이 때문이라는 것이다. 뒷산을 살펴보니 작은 새들이 시끄럽게 맴도는 곳에 시커먼 것이 폭격기처럼 날고 있었다. 부엉이가 잎이 다 떨어진 나뭇가지에 앉는 것을 목격했다.

우리 부대로서는 무장공비에 버금가는 적이다. 은밀하게 접근하여 전격적으로 해치워야 할 것 같아 소대원들을 대기시켜 놓고 혼자서 칼빈M2를 들고 담을 뛰어넘었다. 산기슭으로 신속하게 내달아 사격권 안으로 다가가 그대로 방아쇠를 당기려는 순간 부엉이가 커다란 날개를 퍼덕였다. 주저할 수가 없어 연속으로 세 발을 쏘았는데 부엉이가 떠오르는 것으로 보여 허탕인가 싶어 눈을 감고 앉아 버렸다. 잠시 후 명중! 명중이다! 우리 소대장님이 부엉이를 잡았다, 라는 소리가 들려 머리를 들고 보니 소대원들이 내게 가까이 오고 있었다.

실탄 두 발을 몸통에 맞은 부엉이는 웬만한 강아지만 했다. 한쪽 날개의 길이가 1미터가 넘고 부챗살 같은 날개는 철제 우산살보다 더 강해 보였다. 취사장으로 옮겨 해부를 하니 큰 쥐 두 마리가 통째로 나왔고 커다란 부리와 큰 눈에 발목이 한 줌이나 되는 것을 보고 나이 든 식당 선임 하사관은 백 년은 넘게 살았을 영물이라고 했다. 부대장의 깍듯한 치하와 부대원들로부터 영웅 대접을 받았지만 며칠 전 결혼 예물로 받은 손목시계를 잃어버렸다. 가파른 산을 급하게 마구 오를 때 시곗줄이 무엇에 걸려 끊어져 버린 것 같다.

부엉이 소리는 더 이상 들리지 않았다. 미국의 어느 해변에서 새들이 사람들을 심하게 공격당하는 '알프레드 히치콕'의 「새」라는 영화가 생각났다. 어느 순간 큰 날개를 펄럭거리는 부엉이가 내게로 덮쳐올 것 같다는 느낌이 들었다. 뒷산은 분명 부엉이의 영역이었기에 짝을 잃은 부엉이에 대한 연민으로 마음이 무거웠었다. 부대장은 병사들을 동원해서 그 시계를 꼭 찾으라고 했지만 나는 그렇게 할 수가 없었다. 사정을 알게 된 아내가 그걸 찾지 말라는 것이다. 부엉이가 오랫동안 살았던 그 산에 그것을 속죄의 예물로 비치자고 했다.

〈작가 메모〉

필자는 1968년 1월 21일 무장 공비 사태로 한국군 최초의 5분 대기 전투소대장이 되었다. 완전 군장에 양쪽 다리에 각각 3kg의 모래주머니를 달고 높고 험한 산을 오르내리는 훈련을 했다. 전방 군 복무를 그렇게 마치고 월남전에 참전하고 나서부터 산을 더 찾게 되었다. 요즘도 매주간 한 번 정도는 계절에 관계없이 웬만한 날씨면 산행을 한다. 전국에는 아직도 내가 오르지 못한 산이 많다. 혼자서 바위가 많은 높은 산을 오를 때면 부엉이가 날아들 것 같아 그 시절을 떠올리게 된다.

저 먹구름 속에도

신수옥
suokshin@gmail.com

오전만 해도 강한 햇살이 눈부셔 모자를 깊이 쓰고 걷기 운동을 하고 들어왔는데 이게 웬일인가. 점심을 차리려는데 갑자기 쏴아~ 세찬 소나기가 퍼붓는다.

앞뒤 베란다 창문을 활짝 열어젖혔다. 손을 내밀고 차가운 빗물을 두 손바닥에 한참 받았다. 아, 이것이 얼마 만에 맛보는 시원함인가. 나는 점심을 차리던 손길을 잠시 멈추고 마루 끝에 앉아 베란다를 지나 빗겨 들이치는 빗물에 얼굴을 내밀고 눈을 감은 채 심호흡을 했다.

메르스. 꼭 외제 차 이름 같은 이 질병에 대해 TV에서 처음 듣던 날 이후 시작된 답답함을 무엇으로 표현해야 할까. 사우디를 여행한 한 사람이 옮겨왔다는 이 병으로 인해 온 나라가 패닉 상태에 빠져가고 있다. 매일 새 감염자가 늘어나고 사망자가 10%를 넘어서고 있다. 그동안 감염 사례가 없었다고는 하나 아무 대처도 하지 않고 있던 정부도 의료계도 국민들의 원성을 피할 수는 없게 되었다. 우리나라 제일의 대형 병원 응급실을 드나든 사람들이 무더기로 격리되고 병원 응급실이 폐쇄되는 곳이 늘어나고 학교가 휴업에 들어가는 지경에 이르렀다. 그러자 사람이 많은 곳을 피하려는 심리 때문에 영화관이나 공연장, 백화점, 식당까지 고객이 줄고 해외 관광객들의 취소 사태가 벌어지고 있어 나라의 경제마저 끝 모르는 침체로 빠져들고 있다고 한다. 거기에 SNS까지 가세하는 바람에 확실치도 않은 글들이 퍼져나가 사람들을 더욱 큰 혼란에 빠뜨리고 있다.

엎친 데 덮친 격이라고 124년 만이라던가 대가뭄기에 접어들었다는 분석이 나올 정도의 극심한 가뭄으로 논과 밭이 타들어가고 전국의 저수지나 강이 바닥을 드러내고 있다. 땅이 쩍쩍 갈라지고 양수기가 쉴 새 없이 돌아가도 사람의 힘으로 이 가뭄을 막기에는 역부족이다. 하늘엔 구름 한 점 없고 비 소식이 들려와도 그저 잠시 몇 방울 뿌리는 것이 고작이었다. 숱한 사람들의 젊은 시절 추억을 품고 있던 산정 호수도 드러난 바닥을 겸연쩍은 듯이 화면에 내보이고 있다. 언제 끝날지 모르는 재앙이 이 나라를 덮고 있다는 느낌, 우리는 지금 아주 어둡고 긴 터널을 지나고 있다는 이런 느낌이 국민 모두를 힘들게 하고 있으리라 여겨진다.

대통령이 방미를 미루고 총력을 기울인다 해도 총리 인준안은 이번에도 결말을 못 지어 이 어려운 상황에 총리도 없으니 국민들은 울화통이 치밀고 답답한 마음뿐이다. 어찌 청문회에서 박수를 받으며 통과하는 사람은 딘 한 사람노 없단 말인가.

천둥이 친다. 저 소리가 왜 이리 반갑고 고마운가. 그래 어서어서 서둘러라. 번개도 천둥도 쉬지 말고 쳐라. 비야 흠씬 쏟아져라. 저 타들어가고 갈라진 대지를 흠뻑 적시고 이 나라 아름다운 강산에 생기를 불어넣어다오.

나라의 혼란한 상황 앞에서 서로가 자신을 돌아보고 모두 힘을 합쳐 이 난관을 뚫고 나가야 할 때이다. 믿는 사람이나 아닌 사람 가릴 것 없이 모두 먼저 자신의 죄부터 살펴야 한다는 생각으로 나도 무릎을 꿇고 두 손을 모은다. 이 나라는, 이 세상은 '나'라는 개체가 모여서 이루고 있으니 모든 것에서 나는 아무 잘못 없다고 자유롭게 말할 수 있는 사람은 아무도 없으리라.

퍼붓는 비가 지금 우리가 겪고 있는 이 답답하고 힘든 상황을 깨끗이 씻어가 버리면 좋겠다. 강바닥에 드러났던 모든 더러운 것들을 쓸어가 버리고 기운을 잃고 한숨만 쉬던 농부들의 타는 마음을 적셔주면 좋겠다. 메르스 바이러스도 습도가 높으면 활성이 줄어든다니 이참에 그놈의 바이러스도 완전히 활기를 잃고 항복하는 계기가 되었으면 좋겠다.

아울러 감염의 가능성이 높은 줄 알면서도 피하지 않고 한 사람의 환자라도 살려내려고 본연의 임무에 충실한 의사와 간호사들에게 경의를 표하고 싶다. 일선에서 밤낮없이 고군분투하는 그들의 노고가 헛되지 않기만을 바라며 그 노력으로 이 메르스 사태가 하루빨리 끝이 나기를 간절히 기도드리는 마음이다.

아직도 하늘은 우리 국민들의 가슴 속처럼 먹구름으로 가득 차 있으나 저 먹구름은 다른 때와는 달리 우리에게 희망을 주는 귀한 먹구름이다. 소나기로 식은 땅에서 모처럼 비에 젖은 흙내가 피어오른다. 내일에 대한 우리의 희망도 피어오르기를 기대해본다. 세상 돌아가는 것이 혼란스럽다 하여 나 또한 생각 없이 불평으로 투덜대며 물기 마른 잡초 같은 꼴이 되어있었던 것은 아닌가 되돌아본다. 두 손에 가득 찬 빗물이, 뺨을 적시는 빗방울들이 안으로 스며들어 바싹 메말랐던 내 마음을 촉촉이 적셔주면 좋겠다.

'반드시 잘 될 거야.' 간절한 마음으로 중얼대는 내 긍정의 생각이 저 넓은 세상을 향해 퍼져나가기를 바라며 부엌으로 발길을 돌린다.

시작이 있으면 끝이 있다

정민영
cmy53@hanmail.net

고1 때였다. 비 오는 날의 체육 시간에 축구와 배구 경기의 규칙을 강의하는 체육 선생이 참 멋있어 보였다. 체육 선생은 성은 '지' 씨이고 이름은 '00'이었는데 스스로 자신의 이름을 '대로'라고 하였다. 세상에 태어나서 '지대로' 살고 싶어 자신이 지은 이름이란다. 우리는 지대로 선생의 유머러스함과 해박한 지식에 매료되었다.

그때 나는 대답을 구하기가 쉽지 않은 '사람은 왜 죽는가?'란 화두를 들고 있었다. 이론을 강의하는 지대로 선생에게 수업과 관련이 없는 질문을 해도 되느냐고 물었다. 선생은 무슨 질문이냐는 표정으로 나를 바라보았다. 나는 약간의 두려움은 있었지만 용기를 내서 사람은 왜 죽느냐고 물었다.

순간 지 선생은 의외라는 표정을 지으면서 고개를 갸웃거렸다. 이런 철부지 학생에게 어떻게 설명을 해주어야 잘 알아들을 수 있을까 하고 고민을 하는 것 같았다. 모든 것이 멈추어버린 듯한 30초쯤의 시간이 흘렀다. 선생은 체육 선생다운 짤막한 답을 주셨다. 시작이 있는 모든 것은 끝이 있다. 100미터 경주에도 출발선과 결승선이 있듯이 생명도 태어남은 시작이고 죽음은 끝이라고 말했다. '시작이 있으면 끝이 있다.'는 말은 나에게 삶의 교훈이 되었다.

그 후 무슨 일을 새롭게 하든지 나는 이 일의 끝은 어떤 모습일까를 생각하게 되었다. 친구와 사이가 틀어져 서로 신경전을 벌일 때도 결국 이 싸움의 끝은 서로 화해하게 될 거라든지, 아니면 영영 볼 수 없게 될 거라든지 감이 왔다. 최악의 상황을 예상하고 그 결과가 마음에 들지 않으면 나의 대응 태도를 바꿔 마음에 드는 결말을 그리면 결과에 대한 두려움을 극복할 수 있었다.

고2 때 아버지의 빚보증 실패로 집이 파산 상태가 되었다. 학교를 중퇴하고 시골에서 농사일을 하였다. 내 능력으로는 감당할 수 없을 것 같은 생존의 문제들이 나에게 들이닥칠 때 나를 지켜준 것도 이 말이었다. 이 어려움은 반드시 끝이 있다. 지금 내가 겪고 있는 고난을 버텨낸다면 그 끝을 볼 수 있다는 희망은 나에게 무한한 힘을 주었다. 시간이 지나자 그 고난도 끝을 드러냈다. '시작이 있으면 끝이 있다.'는 이 말은 내가 인생 여정에서 맞닥뜨리는 새로운 길로 들어설 때 항상 힘이 되어주었다.

우리가 살아간다는 것은 결국 삶에서 조우하게 되는 갈림길에서 행해지는 선택이란 생각을 종종 한다. 생각대로 되지 않는 것이 우리의 삶이다. 우리는 살아가면서 많은 갈등을 하게 되고 매번 최선의 선택을 하려고 하지만 알게 모르게 잘못된 선택을 하는 경우도 많이 있는 것 같다. 그러한 결과는 결국 잘못된 끝을 가져오게 된다. 현재 자신에게 고통을 주는 무엇이 있다면 그것은 어느 날엔가 내가 잘못 선택한 것이 스스로 성장하여 나를 찾아온 것으로 생각하면 틀림없을 것이다.

세상이 점점 각박해지면서 매사를 이분법적으로 생각하는 경향이 있다. 내 편과 네 편으로 구분 짓고, 내 편은 선이고 상대편은 악으로 몰아붙인다. 중류층이 사라지고 상류층과 하급민으로 분류하고 서로 계급에 맞추어 살고자 한다. '세상살이에 좋은 일과 나쁜 일이 있을까?' 하는 물음에 '그렇다'라고 자신 있게 말할 수 없을 것 같다. 나에게 이익이 된다고 해서 그 일이 세상에도 도움이 된다고 자신 있게 말할 수 없는 일이 부지기수로 많고, 나를 힘들게 하는 일도 세상에는 도움이 되는 일이 널려있다.

힘든 세상을 살아가는 우리 같은 서민들은 옳고 그름에 너무 예민하게 굴 필요가 없을 것 같다. 다만 작은 선행이라도 필요한 사람에게는 손을 내밀어주고, 세상을 힘들게 살아가는 내 이웃들에게 따뜻한 미소를 건네주는 정도면 그럭저럭 사람 노릇은 하지 싶다.

세상을 바꾸는 마스크

공주무
gongjm724@naver.com

한겨울 개천 둑길을 산책한다. 황막한 무채색 들판을 스쳐오는 썰렁한 칼바람이 무차별로 얼굴을 후려친다. 많은 사람들이 볼이 찢어질 듯한 추위에도 견디며 걷기 운동에 열심이다. 오가는 사람들의 표정이 천태만상, 천의 얼굴로 요동친다. 풍진세상의 삶에 찌들고 지쳤는지 마스크를 쓴 얼굴 없는 군상들이 세상을 가리고 활보하며 사람들을 비껴가는 정경이 쓸쓸하다. 스치는 바람이 쌩하며 부서진다.

언제부턴가 나도 외출할 때는 어느 때나 어디서나 스스럼없이 마스크를 착용한다. 어쩌다 툭 튀어 오른 코 덮개가 있는 마스크를 쓰면 마귀할멈 같이 흉측한 모양이다. 지나치는 사람들의 곱지 않은 눈빛이 예사롭지 않다. 마음속으로 모두 한마디씩 중얼거리는 것 같았다. 무릇 세상에서 가장 아름다운 꽃인 사람의 얼굴을 가리는 것은 아무래도 얼굴에 대한 모독인 것 같다. 그것은 인간 자연을 감상하는 권리를 박탈하는 것이며, 자연인으로서의 자연을 훼손하고, 자연스런 사회 기류를 방해하는 것이 아닌가. 하지만 마스크는 착용하는 사람에게 개인적으로 많은 공덕을 쌓아주고, 깊은 상념의 날개를 달아주기에 그 자유도 허용되어야 하리라.

마스크만큼 간편하면서 효용성이 높고 여러 가지 의미를 품고 있는 것이 또 있을까. 하찮은 것이 일상에 의복처럼 유용하면서 내 몸의 일부가 되었다. 단돈

몇천 원에 그 효용이 이만한 것은 없을 듯하다. 또 얼마나 착용하기 쉽고 가지고 다니기 쉬운가. 절대로 고장 나지도 않는다. 병원에서도 들판에서도 산책길에서도 낚시터에서도 시위광장에서도 복잡한 거리 어디에서도 일상으로 출렁인다. 남녀노소 지위고하를 가리지 않고 출렁인다.

시내 큰 약국을 가보면 여러 종류가 진열되어 있는 마스크를 본다. 방한용에서부터 미세먼지와 황사를 차단하는 것, 자외선을 차단하는 것, 바이러스나 병균의 전염을 예방하는 것, 노인 면역보강용이나 어린이용 등 여러 소용에 따라 만들어진 기능성 마스크가 미적 감각을 살린 것이 진열대에 내로라 앞장서서 새 주인을 기다리고 있다. 이번 메르스가 무자비하게 창궐할 때 잠시 얼굴 없는 마스크 얼굴이 거리를 누비며 마스크가 동티나고, 세상이 싸늘한 마스크 세상이 됐지만, 메르스 전염 차단에 이바지하고 심리적으로 많은 위안을 주었으리라. 이렇듯 의복처럼 얼굴의 옷이 되어 철저히 봉사하는 다정한 친구가 되었다.

마스크를 착용하면 일단 마음이 편해지고 새로운 딴 세상을 안겨주는 듯해서 기분이 좋다. 세상으로부터 해방된 기분이다. 지나치는 사람들에게 신경 쓰지 않고 눈치를 주고받지 않으니 마음이 무중력 상태가 되면서 서로의 인력이 차단되어 세상으로부터 완전한 천부의 자유를 쟁취한 느낌이다. 상상의 날개를 달고 민들레 씨앗처럼 창공을 훨훨 날아 떠다닌다. 높고 푸른 하늘을 걸림 없이 떠가는 밝은 달이 되기도 하고, 바람 따라 흘러가는 하얀 구름이 되기도 한다. 나는 세상과 관계없는 자연인이 된다. 마스크 착용의 오묘한 느낌이 가슴속에서 일렁인다.

세상을 살아가면서 체면을 지키려고, 명예와 권위를 지키려고, 또 내가 속한 사회라는 울타리 안에서 낙오자가 되지 않기 위해 나는 부득이 어떤 가면을 쓰고 살아왔다. 속절없이 양심을 속이고 나 자신을 속여 가며 살아가는 삶은 인간의 불가피한 속성인가. 일상에서 자존심을 지키려는, 죄 아닌 부작위적인 처신의 순진한 가면으로 속세를 살아가는 방편의 가면인가 싶다. 양심이 온전히 살아 있는 겸손한 태도로 진실만을 차분하게 말하게 하는 프리즘 같은 마스크는 없을까. 마스크는 입마개가 아니다. 온갖 잡물을 걸러내어 유언무언으로 진실을 진솔하게 내뿜게 하는 필터이다. 얼굴 없는 사람은 거리낄 것이 없다. 이것은 사람을 이성적인 자신에게로 돌아가게 한다. 상대방이 누구이든, 어떤 지위에 있든, 어떤 신념과 사상을 갖고 있든, 상대방의 명예와 권위는 창고에 넣어 제쳐두고 상대방 체면을 의식하지 않으면서 순수하게 이성적이고 논리적으로 논제를 토론하게 한다. 이것이 진정한 마스크가 아닐까. 특히 고관이나 정치인들은 꼭 이런 마스크를 써야 할 것 같다. 나는 이런 마음의 마스크를 쓰고 제3자로 한발 물러나서 감정에 휘둘리지 않고 상대방과 직접적인 대면과 충돌을 예방하면서 대화를 하려고 애를 쓴다. 서로 얽힌 사회관계로부터 그 끈을 느직하게 늦춘다. 세상이 이렇듯 공정하면 객관성과 진실성을 담보하리라. 숫제 마스크가 세상을 바꾼다.

마스크를 쓰고 산책하면서 상상의 나래를 펼친다. 마음이 편하다.

길

김여하
aribogi@hanmail.net

사방이 캄캄하다. 안개 속에 갇힌 듯하다.

지도도 나침반도 없이 길을 찾아 헤맨다.

여기가 고비 사막인가. 저기가 사하라인가. 도시는 거대한 사막 같다.

길은 어디에도 있고 아무 데도 없다.

기어 다니다가 일어서서 걸음마를 뗄 무렵 길은 안방 안이 전부였다. 차차 자라면서 마루로, 마당으로 길어져 갔다. 가보니 길 속에 길이 있었다. 길이 길을 낳고 또 길이 길로 이어졌다.

초등학교 때 길은 보리밭이랑 사이 오솔길 섶에 있었다.

욕심이 없어 근심도 없던 그 시절. 풀밭에 누우면 흘러가는 구름에게도 길이 있었다. 아무렇게나 떠가는 것 같으면서도 일정한 규율과 질서가 있었다.

십 대 중반부터 돈을 벌기 위해 도시로 나왔다. 이발소 머리감는 일부터 시작하여 중국집 배달원, 다방 보조, 안 해 본 일이 없었다.

공부에 대하여 목이 말랐으나 가정 형편상 어쩔 수 있는가. 언제나 길 위에 서 있었다. 일을 하다가 죄 없이 얻어맞으면 짐을 쌌다. 도시의 길은 사통팔달로 뻗어 있었으나 갈 곳이 없었다. 역 벤치에 자면서 지나가는 기차를 바라보았다. 환하게 등을 켜고 철로를 달리는 열차들. 그들은 어디에서 어디로 갈까. 그들은 목적지를 알고 갈까. 그런 날은 고향이 그리워 훌쩍거렸다.

시골 살 때는 농한기면 날마다 땔감을 하러 다녔다. 먼 산길을 걸어서 나뭇짐을 지고 오면 길은 한없이 멀었다. 그러나 일단 한 번 지게를 지고 일어서면 끝내 집까지 지고 왔다. 어느 때는 바람이 불어서 지게를 진 채 곤두박질쳐 나뭇단이 반으로 줄기도 하고 비를 만나 두 배로 더 무거울 때도 있었다. 그것을 메고 미끄러운 산길을 걸었다. 그 기억들이 살아가면서 많은 도움을 주었다. 넘어져도 다시 일어난다는 오뚝이 같은 정신을.

엄마에게 혼나고 난 해 질 무렵이었다. 먼 산을 청대독 색으로 수채화를 그리며 나는 푸른 포플러가 두 줄로 서 있는 하얀 신작로 길을 하염없이 바라보았다. 그 길을 따라 한없이 가고 싶었다. 높은 곳에서 내려다보면 길이 더 잘 보인다. 그것이 산길이든 들길이든. 모든 길에는 종착지가 있다. 꽃의 길은 잎이요, 종착점은 열매이다. 꽃은 열매 맺는 가을을 위하여 온몸으로 여름 땡볕이며 소나기, 우박, 가을 산들바람을 맞는다.

비가 온다. 비는 어디서 오는가. 비의 길은 어디인가? 하늘인가? 아니다. 비는 찻잎에 내려앉은 새벽이슬에서 무지개의 일곱 빛깔에서 냇가에 피어있는 어리연꽃 초록 이파리에서 시작된다. 비에게도 길이 있다. 언제나 낮은 곳으로 흐른다. 한없이 겸손하다.

종종 길을 잃어버릴 때가 있었다. 젊을 때는 자주 길을 찾지 못하고 헤맸다. 때로는 난달 길에서 어디로 가야 할지 한참을 망설이기도 했다. 또 잘못 갈 때도 있었다. 그때는 가던 길을 되돌아서 가야 하나. 왔던 에움길을 에돌아가야 하는가를 고민했다. 가다가 되짚어 오면 피로가 두 배로 누적된다.

길이 언제부터 생겼을까. 처음엔 다람쥐, 토끼, 노루가 지나다니다가 인간이 지나다니며 생긴 것이 통길이 아닌가. 조선시대 보부상들은 팔도를 돌아다니며 생필품을 사고팔았다. 지금도 청송의 이십령에 가면 그들의 애환이 보인다. 나는 전생에 보부상이었나. 그래서 이렇게 길 위를 헤매고 다니는 걸까.

길을 간다. 때론 눈길을 때로는 꽃길을 때론 가풀막진 자드락길을 때로는 논틀길을. 허방에 빠져 헤매기도 했으며 난달에 서서 어느 방향으로 가야하나 한참을 고민하기도 했다.

나는 그냥 보리밭이랑 사이로 난 등굽이 길이면 충분한데 그것도 욕심인가?

어떻게 삶이 라일락 피는 향기로운 꽃길이기만을 기대하는가. 얼어붙은 땅일 수도 있고 끝없는 가시밭길일 수도 있지 않은가. 다만 나에게 주어진 길이기에 보듬고 쓰다듬으며 묵묵히 갈 뿐이다. 비가 오든지 바람이 불어도, 눈이 내리거나 열사의 고비사막이라 할지라도.

결

권유경
ukkroad@naver.com

생명력이 사랑이 되어 나무로 흐르면 나뭇결이 생기고 사람과 사람의 마음이 소통하면 마음결을 느낄 수 있다. 결은 살맛이 리듬을 타며 그려지는 곡선을 닮았다. 결이 만들어지지 못하면 나무엔 옹이가 생기고 사람과 사람 사이엔 벽이 생긴다.

그런데 구룡사행 길 안내를 받고부터 친구와 나는 불통 상태다. 매표소까지 20분간을 그리고 다시 계곡을 따라 30분쯤 걸어야 하는 것이 문제가 되었다. 주차장만 벗어나는데도 땀방울이 맺히고 물을 아껴야 할 만큼 더운데 8월 한낮 햇빛 아래서 걸으려니 갑갑해졌기 때문이다. "평창에서 놀다 돌아가자니까."로 불평이 시작되더니 "이 길밖에 없대?"라며 짜증이 노골적이다. 숙소를 두고 60여 Km나 서울 쪽으로 뒤돌아서 치악산 주차장까지 왔는데 그냥 돌아가기도 그렇다. "더위를 참으며 산길을 오르는 것도 수행일 수 있어."라고 하자 "반바지 차림은 사찰 예의가 아니잖아."라고 한다.

친구가 이럴 때면 나도 답답해진다. 내가 느껴 온 친구의 마음결은 여리고 곱다. 그런 줄 아는데도 가슴에 옹이가 또아리를 트려 한다. 어떻게 풀까 고민에 고민을 거듭하다 문득 친구는 애당초 구룡사행이 마음에 없었음을 깨닫는다. 여기까지 오게 한 나야말로 고집불통이었다. 오기 싫은 눈치를 내식으로 묵살했으니 말이다. 소통이 되지 않자 우리는 서로의 얘기에 건성으로 대꾸한다.

사무실에 붙박이처럼 박힌 나를 끌어내 바람 쐬어 주겠다며 데리고 나온 고마운 친구이다. 그런 친구의 뜻도 따라 줬어야 했다. 마음을 가다듬고 "에그. 날 잘못 잡았구먼. 여기까지 와서 돌아가기도 그렇잖아." 내 말에 친구는 "너는 모자도 안 썼잖아." 한다. 짜증내서 미안하다는 말이니 마음을 풀 여지가 보인다. 마침 산세가 좋아서인지 처음 보는 약초들이 많다. "저건 무슨 나무야? 열매가 약초 맞지?" "우리 앞 청년들 좀 봐. 물수건을 머리에 뒤집어썼어. 물 한 병을 벌써 다 비웠네." 말 붙이려 애쓰다 보니 지루한 것도 잊고 매표소에 도착했다.

계곡을 따라 조금만 산을 오르면 된다. 나무 그늘만도 좋은데 바람까지 불어온다. "좀 쉬었다 가자 이젠 걸을 만하네." 그제야 친구는 "반바지 입고 오길 잘했어." 한다. 친구의 마음결이 느껴지는 순간이다. 나도 "부처님은 반바지 차림보다 찾아온 정성을 더 어여삐 여기실 거야."라며 고마움을 나타냈다. 불상이 무슨 말을 할까. 서로를 믿는 마음이 하나님 마음이고 부처님 마음일 것이다. 구룡사를 한번 보고 싶기도 했지만 친구를 위해 향 하나 올리고 싶은 마음도 있었다. 그러나 그런 속내는 말하지 않기로 했다.

백 년 이상 된 금강송 그늘을 따라 걷는 것만도 호사인데 계곡엔 시원하게 물이 흐르고 바람까지 분다. 우리 둘의 꼬인 마음도 풀린다. 조금 전까지 예사로 보던 계곡에서 '꾸르륵 콸콸' 물소리가 들린다. 해발 1,288미터의 높이에서 굽이굽이 흘러내리는 물결이 느껴진다. 거침없다. 부드럽고 힘차면서 넉넉하다. 사람이라면 능히 나라를 품을 만하겠다는 생각이 든다. 저 물 한 방울만으로도 메마른 가슴이 적셔지겠다. 높고 크고 깊은 산의 정기로 품었다 뿜어내는 물결에서 생명의 숨결이 느껴져 온다. 구룡 계곡의 물엔 신선하면서도 넉넉한 결이 있다. 보는 것만으로도 우리 둘의 대화에 물꼬가 트인다. 어느새 넉넉히 나누는 마음의 여유가 생겼다. "신라 시대엔 아홉 마리 용이 살았다더니 지금이라도 용이 살 수 있겠어!" "응 맞아."

두 달 전에 친구와 집 근처 산을 올랐을 때이다. 높지 않은 산이라 내려오면서 일부러 먼 길을 택해서 한 시간을 더 걸었다. 그랬더니 다리도 아프고 발도 욱신거렸다. 계곡에 물소리가 나는 것 같았다. 다가갔더니 계곡 바닥을 적실 듯 말 듯 물이 고여 있었다. 우리는 그 물을 손으로 호작거려 발등까지 적셨다. 그땐 그 물로도 발의 통증을 풀 수 있어 다행이었다. 생각해보니 그 물엔 물결이 없었다. 도시의 산은 등산객들로 인하여 몸살이 나 있었던 것이다. 물을 넉넉히 품을 여력이 없으니 물결을 만들 물을 품지 못했다.

내가 어릴 때 본 홍수 생각이 난다. 홍수엔 물결이 있었지만 거칠게 굽이쳤다. 결국 동네를 휩쓸었고 동네 사람들은 이재민이 되었다.

그런데 구룡 계곡의 물은 가파른 골짜기로 흐르지만 힘이 넘치면서도 다스려진 듯 넉넉하게 결을 그린다. 물결에도 격이 있는 것이다. 아마 사람의 마음결에도 사람됨이 실려 있을 것이다.

사람을 살리는 마음결일 수도 있고 부족하나마 느낌을 주는 마음결인 수도 있고 위태한 마음결일 수도 있을 것이다. 마음결이 느껴지지 않는다면 살맛이 안 나거나 옹이처럼 굳은 마음일 것이다. 친구와 내 가슴엔 아직 작은 응어리가 남았지만 옹이로 굳기 전에 결을 그려 가야 한다. 마음과 마음이 이어져 살맛 나게 하는 결이어야 한다. 내달리지도 무력하지도 폐색되지도 않은 구룡계곡의 물결을 닮았으되 고운 우리들의 결을 그리며 오랜 친구로 지내야 하니까.

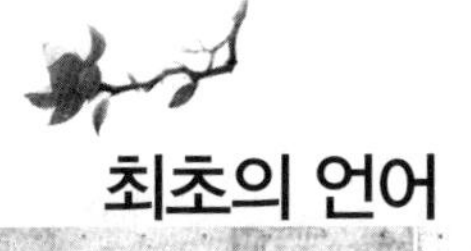

최초의 언어

김은애
kimae@hanmail.net

웃음 치료와 눈물 치료에 대한 강의를 들었다. 웃음과 울음은 한 통속이라는 말과, 울고 나서 마무리를 긍정적으로 하면 마음이 더 넓어지고 깊어진다는 말에 공감이 갔다. 강의를 듣다가 문득 실어증으로 고생하던 '사랑이님'의 얼굴이 떠올랐다.

복지관에서 독서 상담 프로그램을 진행하면서 만났던 여인이다. 머리가 허연 10여 명의 할머니들 속에 젊어 보이는 중년 부인이 한 명 있었다. 복지관 직원들은 그녀를 '사랑이님'이라고 불렀다. 한때 부녀 회장을 맡아서 할 정도로 활발하고 똑똑했었다고 한다. 그러나 가정에서 어떤 큰일을 겪게 된 후부터 말은커녕 웃지도 않고 좀처럼 눈물을 흘리는 일도 없어 모두들 안타까워하고 있었다.

거동이 불편하고 이름 한 자 쓰는 것조차도 힘겨워하는 그녀를 옆에 앉히고 상담을 시작했다. 간단한 내 소개가 끝나자 할머니들의 짓궂은 질문이 쏟아졌다. 순진하게 답한 덕분인지 관계 형성이 잘 되었다.

유행가 가사를 인용해서 수업을 할 때였다. 노래를 들려주어야 하는데 CD기가 작동이 안 되었다. 참여자들의 성원에 밀려 노래를 직접 불렀다. "생각이 난다 ~ 홍시가 열리면~" 하고 한 소절을 부르자 노인들이 갑자기 책상을 두드리면서 웃고 난리가 났다. 세상에 이렇게 노래를 못하는 사람 처음 본다면서. 그들 속에서 사랑이님의 희미한 미소를 볼 수 있었다.

권정생 선생님이 지으신『강아지 똥』을 읽은 날이다. 세상 어느 곳에도 쓸모가 없을 것 같은 강아지 똥이 빗물에 잘게 부서진다. 이윽고 거름으로 변해 옆에 있는 민들레를 꼭 끌어안고 꽃을 피우는 마지막 장면을 보여 주었을 때였다. 어르신들이 한 번 더 읽어달라면서 책 가까이로 모여들었다. 다시 한 번 집중해서 듣던 사랑이님의 얼굴에 웃음기가 돌았다.

독후 활동으로 준비해간 찰흙을 한 뭉치씩 나누어 주었다. 동그랗게 뭉치기를 하는데 흙덩이의 색깔이나 촉감이 그것과 너무나 비슷해서 웃음이 나오려고 하는 것을 간신히 참았다. 그것으로 각자 자기의 '똥' 모양을 만들어 보라고 일렀다. 그들은 찰흙을 주무르면서 왁자지껄 웃기 시작했다. 사랑이님도 그것을 길쭉하게 만들어놓고는 둥그렇게 탑을 쌓는가 싶더니 갑자기 '하하하' 하고 웃어댔다. 모두들 놀라 그녀를 쳐다보았다. 웃느라고 보인 상한 치아까지도 내 눈에는 예쁘게만 보였다.

프로그램이 끝나갈 무렵이었다. 로버트 먼치의『언제까지나 너를 사랑해』라는 그림책을 읽어주었다. 아동 서적이지만 양로원 사회에서 더 많이 읽힌다는 책이다. '너를 사랑해 언제까지나 / 너를 사랑해 어떤 일이 닥쳐도 /내가 살아 있는 한 / 너는 늘 나의 귀여운 아기….' 책 속에서 엄마가 부르는 이 노래는 아기가 성장하는 모습에 따라서 계속 반복되어 나온다. 끝 부분에서는 노랫말과 그림이 달라진다. 어른이 된 아들이 늙은 엄마를 두 팔로 감싸 안고 노래를 부른다. '사랑해요 어머니 언제까지나 / 사랑해요 어머니 어떤 일이 닥쳐도 / 내가 살아 있는 한 / 당신은 늘 나의 어머니….'

사랑이님이 이 장면에서 울음을 터뜨렸다. 서울에 사는 아들이 집에 올 때마다 그림책 속에 나오는 남자처럼 그녀를 꼭 안아준다면서. 우리는 그녀가 마음껏 울도록 내버려 두었다. 잠시 후 그 아들에게 편지를 쓰고 싶다면서 눈짓 손짓으로 내게 부탁을 했다. 노인들의 편지글은 대부분 대필을 한다. 다른 분들은 불러주는 대로 쓰기만 하면 되는데 걱정이었다. 볼 수 있는 눈과 들을 수 있는 귀가 온전하니 그것에 의존해서 소통해보리라 마음먹었다.

눈을 보면 그 사람의 마음을 알 수 있다. 때로는 입보다 더 많은 말을 하는 것이 눈이다. 손수건을 적시고 있는 그녀를 보다가 문득, '아기의 울음은 최초의 언어다.'라는 말이 생각났다. 사랑이님은 지금 말 못하는 아기가 되어 내게 말을 하고 있는 거라고 느껴졌다. 평소에 아들에게 하고 싶었을 것 같은 말을 찾기 위해 나는 눈을 감고 잠시 사랑이님이 되어 보았다. 어머니의 안부를 자주 묻는다는 그녀의 아들 이름을 직원이 알려 주었다. 그 착한 아들 ○○를 부르면서 편지를 쓰기 시작했다. 사랑이님이 편지글을 읽으면서 자기 마음을 어떻게 알았냐는 듯이 내 어깨를 두드리면서 무척 좋아했다. 날짜 밑에 '엄마가'는 본인이 쓰도록 권했다. 희미했지만 알아볼 수는 있었다.

상담을 마치던 날 복도 끝에 서서 배웅하던 그녀의 모습이 눈에 선하다. 가끔 복지관에 전화해서 그분의 소식을 묻곤 했었다. 엄마의 손편지를 받은 아들이 기관의 담당자에게 전화해서 한참을 흐느껴 울었다는 이야기를 나중에 전해 들을 수 있었다.

오래된 수컷들의 이야기

조영갑
kab21@naver.com

인간은 만물의 영장이라고 한다. 인간은 일반 동물과 식물들이 가질 수 없는 윤리 도덕적 관습인 인仁, 의義, 예禮, 지智를 알고 실천하는 존재이기 때문이다. 특히 수컷들은 세상의 지배 본능, 생존 번식의 본능으로써, 혹은 가정을 일군 아버지나 한 여성의 남편으로서 인간 문명을 발전시키는데 주도적인 역할을 해왔다.

세상의 모든 것은 변화한다는 말은 진리인가? 그동안 수컷들은 사회에서 가정에서 여러 가지 상황과 조건에서 암컷들에 비해 존경받고 우대받는 것을 당연시하며 존재를 과시해왔다. 그러나 세상이 변화하고 사회적 인식이 달라지면서, 수컷들은 늙으면 급속도로 위상이 추락되어 암컷들의 애물단지가 된다.

동물 사회에서도 평생 적으로부터 무리를 보호하던 수사자도 사냥할 힘을 잃으면 젊은 수컷과 암컷들에게 쫓겨나 혼자 죽어 간다. 늙은 고양이는 죽을 때가 되면 스스로 떠나 혼자 죽고, 침팬지도 늙으면 젊은 수컷과 암컷들에게 애물단지가 되어 버린다.

이젠 한국에서 남성 우위의 전통적인 가부장 문화가 여성들에 의해 무너졌다. 평생 등골이 휘도록 일하며 식구들을 먹이고 아들 딸을 교육 및 결혼시키고 나면, 퇴직하고 할 일 없어 사회적으로나 가정적으로 변두리의 장식품이 되어 버린다.

남편을 하늘처럼 받들던 시절은 어디로 가고 아내의 눈치를 살피며, 아! 옛날이여, 신세 타령을 한다. 그래서인가 힘 잃은 남성에 대한 능청스런 말들이 오래된 수컷들을 슬프게 하고 있다. 그 말들은 "아내를 끔찍이 사랑하는 애처가, 아내가 같이 살아 주는 것만으로도 황송해 하는 황처가, 아내에게 꼼짝 못 하고 눌려 사는 공처가, 아내를 보면 깜짝깜짝 놀라 경기를 일으키는 경처가, 아내한테 잘못 걸리면 황천 갈지도 모르는 공포 속에 사는 황처가, 아내를 보면 등골이 오싹오싹하고 땀이 나는 한처가, 아내에게 매일 맞고 살아서 가끔씩 정신이 온전치 못한 광처가, 아내로부터 언제 어디서든 무시당해 보이지도 않는 투명인간처럼 살아가는 무처가"란 말은 오래된 수컷들의 자화상이 아니겠는가.

그런가 하면 오래된 수컷들의 역할이 3소 5쇠로 새롭게 변화됐다.

3소는 아내의 말에 토를 달지 말고 무조건 "옳소", 아내가 하는 행동에 대해서 "잘했소", 아내가 시키는 일에 무조건 "알았소"라고 응답하는 것이다.

5쇠는 집안일을 전부 맡아서 하는 마당쇠, 자기의 비밀을 함부로 나불대지 않은 자물쇠, 최소한의 돈도 제대로 쓰지 못한 구두쇠, 밤일을 힘닿는 데까지 노력하는 변강쇠가 되어야 구박을 당하지 않는다는 것이다.

이런 피눈물 나는 노력에도 안심하지 못한다. 아무리 때어 내려 해도 구두에 달라붙는 비에 젖은 낙엽 신세가 되어 "이사 갈 때는 장롱 속에 들어가 있어야 안심이 된다." 혹은 아내가 좋아한 강아지를 안고 있어야 데려간다는 등 생존의 법칙이 오래된 수컷들의 마음을 때린다.

어느 공처가협회에서 남성들 대상으로 공모한 표어 당선작을 보면 더욱 작아진 현실감을 알 수 있다.

동상은 아내가 나를 위하여 무엇을 할지를 생각하기 전에 내가 아내를 위하여 무엇을 할 것인가를 생각한다.

은상은 나는 아내를 존경한다, 고로 존재한다.

금상은 나는 아내를 위한 역사적 사명을 띠고 이 땅에 태어났다.

대상은 내일 지구의 종말이 온다고 해도 나는 오늘 밥을 짓고 설거지 청소 빨래를 하겠다는 것이다.

2015년 3월 어느 연구조사 통계를 보면 100세 시대로 인간 수명이 길어져 여성이 남성을 돌봐야 하는 기간이 늘어나면서, 그만큼 여성들이 남성을 부담스러워한다는 통계도 나왔다. 이제는 사회에서나 가정에서 남존여비의 윤리 도덕적 가치는 옛이야기가 되어버리고, 여존남비 즉 여자는 하늘 남자는 땅이란 가치가 자리를 잡았다.

오래된 수컷들은 지금까지 무엇을 위해 살아왔는지 지난날을 한탄하고, 섭섭해 하며 소외감이 깃든 외로움으로 갈 길을 잃고 서성거리고 있다.

오래된 수컷들은 어떻게 살아가야 할 것인가?

수컷들이여! 먼저 사회나 가정으로부터 버림받지 않으려면 생각과 행동을 변화시켜야 한다.

지금까지 남존여비와 어른 공경이란 윤리 도덕적 가치나 의식의 통념 틀을 깨고, 지식정보화사회에 맞는 생각과 일에 솔선수범하여 환영받는 존재가 되는 것이다.

다음은 홀로서기 하는 습관이 중요하다.

남성으로서 우대를 받았던 시절에는 외부적 활동만 잘하면 다른 작은 내부적 일들은 옆 사람들이 알게 모르게 도와주었고, 또 대행하여 처리해주는 매우 권위적이고 의존적 존재로서 충분했다. 그러나 세상이 변화되었다. 이제는 남녀노소가 각자의 삶에서 스스로의 문제의식을 가지고 과제를 해결하지 않으면 세상을 살아갈 수 없는 생각의 속도시대에 살아가고 있다.

결코 다른 사람에게 피해를 주지 않고 남에게 의존하지 않으며, 스스로 자신의 크고 작은 일들을 처리할 수 있는 홀로서기가 더욱 편안한 시대에 적응할 수 있어야 한다.

마지막으로 스스로 노후를 준비하고 취미 생활을 즐길 줄 아는 지혜를 가지는 것이다.

죽음은 한순간이며 삶은 긴 시간이다. 노후의 삶을 자식이나 국가에 의존할 시대는 지났다. 이제는 노후의 자신에 행복한 삶을 추구하기 위해서는 젊었을 때 경제적 축적과 건강으로 대비해야 한다. 그리고 평생을 할 수 있는 동반자, 외로움과 즐거움을 나눌 수 있는 다정한 사람, 세끼 밥을 집에서 먹는 삼식이를 탈출해 취미 생활을 함께할 수 있는 친구, 동아리 등 베풂의 삶에서 얻어진 동무가 필요하지 않는가. 그것이 알고 싶다.

절반의 약속

하택례
sonmwh@hanmail.net

봄날 따스한 햇살이 창문을 두드린다.

소리 없이 바뀌는 계절처럼 자연의 섭리에 묻혀 인생도 그렇게 늙어 가는 것일까? 아메리카노 커피 향기가 오늘따라 그윽하다. 인생 육십 고갯길을 넘어서서 열여덟 소녀들의 해 맑은 미소와 추억을 그려본다. 세월의 덫에 걸려 하나둘 잊혀져가는 이름들을 다시 부르고 싶은 꿈 많은 여고 시절 추억은 언제나 늙지 않는 푸른 나뭇가지로 싱그럽게 남아있다.

내가 다니던 가톨릭 여자고등학교는 선생님 대부분이 수녀였다. 전교생은 거의 영성적으로 추앙을 받는 마더 테레사 수녀님을 숭모했다. 그분은(1910. 8. 26~1997. 9. 5) 인도의 로마 가톨릭교회 수녀다. 캘커타에서 사랑의 선교회라는 기독교 계통의 비정부 기구를 설립했다. 세계 각 지역에서 봉사 활동을 하고 1997년 노벨평화상을 받았다. 테레사 수녀님의 영향이었을까. 우리 학년에서 나를 포함해 네 명은 수녀가 되기로 약속을 하고 나서 더욱 가까운 친구가 되었다. 착한 모범생이고 공부도 잘하는 학생들이었기 때문에 전교생들의 부러움을 받기도 했다.

어느덧 졸업반이 되니 교장 수녀님은 가톨릭 재단에 필요한 인재 수요에 따른 대학과 학과 지원을 원했다. 그러나 개인 생각과 성적으로 각자 다른 대학에 입학하게 되었다. 친구들은 수녀가 되기 위한 대학을 진학했고, 나는 수녀 되기를 포기하고 지방 대학에 다녔다. 모든 것을 버리고 나를 따르라는 예수님 말씀과 성모 마리아님을 본받아 청결과 청빈과 순종을 서약하는 수녀로써, 사회를 등지고 수도 생활을 한다는 것에 자신이 없었다. 죽어 가는 사람들을 위한 임종의 집, 빈민 학교, 병원, 진료소, 나환자 수용소, 마약 및 알코올 중독자, 빈민과 고아를 위한 보호시설, 동정이 아닌 사랑의 선교 활동 등을 할 수 있어야 하는데, 그 믿음의 약속을 지키지 못할 것 같기 때문이었다.

어른이 되고 직장인으로 또는 결혼해 아이들 엄마와 주부로 살다보니 그동안 다정했던 친구들을 잊고 살았다. 가족은 하늘이 맺어준 인연이라면, 친구는 내가 선택한 가족이란 말을 깜박 잊고 살았던 것이다. 세 친구들이 좋은 수녀가 되어 하느님이 필요한 곳에 작은 도구가 되었다는 사실은 알고 있었지만, 서로 소식이 단절되어 어디서 무슨 소명을 담당하고 있는지 모르고 지냈다. 그렇게 살아가는 동안 나는 서울에서 원주로 이사해 살게 되었다.

원주에서 딸은 초등학교에 다니고 아들은 유치원에 보내야 했는데, 교육 환경이 어디가 좋은지 몰라 무조건 가톨릭에서 운영하는 유치원을 찾아가 보았다. 집에서 가깝고 환경도 좋은 곳 같아서 입학을 문의했다. 이미 입학 정원이 차서 안 된다고 했다. 원장님을 만나 사정해 보려고 면담을 요청하고 기다렸다. 그런데 웬일인가? 깨끗한 얼굴과 환한 미소로 걸어오는 원장님은 함께 수녀가 되자고 굳게 약속했던 친구였다. 누가 먼저라 할 것 없이 서로 이름을 부르며 꿈 많던 학창 시절로 돌아갔다.

오랜 친구였던 원장 수녀님과의 만남은 삶의 한 귀퉁이에서 우연이었지만 이토록 애틋한 그리움이 많이 쌓여 있는 줄은 미처 몰랐다. 고단한 삶의 여정에서 옛 추억을 이야기하며, 아늑하고 평안한 마음을 갖게 하는 행복한 시간이었다.

언젠가 고독할 때 청춘에 대한 향수가 나를 엄습한다면, 그것은 오로지 학창시절의 진실된 우정 때문일 것이라는 시인 헤르만 헤세의 말을 실감한 기분이었다.

젊음의 삶이 육체적 물적 행복의 추구라면 노후의 삶은 지적 정신적 만족을 통해 얻어진 행복으로 삶이 결산되기 때문이다. 신앙생활을 통해 외적 고요와 내적 평안의 힘을 얻어 나가면서 장년기 및 노년기의 가장 큰 적인 고독과 소외를 이길 수 있는 좋은 친구들을 놓치지 않고 참된 삶의 행복을 노래하고 싶다.

지금 나는 그 옛날 친구들과 했던 약속의 절반이라도 이행하고 있지 않나 생각해 본다. 아들은 원장 수녀님과 선생님들의 사랑을 듬뿍 받으며 행복한 유치원 생활을 했고, 이제는 반듯한 사회인으로 성장하였다. 나는 청빈 순종 청결을 약속해야 하는 수녀는 되지 못했지만 신자로서 가톨릭 영 시니어 로고스 기타 클럽과 다양한 봉사 활동을 통해 가난하고 어려운 사람들에게 희망과 사랑을 주려고 노력하고 있다.

어머니의 안경

선채규
cksun45@hanmail.net

오월이 오면 어머니의 생각이 유난히 많이 난다. 안경점 앞을 지날 때면 더욱 그렇다. 어머니는 밖에 나가실 때면 바람이 불어서 눈물이 자주 나고, 눈이 침침해서 바늘구멍이 잘 보이지 않는다고 불편을 호소하셨다.

어머니의 연세가 있어서 그렇겠지 생각했다. 삼십여 년 전 오월, 어버이날로 기억한다. 어머니를 모시고 큰 안경점에 갔었다. 할머니 안경을 맞추러 왔다고 하자 안경사는 여러 안경을 꺼내놓고 친절히 설명해주었다. 어머니는 뜻밖에도 제일 비싼 안경을 주문하셨다. 안경사는 이것저것 여러 가지를 권해드렸다.

"할머니, 어떤 안경이 제일 밝게 보이는지 말씀해주세요."

"이 안경 어떠세요?"

"침침해요."

"그럼 이 안경은요?"

"이것도 그런 당께롱."

이렇게 몇 번인가 반복하던 끝에,

"그럼 이 안경은요?"

"이놈은 아주 잘 보이요."

"할머니 이 안경은 알이 없고 안경테만 있습니다."

안경사가 말하자, 안경점 안에 있던 모든 사람들의 폭소가 쏟아졌다.

어머니는 "늙은이를 놀린다." 하시면서 약간 쑥스러워하셨다. 어머니는 시력이 좋았던 것 같지만, 어머니의 마음을 헤아려 안경을 해드렸다. 위쪽은 보안경 아래쪽은 돋보기로 된 겸용안경으로 결정했다. 아마도 어머니는 멋지고 비싼 안경을 쓰고 자랑도 하고 싶었을 것이다. 아직 적응이 안 된 안경을 쓰고 친척집의 계단을 올라가다가 어지러워서 넘어졌다는 후일담을 형제들을 통해서 들었다.

이제 와서 뒤늦게 어머니의 마음을 헤아려본다. 서울깍쟁이 며느리와의 경쟁심리를 의식해서였을까. 내가 해외에서 사다 준 며느리의 프랑스제 선글라스 때문이었을까, 그래서 흔한 안경보다는 더욱 더 좋은 보안경과 돋보기가 겸용된 비싼 안경을 일부러 선택하셨는지도 모른다. 지금 생각하면 전문가인 안경사가 할머니 보안경과 돋보기 안경을 각각 별개로 추천해 주었더라면 하는 아쉬움이 남는다. 어머니는 생전에 알맹이 없는 안경 이야기가 나올 때마다 내가 죽고 없으면 이러한 이야기를 하며 웃지 않겠느냐는 말을 하시곤 했다.

그 후 어머니는 집안 정리와 목욕을 깨끗이 하신 후 머리를 단정히 빗고 새 외출 옷으로 갈아입고 늘 그러셨듯이 자손들 위해 기도하러 가실 준비를 해놓고, 주무시는 것 같이 세상을 떠나셨다.

어머니는 인정이 많으신 분이다. 어려웠던 시절 밥 굶는 이웃을 위해서 양식과 고구마와 누룽지를 큰 그릇에 가득 담아서 갖다 주시던 어머니의 모습이 떠오른다. 내가 무척 사랑하던 누런 수컷 개 '메리'를 외출과 외박으로 경고한 후 어느 날 다른 사람에게 팔아버리고 집에 돌아왔을 때였다. 나에게 무척 독하다고 했던 어머니의 그 말씀이 두고두고 잊혀지지 않는다. 어머니는 서울 집에 왔다가 시골집으로 가실 때도, 우리가 시골집에 갔다 떠나올 때도 그랬다. 언제나 헤어지는 것이 섭섭해 꼭 눈물을 흘리며 멀리 보이지 않을 때까지 손을 흔들며 서 있곤 하셨다. 이제는 반기며 기다리는 사람도 눈물을 흘리며 손을 흔들어 줄 사람도 없다. 돌아가셨을 때 그토록 애지중지하시던 안경을 어머니 손에 꼭 쥐여드렸다. 어머니가 돌아가시고 강산이 세 번이나 바뀌었다. 이제는 다시 뵐 수 없는 어머니, 나도 어느덧 돋보기안경을 써야 할 때가 되었다. '나무는 머물려 해도 바람이 그냥 두지 않고 부모님에게는 효도하고 싶지만 돌아가셔서 할 수 없구나.' 하는 옛글이 생각난다.

나는 불효자다. 낳아서 먹이고, 입히고 길러서, 교육시켜 주신 부모님 종신도 못 하고, 아버지께는 구두 한 켤레를, 어머니께는 안경 하나 해드린 게 전부다. 살아 못한 효도를 하늘나라에 가서 만나 두고두고 갚고자 한다.

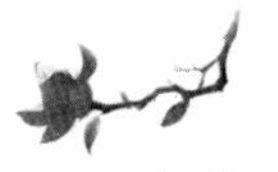

이제 내가 너희들의 엄마다

박계화
park-keiwha@hanmail.net

유난히 예쁘고 고운 동서였다. 대학 다닐 때 '메이퀸'이었던 동서는 어딘지 슬픔을 간직한 듯 보였지만, 그 모습마저도 우아했다. 뛰어난 요리 솜씨로 남편의 사랑을 한몸에 받으며 집안 살림만 하는 동서는 내게 부러움의 대상이었다. 시부모님을 모시고 두 아이를 키우며 직장 생활을 병행하느라 늘 바쁘고 정신없는 나는 가끔 동서에게서 질투심을 느끼곤 했다.

마음씨까지 고운 동서는 시어머님의 권유로 성당을 다니게 되었다. 작은 며느리에 대한 어머님의 사랑이 커가면서 내 시기심도 비례해갔다. 노골적으로 불편한 심사를 내비침에도 불구하고 동서는 내게 대모代母를 서달라는 부탁을 했다. 천주교에서는 세례를 받을 때 올바른 신앙인으로 성장하도록 영적인 어버이 관계를 맺어주는 대부모를 세운다. 신앙심으로나 살아가는 여러 면에서 부족함이 많다며 거절을 했지만, 동서의 끈질긴 청원은 간절했다. 자신에게 심리적인 압박감을 주는 데도 굳이 대모를 서달라는 까닭이 무엇일까. 몇 차례 물었지만 빙그레 웃기만 할 뿐이었다.

대모 서기를 주저하는 내 마음은 무엇일까. 부러움의 대상인 동서를 진정으로 사랑하기를 두려워한 것은 아닐까. 고요히 묵상하는 가운데 마음 안에 동서와 나 사이에 어떤 이끄심이 있음을 느꼈다. 대모가 되어주기로 했다. 세례식을 마치고 우리는 성모님 앞에서 영적인 엄마와 딸로 살아가기로 다짐했다. 그렇게 사랑스러운 동서, 내 대녀가 막내 아이를 낳던 날, 그 아이를 안아 보지도 못한 채 병원에서 하늘나라로 떠나갔다. 자신의 두 딸과 아들 하나를 남겨놓고서.

동서네 아이들과 내 아이들을 함께 키우는 일은 생각만큼 쉽지 않았다. 교사생활과 다섯 아이의 양육을 병행하는 일은 몸과 마음을 지치게 했다. 학교에서 아이들을 가르치고 진이 다 빠진 채로 집으로 들어서면 또 다섯 아이들이 고스란히 내 몫으로 기다리고 있었다. 아이들은 자라면서 엄마와 큰엄마 사이에서 미묘한 갈등을 보였다. 아이들을 공평하게 키우며 이 갈등의 틈새를 좁히는 일이 녹록지 않았지만 아이들은 그럭저럭 잘 자라주었다.

"이 아이들을 부탁하고 갑니다. 형수님만 믿겠습니다."

부부 금슬이 좋으면 빨리 따라가는 것일까. 아내를 잃은 스트레스가 인생에서 제일 크다는데 그래서였을까. 아이들이 얼마만큼 성장하자 데려가 홀로 키우던 시동생이 급성 간암으로 회갑도 넘기지 못한 채 동서에게로 떠나가려 하고 있었다. 세 아이들을 남겨 놓고 차마 눈을 감지 못하고 있었다.

"제가 동서의 대모이잖아요. 형님과 제가 애들의 아빠, 엄마가 될게요."

시동생은 우리 부부의 약속을 듣고 편안해진 얼굴로 숨을 거두었다.

시동생의 유언대로 그의 시신을 화장하여 동서가 잠자고 있는 경기도 파주의 나사렛 묘원에 안치시켰다. 그리고 26년 동안 긴 잠을 자고 있던 동서의 무덤을 열었다. 동서의 유골은 흐트러짐이 하나도 없었다. 착하게 살던 동서의 모습 그대로였다. 아이들이 지켜보는 가운데 동서의 뼈들을 거두었다. 인부들이 거두어 내는 동서의 뼈들을 아들이 유골함에 받아 담았다. 엄마의 유골을 바라보며 흐느끼는 세 아이들을 꼭 껴안고 단단한 마음의 다짐을 했다. '이제 내가 너희들의 엄마다.'

동서의 유골을 다시 화장하여 시동생 옆에 나란히 안치시켰다. 드디어 26년간 이승과 저승으로 떨어져있던 금슬 좋은 부부가 재회하는 날이다. 묘역 꼭대기에 세워진 예수님 상을 올려다보았다. 두 팔을 벌리고 내려다보시는 예수님께 두 손 모아 이 부부의 피안을 위한 기도를 드렸다. 동짓날인 그 날, 눈발이 흩날리기 시작했다. 하늘하늘 내리는 눈꽃송이가 유난히 희고 고운 동서의 모습인 듯했다. 영원한 안식을 위한 기도의 열매 같았다.

시동생마저 하늘나라로 떠난 이듬해 큰딸을 결혼시키게 되었다. 결혼하기 전날 사윗감을 따로 불러 내가 대모가 된 사연을 말해주었다. 큰아버지, 큰어머니가 아니라 장인, 장모로 대해줄 것을 당부했다. 사윗감이 그 자리에서 '장모님'이라 불러주었다. 가슴이 벅차올랐다. 봄에 큰딸의 혼사를 치렀는데, 예쁜 동서를 쏙 빼닮은 작은딸이 가을에 사윗감을 데리고 왔다. 두 해를 지나 아들도 동서의 미소만큼이나 예쁜 며느릿감을 인사시켰다. 상견례, 혼례를 동서의 심정으로 돌아가 세 번씩 정성껏 치렀다.

막내아들의 혼사를 치르고 홀가분하게 잠이 들었다. 꿈속에 대녀가 나타나 무슨 말을 하려다 미소를 지으며 사라진다. 동서의 손을 잡으려다가 잠이 깼다. 세 아이를 내게 맡겨 놓아야 할 운명을 미리 알고 대모를 서달라고 한 것이었을까. 참으로 신비한 대모代母 사랑의 은총이 아닐 수 없다. 딸 아들, 사위 며느리가 들어선다. 손자들이 뛰어든다. "할머니, 보고 싶었어요." 손자들의 재롱 속에 동서를 닮은 미소가 동동 떠다닌다. 며느리가 기쁜 소식을 전한다. "어머니, 저 둘째 임신했어요." 내 안에 대모代母 사랑이 살아있음을 본다. '그래, 앞으로도 나는 너희들의 엄마다.'

청소하기를 좋아함

장석규
jangsk@hanmail.net

내가 다니던 시골 학교에는 여자 선생님이 단 한 분 계셨다. 바로 우리 반 담임 선생님이다. 초등학교 3학년 내 눈에 젊고 예쁜 선생님은 천사나 다름없었다. 선생님께 귀여움을 받고 싶은 마음이 굴뚝같았다. 어떻게 하면 선생님께 관심을 끌 수 있을까. 나는 청소를 하는 데서 그 방법을 찾았다. 교실이 나무 바닥이어서 가끔 톱밥으로 때를 벗겨낸 다음 초칠을 해서 반질반질하게 하는 게 주된 청소였다. 교실 바닥에 초 칠을 한 뒤에 마른 걸레질을 하기도 하고, 유리병을 주워다 부지런히 밀고 다녔다. 마루는 늘 얼굴이 비칠 정도로 반짝댔다. 물론 다른 아이들과 함께한 것이지만, 땀을 뻘뻘 흘리며 열심히 청소하던 내 모습을 선생님께서는 어떻게 보셨을까. 학년 말 통지표 가정통신란에는 다음과 같이 씌어 있었다. '청소하기를 좋아함'. 선생님이 야속하기만 했다. 지금도 그 통지표를 받았을 때 느꼈던 서운함이 또렷하다.

사관학교에 들어가서는 정리·정돈하고 청소하는 요령을 엄격하게 훈련받았다. 침구를 정리해도 주름 하나 없이 각을 잡아야 하고, 옷가지는 자로 잰 듯 개어서 옷장에 넣어두어야 했다. 조금이라도 각이 잡히지 않거나 치수가 맞지 않으면 선배 생도들에게 얼차려를 받거나 외출 외박 통제를 받아야 했다. 평소 주변 정리를 하거나 깨끗이 청소하는 습관이 자연스럽게 몸에 밴 만큼 주변이 흐트러져 있으면 배기지 못했었다.

그랬던 나는 언제인가부터 집안 곳곳이 어질러져 있어도 먼저 나서서 청소해 본 적이 별로 없다. 어쩌다 아내의 성화에 못 이겨 하다 보면 그걸 바라보다 마뜩잖아하던 아내가 직접 나서서 마무리할 때가 많다. 한 번 사용한 물건을 아무 데나 두는 고약한 버릇이 생기도 하였다. 텃밭 일을 하거나 집안에 무슨 손 쓸 일이라도 생기면 필요한 기구들을 이곳저곳 돌아다니며 찾아다니기 일쑤인데, 아내마저 모르겠다고 하면 짜증을 내는 바람에 언쟁이 벌어지기도 한다. 잘못은 내게 있는 건데도 아무 죄 없는 아내에게 덮어씌우고 마는 꼴이다. 시골에 살수록 안팎으로 깨끗해야 한다며 야무지게 정리·정돈하고 청소하는 아내에게 한심한 인간처럼 보였을지도 모르겠다.

육군 대위 시절에는 청소에 관한 한 좀 특별한 부대에 근무한 적이 있다. 청와대 경비부대였는데 항상 깨끗이 청소된 상태를 유지해야 했다. 소부대 별로 할당된 구역에 당번을 임명해서 청소하는데 청소라는 게 산책로에 떨어지는 낙엽을 치우는 일이었다.

일본 작가 우치다 타츠루는 '청소야말로 인간을 철들게 하는 최고의 수행법'이라고 하였다. 환경미화원들의 미담이 언론에 자주 등장하는 걸 보면 그런 말에 공감이 간다. 그들도 살아가기가 쉽지 않을 텐데 빈 병이나 폐지를 모았다가 팔아서 어려운 형편에 있는 사람들에게 도움을 주었다는 얘기를 들으면 마음이 울컥해질 때가 있다. 환경미화원들이야말로 우리들의 생활 주변을 깨끗이 할 뿐 아니라, 삭막해져 가는 우리의 마음마저 정화해 주는 사람들이다. 청소의 힘이 그렇게 만드는 것이리라.

어쩌다 손자 손녀들이라도 오면 아이들을 뒤쫓다시피 하면서 치워도 치워도 어질러대는, 마치 어지르기 선수들만 모아놓은 것 같은 기분이 들 때가 한두 번이 아니다. 쉼 없이 떨어지는 낙엽들을 쓸어야 할 때, 효과도 없을 청소를 언제까지 반복해야 하나 하는 회의가 들 때도 있다. 하지만 불쑥불쑥 청소하기가 귀찮고 힘들어도 일단 청소를 하고 나면 주변이 깨끗해지는 데다 마음도 산뜻해지고 후련해지지 않는가.

청소야말로 사람이 철들게 해준다는데, 다시 청소를 잘하는 사람이 되어야겠다. 그래야 세상에 살면서 이리저리 흐트러진 마음을 가지런히 다잡으면서 얼룩진 때를 닦아내 다른 이들에게 정갈한 사람으로 다가설 수 있지 않을까. 그러고 보니 어제 몰아친 비바람에 집안 구석마다 낙엽이 쌓여 있다. 앞마당에서도, 뒤곁에서도, 창고에서도 내 손을 기다리고 있다. 어서 빗자루를 들고 지구를 어루만져 줘야겠다. 나는 예전에 청소하기를 좋아한 착한 어린이가 아니었던가.

칠월의 유채꽃 여행 – 중국의 문원과 탁이산

강수창
choonkg@hanmail.net

산다는 것은 여행의 연속이다. 원하든 원치 않든 우리는 끊임없이 여행을 한다. 때로는 목적지도 분명치 않고 예상할 수도 없는 여행일 때도 있다. 이즈음에는 가고 싶은 곳들을 미리 선별하고 사전 지식까지 챙겨가며 여행길에 오른다. 특히 사진의 세계에 입문한 후에는 좋은 촬영지를 겸하는 곳일 때가 더 많아졌다.

"한여름에 무슨 유채꽃 여행이야!" 처음엔 의아했다.

우리나라에서는 제주의 봄 풍경으로 각인 된 유채꽃이 중국의 문원과 탁이산 탁얼산에서는 칠월 중순경에 핀다고 한다.

문원, 탁이산은 주민 대부분이 중국 소수민족의 하나인 회족자치구다. 치련산과 타반산이 마주 보는 분지이며, 길이만도 100여 리나 되는 고원지대이다. 1949년부터 유채꽃을 집단으로 재배하고 있다. 워낙 고원지대이다 보니 우리나라에선 4~5월에 볼 수 있는 유채꽃이 그곳에서는 7~8월에 핀다.

칠월에 유채꽃을 보기 위한 일정은 많은 시간과 인내심이 필요했다. 동서양의 문화 중심지이며 실크로드의 시발점이자 종점인 서안 국제공항을 거쳐, 국내선인 청해성의 시닝공항으로 간다. 시닝에서 문원과 탁이산으로 가는 길은 나무 한 그루 볼 수 없는 평균 고도 2,800m의 홍토 고원이다. 굽이굽이 고갯길은 강원도 대관령 옛길의 조상뻘쯤 될 것 같다. 특히 3,800m의 고갯마루 긴 터널을 통과

할 때는 현기증마저 느껴진다. 300여km의 긴 여행을 하다 보니 웃지 못할 일도 일어난다. 편의시설이 하나도 없다보니 용변이 급할 때는 관광버스를 세우고 남자는 왼쪽, 여자는 오른쪽으로 나눠 볼일을 보는 진풍경이 벌어지기도 한다.

해프닝을 겪으며 유채꽃이 만발한 넓은 땅 문원에 도착했다. 제주도 유채꽃밭의 수백 배 크기에 이르는 경관에 자신도 모르게 감탄사가 저절로 나왔다. 유채의 황금 물결을 이루니 중국식 표현대로 백리유채화해百里油菜花海가 아닐 수 없었다. 여름에 유채꽃을 보는 것은 가을에 냉동해둔 홍시를 여름에 꺼내어 맛보는 느낌이었다. 가슴 깊은 곳까지 한 줄기 샘물이 흘러드는 듯한 짜릿한 전율과 함께 경이로움이 극에 달했다.

작은 언덕 위 대판산大板山 전망대에서 바라본 끝없이 펼쳐진 환상적인 유채꽃은 눈 쌓인 치련산해발 4,000m을 배경으로 여름과 겨울이 공존하는 대자연의 조화였다. 노란 유채와 짙푸른 청 보리를 바둑판처럼 번갈아 심어놓은 모양이 거대한 원색의 조각보 같았다. 유채꽃밭 사이사이에 붉은 기와와 흰 벽돌로 지은 집들이 한 폭의 풍경화를 보는듯하다. 언제 다시 이런 장관을 볼 수 있을까 하는 마음에 연신 카메라 셔터를 눌러댔다. 나중에 열어보면 다 똑같은 그림인 줄 알면서도 내 손은 멈출 줄을 몰랐다.

초록과 노란색으로 채색된 유채꽃밭은 순수한 자연 그대로의 감동과 아름다움을 느끼기에는 충분하지만, 가슴 한켠이 아련하다. 농촌 출신으로서의 애틋함이었다. 넓은 밭을 갈고 씨를 뿌렸을 힘든 농부들의 애환에 아름답기만 하던 풍경이 고행의 성지처럼 마음이 무겁게 내려앉았다.

문원을 뒤로 하고 탁이산의 유채를 맞이했다. 탁이산은 티벳어로 종무마유마宗穆瑪油瑪로 '예쁜 황후'라는 뜻이다. 최근 사진작가들에 의해 알려지게 된 기련 산맥의 한 자락이다. 나무 한 그루 없이 멸종 위기인 피뿌리 풀, 우리나라 백두산 정상에서나 볼 수 있는 구름국화와 두메자운, 에델바이스 등 진귀한 야생화들이 지천인 해발 3,600m의 높은 산이다. 붉은 사암이 오랜 세월을 지나 풍화와 퇴적으로 형성된 단하지모丹霞地貌라는 특이한 지질 구조로 되어 있는 초원 지대이기도 하다.

문원의 유채는 넓은 벌판에 펼쳐진 황록의 물결이었다면 탁이산 유채는 붉은 지형이 약간씩 드러난 산등성이와 희귀한 야생초들이 함께 어우러진 아기자기함이다.

서하 시대 만들어진 봉화대에서 황금색 전통의상을 입고 족두리를 한 회족 소녀가 우리를 환영하는 춤사위는 자연과 잘 어울렸다. 꽃들 사이로 나 있는 농로를 걷다보면 어릴 적 고향에서 친우들과 잠자리채 메고 재잘거리며 걷던 논두렁길이 생각나기도 했다.

황금 바다와 같은 유채꽃밭의 정경을 계속 보고 싶은 맘 간절했지만 아무리 좋은 곳이라도 영원히 머물 수는 없다. 아름다운 풍경을 두고 떠나야 하는 여정은 그래서 더 아름다운 것인지도 모른다.

중국에는 '문원의 기름이 중국의 온 거리에 흐른다'는 뜻의 '문원유만가류門源油滿街油'라는 말이 있다. 중국에서 사용되는 식용유의 40%를 이 지역에서 생산하다 보니 비유해서 생겨난 말이다.

유채꽃이 지고 열매가 맺히면 수확을 해야 하는 또 다른 노동이 시작된다. 광활한 곳 화려함 뒤에 있을 그들의 진한 땀방울이 유채꽃 속으로 배여 고소한 기름 냄새를 풍길 것만 같다. 고단함을 잊은 회족들의 순박한 미소가 유채꽃보다 더 아름답게 느껴진다.

경주와 원자력 발전소

노태숙
ts-noh@hanmail.net

찌는 듯한 더위가 계속되고 메르스 전염병의 여파 때문인지 휴가철의 고속도로는 아직 그리 붐비지 않았다. 오늘은 동료 문인의 배려로 수필 교실 회원들이 월성 원자력 발전소 견학 길에 오른 날이다. 자동차들은 마음껏 속도를 내서 바람을 가르며 시원스럽게 달렸다. 버스 안에서 문우들과 함께 얘기꽃을 피우다보니, 딱딱한 강의실의 다소 정체된 느낌은 간데없고 소풍 가는 초등학교 어린이의 마음으로 돌아간 느낌이었다. 새벽부터 종종걸음으로 집을 떠나 푸른 발걸음을 재촉했다. 천 년의 역사를 고스란히 간직한 경주는 가는 곳마다 서라벌의 에밀레 종소리가 들려오는 것 같다. 경주 박물관을 들어서니 진한 분홍빛 부용화가 환하게 웃으며 반긴다. 소박한 모습으로 마음껏 미소 짓는 부용화 앞으로 다가가니 그립던 이를 만난 듯 마음 설렌다. 녹음 속을 걸어가는 문우들의 발걸음도 어느 때보다 경쾌했다.

월성 원자력 발전소 교육장에서 홍보 담당의 정성스런 안내를 받았다. 그동안 잘 몰랐던 원자력 발전의 장점과 미래의 우리나라 경제를 이끌어 갈 에너지에 대해 많이 알게 되었다. 경제라는 게 국가발전에 얼마마한 중대사인 것을 다 알면서도 허전한 그 무엇이 마음을 가만히 요동치게 한다.

경주 바닷가에 우뚝 솟은 원자력 발전소가 나라 경제의 젖줄임을 새삼 인식하게 되었다. 지역 발전과 경제를 위해서 경주는 변모하고 있었다. 사람이건 국가

건 힘이 있어야 살아남는다는 현실 앞에서 내 마음이 이럴진대 천 년의 하늘 경주는 어떨까. 신라 천 년의 유구한 역사와 유물이 있기에 경주의 혼이 살아 숨 쉬는 것 같다. 가는 곳마다 지하 1미터만 파면 신라의 깨진 기왓장 한 장이라도 나온다는 경주 땅은 살아있는 박물관이고 문화재일 수밖에 없다.

이런 곳에 원자력 발전소라는 최첨단의 과학 문명이 깊은 뿌리를 내렸다니 의아함이 생긴다. 주민들은 침체된 경주의 지역 경제 발전을 간절히 원했을까. 정부 정책에 의한 당연한 추진 결과물이었을까. 언젠가 석굴암 앞에서 바라보던 쪽빛 동해바다를 고스란히 보존할 수는 없었을까.

내 고향이 생각난다. 1900년대 초에 개통된 우리나라 철도의 대동맥 서울~부산 간 경부선 철도를 건설할 때 일이다. 양반의 고장이고 교육의 고장이라는 청주에 경부선 역이 정해졌다고 한다. 문란한 외부 문화의 유입을 우려한 유생들의 결사적인 반대로 인하여 노선이 대전으로 바뀌었다. 이 일을 두고 백 년이 지나도 청주 사람들은 후회하고 있다.

경주는 이런 문명과 문화의 발전에 앞서 천 년의 문화 유적지 보존이라는 큰 의미에서 내 고향과 비교할 수는 없는 일이다. 빛나는 우리의 옛 문화가 숨 쉬는 경주인데 백 리만 떠나서 세웠으면 아니 되었을까. 경주에 원자력 발전소가 생긴 결과물의 의미는 역사만이 알 것 같다.

아침 시간 보문단지 내 호수 주변을 잠시 혼자 산책하면서도 아쉬운 마음이 사라지지 않았다. 적어도 옛 서라벌 땅 백 리 안팎을 에밀레 종소리 그윽한 신라 문화의 유적지로 간직한다는 것은 불가능한 일이었을까.

녹음 우거진 천마총 가는 길을 조용히 걸었다. 귀에 김유신 장군의 말발굽 소리가 따가닥 따가닥 들려오는 것 같다. 잠시 서서 숲 속 하늘을 올려다보았다. 선덕 여왕의 비단 용포 스치는 소리가 바로 곁에서 사그락 거리는 것도 같다. 종일 불타오르는 태양 아래 불국사에서 안압지로, 다시 포석정에서 석굴암으로 며칠

이고 걷고 싶다. 어쩌면 경주의 넋은 묶인 꽃다발이 된 채 옴짝 못하는 하늘바라기가 되어 신음하고 있지는 않을까. 무저항 피켓을 들고 폭염 속의 황톳길을 묵언 시위라도 하고 싶은 마음이 간절함을 어찌하랴. 시대에 뒤떨어진 내 소양이 부족함의 잔류일까. 현실과 타협할 수 없었던 생육신의 마음일까. 애끓는 마음을 저 태양빛이 알고 이리도 끓고 있는 것인가.

하늘이 낮은 구름으로 뒤 덮여져 간다. 저 구름은 내게 '말없이 흘러가라. 소리 없이 살아라'고 말하고 있는 것 같다. 경주여, 부디 옛 모습 그대로 잘 있으라. 에밀레 종이여. 다시 천 년의 목소리로 우렁차게 울려라. 둥둥둥! 아주 오래오래.

예술이라니까

이혜라
hyerakimlee@yahoo.com

토요일 아침, 오랫동안 미루어 오던 카라바지오 그림을 보기 위해 LA 박물관을 향했다. 다음 주면 전시회의 마지막이라 감기로 불편하지만 더 이상 미룰 수 없어 서둘러 떠났다. 카라바지오Caravaggio, 강한 명암 대비법으로 잘 알려진 바로크 회화의 대가, 화집에서만 보았던 작품들을 실제로 마주 대하니 나의 상상보다 훨씬 더 강한 이미지로 다가왔다. 수많은 관람객들 사이로 걸어 다니면서 오디오 테이프로 그림의 해서괴 간간이 화가의 인생 스토리를 들으면서 바쁘게 움직였다. 언제나 그렇듯이 한꺼번에 많은 그림을 감상하노라면 쉬이 피곤이 몰려온다.

잠깐의 휴식을 위해 딸아이랑 커피숍에 들어가 커다란 통유리가 있는 곳에 자리를 잡고 앉았다. 주문한 카푸치노 커피 위에 살포시 올라앉은 나뭇잎 한 장에 내 마음은 들뜨기 시작했다. 우린 모처럼 이런저런 이야기를 나누는데, 순간 통유리 너머의 풍경이 내 마음을 사로잡는다. 세상에! 이렇게 아름다울 수가! 이리저리 각자의 목적지를 향해 걸어가는 사람들의 모습. 아직도 추위가 가시지 않은 2월의 시작인데도 한여름을 방불케 하는 옷차림으로 활보하는 젊은이들. 긴 머리, 짧은 머리, 민둥머리, 사자 머리, 베레모 모자를 쓰고 한껏 멋을 부린 사람, 강아지처럼 예쁜 아이들의 손을 붙잡고 걷는 젊은 부부, 테이블에 앉아 샌드위치를 먹으면서 끊임없이 대화를 나누는 노부부. 또 다른 테이블에 앉아있는 한 남자의 두 팔은 문신으로 화려하다. 아, 팔 뿐만 아니라 목덜미, 얼굴에까지 알 수 없는 추상화가 그려져 있고 여러 개의 피어싱이 달려 있다. 평소 같으면 경멸의 눈초리를 보내면서 두 번 다시 쳐다보지도 않을 사람인데도 한참을 바라보았다.

창 너머 작은 광장을 바라보는 내 마음이 왜 이리 행복할까?

신이 무한정 주시는 공기를 마음껏 들이키면서 숨을 쉬고, 걷고, 먹고, 웃으면서 사랑하는 사람들과 동행한다는 것, 겨울이지만 여름옷을 입는 자유, 자신의 몸을 그로테스크하게 채색하고도 당당한 자유, 남의 눈을 개의치 아니하고 자기만의 개성으로 채워진 사람, 사람, 사람들. 아, 그곳에 생명과 자유가 있었다.

그래, 이런 거야. 산다는 것은 이런 거야. 틀에 박힌 삶의 울타리 안에서 자유로워지는 거다. 남은 저토록 많지만, 나는 오직 이 세상에서 하나뿐인 유일한 존재인데, 나만의 멋을 만들어 가는 거야. 생명이라는 귀한 선물을 받고도 남들이 만들어 놓은 잣대에 맞추려고 생을 낭비할 수는 없지 않은가. 생각이 여기까지 미치자 새로운 진리라도 발견한 것 같은 감동으로 내 속의 또 다른 자아가 창 너머 밖으로 나가 나를 바라본다. 몇 달 만에 재회한 우린 따끈한 커피를 마시면서 그동안 쌓여온 이야기를 나누고, 마침 뉴욕에 출장 가 있는 큰딸과 스마트 폰으로 문자 메시지를 주고받는다. 카푸치노 커피 위에 그려놓은 하얀 나뭇잎을 담아 보내면 금방 먹음직한 이태리 음식이 가득 담겨있는 사진이 되돌아온다. 이 얼마나 재미있는 세상인가. 새삼 살아있다는 것이 눈물겹도록 고맙다. 이 순간의 즐거움을 마음의 사진기로 마음껏 찍어 기억 속에 저장해 둔다.

달콤한 휴식으로 에너지를 재충전한 우리는 현대 미술이 있는 방으로 향했다. 거기엔 피카소, 마티스, 미로, 칸딘스키, 모딜리아니 등의 수많은 명화들이 가득 차 있는데, 이미 내 생각과 기억의 창고 속에 저장된 퍼포먼스performance 아트로 인해 더 이상 다른 그림을 받아들일 공간은 없었다. 그렇다, 광장에서 본 살아서 움직이는 군상들, 사랑하는 마음으로 마주앉아 담소를 나누는 우리의 모습이야

말로 바로 육체의 행위로 공연하는 행위예술이 아니겠는가. 아름다운 그림은 미술관에 가야만 만날 수 있는 것은 아니다. 살아 숨 쉬며, 매일 되풀이 되는 평범한 일상 가운데서도 예술은 살아있는 것이다.

박물관 관람을 마치고, 집으로 돌아오는 차 속에서 놀라운 발상을 내내 곱씹어 보니, 언젠가 책에서 읽었던 누군가의 사유의 한 조각이 아닌가. 그랬다. 마르셀 뒤샹Marcel Duchamp, 현대 미학의 창시자, 공장에서 만든 남자의 소변기를 「샘」 이라는 제목으로 전시회에 출품하여 그 당시 미술계에 엄청난 충격을 주었던 예술가.

뒤샹은 "나는 일하는 것보다 사는 것을 좋아한다. 나의 예술은 바로 삶이 될 것이다. 매 순간, 호흡 하나하나가 그 어느 것에도 소속되지 않은, 가시적이지도 않고 지적이지도 않은 하나의 작품이다. 그것은 일종의 변함없는 도취감 같은 것이다."라고 했다. 얼마나 멋진 삶과 예술인가!

그날 이후, 한동안 사소한 일상에도 의미를 부여하며, 예술화시키려는 결의에 달아오르고 있었다. 그러나 하루 이틀 시간이 지나면서 굳게 다문 입술도 서서히 풀어지고, 새롭게 작심한 각오들이 맥없이 무너지기 시작하면서 이전의 모습으로 돌아가고 있었다. '이러면 안 되는데, 더 이상 이렇게 살면 안 되는데'를 반복하면서 자괴감에 빠져 있던 어느 날, 불현듯 뇌리를 두드리는 응원의 목소리.

살아 움직이는 모든 것이 예술이라니까!

인연

줄리 정
prayingjulie@yahoo.com

잠결에 창을 두드리는 빗소리에 잠이 깨어 문득 옛 추억에 잠긴다. 비 오는 날, 가난한 옛 시인은 천정에서 떨어지는 빗물을 그릇으로 받치고 빗소리를 들으면서 해학과 예지가 빛나는 맑은 영혼의 글을 썼다고 한다. 청빈한 시인의 빗소리를 들으면서 어린 시절 등굣길에 부러진 파란 비닐 우산이 떠올라 나도 모르게 웃음이 나왔다. 우리의 생각과 의식은 시공을 초월하여 과거와 현재를 넘나들며 기쁨과 슬픔, 그리움을 배달해 주는 마술 피리 같다.

우리의 인생길은 수많은 인연의 연속이다. 그중에서도 가족은 아주 특별한 인연인 혈연으로 맺어진 관계이다. 어느 가정이나 가족을 힘들게 하는 사람이 있는가 하면 그 가족을 위해 희생하는 사람의 노력으로 가정이 깨어지지 않고 유지되는 경우도 흔히 보게 된다.

이번 한국 방문 때 연로하신 친정 아버님을 뵈었다. 젊은 시절 중절모와 양복을 즐겨 입으셨던 모습이 근사하였다. 연식 정구를 멋지게 치시고 수석을 채집하여 진열된 수석을 보며 즐거워하셨다. 그중에는 까만색 바탕에 잔잔한 국화꽃 문양을 연 것, 작은 폭포수가 흘러내리는 형상의 돌도 있었다. 어떤 돌은 분재와 함께 아담하게 꾸미어 작은 정원 안에 온 우주가 가득 차있는 듯한 느낌을 주기도 했다. 수석을 받치는 좌대를 들기름이 묻은 부드러운 수건으로 닦고 수석에는 콜드 크림으로 윤기를 내곤 하시었다. 풍류를 좋아하던 아버지는 청년 시기에는 강제 징용으로 일본에서 군 시절을 보내셨다. 그 후 해방과 함께 공무원 생활을 하면서 지방을 거쳐 서울에 자리 잡았다. 가끔 젊은 시절을 회상하며 일본 문화원에도 가고 일어 통역 봉사도 하셨다.

세월과 함께 아버님의 예전 모습은 사라지고 정갈했던 얼굴도 검버섯과 주름으로 얼룩져 보였다. 아버님을 뵈면서 이것이 마지막으로 뵙는 것일지도 모른다는 안타까운 마음이 들었다. 그동안 아버지를 향한 나의 마음은 애증과 연민, 원망과 그리움이 섞인 느낌이었으나 그런 마음은 엷어지고 인간의 순간적인 감정과 판단으로 실날같이 가느다란 인연의 끈을 이어온 시간들이 슬픔으로 밀려 왔다. 준비해간 선물을 드리고 돌아오는 내 가슴 속에 아픈 흑백 필름의 편린들이 스쳐 지나갔다.

여행길에 옛 친구도 만났다. 중3 때 독서실에서 만난 그 친구와는 공부보다 다른 얘기를 더 많이 하였다. 서로 다른 여학교를 다녔지만 책을 읽거나 클래식 음악을 들으면서 우정을 쌓았다. 『어린 왕자』와 낭만주의 작곡가인 차이코프스키의 「우울한 세레나데」는 멜랑콜리한 느낌이 들어서 비 오는 날을 특히 좋아했다. 여섯 자매 중 넷째 딸인 친구 집에는 늘 웃음소리가 끊이지 않았다. 아들 형제가 넷이나 있는 우리 집과는 전혀 다른 분위기여서 그 친구의 집에 가면 편안한 느낌이 들곤 했다.

어느 봄날, 작은 집에 살다가 큰집으로 이사한 친구가 정원에 꽃이 피어 있는 새집을 안내하며 부엌으로 들어가더니 멋진 커피 잔을 꺼냈다. 붉은 자주 빛에 금박을 입힌 고급 찻잔이었다. "이거 새 커피 잔인데 우리 엄마 안 계실 때 이 잔으로 커피 마시자." 하며 타 주었던 커피 맛은 지금도 잊혀지지 않는다.

같이 주일학교 어린이들을 가르쳤던 믿음의 친구, 음악회와 영화 「남태평양」, 「7인의 신부」를 같이 보고 주머니에 달랑 동전 하나 있어 전화하면 "그 귀한 동전으로 내게 전화해줘서 고맙다."며 뛰어 나와 이야기와 커피를 나누었던 옛 동무, 나의 혼배 미사 결혼 증인이었고 내 딸의 대모인 친구.

몇 년 전 친구는 이곳에 사시는 시아버님 병구완을 위해 한 달간의 힘든 시간을 보내고 한국으로 돌아가기 전 푸른 바다가 보고 싶다고 했다. 새로운 힘을 느끼고 싶거나 마음이 힘들 때 가끔씩 찾아가서 내 마음의 위안을 얻는 말리부로 향했다. 해변을 산책하며 사는 이야기를 나누던 중 친구는 다민족 가정을 위한 영어 교육을 이수하고 발령을 기다린다고 했다. 나는 그녀의 용기와 향학열을 칭찬하며 격려했다. 그리고 나도 유아 교육을 공부하고 있다고 말하자 친구는 기뻐하며 "난 네가 항상 노력하며 살고 있을 거라고 생각했어. 우리 좋은 선생이 되자"고 하며 두 손을 마주 잡았다.

친구는 최근에 글공부를 시작했다는 나의 말을 듣고 반가워하며 얼마 전 한국에서 베스트 셀러였던 정호승 시인의 산문집 『내 인생에 용기가 되어준 한마디』를 선물로 주었다. 좋은 글감이 될 것이란 말과 함께. 늘 삶의 기품과 친밀감으로 존경하는 마음을 느끼게 하는 친구, 공간적으로 멀리 떨어져 있어도 성숙된 삶을 위해 노력하고 고민하는 우리들의 우정은 사는 날까지 이어지리라.

새벽을 여는 희붐한 여명 속에서 창을 두드리며 나의 영혼을 깨우는 빗소리를 들으면서 나에게 생명과 좋은 생물학적 유전자를 물려주어 나의 존재를 아름답고 가치 있게 유지할 수 있도록 학업의 기회를 주신 아버님께 감사하여 안아드리고 싶다. 또한 인생 여정에서 언제나 좋은 인연을 만날 수 있도록 보이지 않는 손길로 인도해주시는 선한 나의 목자에게도 두 손 모아 경건한 기도를 드린다.

무언의 침입자

이승애
agatha3333@hanmail.net

저녁상을 물리고 편안한 마음으로 어머니와 이야기를 나누고 있었다. 그때 갑자기 매캐한 담배 냄새가 베란다 창을 통해 들어왔다. 어머니께선 가슴을 움켜쥐고 기침을 하셨다. 몇 해 전 심장기능에 이상이 생겨 시술을 받고 인공심장박동기에 의지해 살고 계시는 어머니는 담배 냄새만 맡으면 심한 기침을 하며 고통스러워하신다. 황급히 창문을 닫았지만 이미 침입한 담배 냄새를 막을 순 없었다. 오늘은 날씨가 궂어 환기가 잘되지 않는 데다 위아래 층 아저씨들이 동시에 담배를 피워대는지 매캐한 냄새가 평소보다 심하게 느껴졌다. 스피커에선 층간 소음, 흡연에 대한 예의범절을 방송하고 있었지만 이미 그 소리에 벽이 되어버린 그들은 멈출 생각이 없는 것 같았다. 가까스로 기침을 멈춘 어머니께서 더는 참을 수 없다며 당장 쫓아가 '담배 좀 피우지 말라'고 전하라 하셨다.

나는 나가려고 문고리를 잡다가 멈추어섰다. 생면부지인 그들에게 불쑥 찾아가 집 안에서의 흡연을 삼가라고 말하기가 불편하였다. 자칫 잘못하면 서로 간에 오해가 생겨 다툼이 일어날지 모르기 때문이다.

작년 이맘때였다. 카페에서 친구들과 차 한 잔을 마시며 오랜만에 여유를 즐기고 있었는데 대학생인 듯한 여성 네댓 명이 옆자리에 자리를 잡고 앉았다. 그녀들은 미끈한 다리를 요염하게 꼬고 앉아 담배를 꺼내 물었다. 동시에 뽀얀 연기와 매캐한 냄새가 가슴을 조여 왔다. 참다못한 친구 하나가 그들에게 다가가 담배는 밖에서 피우고 오면 안 되겠느냐고 부탁을 하였다. 그러자 예쁘장하게 생긴 여자가 눈을 치켜뜨고 "에잇 ○○! 아줌마가 싫으면 나가요." 하며 막말을 해댔다. 뭐 싼 놈이 성낸다고 역한 냄새를 피운 놈이 오히려 큰소리를 치며 부모 같은 사람들을 내쫓는 꼴이라니. 친구는 더는 말을 하지 못하고 돌아왔고 우리는 서둘러 그곳을 빠져나왔다.

내가 고등학교 다닐 때 몇몇 남학생들이 화장실이나 인적이 드문 곳에서 담배를 피우곤 하였다. 선생님들이 교내 흡연을 근절시키려고 아무리 애를 써도 소용이 없었다. 처음엔 흡연하다 들키기라도 하면 용서를 빌며 다신 피우지 않겠다고 하였지만, 날이 갈수록 그들의 행태는 뻔뻔스럽고 반항적인 태도로 변해갔다. 간혹 여학생이 흡연 현장을 목격하게 되면 불끈하여 위협을 하는가 하면 나약한 동급생에게 주먹을 휘두르기도 하였다. 담배라는 매체를 통해 그들은 작은 비리를 서슴지 않고 저질렀다.

청소년 흡연은 처음엔 호기심으로 시작되지만, 점차 정서적, 사회적 문제로 연결된다. 청소년의 흡연은 비행의 출발이다. 담배의 해로운 물질이 두뇌활동에 영향을 끼쳐 학습능력 장애를 유발하는가 하면 사고능력과 의욕을 감퇴시킨다. 숨어서 담배 피우던 청소년이 나이가 들면 이웃을 배려할 줄 모른다. 얼마 전 우리 이웃 아파트 베란다에서 담배꽁초를 투척해 지나가던 여학생의 머리에 떨어져 다치는 일이 있었다.

흡연이 환경을 오염시키고 인체에 심각한 영향을 줄 뿐 아니라 간접 흡연의 피해에 대해 아무리 강조하여도 대부분 흡연자는 나만 피해를 보지 않으면 된다는 의식을 하고 있다. 이러한 병폐적인 사고는 사회를 점점 황폐하게 하고 인간 본래의 향기를 없애는 악취의 근원이 된다.

사회 곳곳에서 풍겨 나오는 악취는 서로 간의 소통을 마비시키고 비인간화 세상을 초래한다. 이 사실을 알면서도 몹쓸 말을 들을까 두려워 아직 앳된 여자아이들이 흡연하는 모습을 방관하고 되돌아왔다. 그들의 잘못된 행동을 눈감아버린 것이다. 성숙한 어른이었다면 그른 행동을 보고 눈감고 피하지 않았어야 했다. 내가 옳다면 정당하게 맞설 줄 아는 정의로움을 갖는 것이 어쩌면 이 병든 사회를 해독하는 일인지도 모른다.

위 아래층에서 품어대는 담배 연기가 매캐한 냄새와 함께 우리 집 창문을 비집고 들어오고 있다. 무언의 폭력이 젖은 밤을 파고든다. 내일은 용기를 내어 집 안에서의 흡연을 금지해달라고 정중히 부탁해보련다.

그곳

임하초
hacho3232@hanmail.net

오랜 가뭄에 장마는 반가운 소식이다. 오히려 빈 장마가 될까 모두 걱정하는 맘이다. 태풍 전 유난히 높고 맑은 하늘처럼 비가 얼마나 오려는지 폭염이 평일보다 깊어서 몇 년 만에 에어컨을 켰다. 시원한 바람이 너무 좋아 아이들을 불러 봐도 어떤 건물 안의 흔한 에어컨으로 생각하는지 대수롭지 않게 여길 뿐 제 방에서 나오지 않았다. 창문을 닫고 누운 한여름 밤은 찌는 듯한 더위 뿐 아니라 여러 소음까지 차단하여 갑자기 조용하고 시원했다.

새벽의 빗소리에 창문을 여니 에어컨 바람보다 더 시원한 바람이 밀려 들어왔다. 우리 집 방안을 뺀 밖의 세상은 이미 에어컨 이상의 시원함으로 가득 차 있었다. 비바람이 우리 집을 넘어가면서 웃었을 것을 생각하니 밤새 뻣뻣한 에어컨 바람에 시달린 피부가 아픈 것 같기도 하고 머리도 띵한 듯하다. 에어컨 바람을 쐬며 가슴이 타들어 가는 여러 일들을 삭히느라 어젯밤 잠을 설쳐 더 한 것 같다. 가뭄에 시달렸던 나무들이 비에 흠뻑 젖어 있는 모습을 지루하지 않게 한참 바라보니 맘이 조금 수그러들었다.

장맛비가 무섭게 내리치고 바람이 불어 나무를 심하게 흔들었다. 공중에서 나뭇잎을 헹구는 듯 심한 몸부림이 끝나자 오히려 나무마다 싱싱한 푸르름이 꽉 차 있다. 잎새들을 서로 건드리며 떨어진 물줄기는 굵은 나무 등을 타고 내려와 나무가 되기 전 그들의 공간이었던 곳, 뿌리까지 스며들려다가 쏟아지는 비의 양이 많아 도랑을 이룬 흙탕물은 다른 곳으로 밀려가고 있다.

이렇게 억센 장맛비라야 단단한 흙 속을 파고들어 갈 힘이 있을 것이다. 뿌리까지 스미느라 파놓은 실 낫 같은 길은 여린 싹들의 숨구멍이 되어 무수히 솟아날 것이다. 하나의 떡잎이 둘이 되고, 둘이었던 떡잎은 넷이 되어 기하급수적으로 수를 불려가며 숲을 이룰 것이다.

흙 속에서 뿌리가 자랄수록 흙 위로 자란 것은 나무가 되었다. 사람보다 크게 자란 나무는 스스로 격려하느라 꽃으로 장식하고 향기로 단장하여 사람들을 불러 모았다. 잘 자란 나무가 대견해 다가가면 나무 특유의 냄새는 향수처럼 개운했었다. 가지 끝의 부드러운 선 안에 엉겨있는 과즙은 농도를 짙게 하려 강렬한 햇살로 너무 달구다 오늘처럼 비가 내려 식히곤 했었다.

흙 속은 나무가 버린 모든 것을 품어 곰삭히는 곳이다. 꺾어진 나뭇가지도 뒹굴다 머문 잎사귀도, 덜 익은 과일이 파고들어도 누가 버린 어떤 것도 오랜 세월 품어 어미의 젖 물처럼 진액을 만드는 곳이다. 토양의 진액이 나무 기둥을 타고 오르면 나무에는 잎사귀 수백 개가 달려 균형을 잡아 주고, 모양도 색상도 새로운 자태로 꽃이 피어 향기도 나게 한다.

뜨거운 어미의 가슴처럼 모든 것을 곰삭히는 그곳은 세상의 이야기가 낱낱이 녹아져 있는, 비도 결국 머무는 곳이다. 아마도 오늘 내리는 장맛비만큼이나 요란하게 그곳이 수다하나 그러나 아무도 모르게 그럴 것이다. 그곳에서 모든 것을 참아주고 삭혀주는 만큼 위로 나무가 커가며, 그곳에서 뿜어낸 진액이 깊을수록 열매의 향기는 강해질 것이다.

어젯밤에 다 삭히다 만 가슴을 장맛비에 곰삭여봐야겠다. 고개를 숙이고 빗속을 천천히 걸어야겠다. 빗속을 걸어야 하는 이유를 새삼 알고 나니 가슴이 따뜻해지고 머리도 맑아진다. 비 오는 풍경이 새삼 애틋하고 경이롭다.

생각의 유희

한국수필작가회

㈔한국수필가협회출판부